KB118603

작가와 연인들

Writers & Lovers

WRITERS & LOVERS
by Lily King

Copyright ⓒ Lily King, 2020
Korean Translation Copyright ⓒ MUNHAKDONGNE Publishing Corp., 2023

This Korean edition is published by arrangement with Grove Atlantic, Inc.
through KCC (Korea Copyright Center Inc.), Seoul.
All rights reserved.

이 책의 한국어판 저작권은 (주)한국저작권센터(KCC)를 통해
Grove Atlantic, Inc.와 독점 계약한 (주)문학동네에 있습니다.
저작권법에 의해 한국 내에서 보호를 받는 저작물이므로
무단 전재 및 무단 복제를 금합니다.

작가와 연인들

Writers & Lovers

릴리 킹 장편소설

정연희 옮김

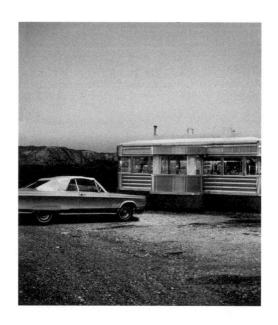

문학동네

일러두기

1. 주석은 모두 옮긴이주이다.

2. 본문 중 고딕체나 볼드체는 원서에서 이탤릭체나 대문자로 강조한 부분이다.

자매 리사에게,
사랑과 감사를 담아

차
례

아침에는 돈에 대한 생각은 하지 않기로 나 스스로와 협정을 맺었다. 섹스 생각을 하지 않으려고 애쓰는 십대처럼 말이다. 섹스 생각을 하지 않으려고 애쓰는 것도 맞는다. 혹은 루크를. 혹은 죽음을. 그건 지난겨울 휴가지에서 돌아가신 어머니에 대해 생각하지 않는다는 의미다. 아침에 글을 쓰려면 생각하지 않아야 할 게 너무 많다.

집주인인 애덤이 내가 자기 개를 산책시키는 걸 지켜본다. 내가 진입로를 따라 돌아올 때 그는 슈트 차림에 반짝반짝 빛나는 구두를 신고 자신의 벤츠에 기대서 있다. 아침에 그는 불만이 많아 보인다. 하긴 누구나 그럴 것이다. 애덤은 운동복 차림에 머리도 빗지 않은 내 모습과 자기 모습의 뚜렷한 차이를 즐긴다.
개와 내가 더 가까이 가자 그가 말한다. "일찍 일어났네."

나는 늘 일찍 일어난다. "마찬가진 것 같은데."

"일곱시 정각에 법원에서 판사하고 약속이 있어."

대단하다고 말해. 대단하다고 말하라고. 판사와 법정과 일곱시 정각, 대단하다고 말해.

"누군가는 해야 하는 일이잖아." 애덤이 주위에 있을 때 나는 내가 마음에 들지 않는다. 그도 내가 그러길 바라지 않는 것 같다. 나는 개가 나를 끌어당겨 애덤 옆으로 몇 걸음을 지나치게 하고 그의 큰 집 옆면의 널조각 사이를 비집고 통과한 다람쥐를 쫓게 둔다.

"그래서," 그는 내가 너무 멀리 가지 못하게 나를 붙든다. "소설은 어떻게 돼가?" 그는 그 단어를 만든 사람이 나인 것처럼 말한다. 그는 여전히 자신의 차에 기대서, 바꾸기엔 그 자세가 너무 마음에 든다는 듯 내 쪽으로 고개만 돌린 채다.

"괜찮게 돼가." 내 가슴안에서 벌들이 움직인다. 몇 마리가 내 팔의 피부 안쪽을 기어내려온다. 한 번의 대화가 아침을 전부 망가뜨릴 수 있다. "다시 가서 써야지. 하루는 짧아. 오늘은 이중 근무고."

나는 애덤의 집 뒤쪽 포치 위로 개를 끌어당기고 줄을 풀어준 뒤 문으로 들어가라고 쿡 찌른다. 그리고 재빨리 다시 계단을 내려온다.

"이제 몇 페이지 썼어?"

"이백 페이지쯤." 나는 걸음을 멈추지 않는다. 그의 차고 옆 내 방까지 절반 왔다.

"그게 말이지," 그가 차를 짚고 몸을 일으켜 내 오롯한 관심을 기다리며 말한다. "스스로 할말이 있다고 생각한 것 자체가 신기한 일이야."

나는 책상 앞에 앉아, 개를 산책시키기 전에 쓴 문장을 본다. 생소하다. 그걸 쓴 게 기억나지 않는다. 너무 피곤하다. 라디오 시계에 있는 녹색 숫자를 본다. 세 시간 안에 옷을 갈아입고 점심 근무를 하러 가야 한다.

애덤은 내 오빠인 케일럽과 같은 대학에 다녔고―솔직히 나는 케일럽이 당시 얼마간 그에게 빠져 있었다고 생각한다―그래서 내 집세를 좀 깎아주었다. 아침에 자신의 개를 산책시키는 조건으로 조금 더 빼주었다. 그 방은 원래 정원 헛간이었고 여전히 양토나 썩은 잎 냄새가 난다. 1인용 푸톤 매트리스 하나, 책상과 의자, 핫플레이트, 그리고 욕실에 토스터 오븐 하나, 딱 그만큼을 들여놓을 수 있는 공간이다. 나는 홍차를 한 잔 더 마시려고 주전자를 화구 위에 다시 올린다.

뭔가 말할 게 있어서 글을 쓰는 게 아니다. 쓰지 않으면 모든 게 더욱 형편없이 느껴져서 쓴다.

아홉시 삼십분에 나는 의자에서 일어나 주름이 잡힌 하얀 셔츠에 묻은 등심과 블랙베리 얼룩을 비벼 씻은 뒤 책상에 놓고 다림질로 말린다. 그런 다음 삼각 옷걸이에 걸고, 그 고리를 내 백팩 위쪽에 달린 둥근 고리에 건다. 그리고 일할 때 입는 검은 바지와 티셔츠를 입고 머리를 하나로 묶은 뒤 백팩을 멘다.

차고에서 자전거를 뒤로 밀고 나온다. 애덤이 넣어둔 잡동사니―낡은 유아차, 높은 의자, 아기 의자, 푸톤, 책상, 스키, 스케이트보드, 비치 체어, 티키 토치, 테이블 축구―때문에 자전거가 간신히 들어간다. 나머지 공간은 애덤의 전 아내가 몰던 빨간 미니밴이 다 차지한다. 그녀는 작년에 하와이로 이사하면서 아이들만 데려가고 그 차를 포함한 모든 걸 두고 갔다.

"좋은 차를 저렇게 방치하네." 청소하는 여자가 어느 날 거기서 호스를 찾으며 말했다. 그녀의 이름은 올리인데 트리니다드섬*에서 왔고, 세탁용 세제 상자 안에 들어 있는 플라스틱 스쿱 같은 것들을 모아 고국으로 보낸다. 올리는 그 차고만 보면 미치려고 한다.

나는 자전거를 타고 칼턴 스트리트로 가고, 비컨에 이르자 빨간불에도 계속 달려 곧장 커먼웰스 애비뉴까지 간다. 차들이 천둥처럼 지나간다. 나는 내려서 자전거를 밀며 걸어가고, 점점 늘어나는 학생들과 함께 신호등이 바뀌기를 기다린다. 몇 명이 내 자전거에 감탄한다. 5월에 로드아일랜드에 있는 쓰레기장에서 발견한 낡은 바나나 자전거**다. 루크와 함께 그걸 고쳤다. 윤활유를 새로 바른 체인을 감고, 브레이크 케이블을 단단히 죄고, 안장 밑의 녹슨 축대를 흔들흔들 움직여 내 키에 맞게 올렸다. 기어 전환 장치가 가로대에 장착되어 어딘가 비밀 엔진이 있는 듯 원래보다 더 강력한 느낌이다. 높이를 높인 수직 핸들과 긴 격자무늬 시트, 천천히 달릴 때 기댈 수 있는 등받이 바가 합쳐져, 전반적으로 모터사이클 같은 느낌이 나는데, 나는 그것이 좋다. 꼬마 때 내겐 바나나 자전거가 없었고 가장 친한 친구에겐 있어서, 한 번에 며칠씩 자전거를 바꿔 타곤 했다. 여기 보스턴대학교BU 학생들은 바나나 자전거를

---

* 서인도제도 최남단의 섬.

** 1960년대에 유행하던 자전거로, 핸들바를 높게 하고 앉은 자리를 바나나 모양으로 디자인한 것이다.

타봤으리라 생각하기엔 너무 어리다. 내가 더이상 가장 어린 축의 어른이 아니라니 기분이 이상하다. 나는 이제 서른한 살이고, 어머니는 돌아가셨다.

신호가 바뀌어 나는 다시 자전거에 올라타고 커먼웰스 애비뉴의 여섯 개 차선을 가로지른 뒤, 속도를 내서 BU 브리지를 건너고 찰스강의 케임브리지 쪽으로 간다. 가끔은 다리에 이르기도 전에 쓰러질 것 같다. 가끔은 다리에서 시작된다. 하지만 오늘은 괜찮다. 오늘 나는 잘 버틴다. 메모리얼 드라이브의 강가 보도로 내려가서 달린다. 여름이 한창이고, 강은 지쳐 보인다. 강둑을 따라 부글거리는 하얀 거품이 밀려와 갈대에 부딪힌다. 부엌에서 끊임없이 불평하며 긴 하루를 보낸 파코 어머니의 입가에 모이는 하얀 침 같다. 적어도 나는 더이상 거기 살지 않는다. 애덤의 정원 헛간이 바르셀로나 외곽에 있는 그 아파트보다 훨씬 낫다. 나는 리버 스트리트와 웨스턴 애비뉴에서 길을 건너고, 콘크리트 길을 벗어나 강에 바짝 붙어 이어지는 흙길로 접어든다. 나는 괜찮다. 아직 괜찮다. 기러기를 볼 때까지는.

보행자 전용 다리의 교각 아래 상주하는 기러기는 스물에서 서른 마리쯤 되는데, 목을 돌리거나 부리를 자기 깃털이나 다른 기러기의 깃털, 흙길에 자란 얼마 남지 않은 잔디 뭉치에 박으며 수선을 피운다. 내가 가까이 갈수록 그것들이 내는 소리는 커진다. 끼룩끼룩, 꾸룩꾸룩, 꽥꽥 성난 소리. 그것들은 길에 방해자가 나타나는 것에 익숙해서 내가 지나가도 길을 최소한으로만 비켜주는데, 일부는 내가 페달을 밟고 지나갈 때 내 발목을 무는 시늉을 하고 몇몇은 바퀴살 사이에 엉덩이 깃털이 스쳐도 내버려둔다. 공격을 받은 것처럼 빽 소리를 지르며 물속으로 잽싸게 달려가는 것은 오직 신경질적인 기러기뿐이다.

나는 이 기러기들을 사랑한다. 그들을 보면 가슴이 팽팽하게 부푸는 것 같고, 다시 모든 게 괜찮아질 거라고, 다른 시기도 잘 견뎌냈으니 이번에도 잘 버텨낼 거라고, 내 앞에 놓인 광대하고 위협적인 공백은 단순한 허상일 뿐이고 삶은 내가 그러하리라고 믿는 것보다 더 가볍고 더 즐거운 것이라고 믿게 된다. 그런 감성이 들자마자, 아직 모든 것을 다 잃지는 않았으리란 기대감에 빠지자마자 나는 엄마에게 말하고 싶은 충동을, 오늘 나는 괜찮고 행복 비슷한 감정을 느낀다고, 나도 아직 행복을 느끼는 게 가능한 것 같다고 말하고 싶은 충동을 느낀다. 엄마도 그게 궁금할 것이다. 하지만 나는 말할 수 없다. 이렇게 기분좋은 아침이면 늘 이런 벽에 부딪힌다. 엄마가 나를 걱정할 텐데, 엄마에게 내가 괜찮다고 말할 수 없다는 사실에.

기러기는 내가 다시 운다고 신경쓰지 않는다. 그들은 익숙하다. 꾸룩꾸룩 꽥꽥 소리로 내가 내는 소리를 덮는다. 누군가가 달려오다가 내가 자기를 못 본 것을 알아차리고 길을 비켜 달린다. 큰 보트하우스 근처로 가면 기러기의 수가 줄어든다. 나는 라즈 앤더슨 브리지에서 오른쪽으로 돌아 JFK로 들어서고 하버드스퀘어를 향해 언덕길을 오른다.

이렇게 자전거를 타면 마음이 얼마간 정화되고, 그 기분은 보통 몇 시간 지속된다.

아이리스는 하버드 소셜클럽이 소유한 건물의 삼층에 있다. 하버드 소셜클럽은 거의 십만 달러에 달하는 체납 세금을 갚으려고 십 년 전부터 공간을 임대하기 시작했다. 여름에는 학생이 많지 않고, 큰 벽돌 건물 반대쪽에 별도의 출입구가 있어 학생들은 거기를 이용하지만, 가끔 몇 명이 연습하는 소리가 들린다. 그곳엔 그들만의 극장이 있어 남자가 여자처럼 옷을 입고 하는 연극이 상연되고, 그 학교의 아카펠라 그룹이 턱시도를 입고 밤낮으로 건물을 들락거린다.

나는 주차 표시가 있는 금속 기둥에 자물쇠로 자전거를 잠그고 화강암 계단을 올라간 뒤 큰 문을 연다. 수석 종업원 중 한 명인 토니는 이미 일층 계단을 절반 올라갔고, 그의 팔에는 드라이클리닝을 한 옷이 걸려 있다. 그는 좋은 근무시간을 다 차지해서 유니폼을 전문 세탁소에 맡길 만큼 여유가 있다. 호화로운 계단에는 한때는 선홍색 플러시 천이었겠지만 지금은 기름에 절고 맥주 얼룩이 있는 카펫이 깔려 있었다. 나는 토니가 반층만큼의 계단을 끝까지 올라가 방향을 틀어 다음 반층의 계단을 올라갈 때까지 기다렸다가 계단을 오르기 시작한다. 나는 그 클럽의 회원이었던 대통령들의 초상화 앞을 지나간다. 애덤스, 애덤스, 루스벨트, 루스벨트 그리고 케네디. 두번째 층은 계단이 더 좁다. 토니는 천천히 움직여 아직 절반밖에 올라가지 않았다. 나는 속도를 훨씬 더 늦춘다. 계단 맨 위에서 불빛이 사라진다. 고리가 내려오고 있다.

"토니, 어이." 그가 소리친다. "거시긴 어때요?"

"축 늘어지고 육즙만 가득하네요."

고리가 킥킥 웃는다. 그가 내 쪽으로 내려오는데 계단이 흔들거린다.

"지각인데, 아가씨."

나는 지각이 아니다. 그건 그가 여자들에게 인사 대신 건네는 말이다. 내 이름을 몰라서 그러는 것 같다.

그가 나를 스쳐지나갈 때 내가 서 있는 계단이 가라앉은 것 같다.

"오늘밤 바쁠 거예요. 예약 손님이 여든여덟 명." 그가 뒤돌아보며 말한다. 지금이 벌써 오후라고 생각하는 건가? "그리고 비상근무 대기자가 방금 아프다고 연락이 왔어요."

비상근무 대기자는 해리, 아이리스에서 내 유일한 친구다. 하지만 그는 아프지 않다. 지금 새로 온 버스보이*와 프로빈스타운에 가는 중이다.

"롱 아이언은 꼭 짊어지고 다녀요." 그가 말한다.

"집에서 나올 땐 반드시 챙기죠." 내가 말한다.

내가 면접을 볼 때 그는 용케 골프에 관한 부분을 알아냈다. 나중에 알게 되기로 그는 크로케를 한다. 가든파티에서 하는 수준이 아니라 전문적으로 경쟁하는 수준이다. 아마 이 나라에서 가장 실력이 좋은 크로케 선수 중 하나일 것이다. 큰 우승을 거둔 뒤 아이리스를 개업했다.

내 아래쪽에서 그는 코를 세 번 요란하게 훌쩍이고 가래침을 끌어올렸다가 삼키고 컥 소리를 낸 뒤, 대문자로 케임브리지 저축은행CAMBRIDGE SAVINGS BANK이라고 인쇄된 파우치에 간밤에 번 돈을 모조리 담아 들고 거리로 나선다. 누군가가 그의 등에 '나를 애무해줘요'라고 쓴 포스트잇을 붙여놓았다.

---

* 식당에서 빈 그릇 치우는 사람.

"케이시 케이섬, 쫌." 내가 계단 맨 위에 이르자 데이나가 말한다. "아직 아무도 널 해고 안 했어?" 그녀는 파비아나의 안내대 위로 몸을 숙인 채 좌석 배치도를 만들고 있다. 거의 알아볼 수 없고, 공정하지 않을 게 뻔하다.

나는 복도를 지나 화장실로 가서 흰색 셔츠로 갈아입고, 머리칼을 붙잡고 씨름하여 규정대로 높고 단단하게 틀어올린다. 이렇게 하면 머리가 아프다. 돌아오니 데이나와 토니가 테이블 주위를 돌아다니면서 단체는 단체석에 앉히고, 큰 테이블, 단골 테이블, 식사 비용은 안 내지만 천문학적인 액수의 팁을 주는 레스토랑 투자자들의 테이블 등 모든 걸 그들의 입맛에 맞게 처리한다. 두 사람이 이 건물 밖에서도 친구 사이인지는 모르지만, 근무시간에는 같이 일하면서 못된 스케이트 선수 한 쌍처럼 비열한 행동을 꾸미고 바라던 대로 되면 의기양양 돌아다닌다. 단연코 연인 사이는 아니다. 데이나는 누가 몸에 손대는 것을 싫어하고—데이나가 경련이 일어났다고 말했을 때 새로 온 버스보이가 엄지로 목을 주물러주겠다고 팔을 뻗었다가 실제로 팔이 부러진 일도 있었다—토니는 맨날 자기 여자친구 이야기를 하면서 근무시간마다 모든 남자 종업원에게 추근댄다. 고리와 매니저인 마커스는 완전히 넘어갔거나 적어도 타협한 상태다. 해리와 나는 걸핏하면 교도소를 들락거리는 토니의 남동생이 조달하는 마약 때문이 아닌가 의심하는데, 토니는 술에 취했을 때만 동생 이야기를 하고 전에 그런 이야기를 한 적 없는 것처럼 우리에게 침묵의 서약을 요구한다. 우리는 데이나와 토니를 트위스티드 시스터*라고 부르면서 그들이 지나다니는 곳을 되도록 피하려고 한다.

"네가 내 구역에 있던 테이블 두 개 옮겼지." 야스민이 말한다.

"우리 쪽에 여덟 명씩 두 테이블이야." 토니가 말한다.

"어쨌든 네 구역에 있는 테이블을 써. 이건 내 거잖아, 제길." 야스민은 에리트레아에서 태어나 델라웨어에서 자랐고, 마틴 에이미스와 로디 도일을 많이 읽었다. 안타깝게도 그녀는 트위스티드 시스터에 대해서는 승산이 없다.

내가 야스민과 한편이 되기 전에 테이나가 내게 손가락을 겨눈다. "가서 꽃 좀 가져와, 케이시 케이섬."

테이나와 토니는 수석 종업원이다. 그들이 하라는 대로 해야 한다.

점심은 아마추어 시간이다. 신참과, 이중 근무를 하면서 매니저가 시키는 만큼 일하는 고참 일말workhorse의 시간이다. 나는 열여덟 살 때부터 테이블 서빙을 해서 여기 온 지 육 주 만에 신참에서 고참 일말로 승급되었다. 점심 수입은 뭔가를 축하하기 위해 마티니를 몇 차례 주문하면서 지갑을 술술 여는 변호사나 바이오테크 거물이 단체로 오지 않는 한 저녁 수입에 비해 보잘것없다. 식사 공간에 햇살이 가득 비치자 생경하고 모든 사물의 색깔이 달라 보인다. 나는 황혼과 서서히 검어지는 유리창의 풍경과 도금 스콘스**에서 흘러나와 테이블보의 기름 얼룩이나 미처 보지 못한 와인잔의 칼슘 얼룩을 가려주는 은은한 오렌지색 불빛을 더 좋아한다. 점심때는 한낮의 푸른 햇살 속에서 눈을 찡그려야 한다. 손님들은

---

* 미국의 헤비메탈 밴드 이름. 트위스티드(twisted)에는 '심보가 꼬였다'는 의미도 있다.

** 벽에 돌출된 형태로 장착된 촛대.

자리에 앉자마자 커피를 달라고 한다. 점심시간 담당 바텐더인 미아가 틀어놓는 음악소리도 더 잘 들린다. 대개 데이브 매슈스의 음악이다. 미아는 데이브 매슈스에게 빠져 있다. 고리는 술을 마시지 않고 있을 때가 많고, 마커스는 우리를 내버려둔 채 사무실에서 자신의 일을 하면서 온화한 모습을 유지한다. 이렇게 점심때는 모든 것이 반대다.

하지만 빠르게 지나간다. 나는 하버드야드에 있는 시계가 정오를 알리기 전에 2인 테이블 두 개, 5인 테이블 하나를 받는다. 생각할 여유가 없다. 우리는 건물 앞뒤로 왔다갔다하면서 벽에 부딪히는 테니스공처럼 움직이다가, 테이블 손님이 다 떠나고 일을 마감하고서야 계산기 앞에 앉아 신용카드로 들어온 팁을 계산하고 바텐더와 버스보이에게 각자의 몫을 나눠준다. 문은 다시 잠기고, 미아는 〈Crash Into Me〉를 쾅쾅 소리 나게 튼다. 모든 테이블을 원래 자리에 돌려놓고 유리잔을 씻고 닦은 뒤 내일 점심때 쓸 실버웨어를 냅킨에 말아놓고 나면 저녁시간에 맞춰 돌아오기 전까지 스퀘어에서 한 시간을 보낼 수 있다.

나는 쿠프 마트 옆에 있는 은행에 간다. 사람들이 줄을 서 있다. 은행원은 한 명이다. 링컨 러그LINCOLN LUGG, 황동 명판에 그렇게 적혀 있다. 내 의붓남동생들은 똥을 링컨 로그*라고 부르곤 했다. 막내는 나를 화장실로 끌고 가 자기가 얼마나 긴 똥을 눌 수 있는지 보여주곤 했다. 가끔은 우리 모두 화장실로 가서 그걸 보았

---

* Lincoln Logs. 나무토막으로 집을 만드는 장난감.

다. 내가 심리치료사를 찾아가게 되어 어린 시절에 대해 말하고 심리치료사가 아버지와 앤과 함께 보낸 행복한 순간을 떠올려보라고 한다면, 나는 우리가 빙 둘러서서 찰리의 비정상적으로 큰 링컨 로그를 본 순간을 말할 것이다.

나는 창구 앞으로 가면서 즐거운 얼굴을 하지만, 링컨 러그는 내 표정을 좋아하지 않는다. 어떤 사람들은 그런 식이다. 누군가의 즐거움은 자신이 희생된 대가일 거라고 생각한다.

내가 그의 앞에 현금뭉치를 내려놓는다. 그는 그것 역시 좋아하지 않는다. 은행원이라면 돈을 보고, 특히 저녁 근무에다 이중 근무를 해서 661달러를 계좌에 넣는 상황이면 기뻐해줄 것 같겠지만.

"아시겠지만, 입금은 ATM 기계를 이용하셔도 됩니다." 그가 손끝으로 돈을 집으면서 말한다. 저 사람은 돈 만지는 걸 좋아하지 않나? 누가 돈 만지는 걸 좋아하지 않지?

"알긴 하지만, 이건 현금이고 난 그저……"

"일단 기계 안에 들어가면 아무도 훔치지 않습니다."

"그냥 그 돈이 다른 사람의 계좌가 아니라 내 계좌에 들어간 걸 확인하고 싶은 거예요."

"우리 은행엔 철저한 규제를 따르는 체계적인 프로토콜이 있습니다. 그리고 모든 게 비디오테이프에 녹화되고요. 지금 여기서 이러는 게 훨씬 안전하지 않은 겁니다."

"나는 그저 이 돈을 예치할 수 있어서 기뻐요. 부탁인데, 소풍날 비를 뿌리지 마세요. 이 돈은 연방 고리대금업자들이 빼가기 전에 잠시 낮잠 잘 시간도 없을 거예요. 그러니까 나도 기쁨을 누리게 해줘요, 네?"

링컨 러그는 입술을 달싹이며 내 돈을 셀 뿐 반응하지 않는다.

내겐 빚이 있다. 마커스가 자신이 맡았던 점심과 저녁 근무를 죄다 내게 넘겼는데도 빚이 너무 많아 빚더미 아래서 벗어날 수 없다. 스페인에 가 있는 동안 대학과 대학원에 다니려고 받은 대출이 채무불이행 상태가 되었고, 다시 돌아오자 위약금, 수수료, 수금 비용을 합쳐 처음 진 빚의 거의 두 배가 되었다. 지금 내가 할 수 있는 전부는 간신히 버티는 것, 최소한을 내는 것인데, 어떤 상황이 될 때까지? 언제까지?—이게 문제다. 답은 없다. 그것이 유령처럼 어렴풋이 나타나는 내 공백의 일부다.

링컨 러그와 대면한 뒤 나는 유니테리언교회 밖 벤치에 앉아 운다. 소리 내지 않고 얼마간 조심스럽게, 하지만 그런 기분이 시작되면 눈물이 얼굴 위로 흘러내리는 걸 더는 어쩔 수 없다.

나는 마운트 오번 스트리트에 있는 살바토레 서점의 외국 도서 코너로 걸어간다. 육 년 전인 1991년에 거기서 일했다. 파리 이후이고 펜실베이니아와 앨버커키와 오리건과 스페인과 로드아일랜드에서 지내기 이전이다. 루크 전. 엄마가 친구 넷과 함께 칠레로 가서 돌아오지 않은 사람이 되기 전.

서점은 달라 보인다. 더 깨끗하다. 쌓아놓은 책이 깔끔하게 정리되어 있고, 고대 언어 서적이 있던 자리에 현금 등록기가 들어왔다. 하지만 마리아와 내가 어울리던 안쪽은 똑같다. 나는 마리아가 담당하는 프랑스 문학 코너의 보조로 고용되었다. 나는 그해 가을에 프랑스에서 돌아왔고, 마리아가 미국인이기는 해도 거기서 일하는 시간 내내 그녀와 프루스트나 셀린이나 당시에 인기가 많던 뒤라스에 대해 프랑스어로 이야기할 수 있을 거라 생각했다. 하지만 우리는 그러는 대신 주로 섹스에 대해 영어로 이야기했는데, 그건 그 나름대로 프랑스적이었던 것 같다. 그녀와 여덟 달 동안 나눈 대화에서 지금 기억나는 건 그녀의 고양이 키티가 그녀의 몸을 위에서 아래로 핥아내려왔다던 꿈 이야기뿐이다. 혓바닥의 거친 느낌이 너무 좋았지만 고양이가 자꾸 딴 데 정신을 팔았다고 했다. 고양이가 그녀를 조금 핥다가 자기 앞발을 핥기 시작하자 마리아는 소리를 지르며 깨어났다. "집중해, 키티, 집중!"

하지만 안쪽에 마리아는 없다. 그들 중 누구도 없다. 심지어 귄터 그라스가 통일을 강력히 반대했다는 이유로 귄터 그라스의 책을 달라는 손님에게 버럭 화를 냈던 냉소적인 동독인 만프레트도 없다. 우리 모두 애송이들로 교체되었다. 야구모자를 쓴 남자애, 머리칼을 허벅지까지 기른 여자애. 금요일 세시였으므로, 우리가 그랬던 것처럼, 그들도 맥주를, 하이네켄을 마시고 있다.

가브리엘이 한 차례 더 마실 만큼 창고에서 들고나온다. 그는 여전해 보인다. 은색 곱슬머리, 다리에 비해 너무 긴 상체. 나는 그에게 반했었다. 그는 아주 똑똑하고, 책을 사랑하고, 모든 외국 출판사와 각국의 언어로 통화하며 사무를 보았다. 그의 유머 감각은 어둡고 건조했다. 그가 맥주병을 나눠준다. 그리고 뭔가 조그맣게 말하자 모두 웃음을 터뜨린다. 머리가 긴 여자애가 그를 보는 시선이 내가 예전에 그를 보던 시선과 같다.

살바토레 서점에서 일할 때의 나는 무일푼은 아니었다. 적어도 나 자신은 그렇게 생각하지 않았다. 빚의 액수가 훨씬 적고, 샐리 메이와 에드펀드와 컬렉션 테크놀로지와 시티뱅크와 체이스가 아직 나를 들들 볶지 않을 때였다. 나는 친구들과 촌시 스트리트에 있는 어느 집의 임차인에게서 한 달에 80달러를 내는 조건으로 방 하나를 빌렸다. 우리 모두 작가가 되려고 노력했지만 생계를 위해서 별도로 일했다. 니아와 애비는 장편을, 나는 단편을 쓰고 있었고, 러셀은 시인이었다. 내기였다면 나는 우리 중에서 러셀이 단연코 가장 오래 버틸 거라는 데 돈을 걸었을 것이다. 그는 엄격하고 원칙적이고, 매일 아침 네시 반에 일어나 일곱시까지 글을 썼으며, 5마일을 달려서 와이드너도서관으로 출근했다. 하지만 로스쿨에 진학하면서 그는 제일 먼저 항복한 사람이 되었다. 지금은 탬파에서 세무 전문 변호사로 일한다. 애비가 그다음이었다. 친척 아주머니가 재미삼아 공인중개사 시험을 보라고 그녀를 설득했다. 나중에 그녀는 내게, 자기는 집을 보러 돌아다닐 때 여전히 상상력을 이용해 고객을 위한 새로운 삶을 창조한다는 걸 열심히 전달했다. 나는 지난달 브루클린에서 흰 기둥이 늘어선 엄청나게 큰 집의 바깥에서 그녀를 만났다. 그녀는 검은 SUV의 운전석 차창 안으로 몸을 기울이고 연신 고개를 주억거렸다. 니아는 자세가 멋지고 신탁금을 받는 밀턴 스칼러*인 누군가를 만났는데, 그는 그녀의 소설을 열다섯 페이지 읽고 돌려주면서 자신은 여성 일인칭시점의 내러티브가 거슬린다고 말했다. 그녀는 소설을 대형 쓰레기통에 던져넣고 그와 결혼했고, 그가 라이스에서 직장을 구하자 휴스턴으로 이사했다.

나는 그게 이해되지 않았다. 그때는 그들 중 누구도 이해되지 않

---

* 밀턴 협회에서 매년 협회에 대한 기여도에 따라 선정하며, 문학계에서 영예롭게 여겨진다.

왔다. 그들은 한 명씩 포기하고 다른 곳으로 떠났고, 빈자리는 MIT 공대생들로 채워졌다. 머리를 하나로 묶고 스페인어 억양이 있는 남자가 살바토레 서점으로 들어와 바르트의 『라신에 관하여』를 찾았다. 우리는 프랑스어로 말했다. 그는 영어를 싫어한다고 말했다. 그의 프랑스어 실력은 나보다 나았다—아버지가 알제* 출신이었다. 그는 센트럴스퀘어에 있는 자기 방에서 카탈루냐식 생선 스튜를 만들어주었다. 그가 내게 키스했을 때 그에게서 유럽 냄새가 났다. 펠로십이 끝나자 그는 바르셀로나에 있는 집으로 돌아갔다. 나는 펜실베이니아에서 MFA 프로그램에 들어갔고, 내가 워크숍에서 만난 재미있는 남자, 뉴햄프셔 공장 타운을 배경으로 두 페이지짜리 음울한 단편을 쓴 그 남자와 데이트를 시작할 때까지 서로 연애편지를 주고받았다. 우리가 헤어진 뒤 나는 앨버커키로 가서 잠시 살았고, 결국 오리건주 벤드로 가서 케일럽과 그의 남자친구 필과 함께 지냈다. 파코가 보낸 편지가 거기 있는 나를 찾아냈고, 우리는 다시 편지를 교환하기 시작했다. 그가 내게 보낸 다섯번째 편지에 바르셀로나행 편도 비행기표가 들어 있었다.

나는 고대 그리스어 코너에서 이 책 저 책 뽑아본다. 내가 다음으로 배우고 싶은 언어다. 모퉁이를 돌면 이탈리아 코너가 나오는데, 유일한 다른 손님이 거기 책상다리를 한 채 바닥에 앉아 어린남자아이에게 『쿠오레』를 읽어주고 있다. 여자의 목소리는 낮고 아름답다. 나는 바르셀로나에서 줄리아라는 친구와 함께 이탈리아어로 조금씩 말해보기 시작했었다. 나는 긴 벽에 프랑스 문학 도서가

---

* 프랑스의 식민지였던 알제리의 수도.

출판사별로 꽂혀 있는 곳으로 이동한다. 상아색 바탕에 빨간색 글자가 특징적인 갈리마르 출판사, 흰색 바탕에 파란색 글자가 특징적인 에디시옹 드 미뉴잇, 저가 도서처럼 보이는 리브르 드 포시. 그리고 자체 유리 케이스에 별도로 정리된 호화로운 플레이아데스 출판사 책은 가죽 장정에 금박으로 활자를 박았고 금색의 가는 줄이 있다. 발자크와 몽테뉴와 발레리, 책의 등이 하나하나 보석처럼 반짝인다.

내가 그 책들을 전부 선반에 꽂았는데, 박스를 칼로 뜯고 책을 꺼내 뒤쪽 철제 선반에 쌓아 보관하고 한 번에 몇 권씩 밖으로 꺼냈다. 그러는 동안 주로 『잃어버린 시간을 찾아서』에 대해 마리아와 논쟁했다. 나는 그 책을 찬미했지만 마리아는 『미들마치』만큼이나 재미없다고 했다. 그녀는 열일곱 살이던 여름에 『미들마치』를 다 읽을 때까지 열여덟 번 자위행위를 해야 했다고 말했다. 그 책 때문에 내 아랫도리 세상이 아팠다니까, 그녀가 말했다.

『라신에 관하여』가 한 권 꽂혀 있다. 파코가 찾으러 온 그날은 여기 없던 책이다. 내가 그를 위해 특별히 주문했다. 나는 책등 맨 위쪽에 접착제가 붙어 있는 부분을 만진다. 파코 때문에 운 적은 한 번도 없다. 그와 함께한 두 해는 가볍게 남았다. 우리는 프랑스어를 하다가 그가 내게 가르친 카탈루냐어와 카스티야어의 혼종 같은 것으로 넘어갔고, 나는 그게 내가 그를 그리워하지 않는 이유일 수 있다고 생각한다. 우리가 서로에게 한 모든 말은 내가 이제 잊기 시작한 언어로 한 것이었다. 그 관계가 짜릿했던 건 아마 언어 때문이었을 테고, 따라서 내가 언어에 대한 내 재능, 흡수하고 모방하고 형태를 바꾸는 내 능력에 대한 그의 믿음을 유지하려고 애

쓸 때, 모든 것이 내 수준보다 높았고, 얼마간은 도전이었다. 미국인에게는 그런 재능, 즉 좋은 귀와 좋은 기억력과 문법 규칙에 대한 이해를 두루 갖추는 능력이 기대되지 않아서 나는 실제의 나보다 더 천재로 보였다. 모든 대화는 월등해 보일 기회, 신나게 떠들 기회, 나 자신을 즐겁게 하고 그를 놀라게 할 기회였다. 하지만 우리가 서로 무슨 이야기를 나눴는지는 이제 기억나지 않는다. 외국어로 나눈 대화는 영어로 나눈 대화만큼 머릿속에 오래 남지 않는다. 그건 오래가지 않는다. 그걸 생각하면 내가 열다섯 살이고 엄마가 사라져 있었을 때 엄마가 크리스마스 선물로 보내온 투명 잉크 펜이 떠오르는데, 아이러니한 건 그 기억이 엄마에게선 사라지고 내게선 사라지지 않았다는 것이다.

나는 가브리엘이 나를 알아보거나 점원 중 하나가 안내 데스크 뒤에서 튀어나와 도와주겠다며 다가오기 전에 그곳을 빠져나온다.

매사추세츠주로 돌아올 생각은 없었다. 그저 다른 계획이 없었을 뿐이다. 촌시에서 보낸 나날을 떠올리고 싶지는 않다. 삼층 지붕창 아래서 글을 쓰고 알제에서 터키식 커피를 마시고 플라우 앤드 스타스에서 춤을 추며 보낸 그 시절. 삶은 가벼웠고 값싼 물건을 썼고 값이 싸지 않을 때는 신용카드를 이용했다. 대출금은 매각되고 다시 매각되었고,* 나는 최소 금액을 갚으면서 풍선처럼 커지는 잔액은 생각하지 않았다. 그때쯤 엄마는 이미 피닉스로 돌아간 뒤였고, 일 년에 두 번씩 자신을 보러 오라고 비행기표 값을 대주었다. 그 시간을 빼고는 전화로 대화를 나누었다. 통화는 이따금

---

* 돈을 갚지 못해 대출금을 회수하는 전문 업체로 거듭 넘어가는 상황.

몇 시간씩 이어져, 우리는 오줌을 누고 손톱을 칠하고 음식을 만들고 이를 닦았다. 나는 엄마가 그 작은 집의 어디에 있는지를 옷걸이가 슥슥 이동하는 소리, 유리잔을 설거지통에 놓는 소리 같은 배경음으로 알았다. 나는 서점 사람들 이야기를 하고, 엄마는 피닉스 주의회 의사당 사무실—당시 주지사를 위해 일하고 있었다—에서 같이 일하는 사람들 이야기를 했다. 나는 엄마에게 산티아고데쿠바 이야기를 다시 해달라고 졸랐다. 그곳은 엄마가 성장한 곳으로, 엄마는 미국에서 태어나 산티아고데쿠바로 이주한 부모님과 함께 그곳에서 살았다. 아버지는 의사였고, 어머니는 나이트클럽에서 유명한 뮤지컬 곡들을 불렀다. 이따금 엄마는 나보고 빨래는 했는지, 시트는 갈았는지 물었고, 그러면 나는 엄마 노릇은 그만하라고, 엄마는 그런 것과 어울리지 않는다고 말했다. 그러면 우리는 웃었는데, 그 말은 사실이었고 그것에 대해 내가 엄마를 이미 용서했기 때문이었다. 그런 날을 돌이켜보면 내가 탐욕스럽게 느껴진다. 그 모든 시간과 사랑과 내 앞에 놓인 삶, 내 몸안에 벌은 없고 전화선 반대쪽에는 엄마가 있는 삶.

거리 위쪽으로 주차된 차의 지붕 위에 열기가 웅덩이처럼 고여 벽돌 건물이 아른아른하게 보인다. 보도에는 이제 사람들이 많아져, 크레페와 아이스라테를 들고 이곳을 찾은 타지 사람들과 밀크셰이크나 마운틴듀를 쪽쪽 빨아 마시는 그들의 아이들로 가득하다. 나는 그들을 피해 차도로 걷다가 길을 건너 던스터 로드로 가서 아이리스로 돌아간다.

나는 계단을 올라가고, 걸려 있는 대통령 사진들을 지나가고, 이미 유니폼을 입고 있지만 화장실부터 간다. 아무도 없다. 세면대 위로 내 모습이 보인다. 거울은 휠체어 이용자를 위해 벽에서 앞으로 조금 기울게 매달아놓아서 그 각도 때문에 내 모습이 좀 생소하다. 나는 지쳐 보인다. 병에 시달려 몇 달 사이 십 년은 늙은 사람처럼. 내 눈을 들여다보지만, 정말로 익숙하게 아는 내 눈은 아니다. 아주 고단하고 슬픈 사람의 눈이라, 그 눈을 보니 더욱 슬프게 느껴지고, 이어 내 눈동자에 어린 슬픔에 대한 슬픔이, 연민이 보인다. 그리고 그 눈에 맺힌 눈물을 본다. 나는 슬픈 사람인 동시에 슬픈 이를 위로하고 싶어하는 사람이다. 그리고 나는 아주 많은 연민을 지닌 그 사람에 대해 슬픔을 느끼는데, 그녀 또한 같은 일을 겪은 게 분명하기 때문이다. 그리고 이 과정은 반복된다. 이건 세 개의 평면으로 된 거울이 있는 드레스룸에 들어가는 것과 같아서, 그것들을 나란히 놓아 무한대로 작아지는 자신의 모습들이 보이는 점점 좁아지는 긴 복도를 보는 것이다. 그렇게 느껴진다. 무한수의 내 모습만큼 슬프게.

나는 얼굴에 물을 끼얹고, 누가 들어올까봐 디스펜서에서 뽑은 페이퍼타월로 얼굴을 톡톡 두드려 닦지만, 물기가 사라지자마자 얼굴은 다시 일그러진다. 나는 머리칼을 다시 단단하게 틀어올리고 화장실에서 나온다.

내가 식사 공간으로 들어갔을 때는 이미 지각이다. 트위스티드 시스터가 다시 행동을 개시했다.

데이나는 나를 쏘아본다. "덱Deck. 초."

덱은 카운터를 지나고 프렌치 도어를 통과하면 나오는데, 습하고 장미와 백합과 주방장이 접시를 장식할 때 쓰는 한련의 후추 같은 향이 난다. 모든 화분에서 흙물이 똑똑 떨어지고, 화분 가장자리의 바닥 판자는 흠뻑 젖어 있다. 비 오는 여름 아침 엄마의 정원 냄새가 난다. 페이스트리 주방장인 헬렌이 방금 물을 준 모양이다. 옥상의 이 오아시스는 그녀가 만든 것이다.

메리 핸드가 저쪽 구석에 티라이트가 놓인 쟁반과 물주전자, 쓰레기통을 들고 전날 밤에 떨어진 밀랍을 칼로 긁어내고 있다.

"3펜스 4펜스."* 메리 핸드가 말한다. 그녀에게는 특유의 언어가 있다. 그녀는 아이리스에서 테이블 종업원으로 누구보다 오래 일했다.

나는 그녀 옆에 앉는다. 쟁반에 놓인 행주를 집어들고 그녀가 비운 유리 용기 안쪽을 잘 닦고 각각의 안에 물 몇 방울을 떨어뜨린 뒤 새 티라이트를 넣는다.

메리 핸드가 몇 살인지는 알 수 없다. 나보다는 나이가 많은데, 세 살 더일지 아니면 스무 살 더일지? 회색이 조금도 보이지 않는 곧은 갈색 머리칼을 뒤에서 모아 베이지색 고무줄로 묶었고, 얼굴은 길고 목은 막대처럼 가늘다. 그녀의 모든 것이 길고 가늘고, 일말보다는 망아지 같은 모습이다. 그녀는 내가 같이 일해본 종업원 중에서 가장 일을 잘하고, 굉장히 차분하면서도 민첩하고 효율적이다. 그녀는 다른 사람의 테이블 사정도 자신의 테이블처럼 잘 안다. 당신이 6인 테이블로 가져갈 앙트레의 주문을 넣는 걸 깜박하거나 와인 따개를 집에 놓고 오면 당신을 구해준다. 밤이 절정으로 치달아 모두 똥줄 빠지게 바쁠 때, 적외선램프 아래 너무 오래 방

---

* 메시지가 여러 사람의 입을 탈 때 잘못 전달될 수 있다는 뜻으로 쓰이는 관용적인 표현.

치된 접시는 행주로 잡아 옮길 수도 없을 만큼 뜨거워지고 부주방장은 야단을 치고 손님들은 애피타이저나 계산서를 가져오기를, 물잔을 채워주기를, 소스를 더 갖다주기를 기다릴 때 메리 핸드는 천천히 여유롭게 한마디하는 것이다. "잼을 바른 토스트처럼 간단해." 그렇게 말하면서도 당황하는 기색을 보이지 않을 테고, 그녀의 긴 팔에는 우리가 가져갈 앙트레가 전부 얹혀 있을 것이다.

"좀 나와봐, 작은 난쟁이 씨." 메리 핸드는 다 타들어간 티라이트에게 달콤하게 속삭인다. 그녀를 그냥 메리라고 부르는 사람은 아무도 없다. 그녀가 칼을 비틀자 티라이트가 기분좋은 톡 소리를 내며 빠져나오고, 밀랍 물이 우리 두 사람에게 튄다. 우리는 웃는다.

이럴 때의 덱은 쾌적하다. 손님은 없고, 키 큰 단풍나무 뒤에서 비치는 햇살이 테이블에 알록달록한 빛의 무늬를 그리지만 열기는 강하지 않으며, 이곳은 매사추세츠 애비뉴의 뜨겁고 시끄럽고 어수선한 풍경 위에 높이 자리하고 있다. 헬렌이 키우는 식물이 수백 종은 될 텐데 모두 꽃을 피운 채 키 작은 돌벽을 따라 쭉 늘어놓은 상자와 바닥에 내려놓은 화분에 심겨 있거나 트렐리스에 걸려 있고, 잎은 진녹색의 건강한 모습이다. 식물은 모두 무성하게 자라 만족한 듯 보이고, 그 모습은 당신에게도 그런 느낌을 준다. 혹은 적어도 그렇게 무성해지는 게 가능한 일이라는 느낌을.

엄마도 식물을 키우는 재주가 있었다. 나는 메리 핸드에게 그 말을 하고 싶지만, 레스토랑에서 아직 엄마 이야기를 하지는 않았다. 나는 엄마와 방금 사별한 사람으로 보이고 싶지 않다. 막 버림받은 사람이라는 사실만으로도 기분이 충분히 엉망이다. 나는 처음에 수습 근무를 할 때 데이나에게 루크 이야기를 하는 실수를 저질렀다.

"해마다 이런가요? 이렇게 풍요로워요?"

"흠흠." 메리 핸드가 말한다. 메리는 '풍요'라는 단어가 마음에 든 모양이다. 그런 걸 알겠다. "그녀는 재능이 있어." 메리는 그 단어를 죄능이라고 아주 천천히 발음한다. 그녀란 헬렌을 말하는 것이다. "식물에 대한 죄능."

"여긴 얼마나 오래 있었어요?"

"대략 트루먼 정권 때부터."

메리는 자신의 삶에 대한 구체적인 부분에 대해선 다람쥐처럼 군다. 아무도 그녀가 어디 사는지, 누구와 사는지 모른다. 해리는 그건 고양이가 몇 마리 있는가의 문제일 뿐이라고 말한다. 하지만 나는 잘 모르겠다. 그녀가 한때 데이비드 번*과 사귀었다는 말이 있다. 누군가는 볼티모어에 있는 고등학교에서였다고 한다. 또 누군가는 로드아일랜드 스쿨 오브 디자인RISD에서였다고 한다. 그가 그녀를 버렸고 메리는 결코 회복하지 못했다는 데는 모두의 말이 일치한다. 영업 시간 전이나 후에 음악을 틀었는데 토킹헤즈가 흘러나오면 누구든 카운터 스테레오에 가장 가까이 있는 사람이 잽싸게 채널을 돌린다.

"여기선 어떻게 일하게 됐어?" 그녀가 말한다. "넌 마커스가 고용하는 유는 아닌데."

"무슨 뜻인가요?"

"넌 좀더 우리 쪽이잖아. 고참 멤버." 그녀가 의미한 건 전 하우스 매니저가 고용한 사람들이다. "뇌를 쓰는 쪽."

---

* 미국의 싱어송라이터. 밴드 토킹헤즈의 리더로 유명하다.

"그건 잘 모르겠는데요."

"음, 뇌를 쓴다는 게 무슨 뜻인지 알 텐데. 딱 들어맞는 사례지."

토니가 덱으로 나와 우리가 해야 할 일을 지시한다. 여기 바깥엔 기념일을 축하하러 열 명이 모일 테니 큰 테이블이 하나 필요하다. 메리 핸드와 내가 힘을 합쳐 테이블 두 개를 밀어서 붙이고 그 위에 테이블보 몇 개를 깐 뒤 맨 위에 있는 테이블보 모서리가 맨 아래 있는 테이블보의 단에 닿도록 끝을 맞춘다. 우리는 나머지 작은 테이블에도 그렇게 한 다음, 테이블을 세팅하면서 작은 헝겊으로 실버웨어는 광을 내고 유리잔은 반짝거리게 닦는다. 우리는 테이블마다 초를 하나씩 놓고, 내가 점심시간을 위해 준비해놓은 꽃을 냉장 보관실에 들어가 꺼내온다. 주방장이 우리 모두를 준비 공간으로 불러, 오늘의 특별 요리를 알려주고 조리 과정과 식재료에 대해 일러준다. 전에 같이 일한 주방장들은 극도로 신경질적이고 성질이 불같았지만, 토머스는 차분하고 다정하다. 자기 주방에서 일어나는 일은 결코 방관하지 않는다. 성미가 고약하지도, 입이 험하지도 않다. 여자를 싫어하지 않고, 심지어 여자 종업원도 싫어하지 않는다. 내가 실수를 하면, 심지어 바쁜 밤시간이어도, 그저 고개만 끄덕이고 접시를 가져갔다가 필요한 것을 다시 내민다. 그는 요리도 잘한다. 우리는 카르파초나 겉만 구운 가리비나 볼로네제가 남으면 언제나 슬쩍 챙긴다. 준비 공간에 있는 높은 선반에는 그렇게 빼돌린 음식이 수두룩하고, 우리는 그걸 마커스에게 들키지 않게 깊숙이 밀어놓고 밤시간 동안 몰래 먹어치운다. 나는 레스토랑에서 끼니를 해결해야 하지만—식료품점에서는 시리얼이나 누들 이상은 감당할 수 없다—내가 파산한 게 아니라 해도 그런 음식이라면 훔쳐먹을 것이다.

삼십 분이 지나자 내 구역의 모든 자리가 찼다. 메리 핸드와 나는 손발을 맞춰 일한다. 식사 공간에 에어컨을 켜면 덱의 프렌치 도어는 닫아두어야 해서, 준비된 식사를 들고 이동할 때 서로 문을 잡아준다. 그녀는 내가 맡은 4인 테이블로 음료를 가져가고, 나는 그녀가 시끌시끌한 10인 테이블에서 샴페인 병을 따고 있는 동안 그녀의 2인 테이블에 연어 요리를 가져간다.

나는 후끈한 주방에서 서늘한 식사 공간으로, 그리고 습한 덱으로 가는 걸 좋아한다. 나는 크레이그가 카운터에서 일할 때가 좋은데, 주문이 아무리 많아도 와인에 대한 설명이 필요하면 늘 테이블로 와주기 때문이다. 그리고 나는 생각 없이 고민에서 벗어난 상태, 보타이를 맨 남자에게는 오소부코를, 오늘이 생일인 분홍색 옷을 입은 여자아이에게는 라벤더 플랜을, 가짜 신분증을 쓰는 학생 커플에게는 사이드카 칵테일을 가져가는 것을 빼면 삶에서 다른 뭔가를 기억할 여유가 없는 이런 상태가 좋다. 주문을 암기하고—나이든 남자들은 안 적어도 되겠어요, 하고 물을 것이다—준비 공간에 있는 컴퓨터에 입력하고, 창구에서 음식을 찾아가고, 주문서를 송곳에 찔러넣고, 왼쪽부터 서빙하고 오른쪽부터 치우는 것이 좋다. 데이나와 토니는 큰 테이블을 맡아 너무 바빠서 누군가에게 창피를 줄 틈도 없다. 데이나가 주문을 받는 동안 내가 데이나의 샐러드를 대신 갖다주자 그녀는 내 봉골레를 장식해준다.

내 테이블에 에콰도르 사람들이 앉아서 나는 스페인어로 말한다. 그들이 내 억양을 듣더니 카탈루냐어로 몇 문장 말해보라고 한다. 내 입안에서 만들어지는 그 언어의 감각에 나는 파코가 떠오른다. 그의 좋은 면이. 웃을 때 얼굴 전체에 주름이 잡히던 방식이나 나를 등에 기대 잠들게 해주던 그런 순간이. 그들에게 주방에서 설거지를 하는 사람 중에 과야킬*에서 온 사람이 있다고 말해주자 그들이 만나보고 싶어한다. 나는 알레한드로를 데려오고, 그는 결국 거기 앉아 같이 담배를 피우고 정치 이야기를 하고 미친 것처럼 활짝 웃는다. 나는 비말과 수증기와 남은 음식에 에워싸이지 않은 그의 모습을 살짝 엿본다. 하지만 주방에 일이 산더미처럼 쌓이자 결국 마커스가 폭풍처럼 덱으로 나와 그를 자기 위치로 돌려보낸다.

두번째 테이블 배정에서 딱 한 번 갈등이 일어나는데, 파비아나가 데이나의 구역으로 보내야 할 두 사람을 내 구역에 앉혔을 때다.

"쟤 방금 다섯 명을 받았다고." 데이나가 말한다. "뭐가 이 따위야?"

파비아나가 준비 공간을 빙 둘러 온다. 어수선한데다 얼룩이 묻을지 몰라 그녀가 피해다니는 곳이다. 그녀는 실크 랩 드레스를 입었고, 이곳에서 머리칼을 풀고 다녀도 되는 유일한 여자다. 깨끗하고 샤워를 했으며 절대 샐러드드레싱 냄새를 풍기지 않는다.

"저 사람들이 쟬 불러달라고 했어, 데이나. 넌 여덟시 반에 일곱 명을 받을 거야."

"웰즐리에서 온 그 짜증나는 교사들? 아이고 고마워라. 얼음물하고 셋이 나눠 먹는 샐러드 갖다주면 팁으로 5달러나 받겠지."

나는 키 큰 선반 옆으로 몸을 기울여 문을 통해 덱을 내다본다. 키 큰 여자와 머리가 벗어진 남자다. "네가 받아도 돼. 난 누군지도

---

* 에콰도르 서남부에 있는 항구도시.

몰라."

마커스가 카운터에서 우리 쪽으로 걸어온다.

"왜 아직 여기 있어?" 파비아나가 마커스 대신 떽떽거린다. "밖으로 나가, 케이시."

내 생각엔 두 사람이 같이 자기 시작한 것 같다.

내가 덱으로 나간다.

"케이시!" 두 사람이 다 일어나서 나를 꼭 끌어안는다. "우리를 알아보지 못하는구나." 여자가 말한다. 남자는 이미 칵테일 몇 잔을 마신 뒤라 볼은 빨개지고 몸은 느른해져서 바라보는 눈빛이 자애롭다. 여자는 체격이 크고 가슴은 뱃머리 각도로 튀어나왔고 목에는 터키석이 달린 금목걸이가 걸려 있다. 엄마가 하던 것과 비슷해 보인다.

"저기요."

그들 뒤쪽 테이블에서 계산서를 달라고 한다.

"우리는 더그의 사무실에서 일했어. 네 엄마하고 같이."

거긴 하원 의원 사무실로, 엄마가 아빠를 떠난 뒤 처음 다닌 직장이었다. 도일 부부. 그게 그들의 정체였다. 리즈와 팻. 그때는 두 사람이 결혼하기 전이었다.

"네 엄마가 우리를 맺어줬지. 내가 팻의 데이트 신청을 받길 바라고 있다고 그에게 말해줬어. 그리고 그가 그러겠다고 하더라는 말도 내게 전해줬고. 사실 그는 그런 말은 하지도 않았는데 말이야. 참 깜찍한 꾀였지! 그래서 우리가 지금 여기 온 거야." 그녀가 내 손을 잡는다. "우리가 미안해, 케이시. 그 소식 듣고 마음이 어찌나 아프던지. 마음이 정말 아팠어. 우리는 베로에 있었는데, 그

렁지 않았다면 장례식에 참석했을 거야."

나는 고개를 끄덕인다. 미리 어떤 경고가 있었다면 훨씬 잘 대처했을 텐데, 이건 기습 공격이다. 나는 다시 고개를 끄덕인다.

"네게 편지를 쓰려고 했지만, 그 시점에 네가 이 지구상 어디에 있는지 알 수가 있어야지. 그러다 우연히 에즈라를 만났는데, 네가 여기로 돌아와 아이리스에 있다는 거야!" 그녀가 내 팔에 따뜻한 손을 얹는다. "나 때문에 당황했구나."

나는 고개를 가로젓지만, 얼굴에 다 드러났을 테고 눈썹은 모양이 우스꽝스럽게 변했을 것이다.

"이 목걸이, 네 엄마가 준 거야."

엄마라면 물론 그랬을 것이다.

"여기요." 그들 뒤쪽 테이블에 앉은 남자가 신용카드를 흔들며 말한다.

나는 그 남자뿐 아니라 준비 공간으로 가는 길에 나를 붙잡아 세우는 모든 손님들에게 고개를 까딱한다. 점심 준비물 통에서 식기류를 말아둔 냅킨 하나를 꺼내 펼치고 계산서를 인쇄하는 동안 거기 얼굴을 갖다댄다.

"정신 꼭 붙들어, 알겠니?" 데이나가 말은 그렇게 해도, 작은 쟁반에 초콜릿과 함께 놓은 계산서를 나 대신 내 테이블로 가져가 준다.

나는 스윙 도어를 밀어 열고 주방으로 들어간다. 요리사들은 적외선램프 아래서 나를 기다리는 음식과 내게서 등을 돌린 채 부지런히 움직인다. 나는 냉장 보관실 안으로 들어간다. 춥고 건조한 그곳에 서서 안쪽 유제품 선반을 본다. 파라핀지에 포장된 벽돌 같은 버터덩어리, 진한 크림이 든 통. 포장 용기에 담긴 달걀. 나는 숨을 쉰다. 내 손을 내려다본다. 케일럽이 내게 엄마의 반지를 주었다. 엄마는 평생 그 반지를 꼈다. 사파이어가 하나 있고 작은 다이아몬드가 두 개 박힌 반지. 내가 어렸을 때 우리는 그걸 하늘과 별이라고 불렀다. 엄마의 친구인 재닛이 그걸 나중에 엄마의 손가락에서 빼내야겠다고 생각한 것이다. 그걸 끼면 내 손은 엄마 손 같아 보인다. 넌 해낼 수 있어, 내가 반짝거리는 푸른색이 감도는 검은 눈을 보고 말한다. 그러고는 리즈와 팻 도일의 주문을 받으러 밖으로 나간다.

내가 피노 그리지오와 애피타이저를 가져갔을 때 그들은 여전히 나를 점잖은 태도로 대했지만, 황새치 요리와 리소토를 가져갔을 때 팻은 내가 잘 모르는 보통주나 실러 PE 같은 용어를 써가며 신나게 주식 이야기를 하고 있었고, 커피를 가져갔을 때는 마빈이라는 사람이 자기들 딸의 결혼식 때 허슬을 춘 이야기를 하며 깔깔거릴 뿐 나를 안다는 사실 자체를 거의 잊은 것 같았다. 하지만 그들은 영수증과 현금 팁이 놓인 쟁반에 명함을 남긴다. 팁은 16퍼센트다. 두 사람 다 각자 사업을 한다. 둘 다 정치 일은 더이상 하지 않는다.

한 테이블씩 사람들이 사라지고 떠난 자리에는 더러워진 냅킨과 립스틱 자국이 남는다. 테이블보는 헝클어지고 뭔가가 묻어 뻣뻣해졌으며, 와인병은 물이 담긴 통에 위아래가 뒤집힌 채 꽂혀 있다. 유리잔과 커피잔과 더러워진 디저트 접시가 바다를 이룬다. 다른 사람이 치우도록 두고 간 모든 것. 우리는 이제 천천히 일하면서 실내와 덱을 다시 정리한다. 카운터에서 데이트 상대가 기다리고 있는 야스민과 오마르만이 여전히 빠르게 움직인다.

마지막으로 하는 일은 잔을 닦고 점심때 쓸 실버웨어를 냅킨으로 좀더 말아놓는 것이다. 알레한드로가 유리잔을 담은 김이 나는 녹색 격자판을 가지고 나온다. 처음에는 너무 뜨거워서 헝겊 없인 만질 수도 없다. 오마르와 나는 실버웨어 마는 일을 계속한다. 냅킨을 삼각형으로 접고 긴 변에 맞추어 나이프 위에 포크, 그 위에 스푼의 순서로 놓은 다음 양쪽 꼭짓점을 포갠 뒤 맨 위 꼭짓점을 향해 만다. 크레이그가 카운터에서 오마르의 비쩍 마른 데이트 상대와 함께 웃고 있어서, 오마르가 마는 속도는 점점 빨라진다. 백 개를 말아서 통에 넣어야 우리는 갈 수 있다.

내가 자전거에 올라탈 때는 거의 새벽 한시다. 내 몸은 고갈되었다. 정원 헛간까지의 3마일이 아주 길게 느껴진다.

어둠, 열기, 짝을 이루어 보도를 걷고 있는 사람들 몇 명. 강물과 달의 흔들리는 그림자. 너한테서 달의 맛이 나, 루크가 버크셔스에 있는 들판에서 말했다. 빌어먹을 시인. 길에 사람들이 손을 잡고 있거나, 병을 들고 술을 마시거나, 사방에 녹색 기러기 똥이 널려 있는 줄도 모른 채 풀밭에 누워 있다. 내가 방심하고 있을 때 그가 다가왔다. 방어할 틈이 없었다.

아침에는 엄마가 몹시 보고 싶다. 하지만 늦은 밤에 내가 그리워하는 사람은 루크다.

BU 브리지는 텅 비었고, 고요하다. 나는 물을 굽어본다. 가슴이 답답하고 숨이 거칠어지지만 울지 않는다. 메리 핸드에 대한 경의의 마음으로 〈Psycho Killer〉*를 부른다. 애덤의 집 진입로에 다와서도 울지 않았다. 이번이 처음이다. 자전거를 밀며 차고로 들어간다. 작은 승리다.

　문 밑으로 기한을 넘겼다는 통지서가 두 통, 결혼식 청첩장이 한 통 밀어넣어져 있다. 자동응답기에 메시지 하나가 깜박거린다. 피가 솟구친다. 옛 습관에 의한 반사작용. 그가 아니다. 그가 아니다, 혼자 그렇게 말하지만 어쨌거나 심장은 덜컹한다. 작동 버튼을 누른다.

　"안녕." 잠시 멈춘다. 이어 수화기 안으로 내쉰 천둥 같은 긴 숨. 그다.

---

* 토킹헤즈의 노래.

엄마는 내가 레드반에 가기 육 주 전 돌아가셨다. 나는 날짜를 바꿀 수 있는지, 가을이나 내년 겨울에 가도 되는지 물어보려고 전화를 걸었다. 전화를 받은 남자는 깊은 공감을 표하면서도, 내가 받은 게 거기서 예술가에게 줄 수 있는 가장 긴 체류기간이라고 했다. 팔 주. 4월 23일에서 6월 17일까지. 레드반의 일정은 변경될 수 없습니다, 그가 말했다.

우리 사이에 긴 침묵이 가로놓였다.

"그 기회를 박탈당해도forfeit 괜찮다는 의사를 밝히려고 전화하신 건가요?" 그가 물었다.

내가 그 단어를 마지막으로 쓴 건 4학년 쉬는 시간이었을 것이다. 네 이나 혀가 보이면 벌금 a forfeit을 물어야 해.

"아니요, 박탈당하는 건 원치 않아요."

나는 벤드에서 비행기를 타고 보스턴으로 가서, 버스를 타고 로드아일랜드주 버릴빌로 갔다. 이른 봄. 뉴잉글랜드. 나는 버스에서 내려 어린 시절의 냄새를 맡았다. 얼음이 녹는 시기에 마당 흙에서 나던 냄새를, 진입로 끝에서 나던 수선화 냄새를 맡았다. 나는 잠을 잘 기숙사 방과 작업실로 쓸 오두막을 한 채 받았다. 첫날 아침 오두막 포치에 서 있는데, 모직으로 된 흰색 소맷동과 목깃이 달린 엄마의 황갈색 재킷과 거기 왼쪽 지퍼 주머니에 들어 있던 노루발풀 향의 라이프세이버 사탕 냄새가 떠올랐다. 나는 엄마가 카밀라, 하고 내 옛 이름을 부르는 소리를 들었다. 엄마만 나를 그렇게 불렀다. 엄마의 푸른 머스탱에 탔을 때 그 미끌미끌한 시트의 감각, 허벅지를 통해 전달되던 그 차가운 감각을 느꼈다.

레드반에서, 어머니는 죽었으나 동시에 부활한 존재가 되었다.

식사실에는 레드반 초창기에 이곳에서 지낸 사람 중 하나인 서머싯 몸의 편지를 넣은 액자가 걸려 있다.

"레드반은 시간을 잊은 장소야." 그는 편지에 그렇게 썼다.

루크는 내 오빠의 어느 얼빠진 중학생 시절 친구처럼 키가 크고 호리호리했다. 무엇보다 그는 친숙했다.

그 일은 내가 거기로 간 지 나흘째 밤에 시작되었다. 거기 온 예술가 여자 하나가 예술관에서 자신이 만든 영화를 보여주고 있었다. 나는 너무 늦게 도착해 자리에 앉지 못하고 뒤에 서 있었다. 루크는 몇 분 뒤에 들어왔다. 화면 안에서, 누군가가 전동드릴로 날달걀에 나사를 박아넣고 있었다. 아주 느린 동작으로.

"내가 뭘 놓쳤죠?" 그가 가식적으로 소곤거리며 말했다. "내가 뭘 놓쳤죠?"

그는 슬그머니 내 뒤로 와서 섰다. 나는 그와 같은 테이블에서 저녁을 먹은 적이 한 번 있었고—매일 밤 새로운 좌석 배치도에 따라 저녁을 먹었다—농가 복도에서 몇 차례 그를 스쳐지나갔다. 그때는 별생각 없었다. 그 시점엔 다른 사람을 잘 기억하지 못했다. 글을 쓰고 있지도 않았다. 소설에 전념할 수 있는 팔 주가 주어졌지만 집중할 수 없었다. 배정된 오두막에서 이상한 냄새가 났다. 내 심장은 너무 빨리 뛰었고 피부 아래 살이 묵은 사과처럼 물크러진 느낌이었다. 나는 자고 싶었지만, 꿈꾸는 게 두려웠다. 꿈속에서 엄마는 한 번도 엄마 자신의 모습인 적이 없었다. 늘 어딘가 이상했다. 너무 창백하거나 너무 부풀었거나 무거운 벨벳 옷을 입고 있었다. 약하고, 쓰러질 것 같고, 시야에서 사라지고 있었다. 나는 이따금 더 오래 살아 있으라고 엄마를 설득했고, 그것은 엄마가 무엇을 어떻게 다르게 하면 되는지에 대한 긴 독백이 되었다. 그러고 일어나면 내 몸은 녹초가 되어 있었다. 창밖에서 동물들이 부스럭거렸다.

루크가 내 뒤로 와서 섰을 때 나는 동물이 되었다. 경계하고 조심하고 호기심 많은 동물. 더 많은 사람이 들어왔고, 그는 밀려서 내게 더 바짝 붙었다. 내 어깨뼈가 그의 가슴팍에 닿은 긴 순간이 있었다. 나는 그의 들숨과 날숨을 느꼈고, 내 머리칼에서 그의 호흡이 느껴졌다. 못이 달걀을 뚫고 들어간 뒤 그 영화가 어떻게 되었는지 나는 모른다.

영화가 끝났을 때 나는 비틀거리며 그 방에서 나가 포치로 갔다. 바깥은 여전히 밝았다. 하늘은 보라색이고, 나무는 진청색이었다.

개구리들이 길 건너 연못에서 울어대기 시작했고, 귀를 기울일수록 더 시끄러웠다. 내가 난간에 기대서 있는 동안 뒤에서는 사람들이 삐걱거리는 낡은 흔들의자에 앉아 맥주를 나눠 마시고 영화를 만든 사람을 위해 병을 들어 건배했고, 그 여자는 예술을 통해 자신을 드러냈을 때 그러듯, 사이코패스처럼 키득키득 웃었다.

루크가 내 옆에 와서 섰다. 우리는 들판을 내다보았다. 그가 손등으로 내 손등을 쓸다가 그 자리에 멈추었다.

"다른 데로 갈래요?" 그의 눈 색깔이 옅어지더니 여명처럼 희끄무레해졌다.

우리는 그의 트럭을 타고 포터킷을 향해 달렸는데, 표지판을 보자 그 지명을 말하는 게 좋아졌기 때문이다. '포'를 길게 늘이고 '터킷'을 짧게 끊어 발음한다. 포오오오오오-터킷. 그곳은 매사추세츠주 경계에 있었다. 우리 둘 다 매사추세츠주에서 성장했고, 서로 한 시간 거리였다. 그는 지금 뉴욕에 살았다. 할렘에서. 그가 내게 어디 사는지 물었다.

"오, 내 집은 로드아일랜드주 버릴빌에 있는 여기 작은 오두막이에요."

그가 웃었다.

"방법을 찾아내기까지 아직 칠 주의 시간이 있어요."

"당신은 언제든 더피의 집에 들어가 살 수 있잖아요." 그가 말했다.

더피는 키가 2미터 가까이 되는 이곳 관리자의 장성한 아들로, 정오에 우리가 먹을 샌드위치를 각자의 포치에 놓고 간다. 그는 하트 모양의 돌에 사랑의 편지를 묶고 그걸 여자들의 점심 바구니에 넣는다.

포터킷의 타운 잔디밭에는 정자가 있었다. 내 백팩에 카드가 한 벌 들어 있어서, 우리는 거기 책상다리를 하고 앉아 어둠 속에서 스핏 게임을 했다. 분위기가 달아오르자 우리는 서로에게 소리를 질렀고, 경찰이 계단을 올라왔다. 그가 손전등으로 우리 사이에 펼쳐져 있는 카드를 비추더니 껄껄 웃었다.

그가 스핏은 들어본 적이 없다고 해서 우리가 방법을 가르쳐주었고, 그는 손자에게 가르쳐줘야겠다고 말했다. 목요일 밤마다 손자를 봐준다고 했다.

그는 골반 한쪽이 좋지 않았고 천천히 순찰차로 돌아갔다.

"포오오오오오터킷에서는 많은 일이 일어나지 않네요." 내가 말했다.

"그저 정자에서 일어나는 작은 소동 정도죠."

레드반으로 돌아가는 길에 우리는 기억나는 매사추세츠주의 우스꽝스러운 타운 이름을 모조리 읊었다.

"빌레리카."

"벨처타운."

"레민스터."

우리는 둘 다 오래전에 잃어버린 억양으로 말했다.

그는 왼손으로 운전대를 잡고 오른손을 내 팔 밑에 끼운 채 운전했고, 손가락으로 내 가슴의 윤곽을 천천히 어루만졌다.

우리 사이에 뭐가 있건 그것은 강렬하고 농밀했다. 습한 공기와 피어날 준비를 마친 모든 녹색의 냄새처럼. 아마 모든 게 봄이었기 때문일 것이다. 아마 그게 다였을 것이다. 우리는 점심 바구니를 들고 나가 오두막 근처 연못가에서 햄샌드위치를 먹었다. 그리고 부들 군락지로 들어갔는데, 포퇴*의 일부는 새로 나서 파릇파릇하고, 일부는 가을에서 넘어온 것인 듯 길쭉하고 갈색이고 우리처럼 키가 컸다. 루크는 부들을 골풀이라고 불렀다. 그가 나를 바싹 끌어당겼고, 우리 둘에게선 마요네즈 맛이 났다. 우리 머리가 갈색 포퇴에 부딪혔다. 햇볕이 처음으로 따뜻하게 느껴졌다.

"당신은 골풀이 무성한 곳에서 내게 키스했지." 내가 말했다.

그가 수면 위로 떠가는 부은 눈을 가리켰다. "황소개구리가 모든 것을 오해하며 쳐다보는 동안." 그가 말하고 나를 바닥으로 끌어 앉혔다.

나는 어린 시절의 내 엄마에 대해 반복적으로 떠오르는 것을 그에게 말했다. 엄마의 레몬냄새, 고무를 덧댄 정원용 장갑, 맨발로 걸으면 갈라지는 작고 네모난 발톱. 엄마의 머리띠는 거북 등껍질 무늬였는데 끝부분을 빨면 짠맛이 났다.

"나는 엄마를 느낄 수 있어. 엄마가 바로 여기서 느껴져."

그는 내 손이 닿은 곳에 키스했다. 쇄골 바로 아래, 내 모든 감정이 모여든 그 자리에.

나는 엄마가 그를 내게 보냈다고 믿었다. 내가 잘 헤쳐나갈 수 있게 도와주는 선물로.

---

* 부들의 꽃술.

우리는 호수로 달려가 그곳을 헤엄쳐 건너고, 기숙사로 다시 달려와서 굽이 달리고 수도꼭지가 두 개 있고 체인이 달린 고무마개가 있는 욕조에서 함께 목욕했다. 물이 나무 바닥 위로 철벅철벅 넘쳤다. 우리는 축축한 몸으로 웃으면서 그의 침대에 누웠고, 우리 가슴은 동시에 쿵쾅거리며 서로 부딪쳤다. 그래서 더욱 신나게 웃었다. 나는 그를 보았고, 아무것도 숨기지 않았다.

전에는 내가 남자들에게 얼마나 방어적이었는지, 얼마나 조금 보여주었는지 깨달았다.

한 번 결혼한 적이 있다고, 그는 말했다. 아이를 잃었다고, 나중에 말했다. 오래전 일이라고. 그는 더는 말하지 않았다.

그의 옆에서 나는 잠이 오지 않았다. 너무 강렬했다. 그를 너무 간절히 원했다. 그 마음은 결코 사그라지지 않았다. 하지만 글을 쓰려면 잠을 자야 했다. 글을 많이 쓰지 못했다. 낮 동안에는 그의 발걸음소리가 내 포치에 들리기를 기다리며 창가에서 멍하니 시간을 보냈다.

정신 차리고 네 할일을 해, 엄마가 꾸짖는 소리가 들리는 것 같았다. 하지만 그 말을 듣기에 나는 너무 멀리 가 있었다.

루크는 쓰고 있었다. 그 첫 주에 다섯 편의 시를 썼고, 다음주엔 열한 편을 썼다.

"벌에 관한 시를 썼어."

"나는 벌이 싫어."

"오늘 아침 내내 시가 내 안에서 그냥 쏟아져나왔어." 그의 얼굴이 환해졌다. 그는 내 오두막 간이침대에 누워 있었다. "어떻게 벌을 싫어할 수 있지?"

"벌집이라는 개념이 싫어. 수벌들이 여왕에게 봉사하도록 프로그램되어서 서로 사방에서 밟고 기어다니는 것 말이야. 나는 끈적거리는 유충이나 로열젤리나 벌이 우글거리는 방식도 싫어. 내 몸이 벌로 뒤덮여 있는 것, 그게 나의 가장 큰 공포 중 하나야."

그는 내가 싫은 점을 빠르게 읊어대는 것에 깊은 감명을 받은 것 같았다. "하지만 벌은 또한 생명을 주는 존재지. 꽃을 수태시키고, 우리에겐 식량을 줘. 벌은 집단으로 일해. 게다가 이런 시행을 가능하게 했지. '그리고 벌이 붕붕거리는 빈터에 혼자 살라.'*"

"그런데 빈터가 뭘 말하는 거야? 나무들이 서 있는 곳, 아니면 나무들 사이 뚫린 공간?"

"빈터는 빈터야." 그는 빈터가 우리 앞에 나타날 것처럼 양팔을 벌린다.

"맙소사, 너희 시인들은 속에 똥만 가득찼구나. 자기가 숭배하는 단어들의 뜻을 절반도 몰라."

그가 내 팔을 잡았다. "벌이 붕붕거리는 네 빈터를 여기로 데려오라." 그가 말했고, 나는 그의 몸 위로 올라갔다.

그는 벌 시를 여덟 편 더 쓰고 나서, 자신의 트럭에 나를 태워 양봉을 하는 친구 맷을 만나러 버크셔스로 갔다. 5월 들어 처음으로 더운 날이었고, 우리는 잠시 차를 세우고 모카 프라페를 마셨다.

---

* 윌리엄 버틀러 예이츠의 시 「이니스프리의 호수 섬」 중 한 구절.

그리고 〈Run Joey Run〉이나 〈Wildfire〉, 〈I'm Not in Love〉 같은 70년대 노래를 틀어주는 방송을 찾아냈다. 우리는 가사를 다 알아서 열린 차창 밖으로 목이 터지게 노래했다. 벽에 있는 얼룩 때문에 '그 자리'에 그녀의 사진을 걸어둔다는 가사가 나오는 〈I'm Not in Love〉가 흘러나올 때는 따라 부르면서 너무 신이 났다. 그러다 오줌을 조금 지려서 휴게소에서 속옷을 갈아입어야 했고, 그 뒤로 여행 내내 그는 나를 벳시 웻시*라고 불렀다.

우리는 늦은 오후에 도착했다. 루크의 말을 들으면서 나는 맷을 판잣집에 살면서 뒤쪽에 쓰레기를 쌓아두는 남자로 상상했지만, 맷은 창가 화분에 꽃이 가득 핀 선홍색 집에 살고 있었다. 아내 젠이 먼저 나왔고, 젠과 루크는 곰처럼 부둥켜안고 좌우로 몸을 흔들었는데, 조금 과해 보였지만 애정이 느껴졌다.

"당신이 온다고 했더니 캘라이어피가 아주 화가 났어." 그녀가 말했다. "삼박 사일 캠프에 갔거든."

"삼박 사일이면 큰 캠픈데?" 루크가 말했다.

"시도해보는 거지. 자기 나무 집에서 자도 된대. 그애가 그런 초대를 하는 건 흔한 일이 아니야."

루크는 고개를 끄덕였고, 갑자기 침묵이 흘렀는데, 침묵은 맷이 그의 한쪽 팔에 꼿꼿한 자세로 경계하며 안겨 있는 어린 아들을 안고 밖으로 나오면서 깨졌다. 나는 많은 부부를 알지는 못했다. 친구들은 결혼하면 사라지는 것 같았다. 혹은 내가 사라졌을 것이다. 니아와 애비하고는 그들의 아기가 태어나기 전까지 연락하고 지냈

---

* Betsy Wetsy. wetsy의 wet에는 '이불이나 바지에 오줌을 싼다'는 뜻이 있다.

다. 로드아일랜드로 오는 버스를 타기 전에 보스턴에서 애비를 만나려고 했었지만, 그녀는 결코 전화를 다시 걸어주지 않았다. 레드반에 가져온 내 여행가방에 아기를 위해 사둔 선물이 있었다. 사람들은 아기가 태어나면 다시 전화를 걸어주는 일은 하지 않는다.

우리는 안으로 들어갔고, 그들이 음료—크랜베리 주스와 탄산수—를 내왔다. 몇 주 전 막 걸음마를 뗐다는 그 집 아들이 검고 흰 타일 바닥을 아장아장 돌아다녔다. 아이는 내게 다가와 손뜨개로 만든 작고 하얀 뿔이 달린 갈색 염소를 들어올렸다. 내가 그걸 보려고 쭈그려앉자 아이는 놀라서 꺅 소리를 질렀다. 하지만 물러서는 대신 제 얼굴을 내 얼굴에 부자연스럽게 바짝 갖다댔다.

"반가워, 꼬마 친구." 내가 말했다.

다시 꺅.

나는 염소의 부드러운 뿔을 만졌다. 하나, 둘. 아이도 똑같이 했다. 아이에게서 희미하게 똥냄새와 데세넥스 파우더 냄새가 났다. '데세넥스'라는 단어가 그렇게 빨리 떠오른 것에 나도 깜짝 놀랐다. 내가 대체 그걸 어떻게 알았지?

뿔을 만지면서 하나, 둘. 코를 만지면서 셋.

아이가 입을 벌렸고—이가 없는 검은 동굴이다—몇 초 뒤 깔깔거리는 웃음소리가 터져나왔다.

나는 아이를 따라 했고—입을 벌리고 잠시 기다렸다 웃었다—아이는 그것을 내 무릎에 앉으라는 초대로 받아들였다. 내가 쭈그리고 앉아 있었기 때문에 그 동작은 빠르게 진행됐고, 우리는 동시에 바닥에 털썩 주저앉았다.

젠은 내게 감사의 미소를 지어 보였다. 그녀는 맷과 루크에게 동네에 공동체 지원 농업을 육성하는 것과 지역 도넛가게를 사들인 스타벅스에 반대 운동을 하는 것에 대한 계획을 말하고 있었다.

맷이 우리를 다시 밖으로 데리고 나가 벌을 보여주었다. 집에 마당은 없었다. 목초지가 있고, 그 너머는 숲이었다. 우리는 긴 풀과 야생화가 자란 풀밭 사이 작은 길을 따라 벌들이 모여 있는 하얀 상자로 갔다. 맷이 깡통 하나를 집어 거기 삼베 헝겊을 쑤셔넣은 뒤 불을 붙이고 옆에 있는 풀무로 공기를 주입하자 곧 연기가 깡통 위 구멍으로 빠져나오기 시작했다. 그러고는 하얀 상자의 뚜껑을 들고 그 근처에 연기가 나는 깡통을 놓은 뒤 벌집 선반 하나를 당겨 올렸다. 벌들이 겹겹으로 덮여 있었고, 그가 그걸 높이 들어올리자 벌들은 다른 벌들 위에서 꼼지락거리며 선반에 꼭 붙어 있었다. 계속 들고 있자 벌들의 덩어리 전체가 형태를 바꾸기 시작하더니 중력의 영향으로 축 처지고 일부는 액체 방울처럼 상자 속으로 뚝뚝 떨어졌다. 구역질이 났다. 나는 우글거리는 모습이 갑자기 떠오르는 순간을 막으려고 애를 써야 했다.

루크는 최면에 걸린 듯 매료되었다. 나는 그에게 벌이 어떤 의미인지 몰랐다. 우리가 들어와 서 있는 곳의 풀 때문에 몸이 가려워서 나는 그저 맷이 뚜껑을 덮기만을, 그래서 내가 다시 부엌으로 돌아가 꺅꺅거리는 꼬마 아이와 다시 바닥에 앉을 수 있기만을 바랐다. 하지만 우리는 상자를 하나씩 살피면서 거기 한참 있었다. 상자에서는 다 똑같이, 벌들이 휘돌다가 뭉텅뭉텅 떨어지곤 했다.

저녁식사로 허브 파스타와 샐러드가 준비되어 있었다. 젠이 온실에서 바질, 로즈메리, 세이지, 적상추와 이상하게 생긴 토마토를 한 그릇 가득 따 들고 들어왔다. 맷과 루크와 내가 그걸 썰기로 했고, 부엌에선 여전히 야외의 냄새가 났다. 그들은 꼭 그래야 할 때만 실내에 있는 유의 사람들이었다. 우리는 뒤쪽 파티오로 가서 맷이 낡은 문을 이용해 만든 테이블에서 식사했다. 루크는 긴 벤치 위 내 옆에 앉았지만 너무 가까이는 아니었다.

그들 셋은 이십대 때 케이프에서 같은 집에 살 때 알았던 사람들에 대해 이야기했다. 우리가 도착했을 때 맷과 젠이 잘 위장했지만, 지난달 루크가 그들과 몇 차례 통화했는데도 나에 대한 이야기나 내가 이번에 같이 온다는 이야기를 하지 않은 게 분명했다. 그들은 내게 몇 가지를 물어보았고, 나는 짤막하게 대답했다. 그들이 정보를 담아두려 하지 않는 사람들인 걸 알 수 있었다. 나는 그들과 그들의 아이와 그들의 선홍색 집과 그들의 벌집 상자를 기억하겠지만, 그들은 나에 대해 아무것도 기억하지 않을 것이다. 그들은 최선을 다해 나를 환영하는 친절한 사람들이지만, 내가 거기 있는 것을 원하지 않았고, 나는 그 이유를 몰랐다.

아기는 이 손에서 저 손으로 넘겨졌다. 엄마 품에 안긴 채 젖을 빨았다. 그리고 한동안 아빠 무릎에 똑바로 앉아 있었고, 맷이 웃을 때마다 아빠의 턱을 똑바로 올려다보며 따라 웃었다. 맷이 아이를 루크에게 넘겼고, 그들이 조용해졌다. 내가 그에게 아이가 있었던 걸 아는지 그들은 몰랐다. 루크는 아이를 자신의 얼굴 높이로 안아올렸고, 아이는 그의 안경을 벗기다가 루크 옆에 있는 나를 보고는 양팔을 뻗으며 내게 돌진했다. 내가 아이를 잡았고, 우리 모두 웃었다. 루크는 안심하는 것 같았다.

그는 그때 묘하게 들떠서, 자신이 네 살이었을 때 벌거벗은 채로 페니 캔디 가게까지 1마일을 걸어갔던 이야기를 했다. 경찰이 그를 다시 집까지 데려다주었다고. 맷과 젠은 그 이야기를 전에 들었다는 것을 알 수 있었는데, 그럼에도 그들은 처음 듣는 것처럼 웃었다.

모닥불 옆에서 긴 한 시간을 더 보낸 뒤 루크와 나는 어둠 속에서 나무 집으로 걸어갔다. 나는 저녁식사 때의 어색한 분위기에 대해 말하고 싶었지만, 풀밭에 우리 둘만 있게 되니 말은 중요하지 않았다. 그를 만지고 그에게 몸을 밀착하고 그를 향한 내 무거움을, 부푼 통증을 덜어낼 필요가 있었다. 반딧불이가 사방 몇백 피트 범위에서 여기저기 빛을 흘렸다. 우리는 굶주린 듯 키스하고 서로의 옷을 벗겼으며, 무성한 봄의 풀밭에서 강하게 몸을 부대꼈다. 다른 모든 것은 그를 향한 내 욕망 속으로 사라졌다.

그러고 나서 우리는 거기 한참 누워 있었고, 반딧불이가 점점 가까워지더니 손으로 만질 수 있을 만큼 바로 옆에서 빛을 반짝였다.

"앞으로 평생 반딧불이를 보면 몸이 달아오를 것 같아." 내가 말했다.

그는 웃는 둥 마는 둥 했는데, 그때쯤 그의 정신은 다른 데 가 있었다.

나무 집에는 얇은 매트리스와 베개가 하나씩만 있었다. 그가 손전등으로 방안을 이리저리 비추자, 레고 상자 하나와 보드게임 두 개와 의자에 앉아 다과회를 하고 있는 인형 두 개가 불빛에 모습을 드러냈다. 루크는 이불 아래로 기어들었고 나는 몸을 웅크리고 그에게 바짝 붙었지만, 그의 피부는 플라스틱 같고 닫힌 듯 느껴졌다.

그가 손을 뻗어 올려 벽에 압정으로 꽂혀 있는 그림의 귀퉁이를 만졌다. 그림은 집인지 개인지 구별하기 어려웠다. "우리 딸들은 거의 같은 나이였어." 그가 말했다. "캘라이어피는 샬럿보다 칠 주 먼저 태어났지."

샬럿.

"그애가 몇 살……" 나는 그가 죽었다는 단어를 쓰는 사람인지, 갔다는 단어나 데려갔다는 단어를 쓰는 사람인지 몰랐다. "당신이 그애를 잃었을 때."

"사 개월 십이 일."

내가 안아주자 그는 가만히 있었지만, 내 품에 안긴 채 밤새 경직되어 있었다.

내가 일어났을 때 그는 없었다. 집에 남아 있던 젠이 루크는 맷을 도와 벌집 상자를 옮기고 같이 철물점에 갔다고 말해주었다. 젠은 샤워를 하는 동안 아이를 내게 맡겼다. 루크와 맷이 돌아와 밖에서 달걀샌드위치를 먹었다. 우리가 떠나려고 차에 올라탔을 때 나는 허기가 지고 혼란스러워 몸이 떨렸다.

고속도로로 진입하기 전에 던킨도너츠 앞에서 차를 세워달라고 했다. 그뒤로 한 시간 동안 달리면서 서로 거의 말하지 않았다. 이윽고 그가 말했다. "만약에." 그리고 말을 멈추었다.

"만약에 뭐?" 나는 간신히 그렇게 물었다. 좋은 의미의 '만약에'가 아닌 것을 알 수 있었다.

"이게 믿을 만하지 않다면."

"뭐가?"

"이 모든 게." 그가 기어 전환 장치 위로 손을 이리저리 흔들었다. "우리 사이에 일어나는."

"모든 무엇이?"

"이렇게 끌리는 거."

"믿을 만하지 않다고?"

"의미가 없어. 좋지 않아."

"나는 아주 좋다고 생각하는데." 나는 시치미를 떼며 말했다.

"만약에 이게 악마 같은 거면 어쩌지?"

"악마?"

"나쁜 것. 사악한 것."

뭔가 아주 시끄러운 소리가 내 귓속을 쾅쾅 울리기 시작한 느낌
이었다.

우리가 레드반으로 돌아갔을 때 그는 우리가 서로에게 손대지
말아야 한다고 결론 내렸다. 너무 혼란스럽다고, 그가 말했다. 너
무 지나치다고. 너무 불균형하다고. 우리의 영혼과 육신 사이에 단
절이 있다고, 그가 말했다.

나는 저녁식사를 건너뛰고 내 오두막에 남아 있었다. 불을 지피
고 물끄러미 바라보았다. 그가 나를 찾으러 왔다. 흔들거리는 방충
문이 멈추기도 전에 그는 내 안에 들어왔다.

우리는 땀을 흘리며 낡은 러그에 누워 있었다. 그날 하루의 모든
긴장과 비참함이 씻겨나갔다. 나는 힘이 풀리고 무게가 없어진 것
같았다. 우리는 내 오두막 벽에 걸려 있는, 여기서 지낸 모든 작가
와 화가의 서명을 보았다.

"저 사람들 모두 여기서 나보다 분명 더 많은 글을 썼을 거야."
내가 말했다. "하지만 오르가슴을 가장 강하게 느낀 사람이 누군지

로 따지면 내가 막강한 후보일걸."

케일럽이 식사실 밖 전화 부스로 내게 전화를 걸어왔다. 케일럽의 친구 애덤이 브루클린에 내가 싸게 빌릴 수 있는 장소를 갖고 있다고 했다. 나는 뉴욕으로 갈지도 모른다고 말했다. 그리고 그에게 모든 것을, 처음에는 말하지 않으려 했던 악마에 대한 부분까지 말했다.

"그와 거리를 둬, 케이시. 네 책을 써." 케일럽이 엄마처럼 말했다. 전에는 그런 적이 없었다.

나 역시 그런 느낌을 주는지 궁금했다. "내가 엄마처럼 말하는 것 같아?"

"아니, 너는 엄마처럼 말하지 않아. 굉장한 기회를 사보타주하는 바보처럼 들리지. 마음 단단히 먹어."

나는 그곳에서 지내는 내내 하나의 챕터에 매달려 있었다. 두 달. 열두 페이지. 루크에게는 시가 쏟아져나오는 시간이었다. 반딧불이, 황소개구리, 마침내 죽은 아이에 관한 시까지. 황소개구리에 관한 시는 내 바나나 자전거 안장에 테이프로 붙여져 있었다. 어느 이른아침 죽은 아이에 대한 시를 내게 읽어준 뒤 그는 내 품안에서 한 시간 동안 몸을 떨며 울었다. 나는 그에게 내 소설의 어느 부분도 보여주지 않았다.

그곳에서 보내는 마지막 주에 그는 도서관에서 낭독회를 했다. 그는 불안한 걸음으로 앞으로 나갔다. 종이를 꼭 쥐고서 내게 모든 게 나를 위한 것이고, 나에 관한 것이고, 나로 인한 것이라고 말했었다. 하지만 낭독대 앞에 섰을 때 그는 내가 첫 줄에 앉아 있었는데도, 나를 한 번도 쳐다보지 않았다. 뒤집힌 보트에서 복숭아를 먹는 것에 대한 시를 읽었을 때, 복숭아는 내가 가져간 것이고 노 젓는 보트는 우리가 함께 앉았던 것이었지만, 그는 그 시가 복숭아를 좋아했던 어머니를 위한 것이라고 했다. 그가 죽은 아이에 대한 시를 읽자 모두 울었다.

그는 기립 박수를 받았고, 내가 거기 있는 동안 그런 경우는 그가 처음이었다. 사람들은 그런 생각을 할 필요도 없이 앉은 자리에서 벌떡 일어났다. 끝나고 여자들이 그의 주변에 몰려들었다. 나와 같은 달에 온 여자도 있고, 방금 도착해서 그를 새로 발견한 여자도 있었다.

그가 거기서 보낸 마지막 밤에 우리는 달이 자아낸 푸른 빛이 떠도는 길을 산책했다. 들판에서 소 한 마리가 우리 곁을 느릿느릿 걸었고, 철조망 울타리는 보이지 않았다. 우리는 흙길로 접어들어 호수로 걸어갔고, 풀밭에 옷을 벗어놓고 말없이 한복판으로 헤엄쳐 갔다. 개구리들은 노래를 멈추었다가 다시 목청껏 개굴개굴 노래했다. 우리는 함께 나오면서 차갑고 미끈거리는 몸으로 물속에 잠기면서 키스했다. 등을 아래로 하고 누웠고, 달 주위에는 진한 우유처럼 희부연 큰그물막*이 둘려 있었다. 그것이 주위의 모든 별을 지웠다. 우리가 팔을 들자 물이 방울방울 떨어져 다시 호수로 들어갔다. 그는 우리가 서로의 삶으로 들어가는 길을 찾아야 한다

---

* 태아가 태어날 때 종종 머리에 쓰고 있는 양막.

고 말했다. 그걸 어떻게 할지는 말하지 않았다.

다음날, 그는 자신의 트럭에 올라탄 뒤 차창을 내렸다. 그리고 손바닥을 자신의 가슴팍에 갖다댔다. "당신은 이 안에 깊숙이 있어." 그가 말했고, 떠났다.

그가 내게 준 번호는 신호음만 들렸다. 사람이 없었다. 자동응답기도 없었다. 내가 레드반에서 지낼 수 있는 시간은 한 주가 남았고, 매일 식사시간 전에 나무로 된 전화 부스에서 그 번호로 전화를 걸었다. 그곳에서 보낸 마지막 밤에 나는 화가 옆에 앉았다. 루크가 떠나기 며칠 전에 온 여자였고, 그가 내게 그녀를 소개해주었다. 그와는 뉴욕에서 만나 아는 사이라고 했다. 그녀의 눈은 다정했다. 그녀가 내게 매시트포테이토를 건넸다. 그리고 말했다. "그가 아직 이혼하지 않은 건 알죠?"

내 자동응답기에서 그가 또 한번 긴 한숨을 쉰다. "당신을 만나야 해." 그가 말한다.

나는 수노코 주유소에서 기다린다. 그는 늦었고, 나는 메리골드가 화려하게 핀 화단의 경계를 이루는 시멘트 위에 앉는다. 다리가 후들거리기 시작한다.

그의 트럭이 미끄러지듯 들어와 내 옆에 서고, 그가 차에서 내리는데 내가 기억하는 것보다 더 말랐다. 머리칼은 더 길었다. 지저분해 보인다. 우리는 끌어안는다. 나는 그를 느낄 수 없다. 내 피부 아래로 뭔가가 휘휘 돌아가고, 내 심장은 너무 빨리 뛰어 내가 의식을 유지할 수 있을지 자신이 없다. 그는 별말 없이, 그걸 봤다는 표시도 없이 내 바나나 자전거를 자기 트럭에 휙 올려 싣는다.

우리는 앞좌석에 올라탄다. 늘 앉던 자리에.

"이러는 거 힘들다, 안 그래?"

나는 고개를 끄덕인다.

"나는 그저 아주 느리게 움직이고 있어." 그가 차를 메모리얼 드라이브로 몰면서 말한다.

우리는 서쪽으로 가서 2번 루트로 접어든다. 그는 월든 연못에 가서 수영하고 싶어한다.

"로레인이 네게 말했다고 하더라." 로레인은 그 화가다. "그건 그냥 종잇장에 적힌 사실에 불과해, 케이시. 그런 게 아니라고…… 내겐 다른 여자친구들도 있었고, 그녀에게도…… 다른 남자들이 있었어. 어떻게 생각해봐도……"

"지금 여자친구가 있어?"

"아니." 그가 너무 일찍 기어를 4단으로 바꾸자 트럭이 덜컹거리고, 그는 다시 기어를 내린다. "없어, 정말로."

콩코드로 가는 내내 나는 차에서 내리고 싶지만, 차를 대고 뜨거운 아스팔트에 내려서자 다시 타고 싶은 마음뿐이다. 공터에서는 아이스크림 트럭이 윙윙 소리를 내고 있고, 꼬마 아이들이 미닫이창을 향해 고개를 비스듬히 들고 있다. 아이들은 폴짝폴짝 뛰고, 물과 모래로 무거워진 수영복 엉덩이 쪽이 축 늘어진다. 그늘진 소나무 군락지로 들어가다가 나는 헨리 소로와 거의 부딪힐 뻔한다. 청동상이고, 열두 살 소년 크기의 왜소한 남자다. 동상 뒤로 그의 오두막을 본뜬 건물이 있다. 문이 열려 있다. 안으로 들어간다.

그냥 작은 방 하나인데, 오른쪽에 놓인 야전침대에는 회색 양모 이불이 덮여 있고, 왼쪽으로는 녹색으로 칠한 비스듬한 책상이 하나 있다. 저만치 벽에 벽돌 난로가 있고, 그 앞에 배가 불룩한 형태의 난로가 있다. 내게 남는 건 그저 성실히 복제했다는 인상뿐이다. 소로의 어느 부분도 여기 없다.

루크가 내 손을 잡고 나를 끌어당겨 같이 침대에 걸터앉는다. 이불 위에 죽은 거미 한 마리가 있는데, 거미 다리를 양모에 섞어 짠 듯 보인다. 그는 그걸 좋아할 것이다. 그건 결국 시가 될 것이다. 나는 그걸 그에게 보여주지 않는 데서 즐거움을 찾는다.

"우리는 늘 마지막엔 숲속 오두막 간이침대로 오고 마는 것 같아." 그는 익숙한 방식으로 나를 보며 미소를 짓고, 내가 조금이라도 그에게 몸을 기울이면 그가 내게 키스할 것이고 그러면 그때부터 나는 아무것도 통제할 수 없으리란 걸 안다.

나는 일어나 계단을 내려가서 노란 소나무의 바늘잎이 뒹구는 곳에 발을 딛는다.

우리는 도로를 건너고 샛길을 따라 걷는 무리에 합류한다. 우리 아래 작은 해변에 사람들 몸이 우글우글하다. 아이들이 운다.

"사람이 너무 많아." 내가 말한다.

"평소보단 나은데. 지난달엔 주차장에 들어가기까지 한 시간이나 기다려야 했어."

지난달. 그는 지난달에 여기 있었다. 내게 전화하지 않은 그달. 나는 몸이 너무 무거워 잘 움직일 수조차 없다. 그를 따라 해수욕장을 빙 돌아 연못을 감아도는 숲길로 가는 것도 벅차다. 길의 물가 쪽으로 철조망 울타리가 둘러져 있고, 길에서 벗어나 연약한 생태계를 파괴하는 행위를 막기 위한 표지판이 세워져 있다. 하지만 사람들은 그걸 어기고, 나무 사이로 조금씩 보이는 모래에는 전부 사람의 발길이 닿아 있어서 우리는 계속 걷는다. 텅 빈 작은 해변이 보여 우리는 철조망 사이로 기어들고 가파른 둑을 내려가 그리로 간다. 우리는 몇 피트 거리를 두고 수건을 깐다. 그는 몇 분 뒤 일어나 내 수건에 같이 앉는다. 그는 내 무릎에서 모래를 털어주고 머리를 숙여 내 무릎을 사과인 듯 깨문다.

나는 그의 파리한 목덜미나 소년 같은 매력이 느껴지는 등뼈의 불거진 부분을 만지지 않는다.

내 몸은 목에서 사타구니까지 고통을 느낀다. 그가 내 수영복 안으로 손가락을 집어넣어 그 모든 묵직함과 비참함을 없애주면 좋겠다. 다시 젊고 탄력적인 몸을 갖기 바라는 동화 속 쭈그렁 할머니가 된 기분이다.

나는 일어나 물속으로 걸어들어간다. 따뜻하고 맑다. 월든 연못에는 전에 와본 적이 없다. 그 책은 고등학교 때 읽었고, 그때 나는 여기서 한 시간도 되지 않는 거리에 살았지만, 이곳을 여전히 존재하는 어딘가로 생각해본 적은 한 번도 없었다. 나는 물속으로 떨어져서 누운 자세로 물을 밀며 물가를 벗어난다. 그는 내 수건에 그대로 앉아 있고, 하얀 티셔츠를 입은 그의 모습은 점점 작아진다. 셔츠에서는 냄새가 난다. 그를 처음 만났을 때 냄새가 난다는 사실을 알아차렸던 게 기억난다. 그러고는 의식하는 걸 그만두었다.

"당신, 냄새나." 내가 뒤를 향해 외친다.

"뭐라고?" 그가 말하지만, 나는 발을 차며 더 멀어진다. 이 각도에서 바라보는 나무들은 키가 아주 크고, 점점 단단해지는 여름의 잎을 매달아 녹음이 짙다. 하늘에는 구름 한 점 없고, 내 바로 위로는 깊고 푸른 에나멜이 얇게 펼쳐져 있지만, 나에게는 그 뒤의 검은 공간이 보인다.

내가 물 밖으로 나오자 그가 내 몸을 쳐다보고, 내 몸에서는 물이 줄줄 흐른다. 그가 여전히 내 수건 위에 앉아 있어서 나는 그의 수건에 앉는다.

"당신은 수영 안 해?"

"이리 와."

나는 그가 어떻게 흘러가길 원하는지 안다. 나는 내 자리를 지킨다. 수영하는 사람이 하나 보이는데, 대각선을 그리며 연못을 가로지른다. 밝은 푸른색 수영모를 쓴 건장하고 얼룩덜룩한 팔을 가진 여자다.

"나와 세상 사이에 연골 같은 게 있는 것 같아." 그가 말한다. "그걸 통과해 내 길을 가려고 애쓰는 중이야. 나는 그저 정말로 느리게 움직이고 있어. 그건 힘든 일이야. 질긴 연골인 거지."

내 피부가 말라서 팽팽해지자 나는 돌아가야 한다고 말한다. 그날 밤은 내가 레스토랑 비상근무 대기자다.

그의 트럭에서 나는 스커트를 반듯하게 편다. 회녹색 바탕에 작은 상아색 꽃들이 흩뿌려진 예쁜 스커트다. 내가 다시 그걸 입을 일은 없을 것이다.

"그렇게 쳐다보지 마." 그가 말한다.

"당신을 보는 게 아니야."

"알아."

그는 나를 브루클린에 있는 집까지 데려다줄 수 있다고 말하지만, 나는 수노코 주유소면 된다고 말한다.

"나를 차단하지 마."

트럭이 메모리얼 드라이브를 부드럽게 달려간다. 나는 내가 건는 강가 쪽 길을, 그리고 웨스턴 애비뉴 브리지 아래쪽에 사는 기러기들을 본다.

나는 평생 이런 남자들을 만날 거야, 나는 생각한다. 그 말을 하는 목소리가 엄마와 많이 닮은 것 같다.

그가 메리골드 화단 옆으로 차를 댄다. 나는 그에게 내리지 말라고 하고, 그는 내리지 않는다. 내가 뒤쪽에서 자전거를 끌어내릴 때 그의 이마는 운전대를 잡은 손 위에 놓여 있다.

나는 자전거를 그의 차창 쪽으로 밀고 가면서 습관적으로 벨을 누른다. 그건 하루가 끝나고 내가 그의 오두막으로 가면서 내던 소리였다. 그 소리를 가방 안에 돌멩이와 함께 넣고 강물에 던져버리고 싶다. 그는 웃는 얼굴로 양쪽 팔꿈치를 트럭 차창 턱에 놓는다. 내 몸이 나하고 싸운다. 그에게 더 가까이 가면 그는 내 머리칼에 손가락을 넣을 것이다. 나는 핸들바를 꼭 잡고 내 자리를 지킨다.

"가." 내가 말한다.

그가 차를 후진한 뒤 기어를 바꾸고 빠져나갈 때 나는 바나나 자전거에 올라앉는다. 그리고 강이 서쪽으로 방향을 트는 지점을 돌아 그의 트럭이 사라질 때까지 수노코 주유소 옆 메리골드 화단 옆을 떠나지 않는다.

내게는 여전히 글을 쓰는 작가 친구가 한 명 있다. 뮤리얼은 2차 대전을 배경으로 하는 소설을 내가 그녀를 알았던 시간만큼 오래 써오고 있다. 우리는 육 년 전 여기 케임브리지의 플라우 앤드 스타스 화장실에서 줄을 섰을 때 만났고, 한동안 어울리다가 둘 다 대학원 진학을 위해 이곳을 떠났다. 브레드 로프에서 서로 지나친 적도 한 번 있었지만, 아이리스에서 내 손님 하나가 자기 조카 뮤리얼이 뉴욕주 오스위고에서 유대인수용소가 배경인 책을 쓰고 있다고 말하는 걸 우연히 듣지 않았다면, 그녀가 여기 돌아온 걸 결코 몰랐을 것이다. 나는 그들의 잔에 물을 다시 채워주면서 뮤리얼 베커 말인가요? 하고 말했다. 그리고 그 친척 아주머니에게서 전화번호를 받았다.

월든에 갔다 온 다음날 뮤리얼은 나를 자신이 아는 작가의 출간 파티에 데려간다. 내가 자전거를 타고 포터스퀘어에 있는 그녀의 집으로 가고, 우리는 에이번힐을 걸어올라간다. 더 높이 올라갈수록 집은 더 고급이어서, 넓은 앞포치가 있고 작은 탑이 있는 웅장한 빅토리아 양식의 저택이 나타난다.

"내 소설을 즉석 닭요리 중이야." 그녀가 말한다.

나는 그녀가 무슨 이야기를 하는지 모르겠다. 종종 그렇다.

"내 할머니가 닭을 빨리 굽고 싶을 때 그런 방법을 썼어. 기본적으로 등뼈만 발라내고 모든 걸 팬 안에 쑤셔넣는 거지." 그날은 글이 잘 써진 날이었다. 그녀가 긴 팔을 이리저리 휘젓는 것을 보니 알겠다. 나는 그렇지 않았다. 일주일 동안 한 장면에 붙들려 있었다. 내 등장인물들을 계단 아래로 내려보낼 수가 없다.

나는 루크가 찾아온 것에 대해 이미 전화로 그녀에게 말했지만, 우리는 그 이야기를 다시 해야 한다. 나는 보도에서 그가 내 무릎을 어떻게 깨물었는지 재연해야 한다. 침울한 목소리로 "나는 그저 아주 느리게 움직이고 있어" 하고 말해야 한다. 길에서 '연골'이라는 단어를 외쳐야 한다. 하지만 내 가슴은 여전히 뜨겁게 타오른다.

"나는 대체로 이런 일에서 나 자신을 보호하는 걸 잘해."

"실연당하는 일?"

"응." 목안이 조여온다. "나는 대체로 직격탄을 맞기 전에 빠져나갈 수 있어."

"그렇다면 정말로 실연당하는 건 아닌 거네, 안 그래?"

길과 큰 뒷마당이 있는 집들이 아물아물 흐려진다. "그는 그냥 나를 폭파했어. 난 심지어 볼트와 나사를 어디서 찾을 수 있는지도 모르겠어. 늘 생각했는데, 그런 순간이 오면, 아무것도 숨기지 못하고 내 심장을 꺼내 보여야 하는 순간이 오면……" 나는 나머지 말을 겨우 껵껵거리며 해야 한다. "그렇게 했어. 이번엔 그렇게 했어. 그리고 여전히 충분하지 않았어."

그녀는 한 팔로 나를 감싸고 힘주어 끌어당긴다. "나는 네 기분이 어떤지 알아. 너도 내가 안다는 걸 알 거야. 하지만 한 번쯤 그렇게 공개적으로 후려 맞는 것도 괜찮아." 그녀가 말한다. "크고 두꺼운 껍데기 안에서는 진짜 사랑을 할 수 없어."

그녀는 차들이 줄지어 선 작은 차선으로 접어든다. 파티가 열리는 곳은 왼쪽 끝에 있는 아주 큰 집이다. 활 모양의 내민창, 삼층, 맨사드지붕. 입구가 사람들로 막혀 있다. 안으로 들어가지 못하고 우리는 문지방 위에 선다. 나머지 손님들은 대체로 나이가 스무 살이나 서른 살 정도 더 많아 보이는데, 여자들은 스타킹과 힐을 신었고, 남자들은 스포츠 재킷을 입었다. 공기중에서 70년대의 칵테일파티 냄새, 애프터셰이브와 마티니 어니언스 냄새가 난다.

이 파티는 수요일 밤마다 스퀘어 근처 자신의 집에서 픽션 워크숍을 진행하는 작가를 위한 것이다. 뮤리얼이 내게 워크숍에 오라고 계속 말했지만, 당장은 누군가에게 내 소설의 일부를 보여준다는 생각 자체가 너무 괴로워 고려할 수 없다. 그걸 다시 들여다볼 수 없다. 계속 나아가야 한다. 그녀는 글을 보여주지 않아도 된다고, 거기 분위기만 보라고, 내 평생의 선택이 미친 결정이라는 기분이 들지 않게 해주는 사람들을 만나보라고 설득한다. 그 작가는 삼 년 전 아내가 죽기 전까지 보스턴대학교 교수였는데, 지금은 가르치는 일을 그만두고 전업 작가가 되어 아이들을 돌보면서 집에서 지낸다. 하지만 가르치는 일이 그리워져 워크숍을 시작했다. 정말로 가르치는 건 아니라고, 뮤리얼은 말한다. 사람들에게 각자 쓴 것을 낭독하게 하지만 다 읽고 난 뒤에도 그는 거의 말하지 않는다. 듣다가 마음에 들면 그의 손이 무릎 위로 옮겨간다는 것을 사람들은 알아차렸다. 마음에 들지 않으면 가슴 위로 팔짱을 긴 채 그 상태를 유지한다. 정말로 마음에 들면 끝날 때쯤 무릎 위에 놓인 손이 깍지 긴 형태가 된다.

뮤리얼은 올해 초여름에 나를 다른 문학 행사 두 곳에 데려갔다. 하나는 거의 내 정원 헛간만큼이나 작은 누군가의 지하실 아파트에서 하는 낭독회였는데, 사람들이 어둠 속에서 떨리는 목소리로 공책에 써온 것을 읽었다. 또하나는 센트럴스퀘어에 있는 편의점에서 열린 『똥과 좆』이라는 제목의 싸구려 시집 출간 기념회였다. 그러니 이번은 확실히 한 단계 높아진 것이다. 우리는 통로를 조금씩 통과해 조금 덜 북적거리는 거실로 들어간다. 거실은 꽃무늬 소파와 협탁, 청동 손잡이가 달린 서랍이 있는 가구, 유화로 그려진 커다란 컨템퍼러리 추상화가 있는 큰 방이다. 그림은 물감을 낡은 스웨터에 일어난 보풀 모양으로 둥글게 찍어놓은 것이다.

뮤리얼이 내 팔을 잡고 아치가 있는 통로를 지나 책이 죽 꽂혀 있는 더 작은 방으로 데려간다. 거기 한 남자가 혼자 책장을 살펴보고 있다.

"어, 안녕하세요." 그녀가 말하고, 두 사람이 서로 포옹하기 전에 잠시 시간을 둔 걸로 보아 잘 아는 사이가 아니란 걸 알겠다. 대체로 뮤리얼은 사람들에 대해 말할 때 가혹하다. "가장 최근의 워크숍 희생자."

"사일러스예요." 그가 내게 말한다. 키가 크고, 가만히 서 있는데도 달리기를 하는 것처럼 자세가 구부정하다.

"케이시예요." 내가 손을 내민다.

그는 책을 반대쪽 손으로 옮겨 잡고 악수한다. 그의 눈은 짙은 갈색이고 눈꺼풀이 두껍다.

뮤리얼이 그 책을 가리킨다. "벌써 한 권 샀어요?"

"그럴 수밖에 없었어요. 일찍 온 편이었는데, 그가 식사실 테이블에 책을 산더미처럼 쌓아놓고 옆에 앉아 있더라고요." 그가 우리에게 책을 보여준다. "내가 누군지 못 알아보던데요. 지난주 발표자였는데도. 내 이름을 말했지만 잘 받아적지도 못했어요." 그가 속표지가 나올 때까지 책을 넘긴다.

건투를 빕니다, 앨리스, 서명 위에 그렇게 되어 있다.

우리는 웃는다.

여자 둘이 저만치 다른 방에서 손을 흔들더니 통로를 겨우 통과해 우리에게 다가온다. 뮤리얼이 그들을 보더니 중간에서 맞으려고 사람들을 밀며 왔던 길로 되돌아간다.

나는 사일러스의 손에 들린 책을 가져온다. 서점이나 문구점에 있을 때 그러는 것처럼 종아리가 간질거린다. 표지가 아름답다. 감청색 바탕에 상아색 선이 빛처럼 처리된 추상적인 그림이다. 종이는 무거운 타자용 용지처럼 거칠고 옛날 것 같다. 제목은 선더 로드. 지은이 오스카 콜튼. 그의 책은 읽은 게 없다. 파코가 그의 책을 한 권 가지고 있었던 것 같지만, 나는 파코가 좋아한 작가들은 별로 좋아하지 않았다. 이야기에 담긴 나르시시즘이나 여성혐오를 부드럽고 시적인 문장으로 감추는 작가들.

나는 책을 들고 내가 그걸 썼다고, 지금 내 책을 들고 있다고 상상한다.

"그는 이 제목이 이미 다른 데서 쓰인 걸 알까요?"* 사일러스가 내 궁주림을 보지 않았기를 바라며 내가 말한다.

"당신이 가서 말해줘야 할 것 같은데요."

"그걸 노래로 만들어봐요, 바보씨." 나는 식사실을 향해 소리치는 척한다. "히트칠걸요."

우리는 앞표지의 소개글을 읽는다. "콜튼은 늘 진실과 아름다움을 한가득 선사했지만, 이 책에서 우리는 숭고함을 엿본다."

"숭고함을 몇 번 엿보는 것도 괜찮죠." 사일러스가 말한다.

나는 오스카 콜튼이 어떻게 생긴 사람인지 보려고 뒤쪽 날개까지 책을 넘긴다. 사일러스가 나와 함께 사진을 뜯어본다. 옆모습을 찍은 것인데, 한쪽 어깨가 전경에 놓이고 팔꿈치는 무릎에 올렸으며 이두근은 수축되어 있다. 그는 위협적인 표정으로 카메라 렌즈를 뚫어지게 보고 있다. 검은색과 흰색의 대조가 아주 극단적이어서 그의 얼굴은 앤설 애덤스**가 찍는 암석 사진의 표면처럼 보이고, 역광 조명 때문에 그의 동공은 핀으로 뚫은 구멍 같다.

"남자들은 왜 저자 사진에서 늘 저런 모습을 보이려고 하는 걸까요?"

"내 깊은 사유는 나를 아프게 한다." 사일러스가 긁히는 목소리로 말한다.

"정확히 그거죠. 혹은," 나는 그를 흉내내려 한다. "이걸 읽지 않으면 내가 당신을 살해해야 할지도 몰라."

---

* 브루스 스프링스틴이 부른 같은 제목의 노래가 있다.

** 캘리포니아 태생의 사진작가로 요세미티 계곡을 찍은 흑백사진으로 유명하다.

그가 웃는다.

"한편 여자들은……" 나는 책장에서 내가 좋아하는 작가의 책을 한 권 뽑아낸다. "보는 사람을 기분좋게 해야 한다고 생각하죠." 그 사진은 내 주장을 완벽히 지지한다. 그녀는 얼굴 가득 송구스럽다는 미소를 담고 있다. 나는 그 사진을 사일러스 앞에 쓱 들이민다. "제발 나를 좋아해줘요. 내가 비록 상을 받은 소설가라 할지라도 사실 나는 친절하고 위협적이지 않은 사람이랍니다."

우리는 책장에서 몇 권을 더 꺼내고, 그 전부가 내 젠더 이론을 뒷받침한다.

"그러면 당신은 어떤 자세로 찍을 건가요?" 사일러스가 말한다.

나는 킁 웃고는 그에게 새 두 마리를 날린다.*

그가 다시 웃는다. 깨진 앞니가 보이는데, 깔끔하게 대각선으로 잘려나갔다.

뮤리얼이 친구들을 우리 쪽으로 데려온다.

"지난 수요일엔 당신이 낭독했어요, 사람들 앞에서?" 내가 말한다.

"그랬죠."

"그가 손을 어떻게 하던가요?"

"안 좋은 의미였던 것 같아요. 뒷짐을 지던데요."

"그건 무슨 의미예요?"

"아무도 그 의미를 말해주지 못했어요. 전에 보지 못한 동작이

---

* 새를 날리는 것은 손을 오므린 상태에서 상대방을 향해 가운뎃손가락을 펴는 행위를 말한다.

었거든요." 그의 치아가 다시 번득인다. 그는 오스카의 평결을 별로 신경쓰지 않는 것 같다. "그러면 당신은 뭘 하고 있나요?"

"저는 식당 종업원이에요."

그가 눈을 찡그린다. "뭘 쓰고 있어요?"

"소설."

"인상적이네요."

"육 년 동안 쓰고 있는데, 아직 초고도 끝내지 못했고 제목도 없어요. 그러니 그렇게 인상적이진 않을 거예요. 다음주에도 갈 건가요?"

"글쎄요. 내겐 너무 종교적으로 느껴져요. 언어적으로 무릎을 꿇는 행위가 너무 많아요."

"정말요?" 뮤리얼은 그런 식으로 말하지 않았었다.

사일러스는 머뭇거린다. "정말로 자유롭게 열린 생각을 교환하는 장은 아니에요. 사람들은 그가 말하는 걸 죄다 받아적기만 해요." 그는 허리를 숙이고 작은 공책에 뭔가를 끼적거리는 척한다. "그러니까 이런 식인데, 이건 별것 아니지만, 한번은 그가 모든 대사에는 적어도 두 개의 숨은 동기가 있어야 한다고 말했고, 나는 등장인물이 그냥 몇시인지 궁금한 것일 수도 있지 않냐고 말했어요. 사람들이 헉 놀라더군요. 그러고는 침묵이 흘렀어요. 나는 좀 더 토론하는 방식을 좋아해요. 규칙이 많은 걸 좋아하지 않는 것일 수도 있지만."

뮤리얼과 그녀의 친구들이 그의 뒤에 모여 섰다. 사일러스가 몸을 약간 움직여 등을 조금 더 그들 쪽으로 돌린다. 일부러 그런 것 같지는 않다. "당신은 거기 간 적 없어요?"

"없어요. 밤엔 일해요."

그가 그게 진실의 전부가 아니라는 걸 안다는 듯 나를 쳐다보고 뭔가 말하려는 순간 뮤리얼이 끼어든다.

"보세요, 진짜 세상에서 온 진짜 사람들이에요." 그녀가 말한다.

그녀가 우리를 소개한다. 한 명은 AIDS 연구를 전공한 감염병 전문의이고, 다른 한 명은 자메이카 플레인*에서 비영리단체를 이끌고 있다. 그들은 화장을 하고, 팔찌를 끼고, 프레시 연못에 있는 T.J. 맥스**에서 산 게 아닌 원피스를 입었다. 그들은 사일러스를 보려고 여기까지 방을 가로질러온 거라서 그에게 질문을 쏟아낸다. 나는 그 대화에서, 그 방에서 빠져나온다.

나는 『선더 로드』를 살 돈은 없지만 입구에서 거실을 통과하는 줄을 따라 식사실로 들어간다. 이어 방향을 바꾸어 부엌으로 들어가 스윙 도어에 낸 창문을 통해 작가를 훔쳐본다. 그의 등이 내 쪽을 향해 있고, 작고 구부정한 여자가 방금 사인을 받은 책을 가슴에 꼭 끌어안고 테이블 위로 그를 향해 몸을 숙이고 있다. 그가 그녀 뒤로 다른 여자의 책에 손을 뻗는 순간에도 그녀는 말을 멈추지 않는다. 나는 그저 그의 뒷모습을, 칼라 아래 보이는 푸른색 타이의 가장자리와 서명할 때 하얀 드레스셔츠를 통해 보이는 튀어나온 어깨뼈를 볼 뿐이다. 그의 얼굴이 사진에서 본 것처럼 조각 같고 재수 없게 생겼는지는 알 수 없다.

부엌의 모든 표면에 오르되브르가 담긴 베이킹 시트와 쟁반이

---

* 보스턴에 있는 역사적인 의미가 있는 지역.
** 미국의 저가 백화점.

놓여 있다. 음식을 내가는 사람이 몇 분마다 뭔가를 다시 채워가려고 안으로 들어온다. 머리를 틀어올리고 앞치마를 한 사람이 내가 아니란 게 어색하게 느껴진다.

"프로슈토로 싼 무화과 드시겠어요?" 그녀가 주근깨로 뒤덮인 얼굴로 말한다.

"오, 정말 고마워요." 나는 그녀에게 유대감을 전달하려고 애쓰면서 말한다. 쟁반에서 무화과를 집고 그녀의 반대쪽 손에서 냅킨을 받아든다. 사람들이 냅킨을 받지 않는 것도 나는 신경이 쓰인다. "고마워요, 맛있어 보이네요." 하지만 그녀는 이미 사람들이 모여 있는 구석 자리 테이블로 옮겨갔다.

서재로 돌아가자 사일러스는 이미 가고 없고, 진짜 세상의 여자들도 가고 없다. 뮤리얼 콧수염을 기른 세 남자와 함께 코맥 매카시에 대한 논쟁에 빠져 있다.

황혼의 아스팔트는 자주색이다. 우리는 길 한복판으로 언덕을 내려간다. 해가 졌지만 열기는 허공에 걸려 있다. 파티에 참석한 사람들의 목소리 때문에 귀가 윙윙 울린다. 우리는 내가 먼저 읽고 그녀에게 넘긴 『분쟁』이라는 책 이야기를 한다. 그녀도 나만큼 그 책을 좋아해서, 우리는 서로 가장 좋아하는 장면을 하나씩 말한다. 누군가와 같이 한 책을 사랑한다는 건 특별한 즐거움, 특별한 친밀감을 의미한다. 책 뒤쪽에 있는 짧은 소개에는 작가 J. G. 패럴이 낚시를 하다가 거친 파도에 휩쓸려 바다에 빠져 죽었다고 되어 있다.

"그게 자살에 대한 아일랜드인의 완곡어법이라고 생각해?" 내가 말한다.

"그럴지도. 누군가가 개에 관련된 문제로 어떤 남자를 만나러 밖에 나가봐야겠다고 말한다고 쳐.* 그 남자가 없다면, 그 사람은 거친 파도에 휩쓸린 거야."

우리 둘 다 아일랜드문학을 좋아한다. 돈이 생기면 같이 더블린에 가기로 협약을 맺었다.

나는 수요일 밤 워크숍이 컬트적인 것 같다던 사일러스의 말을 그녀에게 전한다.

그녀가 그 말을 곰곰이 생각해본다. "음, 거기 있는 사람 다수는 오스카가 되고 싶어해. 또다른 다수는 그와 자고 싶어하고. 그건 좀 컬트 같지."

"그러면 너는 그 스펙트럼에서 어디에 들어가?"

"그가 되는 것. 단연코."

"사람들이 그와 자기도 해?"

"아니. 그가 지난겨울에 자신의 죽은 아내에 대해, 자긴 다른 여자는 생각할 수 없다는 내용으로 에세이를 써서 〈그랜타〉에 실었어. 그 바람에 일부 사람들은 길길이 날뛰었지."

우리는 그녀의 아파트 건물 밖에서 작별의 포옹을 했고, 삼십 분 더 이야기한 뒤 다시 작별의 포옹을 했다.

집으로 돌아가는 길, 거리는 고요하고 강은 평평하고 반짝거린다. 하늘은 검은색이 되기 바로 직전의, 더 짙을 수 없을 만큼 짙은 푸른색이다. BU 브리지를 반쯤 지나다 나는 머릿속에서 그 장면이

---

* 자리를 잠시 자리를 비우거나 곧 떠나야 한다는 말을 완곡하게 표현한 것으로, 영국 영어에서 상용되는 표현이다.

마무리되고 있다는 것을 깨닫는다. 그들이 뭔가 말하고, 나는 그 말소리를 듣는다. 그리고 그들은 마침내 계단을 내려간다.

지난가을 뮤리얼의 남자친구는 그녀에게 자신은 책이 있는 방에서 혼자 지낼 필요가 있다고 말했다. 그들은 거의 삼 년 동안 동거했다. 그는 계속 같이 지내면 결혼하고 아이를 낳을 텐데, 자신은 글을 써야 한다고 말했다. 나도 마찬가지야, 뮤리얼이 그에게 말했다. 그녀는 결혼이나 아이에 대한 말은 한마디도 하지 않았다. 하지만 그는 석사학위가 두 개나 있으면서도 자기는 아무것도 모르겠다고 말했다. 그는 책이 있는 방에서 혼자 지낼 필요가 있었다. 그래서 메인주로 가서 형의 집 삼층에 들어가 살았다. 그게 열 달 전이다. 그들은 그뒤로 연락하지 않았다.

출간파티를 하고 일주일 뒤 뮤리얼은 조카의 바트미츠바*에 가

---

* 12~13세의 소녀가 치르는 유대교 성인식.

서 한 남자를 만난다.

"그 사람 괜찮았어." 그녀가 말한다. "크리스천."

"크리스천?"

"아빠가 그러시더라. '바트미츠바에 가서 크리스천이라는 이름의 남자를 찾는 건 뮤리얼에게 맡겨두라고.'"

그녀는 약간 들떠 있다.

다음날 옛 남자친구인 데이비드가 그녀에게 전화를 걸어온다. 흔히 여자에게 직감이 있다고 말하지만, 남자는 주 경계선 너머에서도 경쟁자 냄새를 맡을 수 있다.

"내가 보고 싶대." 그녀가 말한다. "나하고 산책하고 싶다는데."

"여전히 책이 있는 방에서 지낸대?"

"몰라." 그녀는 절반은 웃고, 절반은 운다. "크리스천은 참 좋은 남자였어. 목요일 밤에 데이트하기로 했었는데. 이런, 깜박할 뻔했네. 그 남자 말이야, 사일러스, 네 전화번호 묻더라."

그는 다음날 아침에 내게 전화한다. 나는 그가 어떻게 생겼는지 기억나지 않는다. 혹은 내가 기억하는 모습과 목소리가 일치하지 않는다. 반쯤 고장난 엔진처럼 낮고 걸걸한 소리. 늙은 남자의 목소리. 이 사람이 그가 맞는지 확신할 수 없다.

그는 금요일 밤에 보스턴미술관에 같이 갈 수 있는지 묻는다. "늦게까지 해요. 전시 보고 뭐라도 한입 먹으면 되고요."

한입 먹는다. 그건 내 엄마나 할 법한 말이다.

"그렇게 해요." 나는 웃음이 터지려 한다. 이유는 정확히 모르지만, 나는 그가 그걸 눈치채지 않았기를 바란다.

"웃는군요."

"아니에요, 안 그래요." 하지만 그랬다. "미안해요. 개가 낸 소리예요. 귀로 그런 소리를 내더라고요."

"이름이 뭐예요?"

나는 애덤의 개 이름을 모르고, 애덤은 지금 나와 함께 정원 헛간에 있지 않다. 내가 정말로 개의 이름을 모르던가? "애덤의 개."

"애덤의 개가 당신 개 이름이에요?"

"정확히 내 개는 아니에요. 애덤의 개예요. 집주인요. 가끔 개를 봐주거든요. 진짜 이름은 몰라요."

침묵이 흐른다.

아침에는 절대 전화를 받지 말아야 한다. "그러니까, 분명 이름을 알았을 텐데. 집주인이 당연히 말해줬겠죠. 하지만 내가 잊어버렸어요. 매일 아침 한창 글을 쓰다 말고 개를 산책시켜야 해요. 너무 화가 나서 이름을 알고 싶지도 않았나봐요. 집세를 50달러 빼준대서 하는 거거든요."

"그러면 당신이 웃는 게 개 때문은 아니겠네요."

"아니에요. 나도 내가 왜 웃는지 정말로 모르겠어요."

침묵이 흐른다.

"그저 지금 당신 몸과 당신 목소리를 일치시킬 수가 없어서요." 나는 '몸'이라는 단어를 쓰고 움찔한다. 내가 왜 그의 몸에 대해 말하는 거지? "그리고 '한입 먹는'이라는 표현이 엄마를 생각나게 해요." 그에게 엄마가 죽었다는 말은 하지 마라. 그는 데이트 신청을 하려고 전화한 거다. 죽은 엄마 이야기는 꺼내지 마라.

"허." 그가 자세를 바꾸고 있는 모양이다. 드러눕고, 머리 밑으로 베개를 끼우는 중일 테다. "어머니하고는 잘 지내나요?"

"네. 전적으로. 마음이 아주 잘 맞아요." 하지만 나는 개에 대해 그랬던 것처럼, 있지도 않은 엄마가 어딘가에 있는 척하고 싶지는 않다. "하지만 돌아가셨어요, 참고로 알아두시라고." 참고로 알아두시라고?

"오, 저런. 미안해요. 언제요?"

"최근에요."

그는 내게서 모든 것을 끄집어낸다. 엄마의 칠레 여행에 대해 내가 알고 있는 모든 것을. 이렇게 꺼내놓으면서도 그 일은 여전히 조금 뜨겁다. 그는 듣는다. 그가 전화기에 대고 숨을 내쉰다. 어째선지 그도 가까운 누군가를 잃은 것을 알겠다. 사람들을 만나면 그게 느껴진다. 구멍이 난 자리. 아니면 당신은 그 구멍 안에다 말하고 있는 것일 테다. 그 비슷한 일을 경험하지 않은 다른 사람들과 이야기하면 단단한 벽이 느껴진다. 당신의 말은 거기 부딪혀 산산이 흩어진다.

내가 그에게 묻고, 그는 여동생이 팔 년 전에 죽었다고 말한다.

"보통은 등산하다 사고를 당했다고 말해요." 그가 말한다. "추락했다고. 하지만 벼락에 맞았어요. 사람들은 그런 이야기에 솔깃해하죠. 상징적으로 해석하거나. 아니면 몸에 구체적으로 어떤 변화가 일어나는지를 알고 싶어하거나. 어느 쪽이든. 그런 게 괴로워요."

"그 사실을 알았을 때 당신은 어디 있었어요?" 이유는 모르지만, 나는 그 순간의 그를 그려볼 필요가 있다. 그건 참으로 끔찍한 순간이다. 나는 스페인의 작은 부엌에서 새벽 다섯시에 전화로 그 소식을 들었다.

"나는 집에 있었어요, 부모님 집에. 나도 그 여행에 함께하기로 되어 있었지만 단핵증에 걸려버렸어요. 그날이 처음으로 몸 상태가 괜찮아진 날이었어요. 운동화를 사려고 몰에 갔는데, 돌아오니 아버지가 앉으라고 하더군요. 나는 앉고 싶지 않다고 말했어요. 목소리로 다 알 수 있었으니까요. 나는 이미 알았어요. 내가 아주 오랫동안 정신 나간 사람처럼 서 있으니 아버지가 억지로 앉히더군요. 그런 일은 우리를 삶에서 떼어내고, 우리는 오랫동안 삶 위에서 부유하며 사람들이 바쁘게 움직이는 것을 지켜보죠. 하지만 어느 것도 의미 있게 다가오지 않아요. 그저 운동화 박스를 들고 있을 뿐……" 뒤에서 여자의 목소리가 들린다. "오, 이런, 케이시. 끊어야겠어요. 수업이 십이 분 전에 시작됐어요."

"학교에 다녀요?"

"애들을 가르쳐요. 여름학교. 맙소사, 미안하지만 지금 당장 끊어야 해요. 아까 그 사람은 교과부 부장이에요. 오늘밤 전화해도 될까요?"

"일해요. 금요일에 미술관에서 봐요." 나는 「편지 쓰는 사람들」이라는 단편에서처럼 너무 오래 전화만 하며 시간을 보내다가 실제로 만나 곤란한 상황이 되는 건 원치 않는다. 남녀가 십 년 동안 편지를 주고받으면서 사랑에 빠지는 그 이야기에서, 그들이 실제로 만났을 때 몸이 글을 따라잡지 못했다.

우리는 전화를 끊는다. 내 방의 사물이 다시 뚜렷해진다. 내 책상, 내 공책. 여전히 아침이다. 통화하는 내내 나는 그게 내 글 쓰는 시간을 잡아먹으리란 걱정은 한 번도 하지 않았다.

뮤리얼이 데이비드와 함께 산책한 뒤 정원 헛간을 찾아온다. 나는 차를 준비하고 우리는 내 푸톤에 앉는다.

"그가 달라졌을 거라고 생각했어. 눈동자에 잭 니콜슨 같은 광기가 보일 거라고 말이야. 그 시간 내내 나는 그가 다를까봐 겁이 났어. 하지만 똑같았어." 그녀의 목소리가 갈라진다. "똑같았어. 그래서 그를 만질 수 없었어. 매력적이지 않았으니까. 우리는 걷기 시작했고, 그가 한 팔로 나를 감싸안았어. 나는 그런 감정은, 극복할 거라고 생각했어. 내가 정확히 바라던 대로 되었으니까. 그가 다시 나를 원하는 것. 자기가 끔찍한 실수를 저질렀다면서. 하지만 나는 계속 언제 다시 내 차에 탈 수 있을까, 그 생각만 했어. 그 생각을 숨기려고 했지만, 그가 나를 보더니 추워하는 것 같다고, 내 눈이 뱀 눈 같다고 했어. 그러고는 좀 무너져내리는 것 같더니, 우리 사이에 완벽한 뭔가가 존재했고, 자긴 그걸 줄곧 알고 있었다고, 자기가 떠난 이유는 그게 끝나지 않으리란 걸 알았기 때문이라고 했어. 그는 거의 패닉 상태였어. 자신의 남은 인생을 보는 게 무섭다고. 하지만 나를 잃는 건 더욱 무섭다고."

"어디서 만났어?"

"프레시 연못. 거길 돌고 돌고 또 돌았어. 몇 시간 동안. 그는 아주 연극적으로 행동했고, 내 주변에서 뛰거나 양팔을 휘둘렀어. 한번은 달리는 사람을 실제로 치기도 했어. 왜 전에 이 모든 걸 말하지 않았는지 계속 물으니까 자기도 몰랐대. 그가 울었어. 그가 우는 걸 전에는 본 적이 없었어. 눈물을 흘리는 울음 말이야. 끔찍했어. 하지만 내 마음을 속이지는 못하겠더라. 생각해보겠다는 말도

할 수 없었어. 끝이었어. 너무 분명했어. 그래서 그가 키스하려고 했을 때, 그를 밀어냈어. 내가 무슨 행동을 하는지 깨닫기도 전에 내 팔이 그를 밀어낸 거야. 아주 육체적인 반응이었어. 거부감. 생물학적으로 느껴졌어. 이 남자와는 결코 아이를 가질 수 없다는 걸 아는 것처럼. 아주 끔찍하고 이상했어. 내가 그의 어떤 점을 사랑했는지가 다 보였어. 그게 보였지만, 더이상 그 점을 사랑하지 않았어."

그녀는 무너져내린다. 그녀는 내 푸톤 위로 허리를 꺾고, 나는 그녀를 붙잡고 등을 어루만진다. 그리고 괜찮을 거라고 말하는데, 그건 여름 내내 그녀가 내게 해주던 말이다. 나는 차를 더 내리고 시나몬토스트를 만들고, 우리는 푸톤 위에서 벽 쪽으로 옮겨 거기 기댄 채 먹고 마시면서 창밖으로 진입로를 내다본다. 애덤이 청소하는 여자인 올리와 말다툼을 하는 모양이다.

"데이비드는 책을 썼대?" 내가 묻는다.

"시작도 안 했대." 그녀가 차를 후후 분다. "나는 그가 떠난 뒤로 이백육십 페이지를 썼고."

점심시간에 파비아나는 내게 의사 둘이 앉은 구석 테이블을 맡긴다. 그들의 셔츠 주머니에는 코팅이 된 큼직한 명찰이 클립으로 고정되어 있다. 명찰을 보니 둘 다 내과 전문의이고 매사추세츠 종합병원에서 근무한다. 내가 물을 따를 때 그들은 복강경 간 조직 검사에 대해 이야기하고, 샌드위치를 가져갔을 때는 화제가 편모충으로 옮겨가 있다.

식사하는 내내 그들이 의학 이야기를 하지 않았다면 나는 아무 말도 하지 않았을 것이다. 에스프레소를 내갈 때가 돼서야 나는 용기를 낸다.

"간단한 질문 하나 드려도 될까요?"

왼쪽에 앉은 사람이 열심히 설탕 봉지를 뜯고 있다. 그는 나를 쳐다본다. 하지만 더 나이 많은 쪽은 고개만 끄덕인다. "얼마든지요."

"어머니가 지난겨울 칠레에 갔는데요. 비행기를 타고 피닉스에서 LA를 거쳐 산티아고로 갔어요. 감기 때문에 기침은 계속 남아 있었지만 열은 없었어요. 그것 말고는 아주 건강하셨어요. 쉰여덟 살이셨고요. 의학적으로 문제가 있지도 않았어요." 암기한 대사처럼 말이 술술 나온다. "친구분들하고 수도에서 닷새를 보내고 칠로에 군도로 가서 섬 몇 개를 돌았는데, 코카후에섬에 갔을 때 어머니가 한기를 느끼면서 숨이 가쁜 채 잠에서 깼대요. 친구분들이 어머니를 거기 병원에 데려갔고, 병원 사람들이 산소마스크를 대주고 무선으로 응급 의료 헬기를 불렀지만 도착하기 직전에 돌아가셨어요."

두 사람 다 얼어붙은 것 같다. 젊은 의사는 여전히 설탕 봉지를 들고 있다.

"어떻게 된 걸까요? 사망 증명서에는 심정지라고 되어 있었지만, 심장마비는 아니었어요. 엄마의 심장이 왜 멈춘 거죠? 폐색전증인가요? 비행기를 오래 타서요? 그게 오빠 남자친구인 필의 생각인데요. 하지만 그는 안과의사예요."

두 의사는 서로 쳐다보는데, 상의하기 위해서가 아니라 놀라서다. 이 상황을 어떻게 빠져나가지?

"부검은 안 했어요?" 젊은 의사가 말하고, 마침내 설탕을 작은 커피잔에 쏟아붓는다.

"안 했어요."

"안타깝네요." 나이든 의사가 말한다. "끔찍한 쇼크가 왔던 모양이에요."

"그분의 삶을 모르고 의료 기록을 보지 않고는……" 다른 의사가 말하고, 손바닥이 위로 향하게 두 손을 뒤집는다.

"색전증일 가능성이 크네요."

"계산서 갖다줄 수 있나요?"

내가 계산서를 출력하는 동안 그들은 에스프레소를 한 번에 비우고, 20달러짜리 두 장을 곧바로 내려놓더니 부리나케 식사 공간을 빠져나간다.

엄마의 친구 재닛이 그 섬의 병원에서 곁을 지켰다. 재닛은 엄마가 사투를 벌이지 않았다고 말해주었다. 고통스러워하지 않았다고. 꾸벅꾸벅 졸았다고. 의식이 들었다가 나갔다가 했다고. 그러다 엄마는 일어나 앉아 전화를 해야겠다고 말했고, 다시 누웠고, 숨졌다. 아주 평화로웠다고, 재닛은 말했다. 참 아름다운 날이었다고.

나는 재닛과의 통화에서 아름다운 날이었다는 것과 평화로웠다는 것보다 더 많은 정보를 알아내려고 해보았다. 나는 모든 것을 원했다. 엄마가 정확히 어떤 말을 했는지, 병원의 냄새나 벽의 색깔은 어땠는지. 아이들이 밖에서 공을 차고 있었는지? 엄마가 재닛의 손을 잡고 있었는지? 엄마가 일어나 앉아 전화하려고 한 사람은 누구였는지? 엄마의 심장이 멈췄을 때 다른 소리가 조금이라도 들렸는지? 심장은 왜 멈춘 건지? 나는 엄마가 그 이야기를 직접 해주는 걸 듣고 싶었다. 엄마는 이야기를 좋아했다. 엄마는 미스터리를 좋아했다. 엄마는 아무리 작은 사건이라도 흥미진진한 것으로 만들 수 있었다. 엄마가 들려주는 이야기에서라면 의사의 눈동자는 사랑의 대상을 찾고 있었을 것이고 배경에는 톨스토이 소설에 등장하는 인물의 이름을 딴 닭 세 마리가 있었을 것이다. 재닛의 목에는 땀띠가 났을 것이다. 나는 엄마가 어떻게 죽었는지 말해줄 사람이 엄마이길 바랐지, 다른 누구이길 바라지 않았다.

장례식이 있고 사흘 뒤 엄마의 가방이 케일럽과 필의 집에 도착했다. 케일럽과 나는 그것을 함께 열었다. 우리는 엄마의 노란색 비옷과 면 원피스 잠옷 두 벌, 분홍색과 흰색 체크무늬의 원피스 수영복을 집어올렸다. 우리는 모든 물건에 코를 갖다댔고, 모든 물건에서 엄마 냄새가 났다. 종이봉지 안에는 선물이 있었는데, 구슬 귀걸이 한 쌍과 남자의 티셔츠였다. 우리는 그것이 우리에게 주는 선물인 것을 알았다. 가방이 다 비워졌을 때 나는 혹시 글로 쓴 뭔가, 작별의 의미나 예감에서 써둔 편지나 문장이 있는지 확인하려고 가방 안의 신축성 있는 파우치에 손을 집어넣었다. 하지만 거기엔 안전핀 두 개와 얇은 머리핀밖에 없었다.

그 주의 나머지 시간은 형편없이 흘러간다. 글이 잘 써지지 않는
다. 모든 문장이 밋밋하고, 모든 묘사는 가짜 같다. 나는 나가서 강
가를 따라 워터타운으로, 뉴타운으로 각각 10마일, 12마일 긴 길
을 달린다. 그게 도움이 되지만 몇 시간 뒤 벌들이 다시 기어다니
기 시작한다. 나는 컴퓨터에 저장해놓은 이백육 페이지를 쭉 훑어
내리고, 레드반 이후 공책에 새로 쓴 페이지들을 살핀다. 조금이라
도 좋은 부분을 한 순간도, 한 문장도 찾을 수 없다. 다른 모든 것
이 갈피를 잡지 못한 듯해도 내가 붙잡고 있던 장면들—환시처럼
쏟아져나온, 펜실베이니아에서 쓴 첫 부분과 앨버커키에서 쓴 한
챕터—조차 빛이 바랬다. 모든 것이 단어들의 긴 연결처럼, 망상
에 빠지는 병에 걸린 사람이 쓴 것처럼 보인다. 나는 내 인생을 낭비
하고 있어. 나는 내 인생을 낭비하고 있어. 그 말이 심장박동처럼 쿵
쾅거린다. 사흘 연속 비가 내려 정원 헛간에서 퇴비 냄새가 나기

시작한다. 흠뻑 젖은 채 아이리스에 도착해 몸이 다 마르기도 전에 자전거를 타고 집으로 간다. 내 하얀 셔츠를 조심스럽게 접어 배낭에 넣으려고 하지만, 그러면 셔츠는 구겨질 테고 마커스는 나를 나무랄 것이다. 메모리얼 드라이브의 수노코 주유소를 지날 때마다 콘크리트 화단에 핀 못생긴 메리골드가 보이고, 뜨거운 눈물과 비가 뒤섞인다. 주말로 정한 사일러스와의 데이트 약속 때문에 수입이 더 짭짤한 금요일 밤 근무를 월요일 점심으로 바꾸었는데, 그 데이트를 생각하면 두렵다. 하지만 거기 주의를 기울이지 않을 때는 그의 전화 목소리와 깨진 이가 생각나면서 기대감 같은 것이 물결처럼 나를 통과한다.

해리와 내가 함께 이중 근무를 하는 날은 두 번이다. 화요일과 목요일. 해리가 일을 하면 나는 유능한 종업원이 아니지만—우리는 넋을 놓고 대화에 빠져들고, 부주방장을 구슬려 BLT 샌드위치나 크랩케이크를 만들어달라고 하고, 알레한드로와 함께 비상계단에 나가 담배를 피우고, 마커스가 우리를 찾을 때마다 늘 없다—더 명랑한 종업원이다. 해리의 매력이 내게 옮겨온다. 내 서비스는 형편없지만 팁은 늘 더 낫다.

"그 남자가 판나코타*는 아니지, 응?" 목요일 점심시간 마커스가 사무실에서 누군가의 면접을 보는 동안 해리는 준비 공간에서 비시수아즈**와 아이스커피를 마시면서 말한다.

처음으로 같이 근무한 뒤 해리는 내게 저녁을 먹자고 했다. 그는

---

* '요리된 크림'이란 뜻의 이탈리아어로, 주로 캐러멜 맛이고 차게 대접하거나 과일과 초콜릿소스와 같이 먹는다.
** 차게 먹는 감자 크림수프.

잘생긴데다 재미있고 섹시한 영국인 억양을 쓰며, 이성애자의 방패로 완벽하다. 라호르*에서 태어났지만 세 살 때 런던으로 이주했다고 한다.

"북동부 런던?" 파리에서 알게 된 친구가 거기 출신인데 억양이 똑같아서 내가 물었다.

"응, 레드브리지. 너 정체가 뭐야, 헨리 히긴스**?"

그는 아홉 살 때 전학하고 이름을 하룬에서 해리로 바꾸면서 영국인이 되었다. "내 피부색이 마법을 쓴 것처럼 옅어졌어. 완전 요술 같았어. 그뒤부터 나는 그냥 평범한 청년이었어."

나는 디저트를 먹는 동안 해리에게 루크 이야기를 할 생각이었다. 아직 데이트할 마음의 준비가 되지 않았다고 말할 생각이었다. 하지만 판나코타가 나왔을 때 그는 앨버트라는 이름의 옛 애인 이야기를 꺼냈다. 나는 어리둥절했다. 나중에 우리는 그것을 판나코타 폭로 사건이라고 불렀다.

"누구 말하는 거야?" 지금, 내가 말한다.

"그 사일러스라는 남자."

"뭐야, 아니길 바라. 맞으면 네가 가져."

"작가를? 고맙지만 사양할게."

"무슨 뜻이야?"

"나는 늘 이 안에 들어앉아 시간을 보내는 사람은 원치 않거든." 그가 자신의 윤기 흐르는 검은 머리카락 주위로 손을 흔든다. "나

---

* 파키스탄 동북부에 있는 도시.
** 조지 버나드 쇼의 『피그말리온』에 등장하는 음성학자.

는 반동추진 엔진을 좋아해. 작가들은 반동추진 엔진이 아니야. 좋은 엔진이 아니지. 그리고 나는 글재주가 없는 작가하고는 사귈 수 없어. 맙소사, 그거 끔찍하겠다." 그는 꿈찍하겠다 하고 발음한다. 그는 자신의 2인 테이블로 계산서를 갖다주러 간다. "게다가," 그가 돌아와서 말한다. "내가 말을 잘하는 쪽이 되고 싶어. 언어로 지배하는 걸 좋아하거든. 네 3인 테이블에서 뜨거운 차를 원한다는데. 바깥 기온이 32도니 나가면 입술이 왁스처럼 녹을 거라고 말해줘."

내가 차를 갖다주고 해리가 주문을 받는 동안 마커스가 사무실에서 나와 우리가 먹은 비시수아즈 그릇을 발견한다. "앞으로 일정을 잡을 때 두 사람은 절대 묶지 말아야겠어." 그는 늘 그렇게 말한다. 그러면 우리는 여섯 살이 된 것 같다. 우리는 그의 등뒤에서 서로 쳐다보며 얼굴을 찡그린다.

그날 밤늦게 집에 도착하니―아래층 식사 공간에서 예순한 명이 참석하는 기념파티가 있었다―사일러스의 목소리가 자동응답기에 남아 있다.

"케이시, 미안해요. 타운을 떠나야 했어요. 한동안. 얼마나 길어질진 모르겠네요." 그의 입은 정말로 수화기에 바짝 붙어 있고, 그의 뒤로 차들이 쌩쌩 달리는 소리가 들린다. "내일 데이트 약속 못 지켜서 미안해요. 정말로 미안해요. 그 한 가지가 마음에. 내가 당신을 모르는데. 당신을 거의 모르는데. 하지만. 그래야 해요. 그래야 해요. 아무튼 돌아오면 연락할게요. 아니. 음, 난 정말로 그럴 수가. 잘 지내요." 잠시 침묵이 흐르고, 이어 "제길" 하는 말과 함께 수화기가 쿵 제자리로 내려간다.

"그 사람도 빌어먹을 자식이었어." 내가 뮤리얼에게 말한다.

"가족이 위급하다거나 뭐 그런 거 아닐까."

"아니었어. 그런 분위기가 아니라, 음, 타운을 떠나야 한다고 했어, 음, 한동안. 얼마나 길어질지는 모르고."

그녀가 의심스러운 눈빛으로 나를 본다.

"자기가 원한다고 말하는 걸 정말로 원하는 남자를 만나고 싶어. '그저 느리게 움직이고 있다'거나 '아주 모호한 시간만큼 떠나 있고 싶다'고 말하는 남자는 이제 됐어. 맙소사."

"사일러스를 아예 지우지는 마."

"완전히 지우고 있는 중이야."

"그가 쓴 글을 보여줄게."

"그러지 마. 보고 싶지 않아."

뮤리얼은 내가 금요일 밤을 낭비하는 걸 원하지 않는다면서 사람들을 자기 집으로 초대해 저녁 먹는 자리를 마련한다.

해리는 야스민과 근무시간을 바꾸고 나와 함께 간다. 그는 모든 이성애자 남자들에게 미친듯이 작업을 건다. 동성애자 남자는 재미가 없어졌다고 한다. 프로빈스타운에 갔을 때 새로 만난 버스보이와 잘되지 않았다. 뮤리얼은 모로칸 치킨과 쿠스쿠스, 그리고 상그리아를 차려낸다. 그녀는 카우치 위에 바틱염색을 한 천을 깔았다.

"아주 다문화적으로 보헤미안풍인데." 해리가 말한다.

뮤리얼의 친구 대부분은 작가다. 열병처럼 그 시기를 넘긴 옛 친구들과 달리 진짜 작가다. 그녀는 사리로 덮어둔 음식을 벽 쪽에서 꺼내 책상에 뷔페식으로 차린다. 나는 자신을 짐보라고 소개하는, 작년에 소설을 출간한 남자 옆에서 접시에 음식을 담는다. 『모터사이클 마마』. 뮤리얼은 그 책이 엇갈린 평가를 받았다고 말했지만, 어쨌거나 그는 다음 소설에 대해 여섯 자리 숫자의 계약금을 받았다.

"정체불명의 거무칙칙한 포스미트*를 조심해요." 짐보가 자기 어깨로 내 어깨를 쿡 찌르며 말한다. 우리가 전에 만난—혹은 같이 잔—적 있는 사이인지에 대해 그가 확신이 없다는 걸 알겠다. 우리는 그중 어느 것도 한 적이 없어서 나는 그를 무시한다. "루디," 그가 내 반대쪽 옆에 있는 남자에게, 내 귀에 불필요할 만큼 큰 목소리로 말을 건다. "이거 우리가 페페의 밤에 A.D.**에서 먹

* 고기나 채소를 잘게 다져 혼합한 것으로, 다른 음식의 속을 채우거나 고기완자를 만드는 데 사용한다.
** 하버드대학교의 사교클럽 중 하나.

던 것처럼 보이는데."혹 모르는 사람들이 있을지 모르겠는데, 그
는 하버드를 나왔다. 그는 방안에 다 들릴 정도로 쩌렁쩌렁한 목소
리로 말하면서 이동한다.

여기 온 사람 중 책을 낸 유일한 다른 사람은 에바 파크다. 그녀
의 단편집은 워낙 뛰어나서 작년에 엄청난 관심을 받았고, 펜/헤밍
웨이 상을 받았다. 그녀는 키 작은 스툴에 불편하게 앉아, 뮤리얼
의 동료 작가 두 사람이 그녀의 책이 왜 현대문학의 걸작인지에 대
해 늘어놓는 이야기를 듣는다. 나는 에바를 육 년 전, 그녀가 단편
집을 쓰고 있을 때 만났다. 그건 이야기가 아니에요, 그녀가 내게
말했다. 그건 내가 내 뇌에서 없애려고 하는 작고 단단한 폴립이에
요. 당시 그녀는 불안한 에너지의 불길에 휩싸여 있었다. 그뒤로
에바를 채운 모든 것이 빠져나간 것 같았다. 그녀는 스툴에 앉은
채 지금 자기가 어떤 사람인지 당황스러워하는 것 같다. 뮤리얼의
동료 작가들이 해주는 모든 칭찬이 고통스러운 것 같다. 성공은 남
자들에게 더 편안히 내려앉는다. 방 저쪽에서 짐보는 병을 들고 그
레이 구스*가 날아가버렸다고 소리를 질러댄다.

뮤리얼이 나를 오라고 부르더니 자신과 자신의 대학원 친구 조
지 사이에 끼어 앉게 한다. 그는 그날 오후 뜻밖에 나타난 인물인
데 이따금 그런 식인 것 같다. 뮤리얼이 내게 그에 대해 말해주었
다. 그는 불행하고 노스캐롤라이나에 산다고. 우리는 카우치 위에
꼭 붙어앉은 모양새라 제대로 쳐다보려면 서로 몸을 뒤로 빼야 한
다. 그는 부드럽고 통통한 얼굴에, 금테 안경을 썼다. 렌즈를 통해

---

* 회색 기러기라는 뜻이며 보드카의 이름이다.

크고 둥근 눈이 보인다.

해리는 뮤리얼의 반대쪽에 있고, 둘이 대화에 몰입해서 조지와 나는 서로 이야기를 나눌 수밖에 없다. 나는 이미 그의 이야기를 어느 정도 알고 있다. 그와 그의 아내는 대학원에 다니려고 앤아버에 함께 왔다. 그는 뮤리얼과 함께 픽션 프로그램에 들어갔고, 아내는 논픽션 프로그램에 들어갔다. 2학년 때 그녀는 편두통이 생겼고, 전문의를 찾아가보라는 말을 들었다. 세번째로 갔을 때 의사는 문을 잠갔고, 그들은 섹스했다. 바스락거리는 종이가 깔린 진찰대 위에서. 의사는 그 시간 내내 서 있었다. 내가 이런 걸 자세히 알아서는 안 되겠지만, 안다. 그들 모두 사슬로 연결된 작가들—그의 아내, 조지, 뮤리얼—이라 구체적인 내용이 사라지는 일은 없다. 이제 아내는 편두통이 없어졌고, 의사와 같이 산다. 조지는 상심한 채 노스캐롤라이나대학교 그린즈버러캠퍼스에서 1학년 학생들에게 작문을 가르친다.

"뮤리얼이 그러던데, 쿠바에 관한 소설을 쓴다고요." 조지가 말한다.

사슬은 양쪽으로 다 연결되어 있는 것 같다. 그는 아마 루크에 관해서도 다 알 것이고, 레드반에서 일어난 솔깃한 이야기도 사라지지 않았을 것이다.

"진짜 쿠바 이야기는 아니고요. 그냥 배경이 거기예요."

"왜요?"

"엄마가 어렸을 때 거기 살았어요. 엄마의 부모님은 미국인이지만, 전쟁이 끝난 뒤 엄마의 아버지가 산티아고데쿠바에서 병원을 했어요. 엄마가 열일곱 살 때 남자친구와 달아나 산속에서 저항군으로 활동할지, 아니면 부모님과 함께 쿠바를 떠날지 결정해야 하는 순간이 있었대요. 책에서 나는 엄마가 사랑을 선택하게 했어요."

"그리고 혁명을."

"그렇죠." 사랑과 혁명. 나는 종이접시에 놓인 닭고기를 빙빙 돌린다. 주제를 바꾸어야 한다. 내 책 이야기를 하면 나는 산 채로 껍질이 벗겨지는 기분이 든다. "존 업다이크가 몇 주 전에 내가 일하는 레스토랑에 왔는데, 내가 그의 앞에 샐러드를 내려놓는 동안 그의 옆에 앉은 여자가 자기는 『켄타우로스』가 참 좋다고 말하니까, 그가 고개를 저으면서 그때는 다른 아이디어가 없었기 때문에 그걸 썼다고 하더군요. 나도 그런 기분이에요." 사랑과 혁명. 나는 그게 싫지 않다.

"업다이크에게 당신도 작가라고 말했어요?"

"안 했죠." 내가 웃는다. "맙소사, 안 했어요." 하지만 『켄타우로스』를 좋아한다는 여자가 포크를 떨어뜨렸을 때 허리를 숙여 주우면서 나는 행운을 바라며 그의 로퍼 가죽끈을 만졌다. "지금은 뭘 쓰고 있어요?"

"오." 그는 냅킨의 목을 비틀고 있는 자기 손가락을 내려다본다. "나는 요즘 좀 막혔어요."

"무엇에요?"

"이야기."

"무엇에 관한 건가요?"

그 질문 또한 그를 고통스럽게 만든 게 분명하다. "1389년 황금군단*에 의한 예술품 강탈 뭐 그런 거예요."

그가 농담을 하는 거라면 좋겠지만, 아니다.

"와우. 쓴 지 얼마나 됐어요?"

"삼 년."

"삼 년?" 그 말을 그런 식으로 하려던 건 아니었다. "지금쯤 중편소설은 됐겠네요."

"열한 페이지하고 절반 썼어요."

이건 뮤리얼이 말해주지 않은 더 구체적이고 친밀한 내용이고, 어쨌거나 내게는 그의 아내가 바람을 피운 것보다 더 끔찍하다. 뭐라고 말해줘야 할지 모르겠다.

"내일 밤 레스토랑에서 일해요?" 그가 말한다.

"네."

"다음날 밤엔?"

"일해요. 대부분의 밤에. 왜요?"

"데이트 신청을 하려고요."

하지만 나는 삼 년 동안 열한 페이지하고 절반을 쓴 남자와는 데이트할 수 없다. 그런 일은 전염성이 있다.

---

* 13세기에 만들어진, 유럽으로 원정한 몽골의 군단.

8월이 오자 아이리스는 결혼식 공장이 된다. 예행연습 식사, 피로연, 가끔 덱에서 작은 결혼식이 열리기도 한다. 레스토랑에 이런 행사가 있으면 일반 손님은 받지 않는다. 우리는 굴과 게살 토스트, 속을 채운 무화과, 리소토 볼을 샴페인과 함께 특별한 은쟁반에 담아 돌린다. 우리는 마침내 손님들을 자리에 앉힌 뒤 샐러드, 다음엔 앙트레, 그다음엔 디저트를 그들 앞에 내놓는다. 그리고 물과 와인을 양껏 제공한다. 긴 시간 동안 벽에 붙어서서 각자 자기만의 냉소적인 시선으로 결혼식을 지켜볼 때도 있다.

우리 종업원들은 젊지 않다. 대체로 이십대 후반과 삼십대고, 메리 핸드는 나이를 짐작할 수 없다. 결혼한 사람은 빅터 실바뿐이다. 데이나는 모든 신부 들러리가 건방지고 시비를 거는 경향이 있다고 생각한다. 해리는 신랑 들러리는 죄다 은밀히 자기에게 수작을 건다고 믿는다. 메리 핸드는 구석에 있는 음악가들과 어울리면서 그들이 원하는 만큼 배불리 먹고 마실 수 있도록 신경써준다. 나는 늘 신랑신부가 너무 어리다고 말한다. 그들이 서로 아주 잘 아는 사이 같아 보인 적은 한 번도 없다. 서로를 경계의 눈빛으로 쳐다본다.

8월에 열리는 결혼식 중 뭘 지켜봐도 결혼이 좋은 것이라는 생각은 들지 않는다. 어쨌거나 결혼을 동경한 적도 없었다. 내 부모님은 이십삼 년 동안 결혼생활을 이어나갔지만, 그들을 보며 결혼에 매력을 느낀 적은 한 번도 없었다.

"머리 모양이 마음에 들었어." 한번은 아빠에게 케이프코드에 있는 골프 클럽에서 엄마를 만나려고 새치기한 이유를 물어보자 아빠는 그렇게 말했다. 엄마는 당시 전문대학에서 만난 친구와 지내고 있었고, 아빠는 토너먼트 대회에 출전한 상태였다. 아빠가 자기는 거의 십 년 동안 마이너리그를 돌아다니면서 출전했는데, 그해 PGA에 출전하지 못하면 그만둘 거라고 말했다. 엄마는 그러면 뭘 할 거냐고 물었다. "당신하고 결혼하죠." 아빠가 말했다.

엄마는 아빠가 방랑벽을 이용해 구애했다고 말했다. 어디로 가든, 아빠는 골프를 가르칠 수 있었다. 선수보다 강사로 더 뛰어나다고 엄마에게 고백했다. 그들은 일이 년 정도 프랑스 남부, 그리스, 모로코에서 지낼 수 있을 것이다. 그리고 아시아로 간다. 일본에서도 골프에 관심이 많다고 그는 말했다. 그러고 나면 쿠바에서다시 기회가 열릴 거라고, 엄마를 거기로 데려가 살면 될 거라고 말했다. 엄마는 결혼을 위해 대학을 그만두었지만, 신혼여행에서 돌아온 뒤 아빠는 보스턴 북부에 있는 집을 사서 엄마를 놀라게 했다. 아빠는 고등학교에서 일자리를 구했고, 그들은 결코 떠나지 않았다. 사랑과 혁명 대신, 세상을 여행하는 대신, 엄마는 우리의 보수적인 타운에서 급진주의자가 되어 차별주의, 베트남전쟁, 원자력에 반대하는 전단지를 뿌리거나 밴을 빌려 시위에 참가했다. 가끔 그 밴에는 엄마와 케일럽만 탔다.

엄마는 세인트메리교회에 다니기 시작했다. 결혼을 유지하기 위해, 결혼한 상태에 충실해야 한다는 것을 기억하기 위해, 신의 뜻을 이해하기 위해서였다. 하지만 여섯 달 뒤 엄마가 교회에서 찾아낸 건 하비에르 파니아과였다. 그는 성가대에 새로 온 선창자였고, 엄마가 서른일곱 살이었던 데 비해 그는 스물여섯 살이었다. 그는 기타로 포크송을 연주했고, 미사가 끝나면 놀이터에서 아이들을 감독했다. 그가 처음 온 날이 기억나는데, 그때 나는 열한 살이었고, 주일학교가 끝난 뒤 밖에서 더 오래 놀아도 좋다는 허락을 받은 날이었다. 보통 때 엄마는 주차장 가장자리에서 나를 불렀고, 나는 곧바로 엄마에게 갔다. 그 당시 엄마는 신경이 곤두서서 조바심을 내고, 내가 엄마를 기다리게 하면 내 팔을 억지로 잡아끌었다. 하지만 그날 엄마는 시든 풀밭을 지나 나무 톱밥에 구두굽이 빠지는데도 그에게 다가가 그가 부른 노래가 무엇인지 물었다. 엄마는 어렸을 때 쿠바에서 그 노래를 들었었다고 말했고, 그것이 그의 관심을 끌었다.

처음에 아빠는 엄마가 교회에 가는 것을 흐뭇하게 여겼다. 시위에 참가하는 것보다 그걸 더 좋게 생각했다. 심지어 크리스마스와 부활절에는 우리하고 같이 교회에 가기도 했다. 하지만 몇 년이 지나자 아빠는 점점 짜증을 냈다. 교회를 세인트페어리교회라고 불렸고, 〈사랑의 유람선〉에 등장하는 스터빙 선장처럼 생기고 얼굴이 붉은 오십줄의 테드 신부를 놀림감으로 삼았다. 테드 신부가 침대에 오줌을 싼다는데Ted wets the bed, 아빠는 나를 웃기려고 그렇게 말했다. 진정한 위협은 기타를 든 곱슬머리 애송이란 걸 아빠는 결코 알지 못했다.

하비에르가 세인트메리교회에 거의 오 년을 다녔을 때—나는 그가 일요일이 아닌 날에는 뭘 했는지, 두 사람의 연애가 언제 시작됐는지 모른다—그는 암 진단을 받았다. 그가 남베트남 상공에서 화학약품을 투하할 때 동행한 두 조종사의 목숨을 앗아간 바로 그 백혈병이었다. 보스턴에서 받은 치료가 실패하자 엄마는 그를 차에 태우고 그의 가족이 사는 피닉스로 갔다. 그리고 일 년 반 뒤 가족이 그를 묻을 때까지 거기서 지냈다.

엄마는 내가 고등학교 2학년이던 늦은 봄에 돌아왔다. 그리고 타운 외곽에 있는 작은 집을 빌렸다. 아빠와 나는 그 무렵 앤이라는 이름의 여자 집으로 들어가 같이 살았고, 그들은 내가 엄마의 집에 가서 산다고 했을 때 반대하지 않았다. 처음엔 엄마 모습이 익숙하지 않았다. 엄마는 청바지에 구슬 벨트를 했고, 많이 울었다.

하지만 엄마는 내게 성의를 다했다. 레이디 다이애나의 사진을 내 방 벽에 붙여주었고, 그해 7월 찰스 황태자가 그녀와 결혼했을 때 아침 여섯시에 라즈베리 스콘과 잉글리시 브렉퍼스트 티로 나를 깨웠다. 우리는 마차가 런던을 통과하여 달려가는 것을 보았다. 엄마는 흥분한 듯 보였지만 그들이 성당에 도착하고 카메라가 그들의 얼굴을 크게 비추자 엄마의 분위기가 달라졌다. 겁에 질린 표정인데, 엄마가 말했다. 그리고 그를 봐, 아주 냉정해. 불쌍하기도 해라, 불쌍하기도 해라. 엄마는 그 말을 하고 또 했다. 아빠와 결혼했을 때 엄마는 다이애나와 같은 나이였다. 열아홉 살. 넌 절대 저런 상황에 빠지면 안 돼, 엄마가 내게 말했다. 절대, 절대, 다이애나가 뒤에 긴 드레스 자락을 끌며 계단을 올라갈 때 엄마가 말했다. 결혼은 동화와는 완전히 반대야, 엄마가 말했다.

나는 그들이 결혼 서약을 하기 전에 다시 침대로 돌아갔다.

아이리스에서, 나는 몸을 기울여 잔을 채우거나 초에 다시 불을 붙여주면서 하객의 말을 엿듣는다.

"그녀는 늘 룸메이트와 사랑에 빠졌어."

"그가 그녀에게 혼전 합의서에 영을 두 개 더 보태게 했대."

"이 타운에서 빌어먹을 가톨릭신자를 찾는 게 그렇게 힘들어?"

"그녀는 그가 침대에서 코사크 군인 같다던데."

"뭐 같다고?"

"그게, 엄청 단단하대. 구부러지지 않는 인형처럼 말이야."

그리고 건배사에 모든 것이 드러난다. 두 가족 사이의 악감정, 난혼亂婚, 짝사랑, 나쁜 행동, 마지막 순간의 고백—모든 이야기는 술에 취해 옆길로 새다가 지나치게 달콤하고 진부한 결말로 끝난다. 결혼식은 돈이 많이 들고 따분한 일이다. 내 회의주의를 유일하게 뚫고 들어오는 건 신부 어머니가 일어설 때다. 어머니가 무슨 말을 하든, 얼마나 표현이 서툴든, 얼마나 얼음장 같고 재미없고 진부하든 나는 운다. 해리가 내 손을 잡아준다.

8월은 끝이 없다.

내 오랜 친구들도 결혼한다. 청첩장은 오리건이나 스페인이나 앨버커키로 갔다가 새 주소를 찾아 결국 내 손에 들어온다.

안타깝게도 가끔 이런 청첩장은 결혼식 전에 도착한다.

나는 작은 답장 카드의 못 간다는 칸에 표시하고 핑계는 없이 사과의 말을 쓴다. 내 빚이나, 모르는 사람들의 결혼식을 위해 일해야 하는 처지나, 결국 비참하게 끝날 뿐인 공허하고 여성혐오적인 의식을 치르는 것에 대해 느끼는 당혹스러운 감정은 언급하지 않는다.

네모칸에 체크만 하는 거면 쉽다. 전화로 연락까지 해오면 힘들어진다. 중학생 때 친구 타라가 전화를 걸어와 나를 곤혹스럽게 한다. 나보고 신부 들러리를 해달라고 한다. 11월에. 이탈리아에서. 그애는 내 상황을 안다. 나는 그애가 왜 자꾸 부탁하는 식으로 말하는지 모르겠다.

"네가 뭐라고 말할지 알아." 그애가 말한다. "하지만 너도 감당할 만할 거야. 드레스 할인을 아주 많이 받아서 300밖에 안 해. 그리고 고전적인 거라—은은한 라일락색이야—길이를 짧게 자르면 평소에 입고 다녀도 되고. 그리고 로마 외곽에 있는 빌라를 엄청나게 좋은 값에 빌렸어. 웅장해. 식사도 포함되고. 보통은 하루에 800인데, 400만 내면 돼. 그리고 비행기표도 묶음 상품으로 싸게 샀어—비즈니스 클래스. 주말까지 사면 750." 그애는 그걸 달러 이야기가 아니라, 훨씬 쉽게 얻을 수 있는 무언가인 것처럼 말한다. 내 두피에 난 머리카락처럼. 그냥 뽑아서 주면 되는 것처럼.

"그게 내가 감당할 수 있는 영역에서 얼마나 벗어나 있는 일인지 넌 전혀 모르는구나."

"네가 와줘야 해. 네가 거기 있어야 해. 이건 선택의 문제가 아니야, 케이시." 그애의 꽥꽥거리는 목소리를 들으니, 원하는 것을 얻을 때까지 자기 어머니를 구슬리던 그애의 모습이 떠오른다. "가장 친한 친구의 결혼식은 가는 거야."

가장 친한 친구? 그애는 좋은 친구다. 오래된 친구다. 그애의 부모님 집 거실냄새만 맡아도 내 삶의 삼 년이 떠오르겠지만, 아주 오래전 일이다.

"그 아름다운 장소에 가서 네가 꿈의 남자와 결혼하는 걸 볼 수 있다면 난 뭐라도 할 거야." 브라이언, 겨울잠을 자는 곰의 에너지를 지닌 멍청이. "하지만 내겐 1850달러가 없어. 150달러뿐이야."

"음, 내가 네 비용을 대줄 순 없어. 이미 내 자매들을 공짜로 태워주기로 했거든."

"내가 대달라고 하는 게 아니잖아. 난 못 받아들여."

"넌 직장이 있잖아. 네가 일한다는 그 근무시간 때문에 우리는 두 주 동안 전화로 잡기 놀이를 했어. 이거 말고 다른 어디에 그 돈을 쓰려고? 이 일은 네가 남은 평생 후회할 이기적인 결정 중 하나가 될 거야. 우리가 이러는 건 서로를 위한 거야. 어떤 난관과 장애가 있어도 이 일을 성사시켜야 한다고. 신용카드로 긁고, 내 결혼식에 와."

"모든 걸 최대로 끌어썼어. 빚을 더 질 순 없어. 최소한도 제대로 맞추지 못하고 산다고."

"맙소사, 케이시. 언젠가는 너도 좀 자라야 하지 않겠니? 영원히 무료 이용권을 받을 거란 기대는 곤란하지. 어른이 될 때야. 평생 네가 만들어낸 세상 속에서 살 순 없어. 사람이란 진짜 돈을 벌 수 있는 진짜 직업을 가져야 가장 친한 친구의 생일에 가는 진짜 친구가 될 수 있어. 나는 버뮤다에서 휴가를 보내다가 네 어머니의 장례식에 참석하려고 애리조나행 비행기를 탔어. 사흘 전에 사느라 푯값도 싸지 않았다고."

겨드랑이 쪽이 뜨거워지기 시작한다.

"네 엄마는 네가 얼마나 많은 문제를 끌어안고 사는지 알기나 했어?"

그애가 그 말만 하지 않았더라도 괜찮았을 것이다.

"그 푯값 네가 냈어, 타라?"

"무슨 말이야?"

"네가 직접 버뮤다에서 피닉스까지 가는 푯값을 냈냐고?"

침묵이 흐른다.

"브라이언이 슈와브에서 받는 월급과 네 아버지가 주는 약간의 용돈을 제하면 네가 그 비영리단체에서 파트타임으로 근무해서 얼마나 버는데? 네가 버뮤다로 휴가를 가는 비용이나 소호에 있는 방 두 개짜리 아파트에 사는 비용을 감당할 수 있어? 네가 더 어른일 수 있는 건 두 남자가 네게 자급자족에 대한 환상을 심어주기 때문 아니야?"

그애가 전화를 끊어버린다.

이런 결혼식 때문에 친구를 잃는 출혈이 일어난다. 뮤리얼과 해리가 내게 남은 거의 전부다.

8월의 마지막날 아침, 일하러 가니 종업원들이 카운터 주위에 모여 있다. 내가 회의를 놓쳤나 생각하는데, 미아가 뭔가 소리 내어 읽고 있다. "메르세데스 리무진이 알마터널의 벽을 박았다. 알마광장 아래 센강의 우측 강둑이었다고 경찰은 전했다." 나는 메리 핸드와 빅터 실바 사이로 끼어들어 미아가 읽고 있는 게 무엇인지 본다. "충격에 빠진 목격자는 차가 피범벅이었다고 전했다."

카운터 위에는 〈보스턴 글로브〉의 일면이 펼쳐져 있고, 거기 완전히 박살난 검은 차의 사진이 크게 실려 있다. 사진 위 헤드라인은 이렇다. **'다이애나 사망'**.

글을 쓰는 데 가장 힘든 일은 매일 그 안으로 들어가야 한다는 것이다. 얇은 막을 뚫고 들어가야 한다. 두번째로 어려운 일은 밖으로 나오는 것이다. 가끔 나는 너무 깊이 가라앉고 너무 빨리 올라온다. 그러고 나면 활짝 열리고 피부가 없어진 기분이다. 온 세상이 촉촉하고 나긋나긋하게 느껴진다. 나는 책상에서 일어나 모든 것의 가장자리를 반듯하게 한다. 러그는 바닥 판자와 완벽히 선을 맞춰야 한다. 칫솔은 선반 모서리와 수직으로 놓여 있어야 한다. 옷은 안팎이 뒤집혀 있어서는 안 된다. 엄마의 사파이어는 내 손가락 한가운데 있어야 한다.

내가 열다섯 살이었을 때 아빠의 여자친구 앤이 내 스웨터를 드라이클리닝 맡겼다. 엄마는 올라이트로 빨아 수건에 놓고 말렸지만, 당시 엄마는 하비에르와 함께 피닉스에 있었고, 아빠와 나는 앤의 집에서 살고 있었다. 앤은 내가 학교에 가 있는 사이 내 스웨터를 다 모았다. 스웨터는 며칠 뒤 종이를 입힌 옷걸이에 걸리고 긴 비닐봉지를 뒤집어쓴 채 돌아왔다. 앤은 그걸 내 옷장 문에 걸어놓았다. 스웨터가 걸린 자리의 불룩한 윗부분, 그리고 해파리의 아래쪽처럼 달랑거리는 비닐뿐인 텅 빈 아랫부분, 나는 그 비닐봉지의 모양새가 싫었다. 비닐봉지가 무서웠다. 그래서 스웨터를 꺼낸 뒤, 봉지 각각의 길이만큼 매듭을 묶어 쓰레기통 바닥에 쑤셔넣었다. 나는 자는 동안 내가 그걸로 나 자신을 질식시킬까봐 두려웠다.

나는 죽고 싶지 않았다. 케일럽은 대학에 간 뒤 한 번도 전화하지 않았고, 나는 케일럽 없이 앤의 큰 집에 사는 게 행복하지 않았지만 슬프지는 않았다. 나는 거의 어떤 감정도 느끼지 않았다. 하지만 밤이 되면, 내 안 어딘가의 다른 누구는 죽고 싶어한다는 사실이 공포로 다가왔다.

엄마는 애리조나에서 돌아와 나보고 누군가와 이야기를 나눠보겠느냐고 물었다. 전문가 말이야, 엄마가 말했다. 나는 엄마가 왜 그런 말을 했는지, 무엇이 그 말을 하게 만들었는지 모르지만, 전문가가 내 안을 들여다보고 그 안에서 다른 사람, 나 자신이 허락하지 않은 그 모든 감정을 느끼는 그 사람을 찾아낼지 모른다는 사실이 두려웠다. 엄마는 돌아올 때 상심한 상태였고, 아빠와 한창 이혼소송중이었다. 나는 엄마의 욕실 문을 통해 끔찍한 소리를 들었지만, 그 소리를 엄마와 연결시킬 수 없었다. 엄마는 슬퍼하고 있었지만, 나는 그때 그게 어떤 기분인지 알지 못했다. 나는 정신과의사를 찾아갈 사람은 내가 아니라 엄마라고 말했다.

대학생 때 나의 가장 친한 친구 하나가 심리학 전공이어서 연습 삼아 내게 미네소타 인성검사MMPI를 해주었다. 그애가 막대그래 프로 표시된 결과를 보여주었다. 두 개 빼고 모든 막대가 중간 높 이에 정상 범위였지만, 그 두 개만큼은 다른 것보다 훨씬 높았다. 하나는 검사에 대한 방어성 척도였다. 다른 하나는 조현병 척도였 다. 나는 조현병 척도가 높은 것이 엄마가 떠난 그해에 잠들기 전 에 드라이클리닝 봉지를 묶은 것이나 내 안에 다른 누가 있다는 의 심과 무슨 연관성이 있는지 궁금했다. 나는 그런 공포는 다시 느끼 지 않았고, 지금까지 그 병의 징후를 보인 적이 있는 것 같지도 않 다. 하지만 나는 엄마가 사라진 그해 소설을 쓰기 시작했고, 어쩌 면 내 잠재적 조현병은 그쪽으로 쏠렸을 것이다.

그 기간에 엄마는 서부에 있었고, 나는 이따금 글을 쓰고 나면 지금처럼 물건을 정리했다. 신발은 늘 오른쪽 먼저 신고 나중에 왼 쪽을 신었다. 셔츠를 안팎이 뒤집힌 채로 두는 것은 결코 용납할 수 없었다. 내가 규칙을 잘 지킨다면, 엄마는 피닉스에서 반드시 돌아올 것이다. 그리고 여기서 나는 다시 규칙을 만들고 있다. 이 제 내가 어떻게 해도 엄마는 영원히, 영원히 돌아오지 못하겠지만.

내가 몇 년 전 찾아갔을 때 엄마는 나를 끌어안고 말했다. "내일 네가 떠나면 나는 여기 창가에 서서 어제 네가 바로 여기 나와 같 이 있었던 걸 떠올릴 거야."

그리고 지금 엄마는 죽었고, 내가 어디에 서 있건 나는 항상 그 런 감정을 느낀다.

애덤이 내 우편물을 갖고 온다. 그가 창문을 통해 책상 앞에 앉은 내 모습을 봤으니 문을 열어줄 수밖에 없다. 그는 내게 엽서 한 장과 선홍색 협박 문구가 스탬프로 찍힌, 빚 수금업자들이 보낸 봉투 네 개를 건넨다.

"내가 여기 도망자를 감추고 있는 기분인데." 그가 말한다. "밤에 잠은 잘 자?"

"많이 안 자."

그가 내 말을 믿지 않는 걸 알겠다. 그는 내가 어리고 청춘이기에 얼마간 보호를 받는다고 생각한다.

애덤이 에드펀드 봉투를 가리킨다. "그 자식들 끔찍하지. 불법 영업을 한 걸로 여기저기서 고소를 당하고 있더라고."

나는 책상으로 돌아가야 한다.

"듀크에서 학비를 다 대주지 않았어? 한때는 나라에서 1위인지

2위인지 아니었나?"

"내가 열네 살 때는 그랬지." 내가 말한다.

"골프는 잘하면 계속 실력이 늘기만 하는 스포츠 아니야?"

"골프채를 팔면 그렇지 않아."

그는 자신이 입을 다물면 내가 말을 더 많이 하려나 생각한다.

"음." 그가 마침내 말한다. "걸리적거릴 게 없는 삶에 대해서라면 할말이 많지." 그는 별것 아닌 내 삶의 모습을 탐욕스럽게 둘러본다. "이 안에는 자유의 냄새가 있어, 케이시. 그걸 잃기 전엔 그 냄새를 맡을 수 없을 거야."

실제로 나는 그 냄새를 맡을 수 있었다. 그건 차고에서 새어들어오는 검은 곰팡이와 휘발유 냄새였다.

나는 봉투는 던져놓고 책상으로 돌아가 엽서를 들고 앉는다. 한쪽 면에는 사진이 있는데, 배경에 눈 덮인 뾰족한 산이 있고 그 아래에 더 낮고 더 둥근 갈색 산이 있다. 야생화가 피고 소가 풀을 뜯는 녹색의 밝은 초원도 보인다. 크레스티드뷰트에 오신 걸 환영합니다. 맨 밑에 그렇게 쓰여 있다. 크레스티드뷰트?

뒷면엔 볼펜으로 휘갈긴 작은 글씨가 있다.

차를 몰고 서쪽으로 와서 얼마간 지내야 했어요. 산과 하늘을 봐야 했어요. 돌아가서 더 잘 설명해줄 수 있으면 좋겠네요. 내게 이 엽서를 판 남자의 개가 카운터 뒤에 있어서 애덤의 개가 생각났어요. 떠난 것에 유일하게 후회되는 점은 그날 당신과 데이트를 하지 못했단 거예요.

나는 그걸 기한이 지난 통보서를 두는 통 안에 떨어뜨린다.

그 주에 나는 쿠바를 조사하러 공립도서관에 몇 번 간다. 매번 마지막엔 전기가 꽂혀 있는 서가로 가서 작가와 그들의 죽은 어머니들에 대해 읽는다.

조지 엘리엇의 어머니는 그녀가 열여섯 살 때 유방암으로 죽었다. 그녀가 그 주제에 대해 남긴 것으로 알려진 유일한 말은 '어머니가 죽었다'이다. 엘리엇은 기숙학교에서 지내다 어머니가 병에 걸렸을 때 집으로 불려왔고, 어머니가 죽은 뒤 미래의 교육에 대한 모든 희망을 잃었다. 그녀는 일과 가정에서 아버지의 파트너가 되어 함께 코번트리로 가고, 그의 옷을 수선하고, 저녁에는 그에게 월터 스콧을 읽어주었다.

데이비드 허버트 로런스는 그를 사랑한 여자에게 자신은 어머니를 '연인처럼' 사랑하기 때문에 결코 그녀를 사랑할 수 없을 거라고 말했다. 어머니의 복부에서 종양이 발견되었을 때, 그는 스물다섯 살이었다. 로런스는 마지막 삼 주 동안 어머니의 병상을 지키면서 책을 읽고 그림을 그리고 장차 『아들과 연인』이 될 소설을 썼다. 그 기간에 그의 첫 소설인 『하얀 공작』의 교정지가 집에 도착했다. 그의 어머니는 표지와 속표지, 그리고 그를 보았다. 그는 어머니가 자신의 재능을 의심한다고 느꼈다. 어머니의 통증은 심해졌고, 그는 점점 더 괴로워하는 어머니의 모습을 보았다. 그는 어머니를 자유롭게 해줄 만큼의 모르핀을 투여해달라고 의사에게 사정했지만 의사는 거부했다. 로런스는 자기 손으로 직접 했다. 그는 나중에 썼다. '어머니가 돌아가신 뒤 주변 세상이 녹아내리기 시작했다. 아름답게, 무지개처럼, 하지만 흔적 없이 소멸했다. 급기야 나 자신이 거의 녹아 없어졌고, 나는 몹시 아팠다. 내 나이 스물여섯이었다. 그리고 서서히 세상이 돌아왔다. 혹은 내가 돌아왔다. 하지만 돌아온 곳은 다른 세상이었다.'

어렸을 때 이디스 워턴은 혼자 뭔가를 창작해보려 했던 것 때문에 어머니에게 야단을 맞았다. 그리고 결혼하기 전까지 소설을 읽는 것이 금지되었다. 어머니가 죽었을 때 그녀는 장례식에 남편을 보냈다. 자신은 집에 남아 글을 썼다. 그때 그녀는 서른아홉 살이었고, 다음해에 첫 소설을 발표했다.

마르셀 프루스트는 어머니가 죽었을 때 서른네 살이었다. 군대에서 복역한 일 년을 빼면 평생 어머니와 함께 살았다. 어머니가 떠난 뒤 그는 불안 장애로 파리 외곽에 있는 병원에 입원했고, 거기서 글쓰기는 금지되었다. 그는 자살을 고려했지만, 어머니에 대한 기억을 파괴한다면 그건 어머니를 다시 죽이는 일이라고 믿었다. 퇴원한 뒤 그는 어머니와 상상의 대화를 나누면서 그것을 연료 삼아 작가 생트뵈브에 관한 평문을 쓰기 시작했다. 그 글에서 그는 어린 시절의 기억으로, 어머니에게 밤 인사를 하던 때로 되돌아갔고, 그것이 『스완네 집 쪽으로』*의 도입부가 되었다.

'자세를 똑바로 하렴, 내 귀여운 염소.' 줄리아 스티븐이 열세 살인 딸 버지니아에게 한 마지막 말이었다. 울프의 어머니는 그뒤로 며칠 동안 죽은 채 침대에 누워 있었고, 버지니아는 어머니에게 마지막 키스를 하기 위해 그 자리로 안내되었다. 어머니는 더이상 모로 누워 있지 않고 등을 댄 채, 베개 한복판에 누워 있었다. 버지니아는 나중에 어머니의 뺨은 차가운 쇠 같고 오돌토돌했다고 썼다. 며칠 뒤 그녀는 남자형제가 탄 기차를 마중하러 패딩턴으로 갔다. 해질녘 기차역의 유리 돔은 붉은빛으로 활활 타오르는 것 같았다. 어머니가 죽은 뒤 자신의 지각력이 더 강해졌다고 그녀는 나중에 썼다. '가려지고 잠들어 있던 것 위로 줄곧 불타는 유리가 놓여 있었던 것처럼.' 그해 여름 그녀는 처음으로 신경쇠약 증상을 보였다. 그것은 이 년 동안 계속되었다.

---

* 총 일곱 권으로 이루어진 프루스트의 장편소설 『잃어버린 시간을 찾아서』의 1부.

나는 거무스름하게 구운 블루피시 두 접시와 터키식 구운 비둘
기고기를 13번 테이블로 가져간다. 그들은 로널드 레이건의 유산
에 대해 논쟁하고 있는데, 여자는 그가 덜떨어진 하우디 두디*라고
하고, 나는 그 표현이 마음에 들지만 두 남자는 듣지 못한 것 같다.
내가 비둘기 요리를 내려놓는데, 사방에서 소름 끼치는 소리가 들
린다. 외계인이 침공한 것처럼.

우우우우우우우우우우

턱시도를 입고 나풀거리는 빨간 머리칼을 한 비쩍 마른 남자가

---

* 아동용 TV 프로그램 제목이자 거기 등장하는 꼭두각시 인형으로 주근깨가 많이
난 남자의 모습이다.

식사 공간 한복판으로 뛰어들고, 겁을 집어먹은 사람들은 헉 소리를 낸다. 빨간 머리가 양팔을 이리저리 휘두른다.

"내 이야기 좀 들어줘요. 슬프지만 진실이랍니다." 그가 조용히 노래한다. "한때 어떤 여자를 알았죠."

그 공간을 빙 두른 턱시도를 입은 다른 남자들은 여전히 우우우 소리를 내고 있다. 노래의 빠르기가 바뀌자 그 소리는 '헤이, 헤이' 와 '밥, 밥' '우와 오, 오, 오'로 바뀌고, 그들은 한복판에 있는 리더를 향해 거리를 좁혀간다. 식사 공간 안에서 박수가 터지고, 그들이 더 가까이 모여 완벽한 원 모양을 만들면서 꾸며낸 50년대 미소를 번득일 때 박수 소리는 최고조에 달한다.

더 크룩스*가 타운에 돌아왔다.

나는 준비 공간에서 컴퓨터에 6인 테이블을 발사한다. 데이나가 빈 접시를 잔뜩 들고 내 옆을 스쳐 부엌문을 발로 차서 통과한다.

"누구 총알 열두 발 장전된 총 있는 사람?" 그녀가 흔들거리는 문이 닫히기도 전에 라인쿡**에게 말한다.

더 크룩스는 〈Mack the Knife〉와 〈In the Mood〉〈The Lion Sleeps Tonight〉을 노래한다. 〈Earth Angel〉을 부를 때는 늙은 여인을 붙잡아 나풀거리는 머리칼을 가진 청년의 무릎에 앉혀주고, 나머지는 감탄하는 표정을 지으며 그녀를 둘러싼다. 그리고 노래의 마지막 음에서 그들은 한 번의 동작으로 그녀를 원래 자리로 획 돌려보낸다. 그들은 기도할 때처럼 고개를 숙이고 그들 중 가장

---

* 하버드에서 가장 오래된 아카펠라 그룹으로 턱시도를 입은 열두 명의 남자로 구성된다.

** 특정한 요리의 최고 책임을 맡은 요리사.

작은 사람으로부터 천천히 물러난다. 그러자 그 곱슬머리 천사는 앞으로 걸어나와 입을 벌리고 잠시 멈추었다가 노래하기 시작한다.

"저 아름다운 둑, 저 아름다운 둔치. 햇살이 로몬드호수에 환히 비치네." 천사는 높고 떨리는 목소리로 느리고 부드럽게 노래한다. 나는 2인 테이블에 팟드크렘을 가져가다 말고 그 자리에 선다. 식사 공간에 있는 모두가 호흡을 멈춘 것 같다. 카운터 뒤에 있는 데이나조차 커피에 부은 위스키를 젓던 손을 멈춘다.

더 크룩스의 나머지 사람들이 코러스 부분에서 합세한다. "당신은 높은 길로 가고, 나는 낮은 길로 가네." 하지만 그들은 조용하게, 갈대 피리처럼 높고 맑은 소년의 목소리에 그저 나지막이 음음 소리를 더할 뿐이다. 소년은 3절을 더 부르고, 마지막 코러스는 혼자 부른다.

나와 내 진실한 사랑은 영원히 다시 만나지 못하리니
로몬드호수의 아름답고 아름다운 둑에서는

소년이 노래를 멈추자 길고 완전한 침묵이 흐른다. 이어 박수가 쏟아진다. 더 크룩스는 이 곡이 하이라이트라는 것을 안다. 그들은 손을 흔들어 인사하고 문밖으로 가볍게 뛰어나간다.

식사 공간은 여전히 조용하다. 나는 디저트를 들고 가던 길을 가고, 내가 맡은 9번 테이블의 두 여인은 눈물을 훔치고 있다. 접시와 스푼 두 개를 내려놓고 나도 눈물을 훔친다. 오 분이 지나자 식사하던 사람들은 전보다 더 왁자하게 떠들고 요구사항도 더 많아진다.

나는 마음을 추스를 수 없을 것 같다. 머릿속에서 계속 노랫소리가 들린다. 냉장 보관실 안에 숨어 있으려고 하지만, 주방 정리를 시작한 라인쿡들이 계속 들어온다. 나는 서빙을 하지 않는 나머지 근무시간을 준비 공간 근처의 리넨 캐비닛 옆에 쭈그리고 앉아 테이블보나 냅킨을 정리하는 척하면서 보낸다.

마침내 근무시간이 끝나자 나는 건물에서 나온다. 자전거의 자물쇠를 풀지만 타지는 않는다. 집에 너무 일찍 가고 싶지는 않다. 이렇게 가슴속이 휘저어진 채 침대에 눕고 싶지는 않다. 나는 자전거를 밀며 강으로 간다.

학생들이 돌아오고 있다. 지난 이틀 동안 거리는 차 지붕에 플라스틱 궤짝과 이불이 높이 쌓인 채 이중 주차된 스테이션왜건들 때문에 몹시 비좁았다. 이제 그들은 무리를 지어 길 한복판을 돌아다니고, 술집 입구에서 다른 무리에게 소리를 지른다. 열린 기숙사 창문에서 음악이 쏟아져나온다. 강변길도 아직 갈 곳이 없는 신입생들로 복작거린다. 나는 천천히 움직이고, 자전거 바퀴는 틱틱거린다.

나는 달리는 사람들, 걸어가는 사람들, 자전거를 타고 가는 사람들을 지나간다. 헤드밴드를 한 두 남자가 풀밭에서 나지막이 프리스비를 던지고 있다. 한 무리의 여자들이 땅에 드러누워 달을 올려다보는데, 거의 보름달이다. 이런 밤에 혼자 이 길을 걷곤 했다. 이미 여름이 그립다.

그리고 나는 당신보다 먼저 스코틀랜드에 가 있으리.

한 여자가 운동복 후드를 머리에 뒤집어쓰고 주먹을 불끈 쥔 채 내 옆을 뛰어간다. 그녀가 지나가기 전에 서로 시선이 마주친다. 도와줘요, 서로 이렇게 말하는 것 같다.

보행자 다리를 지나자 사람 수가 줄어든다. 나는 기러기떼를 찾지만 어디론가 가버렸다. 이미 남쪽으로 출발했나?

다음 다리 직전에 기러기를 발견한다. 기러기들은 마구 뒹굴면서 돼지처럼 쿵쿵거리고 훌쩍거린다. 그것들은 둑 아래 강 가장자리 갈대숲에 있다. 어떤 녀석들은 물속에 반쯤 잠긴 채 날개를 퍼덕이며 수면을 튀긴다. 또 어떤 녀석들은 땅을 쪼고 있다. 나는 더 가까이 다가가고 몇 마리가 먹이를 바라며 고개를 든다. 나는 줄 것이 없지만, 거긴 아름다운 구릉, 구릉에 대해 구릉이 무엇이든 아름다운 그곳에 대해 큰 소리로 노래할 수 있는 완벽한 장소라 나는 노래를 부른다. 더 많은 기러기가 고개를 든다. 엄마는 언젠가 내 목소리가 예쁘다고 했었다. 나는 차 안에서 올리비아 뉴튼존의 노래를 따라 부르고 있었고, 어떻게든 엄마에게서 그 말을 듣고 싶었다. 아무 생각 없이 노래를 부르고 있던 게 아니었다. 나는 칭찬을 바랐다. 내 목소리는 특별하지 않지만, 엄마가 그런 말을 해주면, 부추겨서라도 그 말을 끌어낼 수 있으면 나도 내가 그렇다고 그럭저럭 믿을 수 있다.

나는 기러기에게 노래를 불러준다. 그리고 엄마를 느낀다. 엄마를 기억하거나 그리워하는 것과는 다르다. 나는 엄마를 가까이에서 느낀다. 엄마가 기러기인지 강인지 하늘인지 달인지 모른다. 내 밖에 있는지 안에 있는지 모르지만, 엄마는 여기 있다. 나는 나에 대한 엄마의 사랑을 느낀다. 내 사랑이 엄마에게 가닿는 것을 느낀다. 짧고, 편안한 교환.

나는 노래를 마치고 자전거를 둑 위로 다시 밀고 올라간다. 기러기 몇 마리가 나머지 기러기들 위로 고개를 들고 지켜본다. 기러기의 목은 달빛에 감청색으로 보이고, 턱밑의 털은 연푸른색이다.

몇 번의 아침이 지난 뒤 나는 차에 치인다. 개를 산책시키면서 나 자신에게 격려의 말을 해주고 있을 때였다. 며칠 글이 잘 써지지 않았고, 다시 한 챕터 돌아가 고쳐쓰고 싶은 유혹을 느꼈지만 그럴 수가 없었다. 그저 앞으로 나아가야 했다, 끝까지. 화가는— 나는 그림에 대해서는 전혀 아는 것이 없지만 이렇게 혼잣말을 했다—캔버스 한쪽에서 시작해 반대쪽으로 꼼꼼히 작업해나가지 않는다. 화가는 명암을 이용해 밑그림을 그리고 형태의 기초를 잡는다. 그리고 천천히 구도를 발견한다, 한 겹 또 한 겹. 이건 내 첫 바탕칠이야. 개와 함께 모퉁이를 돌며 나는 혼잣말을 하고, 개는 앞에 있는 뭔가를 향해 나를 끌어당긴다. 발톱이 보도에 닿아 시끄러운 소리를 낸다. 좋을 필요도 완성할 필요도 없다. 고체가 아니라 액체로, 어떻게 해볼 수 없는 방대하고 확산적인 끈적끈적한 물질로 느껴져도 괜찮다. 다음이 뭔지 확실하지 않아도, 뭔가 예상치 못한 것이어도 괜찮다. 내겐 믿음이 필요하다─내 손에서 줄이 휙 빠져나가고, 개가 쏜살같이 길을 건너 다람쥐를 잡으러 간다. 나도 쏜살같이 개를 쫓다가 은색 세단에 쾅 부딪힌다.

내가 떨어진 자리는 원래 있던 데서 몇 피트 떨어진 곳이다. 실제 다친 것보다 훨씬 안 좋아 보일 것이다. 대번에 차가 멈추고, 여자가 카리브해 지역 억양으로 "미안해요, 미안해요, 미안해요" 하며 차에서 날듯이 뛰쳐나와 나를 자신의 품에 안는다. 다른 누군가가 개를 데려온다. 나는 울지만 통증 때문이 아니다. 골반과 손목이 조금 아프지만, 그냥 그 정도다.

"당장 당신을 병원에 데려가야겠어요." 그녀가 말한다.

하지만 나는 병원에 갈 수 없고, 그럴 필요가 없다는 게 안심된다. 그녀는 계속 고집을 피우면서 혹시 모르잖아요, 하고 말한다. 가끔 몸 안쪽에 부상이 있다면서. 나는 그 비용을 감당할 수 없다고 말해준다.

"내가 내요! 당연히 내가 내는 거죠!"

내가 보험 없이는 엑스레이 검사에 수백 달러가 들 거라고 하자, 그녀는 점점 놀라는 기색이 되더니 다시 차에 탄다.

일하는데 손목이 점점 아파오고, 밤이 끝날 무렵에는 버스보이가 내 음식 대부분을 날라준다. 하지만 부러진 것 같지는 않다. 운이 좋았다. 더 큰 사고가 났다면 비용이 나를 침몰시켰을 것이다.

몇 밤 뒤 리즈와 팻 도일이 돌아와 내게 직장 이야기를 꺼냈을 때, 건강보험이 딸린 진짜 직장 이야기를 꺼냈을 때, 나는 사고 이전에 그랬을 것보다 더 수용적이다.

"네 엄마가 이 단체의 출범을 도와주셔서 네 생각이 났어." 리즈가 말한다. "그리고 이건 글을 쓰는 일이야. 글 써주는 사람이 필요하대." 그리고 내게 명함을 건넨다. 린 플로렌스 매더스. 도움이 필요한 가족. "린은 괴짜야. 그 여잘 좋아하게 될 거야."

면접을 보러 가는 날 뮤리얼이 내게 팬티스타킹과 그녀의 베이지색 펌프스를 신긴다. 보일스턴 스트리트에서 지나가는 여자들 속에 뒤섞이며 나는 내가 괴물처럼 느껴진다.

린은 내 어머니를 모르지만 엄마가 좋아했을 만한 인물이다. 민첩하고, 말하는 데 거침이 없으며, 남성성의 자신감과 추진력을 여성성의 매력으로 덮어 가렸다.

"앉아요, 앉아요." 그녀가 푹신한 녹색 의자를 가리키며 말한다. 그녀는 책상 뒤 팔걸이의자에 털썩 앉는다. 나는 내 이력서를 그녀에게 밀어준다. 그녀는 그것을 살펴보고 다시 돌려준다. "자격이 완전 차고 넘치는데요. Hablas español?*"

"Si. Viví dos años a Barcelona con mi novio Paco que era un profesor de Catalan pero me hizo loca y tuve—"**

"와. 좋아요. 바르셀로나에서 나를 못 본 모양이군요." 그녀는 스페인어의 세타 발음을 과장한다.

그녀가 내게 W-9 양식을 주면서 건강보험—황금 정책이란다—과 또다른 혜택에 대해 말한다.

뮤리얼이 내가 이 단체의 '사명'이 뭔지 물어봐야 한다고 해서,

---

* 스페인어 할 줄 알아요?
** 네. 바르셀로나에서 카탈루냐어 강사인 남자친구 파코와 이 년을 같이 살았는데, 그가 나를 미칠 만큼 힘들게 해서.

나는 묻는다.

"부자들이 원하지 않는 허접한 물건이 그걸 절실히 필요로 하는 가난한 사람들에게 가는 것." 그녀는 서랍에서 빈 종이 석 장을 꺼낸다. "이건 그냥 형식적인 거예요. 나는 창작 글쓰기 석사학위가 정확히 뭘 의미하는지 모르겠지만, 여기 있는 누구보다 더 잘할 수 있으리라 생각해요." 그녀는 종이와 색인 카드를 같이 건네며 일어선다. "웨스턴에 사는 리처드 토트먼 부부가 보낸 낡은 냉장고가 록스베리에 있는 어느 집으로 보내졌어요. 토트먼 부부에게 짧은 감사 편지를 써주면 좋겠어요."

나는 그녀를 따라 복도로, 의자와 책상과 타자기가 있는 창문 없는 방으로 들어간다. "다 끝나면 가져와요." 그녀가 나가고 문이 닫힌다.

나는 색인 카드를 본다. 단체의 주소와 토트먼 부부의 주소가 모두 쓰여 있다. 공식적인 비즈니스레터에는 주소를 어디 쓰는지 모르겠다. 내가 받아본 모든 비즈니스레터를 열심히 생각해본다. 내 빚이 수금 업체에 넘겨지기 전에 받은 좀더 친절한 편지들. 나는 최선을 다해 추측하여 쓰기 시작한다. 타자기는 전동이고, 켜는 방법을 알아내는 데도 얼마간 시간이 걸린다. 모든 글자가 모여 있는 공 모양의 것이 한가운데 있는 종류의 것이다. 자판은 민감하다. 의도하지 않은 글자가 계속 잘못 타자되는 바람에 처음 두 장은 빠르게 빼낸다. 마지막 장은 조심했고, 종이 왼쪽에 주소를 쓰는데, 하나 위에 다른 것을 써서 주소 두 개를 실수 없이 잘 타자한다. 이게 맞는지는 모르겠다. 그리고 시작한다.

토트먼 부부 귀하

'리처드 토트먼 부부'라고 썼어야 하나? 내 계모는 로버트 피보디 부인이라고 쓰지 않고 앤 피보디 부인이라고 써서 편지를 보내면 늘 화를 냈다. 하지만 너무 늦었다.

냉장고를 기증해주셔서 아주 감사합니다.

그 뒤엔 무슨 말을 써야 할지 모르겠다. 록스베리에 사는 가족에 대한 뭔가를 써야 한다. 귀하는 록스베리에 사는 아름다운 가정을 아주 행복하게 만들어주셨습니다? 정말로? '아주'는 이미 앞 문장에서 썼다. 록스베리에서 in Roxbury 그것이 필요한 in need 가족의 집에 in the house 잘 설치했습니다? 한 문장 안에 'in'이 세 번이다. 귀하는 마음이 아주 넓으십니다? '아주'가 또 나왔다. 내 새끼손가락이 자판을 건드리자 종이에 세미콜론 여섯 개가 다다다다다닥 찍힌다. 제길. 나는 수정액을 찾아 방안을 살펴본다. 아무것도 없다. 책상에는 상판 아래 얇은 서랍이 하나 있다. 수정액은 없지만, 흰 종이가 조금 있다. 나는 타자기에서 종이를 홱 뽑아내고, 다시 시작한다.

여덟 번을 고쳐썼고, 사십오 분이 걸렸다. 그 방에서 나오니 린은 통화중이다. 그녀는 어떻게 됐는지 눈빛으로 묻고, 나는 어떤 동작으로 답해야 하는지 모르겠다. 그녀는 내게 기다리라는 신호를 하지 않는다. 나는 책상에 편지를 놓고 나온다.

그날 밤 편안한 검은색 운동화를 신고 레스토랑 계단을 올라가면서, 나는 계단 하나하나에 키스하고 싶은 기분이다. 보일스턴 스트리트에 있는 사무실로 돌아가 불편한 옷을 입고 앉아 창문 없는 방에서 타자할 일은 절대 없을 것이다. 움직이고 이야기하고 웃고 맛있는 음식을 공짜로 먹을 것이다. 그러면 내 아침시간은, 내 소중한 아침시간은 지킬 수 있다.

빅터 실바, 최근에 내게 시와 에세이를 쓴다고 말한 그가 큼직한 검은색 망토를 입고 늦게 와서, 내가 해리에게 면접 이야기를 하는 것을 듣는다.

"신의 녹색 땅에서 사무 보는 일을 왜 생각하는 건가?"

"재정적 안정. 건강보험. 아이올리 냄새가 나지 않는 손가락."

그는 내 손가락을 꽃다발처럼 자기 두 손에 모아 잡는다. "하지만 나는 아이올리 냄새가 나는 네 손가락이 너무 좋다." 그가 자기 아내의 브라질인 억양으로, 이어 가장 시인다운 억양으로 말한다. "보편적이고 꾸준한 움직임이 동맥 안을 흐르는 민첩한 영혼을 독살시키도다." 그리고 다시 자신의 목소리로 돌아간다. "여기도 건강보험 되는 거 알지?"

"뭐?"

"여기 것도 나쁘진 않아. 우린 그걸 쓰고 있어. 폴라로이드에서 가입시켜주는 비아 건강보험은 쓰레기야."

"진짜야?"

"네 상처 입은 새끼 사슴 얼굴에 대고 거짓말을 하겠어?" 그는 찻주전자 두 개를 들고 성큼성큼 가버린다.

"그는 좀 무성애자 작가 같은 면이 있어 보여, 안 그래?"

"그게 그런 거야?"

나는 마커스에게 가서 건강보험에 대해 물어본다. 케임브리지 필그림 보험, 공제액은 감당할 정도다.

"왜 고용할 때 말해주지 않았어요?"

"글쎄. 아마 엄마 아빠가 그런 복잡한 문제는 다 해결해줄 것 같아 보여서 그러지 않았을까요?"

"너무해요. 어머니는 돌아가셨고, 아버지는 변태예요. 나도 그 빌어먹을 보험에 가입시켜줘요."

아이리스는 세련되지 않은 장소지만, 웨스턴에 사는 부자들에게 감사 편지를 쓰는 것보단 낫다.

사흘 뒤, 개를 산책시킨 다음, 하지만 시리얼을 먹고 차를 마시기 전에, 아침에 한창 글을 쓰다가 한 문단의 중간이라고 생각되는 지점에서 문장을 끝낸다. 종이에서 연필을 몇 인치 떼어 들고 읽어본다. 그게 내 책의 마지막 문장이 될 것이다. 다른 문장은 생각할 수 없다. 이걸로 한다. 밑그림은 마쳤다.

그 일요일 브런치 타임은 동물원이다. 비가 와서 덱은 닫아놓았다. 테이블 몇 개를 아래층으로 옮겨 클럽 바에 간신히 집어넣는다. 가게문을 열기도 전에 우리는 녹초가 된다. 해리는 그 주에 디자인을 공부하는 하버드 대학생을 만나, 그날 같이 드코르도바미술관에 갔다. 트위스티드 시스터는 숙취가 남은 채로 자기들이 가운뎃손가락을 들어올릴 줄 아는 유일한 사람들인 것처럼 주문받은 내용을 꽥꽥거리면서 계단을 폭풍처럼 오르내리고, 메리 핸드와나는 조용히 테이블보를 깔아 테이블을 세팅하고 모든 테이블에꽃을 놓는다. 야스민이 아프다는데 비상근무 대기자인 스테파노가전화를 받지 않는다. 마지막에 본 뒤로 숫자가 줄었기를 바라며 우리는 계속 예약자 명단을 확인한다.

사람들은 배고프고 짜증난 모습으로 한꺼번에 도착한다. 우리단골손님들은 뭐든 딱히 마다하지 않는 사람들이지만 일요일 아침에는 종종 모든 즐거움을 포기하는데, 성체를 모시기 전에 뭘 먹으면 안 되는 가톨릭신자만 그런 건 아니다. 가끔 그들은 커피 한 모금도 마시지 않고 기다린다. 그리고 몹시 굶주린 채 카페인을 갈망하며 아이리스에 나타난다.

브런치 타임은 또한 브런치 주방장인 클라크와 일한다는 것을 의미한다. 그와 함께한 처음 몇 번의 근무 때 나는 그가 토머스처럼 친절한 줄 알았다. 그는 손님이 크랩케이크와 같이 먹겠다고 주문한 로마네스코 브로콜리 남은 것을 내게 주었고, 지나치게 익힌 등심 요리를 불평 없이 바꿔주었다. 그는 내 긴 목이 로드러너를 연상시킨다고 말했고, 내가 주문받은 음식을 가지러 가면 내게 삑삑 새 소리를 냈다. 지난달, 에그베네딕트를 떨어뜨리고 니수아즈 샐러드를 깜박한, 내 몸이 벌집처럼 붕붕거릴 만큼 힘들던 브런치 타임이 끝나고 냉장 보관실 안 우유 궤짝에 앉아 있는데 그가 나타났다. 나가려고 일어서자 그가 내 길을 막아섰다. 그러더니 내 머리칼을 만지고 내 몸 전체에서 느껴지도록 숨을 내뿜었다. 그가 멕시칸 커피에 넣어 마시는 테킬라 냄새가 났다.

"테이블 시중보단 거길 더 잘 빨겠는데." 그는 싱긋 웃었고, 나는 이 대사가 과거에 실제로 먹혔다는 걸 알 수 있었다.

"싫어요." 내가 말했다. "안 해요." 그리고는 그의 팔 밑으로 머리를 수그려 큰 손잡이를 밀고 거길 빠져나왔다.

나는 마커스에게 무슨 일이 있었는지 말하려고 다음날 일찍 왔다.

그가 웃었다. "맙소사, 케이시. 너무 진지한 얼굴로 들어와서 당신이 누굴 죽였다고 말할 줄 알았어요. 그가 당신을 놀린 거예요. 클라크는 누가 거길 빨아주는 덴 아무 문제가 없으니, 날 믿어요."

나중에 나는 그가 클라크와 함께 주방에서 껄껄 웃는 소리를 들었다.

클라크는 그뒤로 계속 내게 벌을 주고 있다.

문을 열자마자 일이 쏟아진다. 십오 분도 안 돼 아래층에는 다섯 명으로 된 세 가족이, 위층에는 두 명씩 두 팀이 오고, 데이나와 토니는 열두 명으로 된 무리를 같이 맡는다.

파비아나가 내게 3인 테이블을 하나 더 맡긴다. "당신은 사디스트야." 내가 사모사와 블러디메리를 담은 쟁반을 들고 지나가면서 그녀에게 속삭인다.

"다른 사람들은 아직 지난밤 마신 술에서 깨질 못했어. 팀을 위해 하나 맡아주는 건데 뭘 그래."

새로 온 3인 테이블에서 어린 소년 둘이 나를 빤히 보고 있다. 브런치 타임에는 아이들이 가장 힘들어한다. 얼굴을 유니세프 포스터에 써도 될 정도다. 하지만 지금은 아이들을 신경쓸 겨를이 없다. 아래층 5인 테이블 중 하나에 주요리를 갖다줘야 한다. 음식을 나르는 데는 쟁반이 허용되지 않고, 음료를 나를 때만 래커칠을 한 작은 빨간색 쟁반을 쓸 수 있다. 접시가 오랫동안 음식 창구 적외선램프 아래 놓여 있어 뜨거운데 헝겊을 찾을 시간이 없다. 한쪽 팔에 네 개를 올리고 마지막 것은 왼손으로 잡은 뒤 주방 문을 발로 차서 여는데 곧장 어린 소년과 마주친다. 오믈렛 두 개가 각각 접시에서 미끄러지다가 가장자리에서 딱 멈춘다.

"저기요, 누나." 아이가 말한다. 빨간색 보타이를 하고 오렌지색과 흰색 체크무늬 셔츠를 입었다. 억센 머리칼은 빗으로 잠재웠는데 여전히 젖어 있다. 여섯 살, 아마 일곱 살. "오늘 아빠의 생일이에요." 아이가 내게 현금뭉치를 불쑥 내민다. "우리가 먹는 음식값을 제가 내도 될까요?"

"그래도 되지. 하지만 먼저 주문부터 받고. 음식값이 얼마나 나올지 먼저 알아야지." 오른팔 안쪽에 놓인 접시가 너무 뜨거워 화상을 입을 것 같다.

아이의 입이 일그러진다. 그 말만 연습한 것이다. 더는 준비한 말이 없다.

"여기." 내가 왼손에 든 접시를 준비 공간 카운터에 내려놓는다. "지금 이걸 받을게. 그리고 거슬러줄 돈이 있으면 나중에 돌려줄게. 계산서는 갖다주지 않을 거야. 그러면 되겠니?"

아이는 고개를 끄덕이고, 내게 돈을 건넨다. 그러고는 빠르게 우회해서 테이블로 돌아간다.

아래층의 클럽 바에 있는 가족이 케첩과 시저 드레싱, 아널드파머*, 그리지오 한 잔을 부탁한다. 위층으로 올라간 나는 보타이를 한 소년들을 그냥 지나칠 수 없다. 몸을 옆으로 틀어, 8인 테이블에 샐러드를 놓고 있는 메리 핸드를 지나 소년들의 테이블에서 걸음을 멈춘다.

소년들이 메뉴를 보다가 동시에 고개를 든다. 아이들의 아빠는 고개를 들지 않는다. 하지만 익숙하다. 아빠는 오스카 콜튼이다.

"오늘 아침 기분이 어때?" 내가 아이들이 앉은 오른쪽으로 고개를 돌리고 말하면서 이미 붉어진 내 뺨이 시뻘겋게 되기 전에 음료

---

* 아이스티와 레모네이드를 섞은 알코올이 들지 않은 음료.

주문을 받을 수 있기 바란다.

작가를 맡으면 일을 그르친다. 몇 주 전 제인 앤 필립스가 왔는데, 그 테이블로 갈 때마다 얼굴이 불길처럼 타올랐다. 그녀의 단편집 『블랙 티켓』은 내게 기도서 같은 책이다. 그녀와 두 친구는 차를 주문했고, 컵을 받침에 내려놓는데 컵이 달그락거렸다. 메리 핸드에게 오스카 콜튼의 테이블을 대신 맡아달라고 부탁해야 할 것이다.

"좋아요." 내게 돈을 준 형 쪽이 말한다.

"핫초콜릿, 핫커피, 핫티?"

"핫초콜릿? 여름인데요?" 동생 쪽이 말한다.

"여름이 아니야. 가을이지." 형이 말하고 가을autumn에 n을 넣어 발음한다.

"미안." 내가 말한다. "뉴멕시코에 있는 스키 리조트에서 일했었거든. 가끔 말이 이렇게 나와버리네. 핫초콜릿, 핫커피, 핫티." 먼저 얼굴이 붉어지고, 이어 말이 꼬인다. "차갑게 해서 가져올 수 있어."

"초콜릿은 안 돼요." 오스카가 여전히 고개를 들지 않고 말한다, 감사하게도. "나는 커피, 블랙으로."

"너희 둘은?"

침묵. 물론 그들이 원하는 건 초콜릿이다.

"둘 다 오렌지주스로요." 오스카가 중얼거리고, 메뉴를 넘기다 빈 종이가 나오자 얼굴을 찡그리며 다시 앞으로 넘긴다.

메리 핸드는 6인 테이블을 맡아서 이들을 넘겨줄 수 없다. 나는 아래층 테이블에서 주문한 음료와 소스를 거기로 갖다준 뒤 다시 위층으로 올라가 오렌지주스와 커피를 갖다준다. 그들은 테이블 끝에 메뉴를 단정하게 포개놓았다. 메뉴가 없으니 그들은 딱히 쳐다볼 곳이 없다. 나는 주스잔을 소년들의 칼 위쪽에 내려놓고 은도금한 디캔터로 오스카의 컵에 커피를 따라준다. 그들은 말없이 내 손을 보고 있다. 브런치의 혼란스럽고 시끄러운 시간 속에도 나는 빈 의자를, 엄마가 있어야 하는 자리에 생긴 구멍을 본다.

오스카는 내가 커피 따르는 것을 멈추기도 전에 컵을 잡는다. 그러고는 길게 한 모금 마신 뒤 컵을 앞에 놓고 양손으로 잡는다. 사일러스의 글을 들을 때 오스카가 양손으로 뒷짐을 졌는데 아무도 그게 뭘 의미하는지 몰랐다고 사일러스가 말했던 게 생각난다.

"아들들." 그가 말한다.

"저는 소시지와 달걀, 비스킷과 과일 주세요." 형이 말한다.

"스크램블드로 할까, 부침으로 할까, 아니면 수란?"

아이가 아버지를 본다.

"수란은 삶은 건데 껍데기를 벗긴 거야. 너는 좋아하지 않을 거야. 줄줄 흐르거든."

"스크램블드로 주세요."

"그럼 너는?"

동생은 할말을 잊어버렸는지 나를 빤히 본다. 아이의 눈이 커지더니 머리를 자기 팔꿈치 안쪽에 갖다댄다.

나는 떠오르는 대로 제안한다. "베이컨을 곁들인 블루베리 팬케이크는 어때?"

아이가 고개를 열심히 끄덕인다.

"독심술사군요." 오스카가 감흥 없이 말한다. "나는 코들드 에

그로 할게요." 그가 내게 메뉴를 건넨다. "그냥 '코들드'*라는 단어를 발음해보고 싶어서." 그의 눈이 잠시 반짝인다—아주 밝은 녹색이다.

나는 주방에 그들의 식사를 빠르게 준비해달라고 부탁한다. 메리 핸드가 오스카와 그의 가족이 매년 어머니의 날에 여기 오곤 했었다고 말한다. "다시는 그들을 못 볼 줄 알았지."

"그 사람 생일이래요. 아이들이 한턱낸다는데요." 내가 현금뭉치를 들어올린다.

"엄청 귀엽네." 그녀는 특유의 느릿느릿한 말투로 말하고, 자기가 받은 대단위 주문을 입력한다.

마커스가 모퉁이를 돌아온다. "저 사람 오스카 콜튼인 거 알죠?"

"네, 알아요."

내가 커피를 더 가져가면서 보니, 오스카의 두 엄지가 따로따로 레슬링을 하고 있다. 내가 커피를 따를 수 있게 그들 모두 몸을 뒤로 뺀다.

"고맙다고 말해요, 아빠." 동생이 말한다.

"고마워요."

그들은 엄지 레슬링을 다시 시작한다.

나는 다음으로 내가야 할 5인 테이블 식사를 들고 아래층으로 내려가고, 접시를 치우고, 커피를 채우고, 디저트 메뉴를 돌리고, 화장실 근처 비좁은 자리에 새로 앉은 2인 일행을 맞는다. 오후에 레녹스 크로케 토너먼트에 참가할 예정이라 흰색 옷을 입은 고리

---

* 약한 불로 삶았다는 뜻.

가 오스카의 테이블 옆에서 걸음을 멈춘다. 근처에 있던 몇 사람이 쳐다본다.

"베니가 준비됐어." 토니가 팔에 초콜릿 밤 다섯 개를 올리고 잽싸게 지나가면서 내게 말한다.

"자기 음식을 챙기지 않는 사람은 식당 종업원이라고 할 수 없지." 내가 주방에 들어가자 클라크가 말한다. 그가 창구를 통해 내 쪽으로 행주를 탁 치는데 그게 홀란데이즈소스를 내려친 바람에 내 뺨과 칼라에 방울이 튄다. 델 듯이 뜨겁다. 그것을 닦아내지만 내 눈에는 눈물이 글썽거리고, 나는 그가 알아차리기 전에 에그베네딕트 두 개를 들고 돌아선다.

"못생긴 주제에." 내가 문을 발로 차고 나가는데 그가 말한다.

그건 모두를 조금씩 불쾌하게 만들고 모두에게 일정한 정도로 실망감을 퍼뜨리는 문제다. 아래층으로 내려가 4번 테이블에 식사를 내려놓자 6번 테이블에서 디저트를 주문하겠다고 한다. 지금쯤 오스카와 아들들의 음식이 준비되었을 텐데, 6번 테이블의 남자가 버번 피칸 파이와 과일 설탕 조림 사이에서 결정을 내리지 못한다.

클라크가 문 쪽에서 나를 기다리고 있다. 기름기로 번들거리는 얼굴에 땀방울이 송송 돋아 있다. "네가 급하대서 좆나게 준비했는데 그걸 가지러 오지도 않아?"

"브런치 타임에 오신 걸 환영합니다. 한 번에 위아래로 여덟 곳을 왔다갔다해야 해요. 그걸 못하면 팁을 못 받아요. 가끔 적외선 램프 아래 팬케이크를 삼 분 동안 놔둬야 할 때도 있죠. 당신이 이 일을 하는 걸 한번 보고 싶네요. 당신은 그저 그 안에 서서 달걀이나 깨고 다른 사람들 탓만 하면 되잖아요."

토머스가 요리하지 않을 땐 주방의 내 유일한 동맹인 앵거스가 길게 휘파람을 분다.

클라크가 홱 돌아서더니 그에게 망할 입 좀 닥치라고 말한다.

"네가 짤리는 꼴을 보고 말 거야, 씨발년."

"브런치 주방장 따윈 무섭지 않아요." 내가 말하고, 주문을 받으러 그를 밀며 스쳐지나간다.

식사 공간으로 나간 나는 소년들에게 접시가 매우 뜨거우니 만지지 말라고 말한다. 오스카의 달걀 요리를 가장 나중에 내려놓는다. 너무 익힌 것 같다. "코들드보다 더 학대를 당한 것 같아서 죄송해요. 오늘 주방장 솜씨가 좆나 별로라서요."

아이들이 나를 빤히 쳐다본다.

오스카의 입술이 씰룩거린다.

"아, 모자란다는 뜻이었는데. 그는 좀 모자라요. 정말 죄송합니다." 내가 아이들을 본다. "끔찍한 단어를 썼네요. 써서는 안 됐는데. 그는 화가 많은 남자인데, 그걸 저한테 쏟아내는 경향이 있어서요."

"아마 당신한테 반한 모양인데요." 오스카가 말한다.

그건 근거도 없고 할아버지나 할 법한 말이라, 나는 그가 겉으로 보이는 것보다 더 나이들었을지도 모르겠다고 생각한다. "그럴 리가요." 내가 말한다. "그는 정말로 저를, 제가 어떻게 보이는지 몰라도 제 모습을 싫어해요. 그는 사실 저 여자를"—내가 데이나를 가리킨다—"좋아하는 것 같지만, 저 여자는 저 남자를 쫓아다니죠." 나는 카운터에 있는 크레이그를 가리킨다. "하지만 그는 무성애자에 가깝다고 볼 수 있어요."

아이들이 다시 나를 빤히 본다. 나는 아이들이 익숙지 않다. "케첩 줄까?"

"달걀에 뿌려요?" 형이 말한다.

"세상에는 달걀에 케첩 뿌려 먹는 걸 좋아하는 부류가 꽤 있단다."

"진짜요?" 아이는 맞는지 확인하려고 아빠를 쳐다본다.

"진짜." 내가 말한다.

"우리는 그 부류에 속하지 않아요." 오스카가 말한다.

"저도 그래요. 유익한 정보인데요." 나는 오스카가 카탈루냐어를 조금 한다는 걸 알겠다. 얼른 이 자리를 떠나고 싶다. 뺨에 홀란데이즈소스 방울이 튄 부분이 화끈거린다. 그리고 비열한 클라크에게 된통 당한 뒤 이들의 친절을 받으니 목안이 따끔하다.

나는 그들이 먹는 동안 나머지 테이블을 정리한다.

"너 웃는 거야?" 카운터에서 우리 음료를 기다리는 동안 토니가 그렇게 말하고, 나는 얼음조각을 꺼내 오른쪽 팔 안쪽 화상을 입은 자리에 갖다댄다.

"그럴 리가, 아니야. 가짜 안경이라도 좀 써, 안경잡이."

"웃고 있는 거 맞는데. 네가 웃는 거 처음 봐."

"웃긴 소리 하지 마."

"좋아. 해리가 옆에 있을 때는 빼고. 해리는 너를 웃게 하니까."

"해리는 정말 재미있어."

"그래? 내가 보기엔 거만하고 재수없는데."

토니는 해리에게 여러 번 작업을 걸었지만 성공하지 못했다.

"그건 그냥 억양 때문에 그런 거지."

"저기 꼬마들이 널 보고 있다."

내가 그쪽을 보자 아이들은 아래를 본다.

크레이그가 내게 스크루드라이버 칵테일을 건넨다.

"나중에 애플 파피요트 나눠 먹을래?" 내가 말한다.

"좋지." 토니가 말한다.

내가 그를 놀라게 했다. 다른 사람을 행복하게 해주는 게 갑자기 쉽게 느껴진다.

오스카의 둘째 아들은 팬케이크와 베이컨을 먹자마자 다시 활기차진다.

"포유류하고 양서류 중에 어느 쪽을 좋아해요?" 아이가 내게 묻는다.

"포유류."

"카드게임하고 보드게임 중에서는요?"

"둘 다."

"골라야 해요."

"카드게임."

주방에 내 디저트가 준비되어 있고 아래층 두 테이블에서는 계산서를 기다리고 있다는 것을 안다.

"누나가 다시 일하러 가게 해주자, 재스퍼."

재스퍼. 아이는 재스퍼라는 이름과 꼭 어울리게 생겼다. 보들보들해 보이는 얼굴에 입술이 두껍고 속눈썹이 길고 아빠처럼 눈이 녹색이다.

"파란색하고 빨간색은?"

"파란색."

"미즈 머피하고 미스터 페레즈는?"

"미즈 머피."

그들은 웃고, 재스퍼가 가장 신나게 웃는다.

"테니스하고 골프?"

"테니스. 하지만 둘 다 할 줄 몰라."

"그런데 그걸 더 좋아한다는 걸 어떻게 알아요?"

"골프를 싫어하니까."

이 말에 아이는 당황한 것 같다. "미니어처 골프도요?"

"미니 골프는 괜찮아."

"아빠가 진짜 진짜 잘하거든요. 아무도 아빠를 이길 수 없어요."

"나는 이길 수 있어." 그 말을 한 이유를 모르겠다. 그게 사실인지 아닌지는 차치하더라도.

두 아이 다 그렇지 않을 거라고 한다. 아이들의 목소리가 너무 컸는지 주변 테이블에서 돌아본다. "못 이겨요!"

아이들은 아빠 스스로 방어하라는 의미로 아빠를 쳐다본다. 그는 어깨를 으쓱한다. 정확히 말해서 웃고 있지는 않지만, 손은 이미 접시를 밀어놓고 자기 앞에서 깍지를 끼고 있다. 내 얼굴에 미소가 떠오르고, 나는 뮤리얼에게 이야기해야겠다고 생각한다. 그리고 테이블을 치우고 거기를 떠난다.

그리고 디저트 메뉴를 들고 돌아온다. "아까 초콜릿은 먹지 않는다는 규칙이 있었으니까, 디저트는 아마 훨훨 날아오지 못하겠지."

아이들이 아빠를 쳐다본다.

"디저트는 훨훨 날아올 거야."

아이들의 기분이 좋아진다. 나는 메뉴를 건넨다. 오스카의 의자 뒤에서 나는 뭔가에 초를 꽂아넣고 후 부는 시늉을 한다. 형은 은

밀히 고개를 끄덕이고, 재스퍼는 꽥 소리를 지른다. 오스카가 돌아보고, 나는 시선을 피한다. 그가 다시 고개를 돌리자 나는 아이들에게 눈을 찡긋한다.

재스퍼는 바질 라벤더 크렘 브륄레를 주문하고, 형은 타히티안 코파를 고른다. 오스카는 쿠키 메달리온으로 정한다. 쿠키는 초와 어울리지 않아서, 나는 주방의 가장 안쪽을 쓰는 페이스트리 주방장 헬렌에게 간다. 이 안쪽은 다른 세상이다. 틀어놓은 음악도 고전음악이다. 이 팀은 반다나가 아니라 하얀 모자를 쓰고, 그들의 하얀 앞치마는 초콜릿과 산딸기의 작고 예술적인 얼룩을 빼면 깨끗하다.

메리 핸드가 그 안에서 디저트를 잔뜩 챙겨들고 있다. "바쁜 사람 대신." 그녀가 말하고 사라진다.

헬렌은 한 줄로 놓은 배 설탕 조림 위로 허리를 숙인 채 하나하나의 한가운데에 블랙베리를 얹는다.

나는 내 주문서를 출력하고 있는 작은 기계를 가리킨다. "저기 쿠키 접시에 있는 초를 한두 개만 써도 될까요?"

그녀가 고개를 끄덕인다. 나는 기다린다.

이고르가 천천히 주문서를 뜯어내 다른 주문서 옆에 놓는다. 그는 늘 내게 소묘처럼 보인다. 작은 들창코와 긴 손가락. 그는 무용수처럼 움직인다. 헬렌보다 스무 살은 더 어릴 텐데, 80년대 초에 레스토랑이 문을 연 뒤로 그들은 함께였다.

그들의 작은 냉장 보관실 공간은 문이 유리로 되어 있고 안은 보석가게 같다. 머랭과 퓌이유틴, 캐러멜틸 그리고 화이트초콜릿 버터플라이. 이고르는 크렘 브륄레를 꺼내 도일리를 깐 접시 위에 놓고, 그 위에 토치를 갖다대서 푸른 불꽃으로 설탕이 지글거리다 액상이 될 때까지 녹인다. 다음으로 그는 선반에서 접시를 내리고, 큰 짜는 주머니로 한복판에 모카 크림을 나선형의 원뿔 모양으로 굵게 짜낸다. 그가 그 접시를 헬렌에게 건네고, 동시에 헬렌은 존이 주문한 코파를 그에게 밀어준다. 그녀가 모카 크림 주변에 쿠키 세 개를 예쁘게 놓고 크림에 긴 폭죽을 찔러넣는 동안 그는 선디와 크렘 브륄레 위에 반짝거리게 처리한 산딸기를 각각 놓는다. 그녀는 오른쪽으로 몸을 기울여 그가 토치로 폭죽 끝에 불을 붙일 수 있게 해준다. 내가 접시를 들자마자 두 사람은 강철로 된 카운터를 닦아낸다. 나는 그들이 틀어놓은 쇼팽의 녹턴을 떠나, 레드 제플린—⟨I'm gonna give you my love⟩가 흘러나오고, 클라크는 그릴에 올린 스테이크에 대고 꽥꽥 소리를 지른다—을 통과하고, 식사 공간에서 흘러나오는, 크레이그가 고른 시나트라의 노래 속으로 들어간다.

나는 아이들이 나를 볼 수 있게 오스카의 뒤쪽에서 그들의 테이블로 다가간다. 존은 계속 웃음을 참지만, 재스퍼는 사방으로 튀는 불꽃을 보자 킬킬거리고 발을 쿵쿵거린다.

"오, 안 돼." 오스카가 돌아보며 말한다. "노래는 안 돼요. 제발 노래는 하지 마요." 그가 말한다. 하지만 그의 아들들과 나는 노래를 시작하고, 옆 테이블에 앉은 사람들, 부모와 함께 4번 테이블에서 식사를 하고 있던 더 크록스 두 명, 그리고 토니와 크레이그와 고리와 나머지 거의 모두가 합세한다. 오스카는 나를 원망스럽게 쳐다보고, 나는 그의 아들들이 노래를 하는 건지 신나게 웃는 건지 분간이 안 된다. 나중에는 모두 박수를 치고, 오스카는 후 불어

서 불꽃을 끄려고 하지만 막대 끝까지 다 타내려가기를 기다려야
한다.

"안 좋은 장난이었어." 그가 말한다.

"화났어요, 아빠?"

"너희에게 화난 게 아니야."

"화내지 마요, 아빠. 누구한테도요."

오스카가 손을 뻗어 존의 소매를 만진다. "오, 사랑하는 아들,
아빠 화 안 났어. 농담한 거야. 이번 생일이 지금까지 중 최고야."

재스퍼는 태운 설탕이 입혀진 부분을 스푼으로 툭툭 치고 있다.

"나도 그러는 거 좋아하는데." 내가 아이에게 말한다. "그거 얼
음 같잖아. 사실 그 반대인데. 찬 데가 아니라 뜨거운 데서 만들어
졌으니까."

"맞아요." 아이가 뾰죽뾰죽한 설탕조각을 걷어내 그걸 통해 나
를 보려고 애쓰면서 말한다.

나는 내가 거기 더 볼일도 없으면서 머물러 있었다는 것을 깨닫
는다. "더 필요한 거 있으세요?" 다시 종업원의 목소리로 돌아가
말한다. 그 말이 세 사람 모두를 놀라게 한 것 같다. 그들이 고개를
젓는다.

나는 준비 공간에 계속 있으면서 선반에 있는 깨끗한 잔들을 닦
는다. 내가 서성이는 것을 보고 당황한 알레한드로가 꺼내놓은 것
이다. 나는 이따금 애착 형성에 문제가 있다. 다른 사람들의 가족
은 나의 약점이다.

메리 핸드가 맡은 대규모의 손님들이 떠나자 나는 그녀가 테이
블 치우는 것을 도와준다. 오스카가 계산서를 달라고 손짓한다. 나

는 계산서를 출력해 내 주머니에 넣는다. 87.50달러다. 존이 내게 준 현금뭉치를 꺼낸다. 대체로 1달러짜리다. 합해서 24달러. 클럽 바의 두 테이블에서 현금으로 팁을 줬기 때문에 쉽게 메울 수 있는 액수다.

나는 계산서를 놓는 작은 쟁반에 초콜릿 민트 세 개를 담아 가져 간다. "아드님들이 미리 냈어요. 생일 축하드려요."

"네?" 그가 말하지만, 나는 이미 멀어지고 있다.

나는 그가 아이들과 옥신각신하는 것을 지켜본다. 아이들은 웃 고 있다. 재스퍼의 다리가 테이블 아래에서 흔들거린다. 오스카도 의자에서 일어서고 존도 일어서지만, 재스퍼는 그대로 앉아 있다. 형이 동생을 쿡 찌른다. 재스퍼도 찌르려고 하지만 빗나간다. 오스 카는 존에게 비켜달라는 표시를 한 뒤 허리를 굽혀 재스퍼를 안아 올리고 옷을 걸치듯 쉽게 아이를 어깨 위에 번쩍 떠멘다. 오스카가 돌아서서 준비 공간을 본다. 나는 이미 가장 먼 창구 쪽으로 가서 냅킨을 말고 있고, 그는 나를 볼 만큼 많이 돌아서지는 않았다. 그 리고 그들은 떠난다.

나는 테이블을 치운다. 마티니 잔은 깨끗이 비워졌고, 끝까지 타들어간 폭죽은 쿠키 부스러기 속에 놓여 있고, 바질 라벤더 크 렘 브륄레는 얇은 설탕 얼음만 빼면 아예 손을 대지 않았다. 브런 치 담당 버스보이인 이반이 와서 내가 소금과 후추와 설탕과 꽃병 등 다른 모든 것을 치우는 것을 도와준다. 우리는 맨 위 분홍색 테 이블보를 걷어 흰색 보만 남게 한다. 나는 접시를 알레한드로에게 가져가고, 내가 돌아오자 메리 핸드는 내게 "마커스가 아까 그 사 람하고 지금 실랑이를 좀 벌이는 것 같은데" 하고 말한다. 정자에서 일어나는 작은 소동. 그 기억이 내 몸속을 돌멩이처럼 관통하며 떨어지는 것 같다.

오스카는 입구에 돌아와 나를 가리킨다. 분명 마커스가 개입하려 하고 있지만, 오스카는 그의 팔을 툭 치고 그를 스쳐 이동한다. 나는 중간쯤에서 그와 마주친다. 테이블은 모두 사라지고, 실내는 텅 비고, 크레이그는 떠났고, 흐르는 음악은 없다. 아래층 계단에서 그의 아들들이 쿵쿵 발을 구르는 소리가 들린다. 그는 코로 거칠게 숨을 쉬고 있다. 뭔가 끔찍한 일이 일어났다고 생각할 수도 있지만, 나는 그게 돈 때문인 걸 안다.

"저기요." 그가 숨을 몰아쉬며 말한다. 여기가 어마어마하게 큰 식사 공간이 아니라 좁은 복도이고, 거기 우리 둘만 있는 것 같다. 그는 가까이 서서 손을 주머니 깊숙이 찔러넣고 어깨를 으쓱한다. 아이들이 없으니 거의 소년처럼 젊어 보인다. "그러니까 아이들이 당신을 속였군요, 그렇죠?"

"일부러 그런 건 아니었어요."

"글쎄요. 존은 수학을 꽤 잘해요."

"음식값은 작은 글씨로 한쪽 끝에 적혀 있어요. 달러 기호도 없고. 못 봤거나, 이해하지 못했을 거예요."

그는 마지못해 고개를 끄덕인다. "그리고 당신은 그애가 그러도록 놔뒀고요."

"아이는 보타이를 하고 있었어요."

오스카는 웃음을 참으려고 자기 발을 내려다본다. 빨간색 끈을 맨 낡은 등산화를 신고 있다. 올려다보며 나와 시선을 맞추지만 고개를 들진 않는다. 그의 눈동자는 내 어깨 너머로 흘러들어오는 덱의 불빛을 받아 녹색이 더욱 짙어 보인다. "제 생각엔 아이가 비윤리적인 건 아닌데 인식이 부족했던 것 같아요. 아무튼 당신에게 63달러 50센트, 그리고 팁을 빚졌네요."

"계산은 이미 끝났어요."

그는 방금 현금인출기에서 뽑은 20달러 몇 장을 건넨다. "받아야 해요."

나는 고개를 가로젓는다. "생일 축하드려요."

"받을 때까지 안 가요."

나는 뒤로 물러선다. "아이들이 손님을 위해 내고 싶어했어요. 저는 그저 조금 도와준 것뿐이고요. 이제 돌아가서 다른 일을 해야 해요."

"그렇다면 여기 두고 갈게요." 그가 돈을 바닥에 떨어뜨린다. 돈이 부채처럼 흩어진다. 20달러짜리 넉 장.

"줍지 않을 거예요." 나는 돌아서고, 준비 공간을 통해 주방으로 들어간다.

잠시 뒤 마커스가 나를 찾아낸다. 그가 구석에서 하얀색 아이리스가 그려진 분홍색 봉투를 들고 있다.

"손님이 먹은 값은 손님이 내게 하죠, 네? 그 사람이 케빈 코스트너처럼 보이더라도 말이에요."

케빈 코스트너? 오스카 콜튼은 케빈 코스트너보다 훨씬 잘생겼다.

그가 내게 봉투를 준다.

작고 기울어지지 않은 활자체로 이렇게 되어 있다.

케이시
(흥미로운 이름이군요)

나는 봉투를 열어보지 않는다. 앞치마 주머니에 넣고 다른 일을 마친다.

길에 나서니 한낮의 햇살이 놀랍다. 꼭대기 층에서 아래로 내려오는 중에 왜인지 내가 저녁이 아니라 브런치 때 일한 걸 깜박했다. 광장은 고요하다. 나는 걸어서 강으로 간다. 저녁 근무시간이 한 시간도 남지 않았다. 나는 여전히 유니폼을 입고 있다. 해가 떠서 대부분의 비를 태워 없앴다. 등으로 해를, 팔로 따뜻해진 공기를 느낀다. 라즈 앤더슨 브리지를 걸으면서 포크너와 퀜틴 콤슨*을 생각하는데, 그를 떠올리니 옛 연인을 떠올리듯 가슴이 부푼다. 남부에서 저지른 죄의 무게에 짓눌려, 서랍장 모서리에 올려져 있는 크리스털을 깨고, 자신의 마지막날 아침에 할아버지의 손을 비틀어 손목시계를 빼내고, 오후에는 자살을 감행하려고 하버드 기숙사 방을 나오기 전 자신의 모자를 솔로 깨끗이 터는 퀜틴.

강을 절반쯤 건넜을 때 나는 넓은 난간에 올라앉아 다리를 흔들고, 퀜틴의 시신을 찾아 강가를 내려다본다. 1920년대 미시시피에 살았던 남자가 어떻게 1997년의 여자 종업원이 평생 알았던 대부분의 남자보다 더 생생하게 느껴지고 더 애틋하게 기억되는 인물을 창조할 수 있는가? 그런 인물은 어떻게 만들어내는가? 콘크리트는 따뜻하다. 몇 사람이 내 뒤 보도를 걸어지나간다. 누군가가

---

* 포크너가 만들어낸 가상의 인물로 『소리와 분노』 『압살롬, 압살롬!』에 등장한다.

획 떠밀면 나도 퀜틴처럼 추락할 것이다. 하지만 나는 죽지 않을 것이다. 깊이가 20피트도 넘지 않고, 둑은 어느 쪽이건 수영하기 쉽다. 퀜틴은 가라앉기 위해 발목에 납작한 쇠를 묶었다.

나는 봉투를 열어본다. 20달러짜리 지폐 넉 장과 편지 한 통. 편지가 있기를 내심 바랐다.

케이시,

많은 얼간이들이 같이 미니 골프를 치자고 했을 것 같아요. ~~존과~~ 존과 재스퍼는 얼간이가 아니니 그래도 셋 중 둘은 아니라는 거죠. 아이들이 계단을 내려가는 내내 나보고 당신에게 물어보라고 했어요. 그래서 묻는 거예요. ~~538-9771~~. 며칠 안에 아이리스로 전화할게요. ~~우리는~~ 우리는 12번 루트에 있는 킹 퍼트를 좋아해요. 거기 미라와 독사가 많아요.

오스카 K.

밖에 나와 있는 시간 동안 나는 다리 위에 있었다. 오스카의 편지를 한번 더 읽었다. 내 발 아래로 좁은 경주용 보트의 앞쪽이 나타나고, 거기 앉은 사람들이 같은 동작으로 노를 힘껏 두 번 당기자 다리에서 쓱 멀어진다. 여자 여덟 명인데, 역방향으로 앉았다. 얼굴은 일그러져 울퉁불퉁해 보이고, 온몸을 이용해 노를 저을 때마다 리듬에 맞춰 신음 같은 소리를 내는데, 이 각도에서 보면 시멘트의 저항을 받는 것 같다. 신음 사이 짧은 정적의 시간, 그들의 몸이 뒤로 넘어가는 순간, 키잡이, 그러니까 야구모자를 눌러써 땅콩처럼 보이는 여자가 배 뒤쪽에 앉아 헤드셋을 통해 말한다. "둘에 영차…… 하나에 영차…… 이제 당기고!" 그러자 보트가 앞으로 쑥 나아가더니 노 젓는 움직임이 더욱 맹렬해지고 곧 그들이 내는 소리가 사라진다. 그리고 그들의 모습이 점점 작아지다 마침내 윅스 브리지 아래를 미끄러지듯 지나 사라진다.

나는 오스키의 편지를 다시 꺼낸다. '그래서 묻는 거예요'라는 문장이 마음에 든다. 그가 마커스의 사무실에서 분홍색 아이리스 편지지를 한 장 더 달라는 말을 하지 않으려고 그 부분을 지우는 장면을 생각하는 게 좋다. 내가 웨스턴에 사는 리처드 토트먼 부부에게 편지를 쓸 때 그랬던 것처럼. 책을 세 권 펴낸 작가가 브런치 종업원에게 편지를 쓰는 데 조금이라도 신경을 썼다는 사실에 기분이 좋다. 그는 전화번호는 다른 곳만큼 까맣게 칠하지 않았다. 나는 다시는 골프를 치지 않겠다고 맹세했지만, 그와 그의 어린 아들들에 대해선 예외로 해야 할 것 같다.

내 세번째 생일에 아버지는 격자무늬 골프 가방에 든 플라스틱 골프채 세트를 선물했다. 공을 쳐서 넣는 컵이 있어서, 아버지는 러그 위 몇 피트 거리를 두고 그것을 놓은 뒤 내게 스윙하는 법을 가르쳐주었다. 내가 골프채를 휘두르자 공이 그 안으로 들어갔다. 아버지는 내가 다른 선물은 풀어보지 않고 잠자기 전까지 그걸 가지고 놀았다고 한다. 어머니는 내가 잠잘 시간까지 그걸 갖고 놀게 아버지가 억지로 시켰다고 한다. 내가 주변을 충분히 의식하게 되었을 때 학교 밖에서 내 삶은 골프뿐이었다—네 살 때 나는 여덟 살 이하 아동을 위한 지역 대회에 출전했고, 여섯 살 때는 먼 곳으로 이동해 전국 토너먼트 대회에 참가했다. 많은 부모처럼 아버지는 자신이 얻지 못한 것을 내게 주고 싶어했고, 그뒤로는 내가 자신이 달성할 수 없었던 꿈을 이루길 바랐다.

케일럽은 아버지가 내게 투자한 그 모든 시간에 대해 자기는 결코 화가 나지 않았다고 말한다. 내가 태어나기 전에 아버지는 늘 케일럽을 골프 연습장에 끌고 갔다. 케일럽은 자기가 공을 연거푸 열일곱 번 치지 못했을 때 아버지의 얼굴이 어땠는지 흉내를 아주 잘 낸다. 내가 그의 자리를 가로채서 월등한 실력을 보여주었을 때 케일럽이 느낀 감정은 순수한 안도감이었다. 그는 그 시절이 좋았다고 말한다. 아버지의 친구 스투가 케일럽을 버지니아에 있는 남학생 기숙학교에 보내 내면에 있는 남성성을 끄집어내라고 권하기 전까지는.

나는 내가 골프를 친 것 때문에 부모님이 불행해졌다고, 그게 그들이 분노한 원인이었다고 종종 생각했다. 엄마는 아빠가 스스로의 강박 때문에 내 어린 시절을 가로채고 있다고 말했다. 아빠는 그것이 자식을 혁명가로 키우겠다는 프롤레타리아 판타지에 맞지 않았기 때문에 엄마가 내 성공을 두려워했다고 말했다.

우리가 팜비치 주니어 초청 대회에 참가하려고 플로리다에 갔을 때 엄마는 짐을 꾸려 하비에르와 함께 차를 타고 떠났다. 내가 썩 잘한 편은 아니었는데, 강력한 경쟁자 하나가 바이러스성 장염에 걸리고 또하나가 7번 홀의 물속에 있는 앨리게이터에 겁을 집어먹은 바람에 내가 우승했다. 집으로 돌아가는 비행기에서 나는 아버지가 안전 지시문을 얼굴에 대고 악어의 눈이 수면 밖으로 나오는 모습을 흉내내는 것을 보고 신나게 웃었다. 엄마가 전등 몇 개를 켜놓고 떠나서 처음에 우리는 알아차리지 못했다. 자동응답기에 남겨진 메시지를 듣고야 알았다. 미니 카세트테이프가 내장된 구식 기계였다. 아빠가 엄마의 목소리를 후려치자 엄마의 말이 채 끝나기도 전에 응답기가 벽으로 날아가 부딪혔다. 다음날 나는 그 나머지를 들으려고 했지만 아무리 눌러도 재생 버튼이 고정되지 않았다.

나중에 엄마는 아빠와 헤어진 게 하비에르와 사랑에 빠진 것 때문은 아니라고 했다. 사실상 아빠와 함께 보낸 시간 중 마지막 몇 년이 가장 편안했다고. 하비에르는 엄마를 행복하게 해주었고, 그것이 엄마가 살아가는 모든 부분에, 심지어 엄마의 결혼생활에까지 영향을 미쳤다. 그가 죽어가기 시작했을 때부터는 그게 그렇게 되지 않았다. 엄마는 아빠와 행복은 나눌 수 있었지만 절망은 나눌 수 없었다.

몇 주 동안 우리 냉장고에는 캐서롤과 라자냐만 있었고, 우리 집 거실에는 남자들이 찾아와 아빠에게 술을 따라주었다. 그 기간이 끝나자 아빠는 조금 무너졌고, 내가 데운 즉석식품을 먹으면서 울었다. 나는 그때 9학년, 아버지가 근무하던 고등학교의 1학년생이었다. 아버지는 수학 두 반을 가르쳤고, 시즌에 따라 남학생 축구, 농구, 야구를 지도했다. 나하고 골프를 치는 것은 방과후나 주말이었다. 엄마가 떠난 뒤 그는 내 일정에 연습과 토너먼트 시간을 더 늘렸고, 우리는 그해에 대학을 찾아다니며 코치를 만나고 대학 팀과 몇 라운드 시합을 하기도 했다. 이따금 아빠가 코치에게 하는 말이 들렸는데, 하비에르는 그저 불가지론자에 포크 가수였을 뿐이지만, 아빠는 아내가 죽어가는 목사와 달아난 이야기의 전말을 늘어놓았다. 그렇게 말하면 아빠의 이야기가 더 그럴듯하게 들렸다. 아빠가 그런 눈물나는 이야기를 해서 내 기회를 망치지 않을까 두려웠지만, 2학년 가을에 듀크에서 전액 장학금을 약속받았다.

그해 아빠가 맡은 대표팀 선수들은 밤에 우리집을 찾아오기 시작했고, 나는 2학년생과 3학년생들이 위협적으로 느껴졌다. 아빠는 그들에게 맥주를 주었고, 그들은 TV로 스포츠 경기를 보았다. 그들이 응원하고 탄성을 지르는 소리가 높아졌다 낮아졌다 하는 게 내 방에서 들렸다. 학교에서 수업이 없는 시간에 이따금 지하층에 있는 아버지 사무실로 내려가 거기 카우치에서 숙제를 하곤 했었는데, 이제는 가면 굵직한 목소리로 냉소적인 농담을 던지는 패거리가 어울려 놀고 있었다. 다른 때, 그러니까 내가 알기로 아빠가 가르치거나 운동을 지도하고 있지 않을 때 아빠의 사무실 문은 잠겨 있었고 안에서 소리가 들리는 일도 없었다. 전에는 그런 적이 없었다. 가끔 방과후 골프장에서 아빠는 멍하고 나른한 모습으로 내가 공을 치는 걸 세다가 놓치거나 평소 서두르며 앞장서던 모습은 보이지 않고 뒤처져서 걸었다. 나는 아빠가 학교에서 그 남학생들과 약을 하는 게 아닐까 생각했다.

엄마가 동부로 돌아오기 몇 주 전 어느 오후, 나는 몸이 좋지 않아서 아빠의 사무실로 내려갔다. 농구 연습도 빠졌고, 누워 있을 곳이 필요했다. 문은 닫혀 있었지만 잠겨 있지는 않았다. 안이 어둑했는데 나는 불을 켜지 않았다. 카우치에 누웠고, 안쪽 모서리로 몸이 푹 꺼졌다. 너무 시끄러워서 잠을 잘 수가 없었다. 여학생 로커룸이 바로 옆이어서—대표팀이 빠져나가고 주니어 대표팀과 3학년생이 들어오고 있었다—소리지르고 물을 튕기고 금속 문을 쾅쾅 닫는 소리가 요란했다. 나는 아빠가 운동부를 데리고 이미 체육관에 간 줄 알았다. 근처에서 수런거리는 소리, 나지막한 웃음소리가 들렸다. 몇 분 뒤 카우치 뒤쪽 벽장 문이 열리는 소리가 들렸다.

이미 훈련복으로 갈아입은 남학생 셋이 사무실 문을 열고 곧장 밖으로 나갔다. 아빠가 마지막에 나왔다. 그러고는 목을 큼큼 풀고 벨트 버클을 채운 뒤 방에서 나갔다. 모두 빠르게 움직였다. 나를 보지 못했다. 나는 그들이 복도를 걸어가 무거운 문을 밀어 열고 체육관으로 들어가는 소리를 들었다. 나는 일어나 벽장 안으로 들어갔다. 깊은 안쪽에 빛이 들어오는 바늘구멍 같은 게 있었다. 벽에 드릴로 구멍을 몇 개 뚫어놓았는데, 작은 구멍 하나하나에서 여학생들의 모습이 더할 나위 없이 잘 보였다.

　엄마가 돌아온 뒤 나는 아버지의 집에서 더는 한 밤도 자지 않았다. 운동부 감독에게 로커룸 벽에 있는 구멍을 보여주었고, 그해 봄 아버지는 이른 은퇴를 선언했다. 나는 더이상 토너먼트 시합에 출전하지 않았지만 듀크는 약속을 지켰고 나는 그 대학에 등록했다. 하지만 첫 주가 지나고 팀을 나오면서 장학금을 받지 못하게 되었다. 골프를 하지 않으면 아빠가 등록금을 도와주지 않을 터라 나는 바비큐 레스토랑에 일자리를 구했고, 그때부터 내 뒤를 쫓아다니는 복잡한 빚의 시초가 된 대출을 받았다. 하지만 나는 골프로 되돌아갈 수 없었다. 골프채를 잡기만 해도 속이 메슥거릴 것 같았다.

받은 우편물에 케임브리지 필그림 보험 카드가 끼어 있었다. 로고는 흰색 버클이 달린 크고 검은 필그림 모자였다. 나는 그것을 그림으로 그려 케일럽에게 보냈다. 그는 대학을 졸업한 뒤 몇 년 동안 보스턴에서 살았고, 인색하고 흥이라고는 모르는 필그림 보험을 이용해 지역 사업체들이 큰 이득을 얻는다는 사실을 재미있게 여겼다. 그림 아래 나는 쓴다. '나도 곧 필그림만큼 건강해질 것이다. 평균수명 삼십사 년.'

하지만 나는 이 카드를 받은 게 뿌듯하고, 이제 몇 가지 검사를 받아볼 수 있다는 사실에 안도감을 느꼈다. 어금니는 변색됐고, 생리할 때 전보다 양이 많고 통증도 더 심해졌다. 보험을 이용할 수 있던 대학원 시절 마지막으로 병원을 이용했고, 그 이후 오 년 동안 가지 않았다.

보험사는 내가 먼저 일반 진료를 받게 하고, 거기서 전문 병원으로 넘긴다.

모든 게 뾰족하다. 그는 내 눈을 보면서 안구가 뾰족하다고 한다. 내 귀를 보면서는 외이도의 굽은 곳이 뾰족하다고 한다.

"아주 형편없이 그려진 만화가 된 기분이야." 후에 나는 해리에게 말한다.

다음은 주근깨나 점 하나 없이 석영 같은 피부를 가진 피부과 전문의다. 어떻게 그렇게 햇볕 없는 삶을 살았는지 이해되지 않는다. 그걸 보니 내 피부가 부끄러워지는데, 피부를 태우면 가을에 남자친구가 생길 거라고—그런 일은 일어나지 않았지만—믿으면서 여름마다 어김없이 피부를 태우던 고등학생 때 화상을 입고 물집이 생겨 이렇게 된 것이다. 골프도 도움이 되지 않았다. 조지아나 캘리포니아의 땡볕에서 민소매 셔츠를 입고 바이저도 없이 그 많은 시간을 보냈으니 당연한 일이다. 나는 바이저를 싫어했다.

나는 그에게 내 팔에 생긴 반점만 보여주면 좋겠다고 생각했지만, 그는 일렬로 켜진 뜨겁고 밝은 램프 아래 나를 엎드려 눕게 한다. 그리고 푸른 검사복을 내 목 쪽으로 걷어올린다. 그는 마뜩잖은 기색을 숨기지 않는다. 혀를 끌끌 차고 쯧쯧거린다. 그리고 내 견갑골 위 어딘가를 찌르고 원통형 확대경을 그 자리에 갖다댄다. 그가 거기를 한번 더 찌르고 위치를 옮겨 등과 다리로 내려가면서 여기저기 찌르고 긁어본다. 그러고는 반대로 누워보라고 한다. 그리고 다시 나를 파헤친다. 한참 시간을 들여 내 몸의 앞쪽을 검사한다. 내 이마에, 관자놀이에, 가슴에, 팔에 기구를 갖다댄다. 그는 이상하게 생긴 반점을 확대해보고 그 자리에 한동안 머물러 있다. 그러고는 복부와 다리로 이동하고, 내 종아리와 심지어 큰 발가락에까지 큰 흥미를 보인다.

그는 SPF 지수에 대해 이야기하고, 선크림을 바르지 않고 햇볕에 나가는 일은 다시는 있어선 안 된다며 설교를 늘어놓는다. 어렸을 때 엄마 말을 들었어야 한다는 것이다. 나는 베이비오일과 알루미늄포일 반사를 통해 내 피부를 튀길 수 있는 모든 방법을 가르쳐준 사람이 엄마라는 말은 하지 않는다.

그는 반점 세 개에 대한 조직검사를 해야 한다며 복도로 나가 조수에게 신호를 보낸다.

"오늘요?" 그가 다시 들어왔을 때 내가 묻는다.

하지만 그는 이미 쟁반에 메스를 놓고 있다.

나는 둥글게 패고 빳빳한 검은 실로 꿰맨 자국 세 개를 얻은 채 진료실을 떠난다. 금요일까지 결과가 나올 거라고 그가 말한다.

부인과에 가니 등에 난 두 개의 홈 때문에 진찰대에 누워 있는 게 고통스럽다. 의사의 이름이 인쇄물에 프랜 휴버트로 나와 있어서 여자일 거라고 추측했는데, 오자였다. 그의 이름은 프랭크였다. 놀라운 일은 아니지만, 필그림 의사 명단에는 선택할 수 있는 여자 의사가 많지 않다.

의사는 차가운 젤을 바른 스페큘럼을 내 안에 집어넣는다. 그는 앞서의 그 피부과의사라면 믿지 못할 만큼 지저분한 색깔의 큰 반점이 있는 반짝거리는 대머리다.

"그러니까, 작가시군요." 그가 동그란 손잡이를 돌려 스페큘럼의 반경을 넓히자, 갑자기 생리통이 온 느낌이다. 그가 그 안을 들여다본다. 나는 타이어를 바꾸기 위해 들려올라가는 차가 된 것 같다. "어떤 글을 출판했나요?"

"대단한 건 없어요. 몇 년 전 작은 잡지에 단편을 하나 실었어요."

그는 정말로 듣고 있지는 않다. 그가 긴 면봉의 포장을 벗기고 그것을 그 안에 집어넣는다. "자궁경관이 뾰족하네요."

빌어먹을 필그림.

그는 면봉을 꺼내 플라스틱 튜브 안에 넣는다. "그러면 위대한 미국 소설*을 쓸 건가요?"

그 질문은 지긋지긋하다. "선생님은 난소암을 고치시고요?"

그가 내 몸에 넣었던 스페큘럼을 꺼내고, 내 안은 쪼그라든다.

그는 둥근 회전의자에 몸을 기대고, 내 눈을 처음으로 유심히 본다. "내가 졌네요."

그는 내가 며칠 안에 이 별것 아닌 검사의 결과를 받을 거라고 말한다. 나는 생리 때 양이 너무 많다는 것과 통증에 대한 말은 깜박 잊는다.

아이리스에서 저녁시간 준비를 마친 뒤 토니는 차이나 드래곤에 전화를 걸어 음식을 주문하고, 해리와 나는 그걸 가지러 간다. 계산하려고 기다리는 동안 듀란 듀란의 음악이 흘러나와 우리는 가볍게 춤을 추는데, 그가 나를 한 바퀴 빙 돌려줄 때 나는 움찔한다. 나는 그에게 내 어깨와 등, 다리에 생긴 상처에 대해 말해준다.

"저런 가엾어라." 그가 말하며 나를 부드럽게 안아준다.

---

* 미국의 본질을 체화했다고 여겨지는 전범과 같은 소설을 일컫는 용어. 『주홍 글씨』 『모비딕』 등이 대표적인 작품이다.

돌아오는 길에 우리는 ⟨My Name Is Rio⟩를 목청껏 부르고, 계단을 다 올라가자 마커스가 내게 '오스카 전화'라고 적힌 종이를 내민다. 전화번호는 없다. 그의 편지는 집에 두고 왔다.

"다시 전화할 거라던가요?"

"아니요."

내가 식사 공간으로 가는데 마커스가 나를 다시 부른다. 어쩐지 그가 오스카에 대한 말을 좀더 해줄 것 같다. 그가 무슨 말을 했다든가 어떤 태도였다든가, 그를 멀리하라든가 잘해보라든가. 하지만 그는 오히려 이렇게 말한다. "물밑에서 무슨 일이 벌어지든 드러나지 않게 해요. 구역질 나니까. 그루밍을 이유로 당신은 지금부터 공식적으로 근신입니다."

준비 공간으로 가니 해리가 묘한 표정으로, 도려낸 자국에 발라야 했던 바셀린 때문에 내 셔츠에 기름얼룩이 생겼고 그 자리를 통해 피딱지 두 개와 검은 실로 꿰맨 자국이 보인다고 말해준다. 피부과의사가 그 자리에 반창고를 붙이지 말라고 했기 때문에 우리는 셔츠 안쪽에 냅킨을 대 스테이플로 고정하고, 덱에 나가 중국 음식을 먹는다. 네시 반밖에 되지 않아 태양은 높이 떴고 날은 덥지만, 그래도 확실히 기운이 약해지면서 우리에게서 점점 멀어지고 있다. 원래 이 시간이면 여기 바깥에서 그늘을 찾곤 했다.

토머스가 프렌치 도어를 연다. "케이시, 2번 전화."

해리가 트릴 음을 내자 토니가 "무슨 일이야?" 하고 묻고, 해리는 "케이시를 쫓아다니는 남자가 있어" 하고 말한다. 그래서 나는 "아니야, 그런 거 아니야" 하고 말하고 걷는 속도를 늦추어 문으로 간다. 토니가 말한다. "쫓아다니는 남자가 백 명은 되겠는데." 데이나가 옆에 없을 때의 그는 다른 남자다.

나는 바에서 수화기를 든다.

피부과의사다. 반점 세 개 중 두 개가 암으로 발전할 수 있는 것이었단다. 나머지 하나는 편평세포암종이고, 모두 제거하긴 했지만 확실히 하려면 다시 와서 더 긁어내는 게 안전하다고 말한다. 이 피부암은 대체로 나이가 훨씬 더 많은 사람에게서 발견되는 것이라고 한다. 다시는 피부를 보호하지 않고 햇볕에 나가서는 안 된다고 그가 반복해서 말한다. "당신은 젊음과 불멸에 취해 있겠지만, 이게 당신이 죽음을 맞는 방법이에요."

내가 그 이야기를 하자, 해리는 또다시 나를 조심스럽게 안아준다. 그리고 나중에 해리가 맡은 구석자리 2인 테이블의 늙은 남자가 그의 가벼운 태도에 대해 불평하자 해리는 젊음과 불멸에 취해서 그렇다고 말해준다. 남자는 나가면서 마커스에게 이르고, 이제 해리도 근신 처분을 받는다.

다음날 나는 오스카에게 전화를 걸기로 결심한다. 이중 근무를 하는 날이고, 그의 전화번호가 적힌 편지를 앞치마 주머니에 넣고 다니지만, 용기를 내지 못한 채 점심시간을 보낸다. 쉬는 시간에는 프린터 용지를 사러 밥 슬레이트 문구점에 간다―그날 아침 컴퓨터로 마지막 챕터를 타자해서 전체를 출력할 준비가 되었다. 돌아가니 마커스가 오스카로부터 전화가 왔다고 말해준다.

해리는 저녁 근무에 맞춰 도착해 내 커피를 뺏어가고, 크레이그에게는 내게 레드와인을 한 잔 따라주라고 한다. "이거 마시고 전화해." 하지만 알코올은 내게 전혀 효과가 없다. 술을 마시면 피곤하고 슬퍼지다가 토한다.

내가 술을 마시는 동안 전화벨이 울린다. 신경써서 들으면 아이리스에는 늘 전화벨이 울린다. 밤낮으로 예약전화가 걸려온다. 때론 그날 밤 테이블을 예약하고 싶어한다. 때론 지금부터 일 년 뒤 날짜다. 사람들은 계획을 세우는 데 미쳐 있다. 다음해에 어디 살지, 살아 있긴 할지 어떻게 아는가? 나는 그런 계획을 세우기에는 너무 미신적이다. 플래너나 다이어리를 가져본 적도 없다. 머릿속에 모든 것을 보관한다.

"열한시에 마키 마커스." 해리가 말한다.

나는 컴퓨터 뒤로 유리잔을 밀어놓는다.

"케이시. 전화. 또 왔어."

나는 페이스트리 쪽으로 가서 전화를 받는다. 거긴 헬렌만 있다. 무스를 스푼으로 떠서 예쁜 단지에 담고 있다.

심장이 쿵쾅거린다. 와인은 도움이 되지 않았다.

부인과의사가 자궁경부 이형성 정도가 심각하다고, 와서 그 부위를 긁어내야 한다고 알려주는 전화다. 그는 간호사가 오전에 예약전화를 할 거라고 말한다.

나는 준비 공간으로 돌아간다. "왜 그렇게 다들 긁어내겠다는 거지?"

"네가 그렇게 뾰족하지 않았다면." 해리가 말한다.

"내가 치즈덩어리가 된 것 같아."

나는 물주전자를 들고 파비아나가 내게 할당한 테이블로 간다. "건강보험 엿 같아."

그뒤로는 오스카에게 전화할 시간이 아예 없었고, 결국 어린아이

둘을 데리고 사는 남자에게 전화하기엔 너무 늦은 시간이 되었다.

나는 녹초가 된 몸으로 자정이 다 되어 집에 도착한다. 피부가 윙윙거리는 것 같다. 일할 때 입는 옷을 벗고 샤워를 마친 뒤 반점이 있던 자리의 팬 곳에 다시 바셀린을 바른다. 검은 실이 꼭 거미처럼 보인다. 전화벨이 울린다. 이제 의사에게 걸려올 전화는 없다.

"나긋하고 교태스러운 억양을 쓰는 해리라는 사람이 당신 집 전화번호를 줬어요." 그가 말한다. "그가 전화하기에 너무 늦은 시간은 아니라고 주장하던데요. 그리고……" 해리가 얼마나 좋은 친구인지 생각하느라 목안이 뜨거워져서 내가 말하지 않고 있으니 그가 말한다. "나에 대해 뭔가 알고 있는 것 같았는데, 난 그걸 좋은 신호로 받아들였어요. 안 끊었죠?"

"안 끊었어요." 내가 정신을 차리고 말한다.

"잘됐네요. 어머니가 여자를 자식으로 낚시질하면 안 된다고, 그리고 미니 골프를 치기엔 너무 이르다고 하셨어요. 내 말에 많이 실망했을 것 같아요."

정말로 그랬기에 나는 놀란다.

"그래서 우리가 토요일에 수목원에서 어른스러운 산책을 좀 해보면 어떨까 생각했어요. 당신 성인 맞죠? 그러니까 좀 어려 보여서. 고등학생이거나 그런 건 아니죠?"

"대학을 나왔는지가 이 거래의 성사 여부를 판가름하는 거네요?"

침묵. "네. 네, 그렇겠네요."

"서른한 살이에요."

"와우, 다행이네요." 그는 진심으로 마음이 놓인 것 같다.

"당신은요?"

다시 정적이 흐른다. "마흔다섯."

생각했던 것보다 더 많다.

"그러면 거래가 성사된 건가요?" 그가 말한다.

"거래가 뭔지에 따라서요."

오스카는 수목원 입구에서 기분이 별로인 듯한 바셋하운드를 데리고 기다리고 있다. 개를 보니 내가 꼬마였을 때 갖고 놀던 장난감이 생각난다. 줄이 달려 있고, 내가 앞에서 끌고 가면 귀가 위아래로 움직이는 플라스틱 개였다.

나는 그를 지나 자전거를 잠가놓을 수 있는 표지가 있는 곳까지 간다.

"당신 맞아요?" 오스카가 말한다. 그는 그게 기분좋은 것 같지 않다.

"맞아요." 나는 자물쇠를 천천히 푼다. 내가 이 자리에 있고 싶은지 잘 모르겠다.

그가 내 뒤에 서 있는 게 느껴진다. "지금은 머리카락이 보이네요." 그가 말한다. "저번엔 틀어올렸었는데."

"레스토랑 방침이에요." 나는 코일의 양쪽 끝을 당겨 맞추고 숫자판을 돌린다. "개가 있네요."

"밥이에요. 밥 더 도그."

자전거 자물쇠를 잠그고 나서 뭘 할지 알 수 없어서 쭈그리고 앉아 개의 머리를 쓰다듬는다. 약간 끈끈하다. 개가 고양이처럼 제 머리를 내 손에 들이민다.

"우리 사이가 그렇게 좋지는 않아요. 그 부분에 대해선 솔직하게 말할게요." 그가 말한다.

"신나게 뛰어놀고 싶지, 밥 더 도그?"

"밥은 뛰어놀지 않아요."

"밥은 뭘 해요?"

"꾀를 부리죠."

나는 몸을 펴고 일어서서 입구의 기둥을 통과하며 달리고 빙빙 돈다. "이리 와, 밥!" 밥은 고개를 돌리지만 몸은 꼿꼿이 거리를 향해 있다. 나는 다시 쭈그리고 앉아 포장된 보도 바닥을 탁탁 친다. "이리 와, 보이!" 개는 발톱을 보도에 더욱 단단히 박는다.

오스카는 나를 살펴보고 있다. 그는 이미 결정을 내리려는 것 같다. 그게 느껴진다. 우리가 통화한 날과 오늘 사이 그는 나를 피해야 한다고 자신을 설득했으나 이제 다시 돌아오고 있다. 나는 거기 쭈그리고 앉아, 여자는 일찍부터 자신이 타인에게 어떻게 보이는지 알아차리는 훈련을 받는데, 그렇게 하면서 자신이 타인에 대해 느끼는 것은 살피지 않는 큰 대가를 치른다는 사실을 생각한다. 이따금 그 두 가지가 뒤섞이면 끔찍하게 뒤엉켜 풀기 어려워진다.

밥이 내게 돌진한다. 줄의 한쪽 끝을 잡고 있던 오스카가 휙 끌려온다. 나는 밥이 내 귀에 코를 박는 걸 그냥 둔다. 나는 일어서고, 우리는 걷기 시작한다.

"그러니까." 오스카가 말한다.

"그러니까." 내가 그를 본다. 그는 키가 크지 않고, 우리 눈높이는 거의 수평이다. 이건 익숙하지 않다.

"우리가 여기 이렇게 있네요." 오늘 그의 눈 색깔은 더욱 옅고, 짙은 테두리가 보인다. "밥을 산책시키면서."

개는 이제 뭔가의 냄새를 맡느라 머리를 자기 견갑골 사이에 넣고 코는 아스팔트에서 조금 떼어 든 채 여기저기를 살피고 있다. 우리가 걸을 때 오스카는 나를 심사한다. 그는 자기 아이들과 있을 때나 책에 사인을 해주는 테이블에 있을 때보다 훨씬 긴장이 풀려 있다. 내가 이미 뭔가 재미있는 말을 하고 있다는 듯, 우리 사이에 소소한 농담을 나누었던 역사가 있다는 듯 그는 나를 흐뭇하게 바라본다.

"알고 있으면 좋을 것 같아서, 나는 나무를 약간 무서워해요." 그가 말한다.

이곳 어디에나 나무가 있다. 여긴 수목원이다. 나무에는 작은 청동 이름표가 못으로 박혀 있다. 우리는 단풍나무 숲에 있다. 한국단풍, 당단풍, 고로쇠나무. "이건 노출 치료의 일종인가요?"

"무서워하는 건 대체로 나무에 있는 구멍이에요. 어릴 때 한번은 오크나무 가지에 앉았다가 구멍이 있어서 안을 들여다본 적이 있는데, 정신을 차리니 바닥에 있더군요. 그냥 쿵 떨어진 거예요. 안을 들여다봤는데……" 그의 얼굴이 재스퍼의 얼굴처럼 변한다. "그랬는데 위로 하늘이 보이고, 어머니는 집에서 비명을 지르고요. 어머니가 내게 달려오거나 그러진 않았어요. 그저 비명만 질렀죠."

"어떻게 된 건가요?"

"올빼미가 부리로 내 이마를 쫀 거였어요." 그가 그 자리를 보여주려고 걸음을 멈춘다. 이마선 바로 아래 깊은 우물이 있다.

"맙소사."

내가 만져보자 그가 미소를 짓는다.

우리는 다시 걷기 시작한다.

"케이시, 성은요?" 그가 말한다.

"피보디."

"아, 아주 예스럽네요." 그가 말한다. "아주 메이플라워호 같아요. 피보디. 입 앞쪽에서 소리가 나는 그런 이름 중 하나죠." 그가 팡팡 터지는 소리를 과장하여 빠르게 발음한다. "콜튼과는 반대로. 전부 입의 안쪽에서 소리가 나거든요."

나는 두 이름 다 말해보고 웃는다. 그가 맞는다.

그는 아들들과 함께 그런 지명을 모아놓은 긴 목록을 만들었다고 한다. 입술에서 터지는 단어들. 그가 몇 개를 말한다. 페퍼럴, 비드퍼드, 매터포이세트, 시나본.

"아이들에게 시나본 제품을 먹이지는 않겠죠."

"무슨 뜻이에요?"

나는 그가 으르듯이 말하던 것을 흉내낸다. "초콜릿은 안 돼! 정작 당신은 커피에 설탕을 세 봉지나 넣으면서."

그가 웃는다. "당신 누구예요? 어디서 나타났어요?"

"전에 저 보셨는데. 아니면 내가 당신을 봤거나."

"어디서요?"

"출간파티에서요, 에이번힐."

"이번 여름 말인가요?"

내가 고개를 끄덕인다.

"거기 없었잖아요."

"있었어요."

"있었다면 알아봤을 거예요. 정말로."

"거기 있었어요. 고급 주택. 맨사드지붕. 당신은 식사실에서 책에 사인을 해주고 있었어요."

"아이리스에서 그 행사 음식을 맡았나요?"

"일하러 간 게 아니었어요. 친구 뮤리얼과 같이 있었어요."

"뮤리얼. 뮤리얼 베커?"

내가 고개를 끄덕인다.

"당신 친구예요?"

"기본적으론 여기서 제 유일한 친구죠. 해리를 빼면."

"전화 받았던 사람이 해리죠?"

"넵."

그가 눈을 찡그린다. "당신과 뮤리얼이 친구로군요. 네, 알겠어요, 그건 알겠어요. 그녀는 좋은 작가죠."

"알아요."

그가 걸음을 멈춘다. "당신도 작가인가요?"

내가 그렇다고 말하면 그가 물러날 것 같다. "레스토랑 종업원이에요."

"작가로군요." 그는 그 사실이 정말로 기쁘지 않은 것 같다. 그가 머리를 뒤로 젖힌다. "나를 소름 돋게 만들지 않은 첫번째 여자가 작가라니."

"거기 무슨 문제가 있나봐요."

"작가하고는 데이트를 하지 않거든요."

"누가 이게 데이트래요?"

"데이트 맞아요. 내가 아주 오랜만에 하는 첫 데이트예요. 제발 이게 데이트가 아니라고 하지는 마요."

밥은 이 순간을 골라 뒷다리를 앞다리보다 넓게 벌리고 몰랑한 황갈색 똥을 정향나무 아래 동글동글 밀어낸다. 오스카는 주머니에서 비닐봉지를 꺼낸다. 그리고 손을 그 안에 집어넣어 똥더미를 잡고 봉지를 뒤집은 뒤 두 번 묶는다. 그리고 길을 건너가 쓰레기통에 그걸 던져넣고 돌아온다. "그래서 여기 나온 거예요? 레스토랑에서 나한테 그렇게 작업을 건 게 다 그것 때문이었어요?"

"작업? 당신한테? 눈도 마주치지 못하는 심술궂은 아빠한테?"

그가 아주 희미하게 싱긋 웃는다.

"당신 아들들이 좋았어요. 당신이 아니라. 애들한테 작업을 걸었다고는 말 못하겠네요. 하지만 애들이 당신을 걱정해주는 데 감동했어요. 존이 그날을 특별한 날로 만들려고 정말로 애를 썼거든요."

그는 고개를 끄덕인다. 줄이 풀린 달마티안 한 마리가 밥의 엉덩이 높이로 뛰어오르며 킁킁거리고 껑충거린다. 오스카는 손등으로 자기 코를 문지른다. "그렇다면 알고 있겠군요. 애들 엄마에 대해."

"그저 힘든 하루를 좀더 맘 편히 만들어주려고 했던 거예요."

"미니 골프에 대해 승낙한 이유가 그거군요, 아이들 때문에?"

"애들과 당신 편지 때문에요. 지운 부분까지 포함해서."

"그 남자가 내 어깨 너머에 서서 내가 뭐라고 쓰는지 단어 하나하나를 다 읽고 있었어요. 생각이란 걸 할 수가 없었어요." 그가 다시 코를 문지른다.

"좀 서툴던데요."

"알아요." 그가 두 팔을 내밀며 내게 다가오려 하지만 밥이 꼼짝하지 않는다. 그는 줄을 놓아주지만 개는 멈춰서 궁둥이를 땅에 붙이고 앉아 우리를 지켜본다. 오스카는 마치 전에 여러 번 그랬던 것처럼 자신의 아래팔을 내 어깨에 놓는다. "나를 소름 돋게 만들지 않는다는 말, 들었죠?"

"나는 작가하고만 데이트했어요." 내가 손가락을 그의 위팔에 건다. 그는 건강하고, 단단하다. 우리의 골반이 나란해진다. "잘된 적은 한 번도 없었어요."

"그러면 나는 그 줄에서 다음 사람이 되는 거네요."

"긴 줄에서요."

나무 꼭대기에서 매 비슷한 새가 우리를 향해 하강하고, 오스카는 움찔 놀란다. 매는 다른 높은 나뭇가지로 다시 날아오른다.

"나무 근처에서는 정말로 안절부절못하네요."

"나무들이 일제히 공격하기 전에 당신에게 키스해도 될까요?"

나는 고개를 끄덕인다.

그가 내게 키스하고, 물러났다가 다시 키스한다. 혀는 쓰지 않는다. "레스토랑 종업원에게 데이트를 신청해본 적은 한 번도 없었어요." 또 한번의 정결한 키스. "나는 그런 식으로 작동하지 않아요." 그의 입술은 보기보다 더 부드럽다.

"그럼 어떻게 작동해요?"

"나는 십일 년 동안 결혼생활을 했어요. 내 기술은 다 구식이에요."

그는 밥의 목줄을 잡아올리고, 우리는 다시 걷기 시작한다. 우리는 코니퍼패스로 들어서고, 길은 좁고 텅 비었다. 나는 그녀가 어떻게 죽었는지 묻는다. 그는 암이었다고, 그녀가 죽은 뒤로 삼 년 동안 자신은 화가 나 있었다고 말한다. 다른 감정은 없었다. 사랑도, 슬픔도. 그저 삼 년 동안 온종일 크고 붉은 자명종이 울리는 것 같은 분노였다고. 나는 그에게 어머니가 2월에 돌아가셨다고 말한다. 그것을 설명할 방법을 떠올리려 하지만, 아무런 생각이 나지 않는다. 그는 그게, 어머니를 잃는다는 게 어떤 느낌인지 모른다는 점을 미안하게 생각한다. 가장 힘들었던 일 중 하나는 각각 두 살과 다섯 살인 아들들이 자신이 경험하지 않은 일을 경험한 것이라고 말한다. "내 어머니가 돌아가시면 아들들이 나를 위로하겠죠." 그가 말한다.

우리는 언덕을 올라갔다가 다른 길로 내려오면서 다시 라일락 군락으로 되돌아간다.

오스카가 걸음을 멈춘다. "여기가 우리가 처음 싸운 장소가 되겠군요." 그리고 신발로 X자 표시를 한다. 그리고 몇 야드 물러선다. "그리고 여기는," 그가 X자 표시를 하나 더 한다. "우리가 화해한 장소." 그가 돌아와 내 손을 잡는다. "봄에 이 라일락이 전부 피면 진풍경이에요. 그때 다시 와요."

자동응답기에 남겨진 메시지.

"안녕, 케이시. 잘 지내요? 방금 타운에 돌아왔어요. 몇 분 전에요. 음. 사실 메시지를 남기려던 건 아니었고요. 그저 당신과이야기를 하고 싶었어요. 그리고 만나고 싶었고요. 그 데이트도해야죠. 내가 사는 곳은 그대로예요. 867-8021. 당신이 잘 지내길 바라요. 나는, 음. 나중에 이야기해요."

자동응답기를 다시 튼다. 그가 메시지를 남기려던 건 아니었다고 말할 때 웅성거리는 소리와 딸꾹질 같은 작은 웃음소리가 들린다. 한번 더 듣고, 지우기 버튼을 누른다.

다음주에는 지짐술을 받으러 간다. 의사와 간호사가 벽에 걸린 포스터에 그려진 자궁경관을 보여준다. 분홍색 담배 같다. 아래쪽 끝이 아기가 나오는 구멍이다. 그 부분을 불로 지지려는 것이다.

그들은 자궁경관에는 신경 말단이 없어서 국부마취를 할 필요는 없다고 설명한다. 하지만 끔찍한 가위질소리가 들리고, 곧 수술실 안에 냄새가 가득해져서 대번에 그 냄새에서 벗어나고 싶지만 그럴 수가 없다. 이것이 그들의 직업이라고 나는 생각한다. 태운 자궁경관 냄새를 맡는 것.

나는 그뒤 바틀리스에서 뮤리얼을 만난다.

"벌레 퇴치기 소리 같았어. 고약한 냄새가 났고. 머리카락이랑 가죽 구두랑 연어알을 한꺼번에 태우는 냄새."

뮤리얼은 자신의 버거를 내려다본다. "그만해."

"이번엔 잊지 않고 의사한테 생리와 생리통에 대해 말했는데,

내가 자궁내막증 '후보'일지도 모르겠다더라. 그건 임신 능력에 영향을 미친대. 치료법은 없고, 치료제도 없고. 이제 나는 임신하는 것에 대해서만큼 임신하지 못하는 것에 대해서도 겁을 먹어야 한다는 뜻이야." 나는 감자튀김을 하나 먹는다. 버거는 먹을 수가 없다. "글 쓰는 건 어때?"

그녀가 고개를 가로젓는다. "그 빌어먹을 전쟁을 끝까지 밀어붙이질 못하겠어. 매일 앉아서 끝내려고 하는데 그럴 수가 없어."

"큰 전쟁이지. 전선이 두 곳인 전쟁이잖아. 전혀 작은 일이 아니야."

"그 장면이 불안한 것 같아."

"호수 장면 말이야?"

"응." 뮤리얼은 호수 장면에 대한 아이디어를 제일 처음 떠올렸다. 다른 모든 아이디어는 그것을 중심으로 자라났다. "그 부분에 대한 생각이 점점 흔들려."

"그냥 끝까지 쓰고 그걸로 끝내는 게 필요해."

"내가 왜 이렇게 느끼는지 모르겠어. 수행 불안이나 뭐 그런 것 같아. 발기가 되지 않으면 어쩌지 그런 느낌?"

"독자들이 네 편을 들 거고, 그런 건 조금도 중요하지 않고 그런 일은 모두에게 일어난다고 말해줄 거야."

"그게 이 책을 쓰게 된 이유야, 그 장면."

"아니야. 그렇지 않아. 한때는 그랬는지 몰라도 더이상은 아니야. 그건 그냥 그렇게 둬야 해. 이건 완벽한 절정이 단 하나만 있는 단편이 아니야. 복잡한 거라고."

"그래, 알아. 소설은 뭔가 결함이 있는 긴 이야기다." 그녀가 누군가의 말을 인용한다. 사람들 사이에 떠도는 말인데, 그 말을 했다는 작가도 여러 명이다.

"그냥 그들을 호수로 데려가. 그럼 알아서 자기들이 해야 할 일을 할 거야."

다른 사람의 책에 대해 이야기할 때 우리는 늘 자신만만하다.

그녀기 계약한 작은 출판사가 로미에서 열리는 컨퍼런스에 그녀를 보내준다. 그녀는 크리스천에게 같이 가자고 물어볼지 말지 한동안 마음을 정하지 못했다. 그러다 마침내 물어봤다고 말한다.

"싫대. 첫 데이트에서 자기는 늘 이탈리아에 가고 싶었다고 했으면서, 생각도 해보지 않고 싫다고 했어."

"왜?" 나는 뮤리얼이 이 나라를 떠난다는 생각 자체가 싫다. 뱃속이 차가워지고 텅 비는 느낌이다. 사람들은 여행을 떠났다가 죽는다.

"이탈리아는 로맨스를 위한 곳, 즐거움을 위한 곳이지 회사에서 보내줘서 가는 곳은 아니라는 거야. 나는 이 여행이 회사일과 관련이 없다고 말했어. 문학에 관한 원탁회의가 계속 있는 정도라고. 자긴 내 출장에 따라붙고 싶지 않대. 그래서 그에게 성차별주의자에 꼰대라고 말해줬지."

"특별하길 바라는 거네. 일 때문에 늘 출장을 다니니까." 크리스천은 파견직 펌웨어 엔지니어다. 나는 그게 뭔지 모르지만, 그는 자주 일주일에 며칠씩이나 멀리 떠나 있다.

"출장은 디트로이트나 댈러스포트워스로 가지." 그녀가 한 손을 흔든다. "괜찮아. 그래서 상황이 더 분명히 보여. 나는 나를 지지해주는 즉흥적인 사람을 원해, 그런 기회가 있으면 잽싸게 붙잡을 사람 말이야. 그는 그런 사람이 아닌 거고. 이제 알겠어. 다시 쓰는 건 어떻게 돼가?"

나는 소설을 출력했고, 내가 다른 사람인 것처럼, 서점에서 방금 우연히 그 책을 집어든 것처럼 하려고 애쓰면서 살펴보고 있다. 원고 여기저기에 메모하고 컴퓨터에 바꾼 내용을 입력한다. 그리고 다시 출력한다. "정말로 더 볼 수 있을지 모르겠어."

"나 줘."

"아직 안 돼."

"케이시, 그냥 내가 읽게 해줘."

그러고 싶다. 읽어달라고 하고 싶다. 하지만 뮤리얼의 아파트에는 직장에서뿐 아니라 그녀가 아는 모든 작가에게서 받은 원고가 사방에 잔뜩 쌓여 그녀의 의견을 구하고 있다. 그리고 그녀는 너무 착해서 그런 부탁을 거절하지 못한다.

"그걸 읽어줄 눈이 한 쌍 더 있어야 해, 케이스. 빨리 보여주지 않으면 난 모욕당한 걸로 알 거야."

"알았어."

"언제?"

"한두 주 뒤에."

"날짜는?"

"9월 25일." 한참 남은 것 같다.

"다음주 토요일. 좋아."

25일이 다음주 토요일?

우리는 그녀의 집으로 다시 걸어간다. 나는 점심 먹을 때 잊고 말하지 않은, 오스카와의 데이트 때 있었던 일 몇 가지를 더 이야기한다. 그의 이마에 팬 구멍과 땅의 어떤 지점에 X자를 표시한 순간에 대해.

"엉뚱하네." 그녀가 말한다. "수요일 밤의 그와 완전히 다른 사람 이야기를 하는 것 같아."

우리는 그녀가 좋아하는 가게에 들어간다. 주인은 뮤리얼처럼 키가 크고, 거기서 파는 옷은 모두 키 큰 여자가 입기에 좋아 보인다. 원피스는 100달러가 넘고, 셔츠, 심지어 그냥 티셔츠조차 50달러가 넘는다. 나는 이런 곳에서는 양말 한 켤레도 살 수 없다. 내가 가진 유일하게 좋은 옷은 엄마에게서 물려받은 것이다. 뮤리얼이 옷걸이에 걸린 옷을 뒤적거리는 모습을 보니 엄마가 떠오른다. 전에는 둘이 비슷하다고 생각해본 적이 없다. 뮤리얼이 어떻게 이런 옷을 사고 포터스퀘어에 있는 예쁜 원룸아파트에서 살 수 있는지 모르겠다. 다른 사람들이 어떻게 살아나가고 생활비를 벌고 밤에 깨지 않고 자는지 나는 모른다.

그녀는 어떤 것도 입어보지 않고, 우리가 다시 거리로 나오자 이렇게 말한다. "그 남자 책 읽어봤어?"

"아직."

"어떻게 안 읽어볼 수가 있어?"

"마음이 복잡해질 것 같아서. 마음이 이리저리 흔들릴 거야. 늘 그러니까."

"하지만 그건 중요한 정보야."

"그래? 사람과 글은 혼동하기가 아주 쉬워." 오스카가 토분을 만든다면 나는 상관하지 않을 것이다. 그가 만든 화분을 보고 좋아할 수도 있고 싫어할 수도 있겠지만, 그것이 내가 그에 대해 느끼는 감정에 주는 영향은 없을 것이다. 토분에 대해 느끼는 것만큼 글에 대해서도 중립적으로 느낄 수 있길 바란다.

"적어도 섹스 장면은 읽어보고 싶지 않아?"

"아니!"

"그는 섹스에 대해 쓰는 걸 좋아해."

"그만."

"그의 섹스 장면에 대해 이것 하나만 이야기해줄까?"

그녀가 이 말을 한동안 참고 있었다는 걸 알겠다. "아니. 그래. 하나만."

"그는 늘 '시큼하다'는 단어를 써."

"시큼하다?"

"그게 눈에 띄었어. 대체로 여자에 관해서. 시큼한 숨결, 시큼한 피부. 뭔가가 늘 시큼해. 그게 그의 틱 장애인 것처럼."

그녀는 내 얼굴에 떠오른 표정을 보고 신나게 웃는다.

내 금요일 밤 근무가 끝난 뒤, 오스카는 나를 만난다. 그의 어머니가 하룻밤 자고 가기로 해서 그는 내 일이 끝나는 시간에야 집에서 나올 수 있다. 그는 어머니가 디저트로 당근 케이크를 만들었다며 큰 조각 하나를 가져왔다. 우리는 매사추세츠 애비뉴를 같이 걸으면서 나눠 먹는다. 맛있다. 다 먹고 난 뒤 그는 셀로판지를 똘똘 뭉쳐 주머니에 넣고 내 손을 잡는다. 통통하고 따뜻한 손이다.

"어머니는 이 일이 아주 불안한가봐요. 당신이 내 마음을 아프게 할 거라고 생각해요." 그는 그게 바보 같은 생각이라는 듯 웃고 내게 키스한다. 키스하는 동안 나는 나중에 뮤리얼에게 프로스팅에 들어간 레몬 때문에 우리 둘 다 시큼한 맛이 났다고 말해주는 것을 상상하며 웃고, 그는 내가 웃는 것을 느끼자 더 크게 웃는다.

나는 오스카와 키스하는 게 좋다. 그가 머릿속에 떠오른 이야기를 꺼낸다. 그의 학생이었던 누군가는 손가락이 열두 개였다는 이야기, 그날 오후 존이 티볼 게임을 하는 동안 재스퍼가 오스카의 허벅지를 세게 물었다는 이야기. 그런 이야기들에서 다른 남자들과 함께 있을 때 흔히 느껴지는 감정은 들지 않는다. 하나의 목적지, 오로지 하나의 목적지를 향해 달려가면서 복잡하게 만들거나 대화를 너무 많이 하지 않고 얼마나 빨리 그곳에 다다를 수 있을지만 보는 남자들에게서 느껴지는 그런 감정은.

우리는 셀러에서 맥주를 마시고, 그는 나를 자신이 차를 세워둔 아이리스 바깥의 내 자전거까지 데려다준다. 그는 나를 보조석 문에 기대게 하고 양손으로 내 골반을 잡는다.

"이게," 그가 말한다. "이게 아기를 만드는 진짜 골반이로군요."

나는 웃는다. 나는 사실 골반이 상당히 좁다. 종종 아기 전체가 어떻게 거기로 나오는지 궁금하다.

우리는 오랫동안 키스하고, 나는 아기를 만드는 엉덩이와 골반뼈 사이 쑥 들어간 곳에 그가 편안히 자리를 잡는 것을 느낀다. 기분좋게 들어맞는다.

"음," 그가 말한다. "포근해요."

나는 다음날 점심때 해리에게 그 데이트에 대해 말한다.

"맙소사." 그가 말한다. "작가는 그런 식인가? '포근하다' 같은 단어를 들으면 넌 미친듯이 사랑에 빠져?"

"나는 미친듯이 사랑에 빠진 게 아니야."

"핏덩어리 같은 두 아이가 있는 사십대 남자."

나중에 우리가 정신없이 바쁘고 내가 사서들이 앉은 6인 테이블의 티 박스에 차를 급하게 채워넣고 있을 때 해리가 말한다. "아기

만드는 기계 좀 치워줄래, 자기. 난 스테이크 나이프를 가지러 가야 해."

그리고 일이 다 끝나자 해리는 복도에 나를 만나고 싶어하는 귀여운 남자가 있다고 말한다.

"봤지? 그는 사랑스러운 남자야, 안 그래?"

"이게 네 아비지 콤플렉스라고 생각되진 않는데."

"마흔다섯 살보단 훨씬 젊어 보여. 그리고 그런 개소리 집어치워. 이건 아버지 콤플렉스가 아니야."

나는 그에게 내 이 사이에 양귀비씨가 꼈는지 확인해달라고 한 뒤 문으로 간다.

오스카가 아니다. 사일러스다. 그를 보자 나는 정신이 번쩍 든다. 더 젊고 더 말라 보인다. 검은 가죽 재킷을 입고 있다. 낡아서 균열이 심하고 주머니의 지퍼는 녹이 슬었다.

"근무중에 나오게 해서 미안해요. 당신이 잘 지내는지 그냥 확인하고 싶었어요."

"잘 지내요." 나는 문을 통해 내 테이블 쪽을 향해 손을 흔든다. "대부분 계산서까지 갖다줬어요. 어떻게 지내요? 여행은 어땠어요?" 나는 그가 얼마 만에 돌아왔는지 계산해보려고 한다. 아마도 두 주. 그는 메시지 두 개를 남겼고, 그러고는 연락을 끊었다. 이제 이런 남자는 질색이다. 연락했다 말았다 그러다 사라진다. 나도 경험을 통해 깨달은 게 있다.

"좋아요. 좋아요." 안내대에 명함이 놓여 있는데, 그가 그걸 엄지로 튀긴다. 티릭. 티릭. 그가 고개를 든다. "데이트 깨서 미안해요. 그냥 그 말을 직접 하고 싶었어요. 당신이 화난 이유 이해해요……"

티릭.

마커스의 사무실 문이 열려 있어서, 나는 그가 모든 말을 듣고 있는 걸 안다.

"설명할 필요 없어요."

"설명하고 싶어요." 그는 자신의 의도보다 더 크게 말한다. "미안해요. 그저. 작년쯤 이따금 이런 감정에 휩싸이곤 했어요. 발진처럼, 알아요? 그럴 땐 이동해야 해요. 그리고 이번에는 정말로 떠날 기회가 있었고, 기회를 잡아야 한다고 느꼈어요. 당신과 정말로 데이트하고 싶었지만. 정말로. 많이. 그저 그걸 설명하고 싶었어요. 내 시스템에서 그 감정을 빼버리면 당신과 더 좋은 데이트를 할 수 있을 거라 생각했어요."

"알겠어요. 정말로 알겠어요. 말해줘서 고마워요." 이 말로 끝이라는 인상을 주려고 한다. 이게 그 일의 끝이고, 데이트의 기회는 지나갔다고. 나는 식사 공간으로 돌아가려고 하지만 몸이 꼼짝도 하지 않는다.

"저 바깥에서 장엄한 풍경 좀 구경했나요?" 나는 이렇게 말한다.

"한두 곳." 그가 싱긋 웃는다.

그의 깨진 이를 잊고 있었다.

젠장.

"장엄한 풍경은 언제까지나 당신을 따라다니죠."

그가 고개를 끄덕인다. 내 테이블에서는 지금쯤 아마 모두가 신용카드를 꺼내놓았을 것이다. 그는 곧 계단을 내려가 거리로 나설 것이고, 그 생각을 하자 뱃속이 텅 빈 것처럼 허전하다. 헬렌의 양귀비씨 케이크를 먹어 배가 부른데도.

"그래서, 어떻게 생각해요?" 그가 말한다.

"미술관에 같이 가야겠죠."

"토요일 어때요?"

파비아나가 나타나 자신의 안내대를 돌려달라고 한다. 사일러스가 명함뭉치를 내려놓는다.

"토요일 좋아요. 하지만 세시부터 일해요."

"열시 반에 데리러 갈게요."

그는 남자아이처럼 우르르르 시끄러운 소리를 내며 계단을 단숨에 빠르게 내려간다. 맨 아래 문이 쾅 닫힌다.

식사 공간으로 돌아가자 내 테이블의 손님들이 나를 쏘아본다. 나는 시선을 맞추지 않고 곧바로 준비 공간으로 향한다.

"그 사람을 그냥 보내지 않았다고 말해줘." 해리가 말한다.

"그러지 않았어."

"오, 더러운 앞치마를 두른 요 깍쟁이야." 그가 말하고, 자기가 대신 처리한 신용카드 영수증 두 장을 내게 내민다.

토요일 이른아침, 나는 뮤리얼에게 줄 원고를 출력한다. 프린터에서 단어들이 쏟아져나올 때 나는 차마 어떤 단어도 못 보겠다. 그 단어가 뭘 말하는지도 모르겠다. 이 책이 무엇에 대해 쓴 건지도 모르겠다. 클라라라는 이름을 보자 가슴이 뜨끔한다. 내가 정말로 주인공 이름을 클라라라고 했던가? 오십 페이지까지 출력물이 나오니 내 방이 눅눅해지고 대학 때 일하던 복사 가게 냄새가 난다. 눅진한 종이와 토너와 전기 냄새. 프린터 선반에 출력물이 쌓여가면서 종이가 미끄러져 떨어지자, 나는 책의 첫 부분을 집어 가장자리를 반듯하게 정리한 뒤 인쇄된 면이 아래로 가게 해서 책상 위에 놓는다. 그걸 다섯 번 반복하니 마침내 프린터가 마지막 장을 출력하고 돌연 작동을 멈춘다. 프린터가 노래라도 부르기 시작할 것 같다. 마지막 부분까지 뒤집어놓는다. 됐다. 나는 그걸 낡은 킨코스 상자에 넣고, 그 위에 뮤리얼의 이름을 쓴 뒤 페이지에 다시 뭔가 끼적이기 전에 백팩에 쑤셔넣는다.

자전거를 타고 그녀의 아파트로 가서 건물 현관 우편물 테이블에 그 상자를 놓는다. 집으로 돌아오는 길에 나는 그녀가 그걸 받지 못했다고 말하는 것을, 그리고 지금부터 일 년 뒤 그 책이 그 건물 다른 세입자—열대어 가게에서 일하고 그녀의 섬유 유연제를 쓰지 않았다고 주장하는 남자—의 이름으로 출간되는 걸 보는 것을, 그리고 내 공책이나 컴퓨터에 남아 있는 모든 페이지를 증거로 그를 고소하는 장면을 상상한다. 내 변호사는 소송으로 간단히 해결되는 문제라고 말할 것이다. 하지만 나는 변호사에게 줄 돈이 없으니 스스로를 변호해야 할 것이다. 아니면 버지니아에 사는 지적재산 전문 변호사인 내 친구 실비에게 전화를 걸 것이다. 그녀는 미술사와 연극을 공부했고, 나는 〈세 자매〉와 〈아카디아〉에서 그녀를 보았는데, 실비는 두 번 다 완벽하게 자신을 변신시켰다. 무대 위의 그녀는 내 친구 실비로 인식되지 않았다. 나는 알렉산드리아에 있는 사무실에서 하루 중 많은 시간을 변호사 역할을 하며 보내는 그녀의 모습을 상상한다. 나는 사람들은 모두 어떤 역할을 맡아 원래의 자신으로부터, 자신을 자극하는 것과 자신의 가슴속을 들끓게 만드는 것으로부터 점차 멀어진다고 생각한다. 그리고 나는 뮤리얼의 우편물 테이블에 놓고 온 내 소설을 생각하고, 열대어를 파는 그 청년이 그걸 그대로 두기를 바란다.

돌아오자 방에서는 여전히 인쇄물냄새가 나고, 누군가 그것을 읽는 데에 대한 공포가 처음으로 파도처럼 들이친다. 사일러스가 이십 분 뒤에 오기로 했으니 그 감정 속에서 허우적거릴 시간이 없다. 얼른 샤워를 마치고 나왔는데 쌀쌀한 날씨에 케임브리지까지 자전거를 타고 갔다 와서 코가 아직 빨갛다. 나는 표시가 나지 않게 하려고 블러셔를 지나치게 많이 바르고, 사일러스를 만난 파티에 갈 때 입지 않은 게 거의 확실한 깨끗한 셔츠를 찾아낸다. 오스카의 파티. 하지만 그때 그는 오스카가 아니었다. 다른 방에서 내가 살 여유가 없는 책에 사인을 해주고 있는 작가였다.

사일러스는 라임그린색 르카를 모는데, 조수석 문짝을 깨끗이 관통하는 녹슨 구멍이 하나 보인다. 안쪽에 덕트 테이프를 붙여 그 구멍을 막아놓았다.

"여동생 차예요. 여동생의 옛 남자친구가 거기 구멍을 뚫었어요."

"뭘 가지고요?"

그는 운전석 쪽으로 가 차에 탄다. "작살로. 해양 무기를 수집했어요. 봐요, 여기까지 뚫려 있죠." 그가 내 자리의 모서리를 만지고, 내가 다리를 옮기니 천이 찢어진 자리가 드러난다.

스커트를 입고 있어서 내 맨다리가 드러나고, 그의 손가락이 너무 가까워 내 아래 거기가 살짝 요동친다.

그가 기어를 바꿀 때 뒤쪽에서 병과 쓰레기가 굴러다닌다. 차에서는 더러운 양말냄새가 나고, 케일럽이 한창 자랄 때 그의 방이 연상된다. 그는 지난번과 같은 가죽 재킷을 입었는데, 팔을 이동해 기어를 잡았다가 다시 운전대로 옮길 때 쩍쩍 소리가 난다. 우리가 서로 무슨 말을 하게 될지 나는 모른다. 양말냄새와 그의 손가락이 다시 내 다리 가까이 오기를 바라는 욕망 사이에서 나는 혼란스럽다.

속도를 내자 덕트 테이프가 팔랑거리기 시작한다.

"바이킹을 보는 것 같았어요." 사일러스가 말한다. 나는 잠시 무슨 말인가 하다가 그가 여전히 그 구멍을 생각하고 있단 걸 깨닫는다. "그의 머리칼은 불길 같았고 팔이 정말 컸어요. 두 번 만에 성공했죠."

"여동생이 안에 있었어요?"

"아니에요, 아니에요. 그앤 그날 밤 다른 사람하고 밖에 있었어요. 그게 회근이었죠."

우리는 녹색이 무성한 펜웨이의 소택지를 따라 달린다. 머디강 위로 낮은 돌다리가 걸려 있고, 버들가지가 끊임없이 물을 적신다. 오늘 아침 보스턴은 화창하고 보석이 박힌 듯 영롱하며, 뮤리얼에게 내 원고를 주고 난 나는 몸이 둥실 떠오르는 것 같다. 신발을 벗고 차창 밖으로 발을 내밀고 싶다. 그녀가 내 원고에서 중요한 속을 제거한다고 해도, 그래도 그건 한 단계 나아간 것이다. 진보. 나는 사일러스에게 소설을 끝냈다는 말은 하지 않기로 한다. 자랑하는 것처럼 보이고 싶지 않다.

"어떻게 지냈어요?"

나는 그가 타운을 떠난 뒤 내 삶을 빠르게 돌이켜본다. 악성 반점. 자궁경관 지짐술. 오스카. "소설을 끝냈어요." 그게 내가 가진 전부다.

"끝냈어요?" 그가 홱 돌아보고, 내가 길을 가리킬 때까지 나를 빤히 본다.

"여전히 엉망이지만."

"첫 장편을 끝냈군요. 장편 한 편을 쓰다니, 그 힘든 일을." 그가 손바닥으로 운전대를 탕탕 치며 나를 빤히 본다.

나는 다시 길을 가리킨다. "뮤리얼에게 읽어보라고 줬어요."

"좋은 독자죠."

"네. 그래서 두려워요."

"맙소사, 케이시. 그건 대단한 성과예요." 그는 진심으로 기뻐하는 것 같다. 그 문제에 대해서 모든 남자가 그렇지는 않다.

미술관에서 그가 표를 사고, 우리는 셔츠 칼라에 금속 배지를 대고 튀어나온 부분을 접어 고정한다. 나는 동부로 돌아온 뒤 보스턴 미술관에 가지 않았다.

우리는 넓은 대리석 계단을 올라간다.

"어렸을 때 엄마가 나를 여기로 데려오곤 했어요. 엄마가 옷방에서 딱딱한 가죽 지갑을 꺼내 빌려줘서, 엄마가 하듯이 그걸 들고 다녔어요." 그리고 나는 팔 밑에 지갑을 끼우는 시늉을 한다.

"어렸을 땐 어떤 모습이었어요?"

"머리는 양 갈래로 큼직큼직하게 땋았고, 앞니가 컸죠." 내가 말한다. "엄마는 기프트숍에서 엽서 세 장을 고르라고 했어요. 차로 걸어가는 길에 크고 텅 빈 지갑 안에 든 엽서 세 장이 이리저리 부딪혔죠." 우리는 맨 위 계단에 이른다. "엄마하고 무슨 이야기를 나눴는지 기억나면 좋을 텐데요."

"이상하죠, 안 그래요? 나는 동생하고 나라를 횡단해서 운전한 적이 한 번 있어요. 동생이 테이프에 녹음된 책을 갖고 있었어요. 『전쟁과 평화』같은 대단한 책들 말이에요. 하지만 우리는 대화를 시작했고, 그건 듣지도 않았어요. 말할 게 없어지면 듣겠지, 그게 우리 사이의 농담 같은 게 됐어요. 하지만 이야기가 계속 이어졌죠. 그런데 지금은 우리가 무슨 이야기를 나눴는지 기억이 안 나네요."

세상을 떠난 사랑하는 사람에 대해 말할 때 그러듯 우리 사이 공기가 타닥거린다. 하지만 다음에 무슨 말을 해야 할지 모르겠다.

우리는 바빌로니아의 사자에서, 에트루리아의 항아리, 누비아의 에나멜 팔찌, 샌들 신은 발과 한쪽 허벅지만 남은 근육질의 남자 엉덩이 같은 그리스 조각상 신체 일부에 이르기까지 고대미술 세계를 헤맨다. 미술을 보면서 그것이 늘 인간의 자연스러운 충동이었다는 사실을 기억하는 게 좋다. 우리는 유럽미술로 이동한다. 후광과 천사, 성탄과 한 남자에게 거듭되는 피가 낭자한 살해, 몇 세기 동안 하나의 이야기에 사로잡힌 대륙 전체.

"플롯에 구멍이 많죠." 우리가 프라 안젤리코의 작품 앞에 섰을 때 내가 말한다. "예수가 태어났을 때 그렇게 유명 인사였다면 왜 아기 때와 죽기 직전의 이야기만 있겠어요? 여덟 살 때의 그는 왜 어디에도 보이지 않죠?"

"아니면 십대 때나. 여드름이 나고, 마리아와 요셉의 모든 말에 눈알을 굴리는 아이."

이따금 나는 실내를 반대로 돌면서 그와 떨어져 관람한다. 이따금 우리는 서로를 놓쳤다가 방을 하나, 둘 지나 다시 만난다.

우리는 아메리카미술 전시실로 이동하고, 사전트의 〈에드워드 달리 보이트의 딸들〉이라는 그림 앞에 선다. 딸 셋이 우리를 똑바로 보고 있다. 맏딸은 굳이 쳐다보지 않는다. 등을 6피트 높이의 꽃병에 기댄 채 거의 졸고 있는 모습이다. 둘째는 첫째 옆에 똑바로 선 자세로 있는데 불편해 보인다. 셋째는 왼쪽으로 보이지 않는 창문 근처에 있고, 막내딸은 바닥에 자기로 만든 인형을 들고 앉아 의심의 눈빛으로 쏘아본다.

"이 아이들이 매일 이 자세를 취해야 했을까요?" 내가 말한다.

"행복하지 않아 보이죠."

"네. 이상한 자세를 하고 있어서만은 아니고. 착한 얼굴을 하려고 애쓰는 것 같아서. 하지만 이게 끝나도 정말로 재미있는 놀이를 할 것 같지는 않아요."

"당신이 동일시하는 아이가 있어요?"

나는 네 명의 여자아이를 유심히 살펴본다. "저 아이와 동일시하는 것 같아요." 나는 둘째 딸, 긴장되고 핏기가 없는 아이를 가리킨다. "하지만 내가 저 아이면 좋겠어요. 모든 빛을 받으며 서 있는 아이요."

"저 아이가 중심이네요, 그런 것 같죠? 이쪽으로 치우쳐 있지만."

우리는 그 아이를 자세히 보려고 동시에 몸을 기울인다. 아이는 너무도 아름답다. 흰색 피나포어가 빛의 모든 입자를 붙잡는다.

"이 아이는 자기가 주인공인 걸 알지만 자기가 그걸 원하는지는 잘 모르고 있어요." 내가 말한다. 우리의 어깨는 서로 닿지 않지만, 가죽 재킷에서 나는 쩍 소리가 내 귀에 너무 크게 들린다. 나는 그의 체취를 맡을 수 있다. "하지만 저애 안에선 뭔가가 들끓고 있어요."

"왼쪽 발을 보세요. 한 발 내디디려고 해요."

"내가 바로 저기, 허리띠로 피나포어를 고정한 바로 저 지점만큼 좋은 글을 쓸 수 있다면." 나는 거기서 시선을 뗄 수 없다. 그게 그렇게 감동적인 이유가 뭔지 모르겠고, 결코 설명할 수도 없다. 그렇게 걸려 넘어지는 아름다움에는 광기가 존재한다.

〈에드워드 달리 보이트의 딸들〉을 보고 나서 나는 사일러스와 같은 방향으로 전시실을 둘러본다. 우리는 반 고흐의 〈오베르의 집들〉 앞에 서고, 이어 마티스의 〈꽃을 담은 병〉 앞에 아무 말 없이 한참 서 있다. 어떤 것도 침묵하지 않고 어떤 것도 혼합되지 않고 세상이 그의 눈앞에서 조각조각 분리되는 것 같은 반 고흐의 생생한 혼란을 보고 나서 바다가 보이는 창가에 있는 하얀 꽃이 담긴 마티스의 꽃병을 보니, 고요하고 부유하는 느낌이고, 그냥 그렇게 두면 모든 것이 둥실 떠다닐 것만 같다.

카페로 가는 계단을 내려가면서 사일러스가 말한다. "여기 오는 걸 좋아해요. 이곳은 언제나 나를 올바른 방향으로 흔들어놓고 또 가라앉혀주거든요."

그는 커피를 주문하고 나는 홍차를 주문한 뒤 우리는 개방된 아트리움에서 모던한 플라스틱 의자에 앉는다. 미술작품을 보고 나니 몸이 가벼워져 붕 떠오르는 것 같고, 뮤리얼이 내 소설을 읽는다는 걱정은 사라진다.

돌아오는 길에 우리는 더 조용해진다. 그는 대부분의 사람보다 침묵을 더 편안해한다. 말이 끊겼을 때 나는 어쩌다 오스카 콜튼과 두 번의 데이트를 하게 됐다는 걸 고백할지 말지 고민한다. 하지만 그건 너무 일찍 너무 많이 가정하는 것이다. 그가 신경이라도 쓸 것처럼. 이 남자는 우리의 첫 데이트 날 아침에 서쪽으로 수천 마일을 이동한 사람이다.

우리가 진입로로 들어설 때 차를 보고 짖는 개의 소리가 들린다. 애덤은 주말에는 늘 집을 비워서 개를 돌보는 건 내 책임이다. "애덤의 개 보고 싶어요? 데리고 산책하러 가도 되고."

"애덤의 개." 그가 웃는다. "룸메이트한테 차를 돌려주기로 약속한 시점을 한 시간쯤 넘겼어요. 하지만 그러고 싶어요. 다음 기회에."

"좋아요. 고마워요." 내가 뭔가를 더 기다리고 있다고 그가 생각하기 전에 얼른 차에서 내린다. 하지만 그가 떠난 뒤 조금만 더 천천히 움직일 걸 그랬다고 나는 생각한다.

구멍에 열쇠를 꽂는다. 엄마에게 전화하고 싶은 기분이다. 바람을 타고 움직이는 기분, 그만큼 행복하다. 피닉스가 지금 몇시일지 계산한다. 거의 정오. 완벽하다. 덜컹 잠긴 문이 열리고, 나는 엄마가 죽었다는 사실을 떠올린다.

그날 오후 아이리스의 영업준비 시간에 오스카의 전화가 걸려온다.

"어머니가 집에서 대기중이세요." 그가 말한다. "여자한테 반한 아들에게 보탬이 되겠다고 보조 단체 모임도 기꺼이 포기하시겠다네요." 그가 잠시 수화기를 손으로 덮는다. "보조 단체 모임이 아니라고 하시네요. 영화 모임이라고요. 어머니처럼 박사학위가 있는 아주 똑똑한 여자들로 구성된 모임이라고, 그렇게 알아주었으면 하세요. 내일 밤. 시간 낼 수 있어요?" 그가 목소리를 낮추어 지나치게 속삭이듯 말한다. "어머니는 당신이 내 상대로 너무 어리다고 생각하세요." 배경에서 뭐라고 외치는 소리가 들린다. "그런 말은 하지 않으셨다네요."

그에게는 어머니가 있고, 내게는 없다.

내 앞쪽 벽에 달력이 있다. 마커스가 방금 새 일정표를 만들었다. 내일 밤엔 근무가 없다. "확인해볼게요."

수화기를 손으로 막는다. 사무실에는 나 혼자라서 아무도 나를 보지 못한다. 나는 거기 한참 서 있다. 생각하는 게 잘 안 된다. 오스카를 다시 만나기 전에 사일러스와 한번 더 만나고 싶다. 폐 안에 이상하게 생긴 공이 들어 있어 공기가 들어올 자리가 많지 않은 느낌이다.

마커스가 불쑥 들어온다. "내 전화 쓰지 마요."

나는 수화기를 막았던 손을 뗀다. "네. 시간 돼요."

주방으로 돌아가면서 나는 내 소설에 있는 한 장면을 생각한다. 데이나가 12인 테이블을 준비하는 걸 도와달라고 하지만, 나는 그러지 않고 카운터로 가서 종이냅킨에 새 아이디어를 쓴 뒤 앞치마 주머니에 쑤셔넣는다. 내 책상 서랍에는 다음 원고에 쓰려고 냅킨이나 복사지에 써놓은 메모가 잔뜩 있다.

그날 밤 나는 불안을 떨쳐버리지 못한다. 평소에는 바닥에 흘려버린다. 바쁜 밤에는 마음이나 몸을 자각할 시간이 없다. 21번 테이블에 비네그레트소스를 더 갖다줘야 하고, 2인 테이블에는 음료를, 그리고 두 테이블에 동시에 앙트레를 갖다줘야 한다. 컴퓨터 앞이나 음식 창구에서 해리와 빅터와 메리 핸드와 마주치지만 농담할 시간도 거의 없다. 바쁜 시간에는 늘 나 자신을 잊는 게 가능하다. 하지만 그날 밤은 그렇지 않다. 떨어져서 본다. 처음으로 일의 스트레스가 몸의 스트레스에 대한 자각을 지우지 않는다. 오히려 자각을 더 키운다.

일이 끝나고 우리가 전체 매출을 합산할 때 해리가 내 머리를 톡톡 친다. "이 안에서 무슨 일이 일어나고 있는 거야?"

나는 설명할 수 없어 이렇게 말한다. "오스카에게 사일러스 이야기를 해야 할 것 같아. 그러니까, 그 사람한텐 애들이 있잖아."

"넌 그 사람과 산책하고 맥주를 마셨어. 나라면 그렇게 빨리 가두려는 남자는 조심할 거야. 그건 일종의 때 이른 항복과 정착 같아." 그는 자신의 농담에 웃고, 주방에 팁을 나눠주려고 일어선다. 해리는 최근에 무뚝뚝한 라인쿡에게 반했다. 나는 그가 희망을 품은 채 주방 문을 밀고 들어가는 것을 지켜본다. 그는 사랑에 대해 많이 아는 것 같지만, 하는 데는 그 역시 서툴다.

나는 브래틀 스트리트에 있는 아란차라는 이름의 작은 레스토랑에서 오스카를 만난다. 그가 나를 데리러 와서 내가 사는 곳을 보는 건 원하지 않는다. 집안에 들어와 살펴보려고 할 것이다.

그는 바깥의 보도에서 한 커플과 이야기를 나누고 있다. 내가 오는 것을 보더니 그들과 헤어진다.

그가 내 뺨에 키스한다. "세번째 데이트." 그가 내 입술에 키스한다. "당신에게 줄 게 있어요. 눈 감아봐요."

나는 뭔가 단단한 것이 내 머리를 덮는 것을 느낀다.

"꼭 맞네요."

손을 올려 만져본다. 자전거 헬멧. 벗는다. 은색에 세련된 모양새를 보니 아주 비싼 것 같다.

"고마워요. 예쁜데요."

그가 웃는다. "더 예쁜 걸 사주겠다고 약속할게요. 하지만 적어도 지금은 당신 머리가 깨지는 걱정을 하고 싶진 않으니까." 그가 내 팔에 자기 팔을 걸고, 우리는 벽돌 계단을 내려가 지하 레스토랑으로 들어간다. 작다. 테이블 여덟 개. 안쪽 벽에 벨벳 커튼이 있어 식사 공간과 주방을 분리한다. 냄새는 지중해풍이다. 열을 가한 발사믹 식초, 조개류, 무화과. 배가 고프다. 그가 각자 코스로 시키면 좋겠다. 우리는 문 쪽에서 누군가 우리를 맞아주기를 기다린다.

"누구하고 이야기하고 있었어요?"

"톰과 필리스 맥그래스 부부. 산책하러 나온 모양이에요." 그가 머뭇거린다. "여자가 내 책을 읽고 있더라고요. 사진으로 알아봤나 봐요."

"그 사진은 당신하고 전혀 안 닮았는데." 나는 표정을 딱딱하게 하고 담배 피우는 카우보이처럼 눈을 찡그린다.

"그거 나 맞는데." 그가 그 자세를 취하려고 한다.

"전혀 당신 같아 보이지 않아요." 3인 테이블에 앉은 여자가 그를 지켜보고 있다. 그는 잘생겼다. 저 눈, 청동색 머리칼에 숱이 많은 가마. 나는 목소리를 낮춘다. "그런 일이 많이 있어요? 사람들이 당신을 알아보는 일이?"

"많진 않아요." 그가 웃는다. "이 근처에서 가끔. 바로 여기 근처 말이에요. 이 블록. 어쩌면 다음 블록까지. 센트럴스퀘어에 가면 그런 일은 없죠."

종업원이 벨벳 커튼을 통과해 나타나서 우리를 테이블로 안내한다. 둥글고, 나무로 만들어졌으며, 테이블보도 없고, 꽃도 없다. 초 대신 구식 체인이 달린 작은 램프가 있다. 이곳에선 준비하고 정리하는 게 아주 빠를 것이다.

"그러니까, 사진은 봤지만 책은 읽지 않았단 거군요." 오스카가 말한다.

나는 멍하니 있다가 깜짝 놀란다. "도서관에 가서 읽을 계획이었어요."

"오, 도서관. 거기도 내 책의 판매량을 늘려주죠."

종업원이 오더니 잔을 테이블에서 멀찍이 들고 물을 따르면서 스페셜 요리를 소개한다. 그는 오스카보다 나이가 더 많다. 이런 일을 수십 년 해온 사람이란 걸 알겠다. 그는 야드롱 콩을 곁들인 양갈비 요리와 젠틀맨스 렐리시 페이스트에 대해 설명한다.

오스카가 고개를 든다. "이 메뉴는 누가 쓰나요, 휴 헤프너?*"

나는 움찔한다. 직업 종업원에게 이런 것을 문제삼아서는 안 된다. 하지만 남자는 웃음을 터뜨린다. 그의 웃음소리는 커서 작은 공간을 가득 채운다. 웃음을 진정시키는 데 시간이 좀 걸린다. "저녁 내내 그런 이야기를 한 사람은 아무도 없었어요. 정말 재미있는데요."

그는 우리가 메뉴를 고민하게 두고 떠난다. 나는 그가 안쪽으로 가서 다른 종업원에게 오스카의 말을 전하는 것을 본다. 우리 옆 테이블에 앉은 늙은 남자의 스웨터가 의자에 걸려 있다가 미끄러져 바닥으로 떨어지자 오스카가 주워주고, 두 사람은 남자의 테이블에 놓인 와인에 대해 짧게 대화를 나눈다. 오스트레일리아산인데, 알고 보니 오스카는 그곳에서 일 년 동안 살았었다.

종업원이 돌아오고, 오스카는 우리가 함께 먹을 홍합 요리와 농어를 주문한다. 나는 구운 새우와 탈리아텔레를 주문한다. 나는 종

---

* 플레이보이 엔터프라이즈 주식회사의 창업자. 종업원이 설명한 메뉴 이름들에 성적인 뉘앙스가 있다.

업원에게 주요리와 함께 새우 애피타이저를 불에 구워달라고 부탁한다. 그가 고개를 끄덕이며 떠나자 오스카는 말한다. "이야, 지금 모국어로 말하는 거네요."

나는 그에게 아들들의 안부를 묻는다.

그가 손을 내밀어 내 손을 잡고 손가락 하나로 내 손목 안쪽을 따라 쓴다. "정말 부드럽고 벨벳 같은 피부예요." 잠시 뒤 그가 말한다. "아들들은 잘 있어요. 내가 오늘밤 당신을 만난다는 걸 알고 있어요. 존은 여전히 당신이 미니 골프 실력을 자랑한 것에 대해 허황된 기대를 해요."

그는 술을 많이 마시는 편이 아니고, 나는 그게 마음에 든다. 우리는 각자 맥주를 한 잔 마시고, 이어 물로 바꾼다. 홍합이 나오고, 베르무트와 샬롯양파 냄새가 난다.

"수요일에 당신 친구 뮤리얼을 봤어요."

나는 수요일 밤 모임에 대한 화제를 계속 피하고 있었다. 사일러스가 거기 갔을 테고, 그 생각을 하면 기분이 묘했다. 그리고 '뮤리얼'이라는 이름을 듣자 속이 울렁거렸다.

"뭐예요? 두 사람 다퉜어요?"

"나흘 전에 내 소설을 그애한테 줬어요."

"내겐 안 줬잖아요."

"수목원에서 당신이 그렇게 난리를 친 다음에요? 아니, 그럴 순 없죠."

그는 그 일을 완전히 잊은 것처럼 웃는다. "내가 웃긴 놈이었죠. 미안해요. 뮤리얼이 뭐라고 하던가요?"

"아무 말도." 새로운 불안이 한차례 밀려오고, 전압이 점점 커진다.

그는 고개를 끄덕이고, 홍합 껍데기를 벌린다. "당신이 사귀었다는 그 작가들 말이에요." 그가 말한다. "그중 유명한 사람도 있나요?"

나는 고개를 젓는다. "당신뿐이에요. 적어도 두 블록 반경에서는."

앙트레가 나온다. 옆 테이블에 앉은 남자가 떠나려고 동행과 일어서다가 오스카의 농어를 유심히 본다. 농어 머리가 접시 가장자리에 걸쳐져 있다.

오스카는 남자 쪽을 향해 생선 눈을 살짝 건드린다. "움푹 꺼지고 변색되고 알루미늄포일로 감싸인 듯한 홍채가 오래되고 긁힌 운모 같은 수정체를 통해 보이네."*

"비숍." 남자가 말한다. "재앙을 다룬 대가죠." 그는 비숍과 동시대를 살았다고 할 만큼 늙어 보인다.

"맞습니다." 오스카가 말한다.

"당신의 어린 아가씨와 아름다운 저녁시간 보내시기 바랍니다." 그가 말한 뒤 친구들에게 가고, 동행인 여자들은 마디진 손가락으로 실크 스카프의 매무새를 가다듬는다.

오스카가 내게 몸을 기울인다. "저 사람이 '어린 아가씨'라고 했나요?"

"그런 것 같은데요."

"내 어린 아가씨?"

종업원이 와서 식사가 어떤지 묻는다.

---

* 엘리자베스 비숍의 시 「생선」.

198

"음, 내 물고기가 죽어 있네요." 오스카가 말한다. "그리고 이분은 내 어린 아가씨가 아니고요."

종업원이 웃는다. 그는 내가 그날 브런치 때 그랬던 것처럼 우리 자리에 더 있고 싶은 것 같다. 나는 그를 보내려고 파르메산 치즈를 더 갖다달라고 한다.

우리가 식사를 끝내자 그는 접시를 가져가고 초콜릿 토르테와 망고 셔벗을 가져온다. "주방장이 특별히 드리는 겁니다. 손님 작품의 팬이시거든요." 그가 오스카에게 말한다.

오스카는 기분좋아하지만 내가 예상하는 것만큼 놀라거나 우쭐한 것 같지는 않다. "아주 고맙군요." 그가 말한다.

디저트는 맛이 좋다. 모든 것이 맛있었지만, 어느 것도 토머스의 가리비 요리나 헬렌의 바나나 브레드 푸딩을 따라갈 만큼은 아니다.

계산서가 오고, 나는 가방에 손을 뻗는 시늉조차 하지 않는다. 심지어 내겐 가방도 없다. 오로지 의자 밑에 둔 헬멧뿐이다.

"당신이 자전거를 타고 가버리는 상황에 마음의 준비가 되어 있지 않아요. 같이 조금 걸을까요?"

우리는 커먼까지 걸어간다. 학생들은 벤치에 무릎을 세워올리고 앉아 맨발로 담배를 피우고 있다. 다른 몇 명은 어둠 속에서 축구공을 던진다. 내가 그들 중 하나가 아닌 게, 9월의 어느 밤에 학교에 있지 않다는 게 여전히 이상하다.

놀이터 입구 밖에서, 그는 존이 다른 아이와 머리를 부딪힌 정글짐의 한 지점과 작년에 재스퍼가 앉았다가 끼어서 혼자 빠져나오지 못한 아기용 바구니 그네를 가리킨다.

"내가 여기 쏟아부은 시간을 다 합하면 책 세 권은 더 쓸 수 있었을 거예요." 그가 말한다.

우리는 이미 잎을 떨구기 시작한 단풍나무 아래를 지나간다. 잎은 우리 발밑에서 바스락거리며 가을의 향기를 풀어놓는다. 나는 엄마에게 자랑하려고 정글짐에서 몇 시간씩 새 기술을 연습하느라 손에 못이 박이곤 했다. 엄마와 하비는 내가 정글짐에서 보여주는 기술에 관심이 많은 척했다.

촌시 스트리트에서 나는 그에게 내가 니아와 애비와 러셀과 함께 살았던 장소를 보여준다. 두 집 아래 그가 가리키는 집은 그와 아내가 신혼일 때 일 년 동안 빌려 살던 집이다. 나는 그게 언제인지 묻지 않고, 우리가 같은 시기에 거기 살았는지 알고 싶지도 않다. 우리는 하버드 기혼자 주택단지를 지나가고, 그는 자신의 아버지가 4학년일 때 부모님이 거기 살았다며, 어머니가 접시 닦는 행주에 불을 붙이는 바람에 집을 홀라당 태울 뻔한 일이 있었다는 이야기를 하고, 최근에 자신의 집에서도 똑같은 일이 있었다고 말해준다.

그는 블록 끝에 있는 집 앞에서 걸음을 멈춘다. 아래층에 불이 켜져 있고, 구석에 있는 TV에서 푸른 불빛이 번득인다. "여기가 우리집이에요."

사각형에 완벽한 대칭을 이루는 식민지시대 양식의 집으로, 일층에는 거리를 바라보는 창문이 네 개 있고, 이층에도 네 개가 있고, 삼층에는 지붕창 두 개가 있다. 바탕색은 회색인데 흰색 테두리가 둘려 있고, 검은 덧창이 있다. 짧은 진입로 뒤쪽에는 검은 받침판에 모래주머니로 막대 기둥을 받치고 농구 골대와 백보드를 장착해놓았다. 오스카의 삶이다.

그는 그것을 쳐다보고, 나는 그런 그를 본다. 그가 어떤 감정을 느끼는지 모르겠다. 그가 나를 돌아본다. "어머니가 뉴스를 보고 있어요. 테드 코펠*을 좀 좋아하시거든요."

위층 세 개의 창문은 어둡고, 하나는 어둑한 녹색이다. 아마 취침등일 것이다.

"아이들은 한방을 쓰나요?"

"내가 집에 없을 때는요. 재스퍼가 존의 침대로 기어들 거예요. 둘 다 새벽이면 내 침대로 오지만."

내게 이런 이야기를 하는 건 그에겐 중요하다. 나는 그의 손을 잡고, 그는 나를 끌어당겨 내 관자놀이에 키스한다. 그리고 우리는 다시 창문 안을 들여다본다. 그 집과 그 안의 모든 게 우리 두 사람의 것인 양.

---

* 1980년부터 2005년까지 〈나이트라인〉의 앵커였던 영국 태생의 미국 방송기자.

나는 처치 스트리트의 영화관에서 사일러스를 만난다. 우리는 앞쪽 자리를 고른다. 그는 영화를 보는 내내 줄무늬 모직 모자를 쓰고 있었고, 우리 몸은 조금도 닿지 않는다. 살면서 누군가와 몸이 닿지 않는 것을 지금보다 더 분명하게 인식한 적이 없다. 머천트 아이보리 제작사의 영화를 두 시간 반 동안 보면서 한 번도 닿지 않았다. 영화가 끝나고 우리는 노스 케임브리지에 있는 그의 아파트로 돌아간다. 리놀륨이 깔린 계단을 세 개 층만큼 올라간다. 그는 자물쇠를 흔들어 문을 열고, 실내에서는 그의 차 냄새에 더해 담배와 베이컨 냄새가 난다. 나는 그를 따라 복도를 걸으며 닫힌 문 두 개를 지나간다. 두번째 문 뒤에서 한 남자가 오르가슴을 느낀 척 가성을 써서 내는 소리가 길고 요란하다.

사일러스가 벽을 두드린다. "그만 좀, 더그." 그가 복도 끝에서 나를 기다린다. "미안해요."

우리는 부엌으로 들어간다. 그가 냉장고에서 맥주 두 병을 꺼내고, 서랍 손잡이 밑에 뚜껑을 걸어 병을 딴다. 뚜껑이 그의 손바닥에 떨어지고, 그는 그것을 쓰레기통에 버린다. 우리는 구석에 있는 끈적거리는 작은 테이블에 앉는다. 의자 두 개가 가까이 붙어 있고, 그는 그것을 떼어놓지 않는다. 테이블에 신문과 펜이 있다. 누군가가 십자말풀이를 하다 만 모양이다. 그는 펜을 집어들고 신문을 가까이 끌어당기고, 나는 우리가 십자말풀이를 끝내는 일은 하지 않기 바란다. 나는 그런 게 싫다. 단어 풀이건 스크래블이건 작가들이 좋아하리라고 생각되는 어떤 단어 게임도 싫다. 그는 신문을 뒤집어 퀜 스타*의 사진이 실린 면이 보이게 한 뒤 그에게 장어같아 보이는 긴 머리칼을 그리고 느닷없이 펜을 내려놓는다.

우리는 이야기를 나누고 병에서 라벨을 뜯어낸다. 그는 뮤리얼이 내 책에 대해 무슨 말을 했는지 묻고, 나는 아직 아무 이야기도 듣지 못했다고 말한다. 그는 이 이야기에 내 기분이 안 좋아졌다고 생각하는지, 자신의 룸메이트 더그가 레즈비언과 사랑에 빠졌는데 그 여자가 가끔 그와 밤을 보내지만 아무 일도 일어나지 않는다고, 짐과 존과 조앤이라는 그의 다른 룸메이트들이 주 침실을 쓰는데 침례교 목사인 짐의 아버지가 서배너에서 오면 조앤의 물건을 모조리 지하실로 옮겨야 한다고 말한다.

"부모님은 어떤 분들이세요?" 내가 묻는다.

그가 다시 펜을 집어든다. "불행한 분들." 그가 웃는다. "뭔가 다른 것을 말하고 싶었는데 달리 할말이 없네요. 두 분은 오래전에

---

* 미국 39대 법무부 송무 차관.

헤어졌어야 해요. 그러려고 하셨던 것 같고요."

"여동생이 죽기 전에요?"

"네. 그리고 이제 두 분은 묶여서 한 덩이가 돼버렸죠." 그는 머리가 두 개에, 기형으로 굽은 발이 여러 개 달린, 등이 굽은 꼽추 콰시모도 같은 형체를 그린다. 그가 내게 펜을 건넨다. "당신 아버지는요? 사이가 가까웠어요?"

내 아버지는 두번째 데이트 때 이야기할 만한 소재가 아니다. "한때는 그랬죠. 하지만 좋은 사람이 아니에요." 나는 아버지의 옆모습을 그린다. 흰머리가 삐죽삐죽 위로 솟은, 숱 많은 솔 같은 머리칼, 작은 콧방울에 길고 곧은 코, 중도에 그만뒀다고 내게 소리를 지르는 크게 벌린 입. 사일러스가 펜을 들더니 내 아버지의 입에서 뻗어나온 말풍선을 그리고, 그 안에 이렇게 쓴다. "나는 멍청한 놈은 되고 싶지 않다!" 나는 그에게서 펜을 받아 콰시모도의 머리 두 개에서 뻗어나온 말풍선 하나를 그리고 쓴다. "우리는 지금 우리가 누구인지 모른다."

그가 코웃음을 터뜨리며 말한다. "그게 맞겠네요."

아주 가까이 앉아서 마침내 서로의 팔이 닿고, 나는 그가 몸을 기울여 키스할지도 모른다고 생각하지만, 그는 그러지 않는다.

나오는 길에 그는 뭔가 갖고 나올 게 있다면서 침실 문을 연다. 침대는 정돈되어 있지 않은데, 이불은 보풀보풀한 플리스 소재고 밑에 깐 시트는 연푸른색이다. 얇은 테이블에는 종이가 잔뜩 흩어져 있고, 사무실용 회전의자가 있다. 사방이 책더미고, 구석에 수동 타자기가 있다. 나는 문 입구에 서 있다. 그의 냄새가 난다. 좋은 냄새다. 이렇게 한참 서 있을 수 있을 것 같지만, 그가 쌓여 있는 책 중 한 권을 집고 문을 닫는다.

그가 계단통에서 그 책을 건넨다. "워즈워스 서점에서 이걸 봤어요." 쿠바 포스터 미술에 대한 큰 문고본이다. 나는 그것을 넘겨본다. 아바나 전역에 붙은 1950년대 후반부터 1980년대까지의 포스터를 사진으로 찍은 것이다. 밝은 오렌지색 소용돌이 모양으로 된 정치 구호, 팝아트 꽃들의 정원, 영화 페스티벌을 홍보하는 앤디 워홀의 반복적인 수프 캔.

"정말 고마워요." 고개를 든다. 그는 계단을 반쯤 내려가 있다.

그는 나를 강 건너로 데려다준다. 차 라디오에서 루 리드의 음악이 흘러나온다. 우리는 말을 많이 하지 않는다. 그가 내 다리 옆 변속장치에 손을 올릴 때마다 나의 안쪽이 움찔한다.

그는 심은 대로 수확한다는 내용의 루 리드 노래를 따라 부른다.

진입로에서 그는 자신의 르카 기어를 중립으로 놓는다. "좋은 시간이었어요." 그가 말한다.

"정말요. 고마워요." 이번에 나는 그에게 몇 초를 주고, 내가 문을 열려고 몸을 돌리는 바로 그때 그가 내게 다가오는 소리를 듣는다. 하지만 너무 늦었다.

"전화할게요." 그가 말한다. 그리고 문이 닫힌다.

나는 손을 흔든다.

그가 차를 돌려 나갈 때 타이어에 깔린 자갈이 탁탁 소리를 내며 흩어진다.

자동응답기에서는 뮤리얼이 비명을 지르고 있다. 정말 좋아. 너무 너무 좋아.

나는 뮤리얼과 함께 그녀의 집 창가 테이블에 앉아 있다. 그녀는 차를 내려 코발트색 머그잔에 담아 왔다. 아침 날씨는 쌀쌀하고, 내 뒤쪽 주철 라디에이터에서 쉭쉭거리며 열기가 뿜어져나온다. 그녀는 스웨터를 입었고 머리칼을 뒤에서 하나로 묶었으며, 콘택트렌즈 대신 안경을 썼다. 이런 모습은 자주 보지 못한다. 이 긴 테이블이 그녀가 글을 쓰는 곳이다. 내게도 아주 조금의 공간과 빛이 더 있다면 글을 더 잘 쓸 수 있겠다는 생각이 들지 않을 수 없다. 내 방이 그렇게 폐소공포증을 유발하는 분위기가 아니었으면 좋겠다.

우리 사이에 내 원고가 놓여 있다. 첫 페이지 여백에 두 군데 체크 표시가 있다. 원고 옆에는 뮤리얼의 메모가 담긴 종이 네다섯 장이 있다.

"내가 얘기했는지 모르겠는데," 뮤리얼이 말한다. "난 좋은 글을 읽으면 발목이 따끔거려. 아홉 살 때, 실수로 도서관 아동도서

서가에 잘못 꽂혀 있던 엘리자베스 보엔의 『지난 9월』을 읽은 뒤로 쭉 그래."

나는 불안하다. 그녀가 마음에 든다고 하긴 했지만, 그렇게 메모를 남긴 건 칭찬이 아니란 걸 나는 안다.

"읽는 데 두 주나 걸려서 미안해. 별로면 어쩌지? 이런 생각이 들기 시작했거든. 잭의 책을 읽고 그랬던 것 같은 일이 또 일어날지도 모른다는 게 겁났어." 잭은 동료 작가로, 그녀가 그의 회고록에 대해 의견을 준 뒤로 그녀와 말을 하지 않는다. "이틀 밤 전부터 빠져 읽었어. 얼마나 마음이 놓이던지. 내 발목이 미치려고 하더라." 그녀가 원고를 더 가까이 끌어오고 안경을 콧등 위로 더 밀어올린다. "케이 보일은 좋은 이야기는 우화인 동시에 삶의 단편이라고 말했어. 작가 대부분이 이중 한 가지는 잘해도 나머지는 잘하지 못해. 하지만 너는 여기서 두 가지 다 아주 아름답게 해냈어." 그녀가 맨 위 페이지를 어루만진다. 그리고 원고를 획획 넘겨 자기가 가장 좋아하는 부분을 보여준다. 그녀가 표시한 부분은 어디에나 있다. 내 몸에 달콤한 안도감이 넘쳐난다. 내 심장은 천천히 뛰면서 그것을 즐긴다. 표시해놓은 부분은 전부 내가 좋아하는 부분이다. 쉽게 썼거나 아주 힘들게 쓴 부분. 그녀는 클라라가 아주 특별하지만, 남자의 역사에 의해 좌절을 경험한 여성의 전형이기도 하다고 말한다. 그리고 클라라의 가족 안에서 남성 헤게모니가 반복적으로 나타나는 부분에 대해서도 말한다. 내가 전혀 이데올로기적으로 생각하지 않은 모든 부분에 대해 그 공을 인정한다.

그녀는 내게 잘라내거나 늘릴 부분, 더 많은 주의가 필요한 등장인물을 말해주고, 나는 받아적기 시작한다. 그녀는 내가 등장인물의 감정에 대한 반응 대신 감정 자체를 묘사한 곳을 가리킨다. "그 여인이 슬프다고 말하지 마. 손가락 감각을 느낄 수 없다고 말해야지. 감정은 신체적인 거야." 그녀는 라플라타강의 전투 내용이 나오는 몇 페이지에 전부 엑스자 표시를 해놓았다. 그걸 조사하는 데 몇 주가 걸렸다.

"그리고," 그녀가 말한다. "그 강간 장면을 더 써야 해."

"싫어."

"써야 해."

"그럴 수 없어. 그러고 싶지 않아."

"그런 식으로, 그렇게 무대 밖에서 일어나서는 안 돼."

나는 고개를 젓는다. "해봤어. 안 됐어."

"다시 해봐. 거의 처음부터 끝까지 그녀를 아주 조심스럽게 쫓아갔는데 그냥 그렇게 돌아서버릴 순 없어. 아빠 때문이니?"

"그건 달라. 아빠는 누구도 강간하지 않았어."

"지켜보는 것에서 흥분을 느꼈지."

나는 고개를 주억거린다. 내 얼굴이 서서히 붉어진다.

"그런 감정을 이용해봐." 그녀가 말한다. "그걸 전부 이용해봐."

나는 정원 헛간으로 돌아가 그녀가 메모한 종이를 들고 앉는다. 공책에 몇 가지 아이디어를 적고, 새 페이지를 펼쳐놓고 한참 바라본다.

무엇을 파내려고 애쓰기 전에는 그걸 숨기려고 얼마나 많이 노력했는지 깨닫지 못한다.

가죽 카우치가 내 뺨에 서늘하게 닿는다. 용광로처럼 뜨겁구나,

내가 한밤중에 엄마에게 갔을 때 엄마가 수건을 차가운 물에 적셔 내 이마에 대주면서 그렇게 말했던 게 기억난다. 당시에 나는 엄마를 그리워했으나 예전에 그리워한 방식으로 엄마를 그리워하지는 않았다. 조금 울었을 것이다. 사람들이 로커룸을 들락거리고 금속 문을 세게 밀며 체육관으로 들어가는 소리 때문에 너무 시끄러워 잠을 잘 수 없었다. 그리고 가까이서 들리는 소음—속삭임, 실랑이. 나는 그 소리가 내 머릿속에서 들리는 거라고 생각했다.

나는 그 전부를 공책에 쓴다. 열이 난 것, 카우치, 농구복 바지를 입은 남자들. 아버지가 마지막으로 벽장에서 나오면서 벨트 버클을 채우던 역겨운 소리.

다음날 아침 나는 그녀의 메모를 처음부터 살피면서 원고의 모든 페이지를 다시 넘겨본다—뮤리얼의 의견과 체크된 곳을 살피는데, 가끔 한 페이지에 네 개가 있다. 뮤리얼은 알았다. 이해했다. 그 누구도 그럴 수 없었더라도, 뮤리얼은 이해했다.

나는 토스터 오븐으로 작은 바나나 케이크를 구워 일하러 가기 전에 그녀에게 갖다준다.

그 주에 나는 매일 아침 일어나자마자 애덤의 개를 데리고 공원으로 간다. 개의 이름은 오피다. 애덤이 마침내 말해주었다. 날씨가 시원해져서 정신은 더 예리해지고 목적의식도 생겼다. 공원에서 오피는 강단 있는 개 피피와 아주 작은 개 휴고와 함께 느릿느릿 돌아다니고, 나는 개들의 주인과 이야기를 나누지만 어느 것도 나를 궤도에서 이탈시키지 않는다. 나는 여섯시 삼십분에 책상 앞으로 돌아가고, 내가 뭘 해야 하는지 안다. 빈 종이를 마주할 때와는 전혀 다르다. 이제 온전한 것을 가지고 작업하는 것이다.

오스카는 중서부에서 낭독회가 있어 떠났고, 사일러스는 저녁 근무가 끝날 무렵 바클라바와 와인 한 병을 들고 나타난다. 우리는 강으로 걸어간다.

세번째 데이트라고 말하고 싶지만, 사일러스와는 그럴 수 없다. 우리의 데이트는 그렇게 자의식적인 것이 아니다. 우리는 이게 데이트라고 인정하지 않고, 이게 무슨 의미인지 말하지도 않는다. 모든 게 좀 무계획적이고 무게 없이 느껴져서, 그것에 관심을 돌린다면 바람을 너무 많이 빼는 일이 될 것이다.

그는 소매에 구멍이 난 두꺼운 아일랜드 니트 스웨터를 입고 있다. 그가 풀밭에 담요를 편다. 침대에서 가져온 플리스 담요다. 나는 그 위에 책상다리를 하고 앉고, 그는 팔꿈치로 몸을 받치고 드러누워 내가 뮤리얼의 평가와 최근 아침시간의 집중력과 또렷한 정신 상태에 대해 말할 때 미소를 짓는다.

"뮤리얼은 가차 없는데." 그가 말한다. "정말로 좋았던 모양인데요."

"여전히 엉망이에요. 이제 내가 헤쳐나갈 수 있게 도와줄 뮤리얼의 메모가 여백에 적혀 있으니 조금은 어떻게 해볼 수 있는 엉망이지만요. 나는 늘 엘리엇의 그 시를 생각해요. 환상과 현실에 대해 쓴 시."

"생각과 현실 사이에/ 동작과 행위 사이에/ 그림자가 떨어진다." 그가 말한다.

"당신의 쩌렁쩌렁한 선생님 목소리에 귀를 기울이고 있으려니 내가 그 '그림자'를 조금 줄이고 있다는 기분이 들어요."

"엘리엇이라면 그건 가능하지 않다고 할 거예요." 그가 바클라바를 다 먹고 청바지에 손을 닦는다.

"엘리엇보고 엿이나 먹으라죠. 내 기분은 그러니까." 나는 내 것을 다 먹고 내 손도 그의 청바지에 닦는다. 조금 더 아래, 무릎 근처에.

그가 웃는다. 그리고 몸을 돌려 나를 바라본다.

"고등학교에선 어떻게 가르쳐요? 내가 다시 거기로 돌아갈 수 있을 것 같진 않지만." 그에게 몸을 밀착하고 싶은 욕망이 내 머릿속에서 문득문득 맴돈다. 그의 곱슬머리는 건조한 가을 공기 속에 이제 더 풀려 있다. 한 가닥이 눈썹 위에 걸렸다.

그가 대답하기 시작하는데 강가에서 갑작스럽게 시끄러운 소리가 들린다. 기러기다.

우리는 기러기가 끼룩거리며 우는 소리를 듣는다.

"나는 저 기러기들이 좋아요."

"가서 볼까요?"

"좋아요." 내가 말하지만, 사실 나는 그의 옆에 눕고 싶다. 단지 용기가 없을 뿐.

우리는 어둠 속에서 소리가 나는 곳을 향해 걸어간다. 나는 이 길을 따라 자전거를 타고 집으로 가던 것과 그 기러기들에게 〈Loch Lomond〉를 불러주던 것을 이야기한다. 나는 바로 거기서 내 옆에, 그리고 내 안에 엄마를 느꼈던 것을 말하고, 그는 그 느낌을 안다고 말한다. 서쪽으로 차를 몰고 갔을 때 몇 번 그런 감정을 느꼈다고.

"거기가 동생이 죽은 곳인가요, 크레스티드뷰트?"

그는 놀란 것 같다.

"거기서 내게 엽서를 보냈잖아요."

그가 고개를 끄덕인다. "맞아요. 하지만 거기서 동생을 느끼진 않았어요. 저세상 사람이 된 지 오래니까."

"그럼 뭘 했어요?"

"텐트에서 형편없는 시를 썼고, 볼더에 사는 친구와 덜루스에 사는 이모를 찾아갔다가 다시 돌아왔어요."

우리는 가까이서 걸었고, 서로 몸이 부딪혔다. 다른 사람이라면 그의 손을 잡고 말했을 것이다. 내게 언젠가 키스하긴 할 거예요? 하지만 나는 그런 사람이 아니다. 누군가가 내게 키스하고 싶어할 때, 한밤중에 와인과 담요를 들고 만난 사이라 하더라도 나는 늘 놀란다. 사람들은 마음을 바꾼다. 생각과 현실 사이에 그림자가 떨어진다.

우리는 보행자 다리로 올라가 벽 너머로 몸을 내밀고 그들의 소동을 지켜본다. 기러기는 많지 않다. 일고여덟 마리. 하지만 그것들의 음조가 높아지더니 날개로 서로를 휙휙 치고 상대의 목에 덤벼든다.

"뭣 때문에 싸우는 걸까요?"

"아마 겨울을 대비하기 위해 언제 날아오를지 논쟁하는 거겠죠?" 그가 말한다.

"기러기가 떠나지 않으면 좋겠어요." 떠나면 굉장히 슬플 거라는 생각이 문득 든다.

"돌아올 거예요." 그가 팔로 나를 쿡 찌른 뒤 팔을 떼지 않는다.

우리는 한동안 기러기를 지켜본다. 나는 곁눈으로 사일러스를 보는데, 그의 몸이 돌벽 위로 긴 곡선을 그리는 것이 보인다. 스웨터를 통해 그의 열기가 느껴지고, 목에서는 그의 냄새가 난다.

그는 몸을 펴고 벽을 밀며 일어섰다가 다시 허리를 숙여 불쑥 용기가 난 듯 내게 키스한다. 우리 중 누구도 떨어지려 하지 않는다. 나는 그에게 밀착하고, 그는 두 손으로 내 등을 슬며시 감싸고 손가락으로 내 등뼈 마디마디를 만지며 위로 올라간다. 나는 그를,

그의 모든 부분을 느끼지만 그걸로는 조금도 충분하지 않다. 우리는 몇 걸음 걸어가 난간에 기대고 다시 더 강렬하게 더 길게 키스한다.

"아, 오래전부터 이러고 싶었어요." 그가 내 귀에 대고 말한다. 우리 몸은 서로 딱 맞는 각도에서 움직이고, 나는 말로 대답할 수기 없다.

돌아가는 길에 우리는 손을 잡지만 여전히 키스하고 있는 기분이다. 내 온몸이 내 손에 잡힌 그의 손에 반응한다.

그는 자전거를 차 뒤쪽에 싣고 나를 태워 강을 건넌다. 다음주에 9학년 학생들을 데리고 게티즈버그로 현장학습을 가야 한다며, 돌아오면 전화하겠다고 한다.

그는 내가 사는 거리에 차를 세우고, 우리는 좀더 스킨십을 한다. 말하지 않는다. 가벼운 입맞춤은 아니다. 키스는 길고 친밀하다. 우리가 이런 식으로 서로 말할 필요가 있는 모든 것을 말하고 있는 것처럼.

차에서 내리자 내 몸은 진입로를 거의 걸어갈 수 없을 만큼 뜨겁게 달아오른다.

대체로 내 삶에서 남자라는 존재는 내 일의 속도를 늦추지만, 두 남자는 소설을 고쳐쓰는 데 필요한 새로운 에너지를 준다. 감정이 고양된다. 독자에게 더 큰 즐거움을 주는 것이다. 여백에 뮤리얼이 써놓았다. '여길 좀더 끌어봐' 혹은 '이걸 느낄 수 있게 해줘' 하고. 나는 머물면서 그 순간을 느끼려 하고, 그 부분에 대한 내 이해는 확장된다. 뜻밖의 작은 것들이 책 전체에서 현을 퉁기는 소리를 내기 시작한다. 마침내 모든 악기 소리를 동시에 듣게 된 지휘자가 된 기분이다. 내가 이 책의 부분 부분을 쓴 모든 도시와 소도시의 모든 방을, 모든 의심과 실패의 나날을, 또한 여전히 내 안에 있는 완고한 응어리를 돌이켜본다.

　강간 장면은 마지막으로 미룬다. 그 일은 해변에서 일어나는 것으로 설정했었지만, 클라라가 일하는 은행의 창고로 바꾼다. 그뒤부터는 앉은자리에서 술술 써진다. 나는 그것을 보고 듣고 맛본다. 그것은 내 마음 안쪽에 박혀 있는 노래처럼 고동친다. 다 끝낸 뒤 며칠 동안은 밤에 자전거를 타고 집으로 돌아가는 길에 내가 쓴 내용이 유령처럼 쫓아와서 깜짝깜짝 놀란다.

나는 우체국에서 줄을 서고, 내 발치에 상자 여섯 개씩 두 묶음을 내려놓았다. 각각의 상자 안에는 에이전트에게 보내는 원고의 복사본과 편지가 있다. 뮤리얼이 에이전트 몇 곳의 이름을 말해주었고, 나머지는 도서관에서 동시대 작가의 참고 도서 서가에서 찾아냈다. 나는 몰래 내 손가락에 키스하고 각각의 상자를 만진다. 줄이 이동하고, 발로 상자를 앞으로 민다. 숨을 들이쉬는데, 숨이 아주 깊어 내가 한동안 숨을 쉬지 않았다는 걸 깨닫는다.

내 뒤의 남자가 맨 위에 있는 상자들에 쓰인 주소를 읽고 있다. 그는 낙타털 오버코트를 입었고, 샐린저 소설에 나오는 인물 같다. 뉴헤이븐에 있는 기차역에서 프래니를 만나는 소년. 그가 '문학 에이전시'와 '뉴욕주 뉴욕시'를 본다.

"위대한 미국 소……"

"넵. 바로 그거예요." 내가 말한다.

카운터 뒤에서는 건장한 여자가 그녀가 하는 모든 일에 방해가 되는 가슴을 카운터에 얹어놓은 채 그 주변에서 일하고 있다. 그녀는 상자를 한 번에 하나씩 저울에 올린다. 발송되기 전에 마지막으로 만지는 사람이 그녀가 될 터라, 나는 그녀가 다 잘되길 바란다고 빌어주면 좋겠다.

"이 원고를 육 년 동안 썼어요." 내가 조용히 말한다.

"그렇군요." 그녀가 숫자를 입력하면서 말한다.

그녀의 무관심이 끔찍한 조짐처럼 느껴진다. 어떻게 그녀를 내 편으로 만들지 모르겠다. "쿠바가 배경이에요."

"그렇군요."

그녀는 상자들을 대충 세 뭉텅이로 만들어 그녀의 뒤쪽에 있는 세탁 바구니 같은 큰 통 안에 툭 내려놓는다.

나는 현금으로, 대부분 1달러로 지불한다. 96.44달러다. "정말 감사합니다."

그녀는 기계가 뱉어낸 긴 영수증을 내게 내민다. "아가씨의 다음 육 년이 좀더 흥미로운 것이 되길 바라봅시다."

나는 식사 공간을 가로질러 6번 테이블에 있는 커플에게 물을 가져간다. 앞으로 기울어진 자세로 있던 낯선 사람들, 갈라진 두피가 드러난 머리칼이 벗어진 남자와 금색 재킷을 입은 여인, 그들이 내 아버지와 계모로 변하는 방식은 꿈과 같다.

"어디 보자." 아버지가 말한다. 그가 냅킨을 다시 테이블에 내려놓고 일어선다. 이제는 바스라질 것 같은 늙은 코치인 그는 내가 공을 너무 멀리 보내 홀에 들어가지 않았을 때처럼 얼굴을 찡그린다. 우리는 느슨히 끌어안는다.

"아버지한테 물을 쏟진 마." 내가 손에 물주전자를 들고 있는 것을 보고 앤이 말한다.

"안 그래요."

그는 더 작아 보인다. 끌어안았을 때 근육이 많이 느껴지지도 않는다.

나는 허리를 굽혀 그녀에게 키스한다. 그녀에겐 늘 같은 냄새가 난다. 금속냄새. "여긴 어떻게 오셨어요?"

그들은 여름에 결코 케이프를 떠나지 않는다.

"지난밤 케일럽하고 이야길 나눴는데, 너에 대해 알려주더라. 그래서 여기 와서 직접 안부를 묻는 게 좋겠다고 생각했어." 앤이 말한다.

"저는 세시까지 일하지만, 조금 일찍 나갈 수 있을 거예요."

그들이 서로 쳐다본다. "우린 차가 막히기 전에 출발해야 해." 아버지가 말한다. "그냥 점심 먹으러 온 거야."

"잠깐 보고 싶었어. 한동안 못 봤잖니." 그녀가 말을 멈춘다. "많은 일이 있었기도 하고." 아버지 앞에서 엄마 이야기를 하는 건 위험하다.

앤은 나와 케일럽에게 위로의 편지를 보낼 때 아버지와 자신의 서명을 모두 남겼다. 아버지는 아마 그 사실을 모를 것이다.

마지막으로 그들을 본 뒤 긴 시간이 지났다. 아마 삼 년. 그들은 더 늙은 것 같다. 뭔가가 부드럽게 그들을 바닥으로 끌어당기는 것처럼. 아버지가 뒤통수 쪽 머리숱이 많이 없어진 것을 알고 있는지 궁금하다.

파비아나가 그들 뒤쪽 4인 테이블을 내게 맡겨서 나는 그 넷의 음료 주문까지 받고 그 자리를 떠난다.

"너무 수상해." 내가 준비 공간에서 해리에게 말한다.

그는 그들을 뚫어지게 보고 있다. "저 여잔 반짝거리는 작은 물체 같아, 안 그래?"

"여기 왜 온 거지?" 나는 케일럽에게 전화하고 싶지만, 장거리

전화를 해야 하는데다 맡은 테이블이 너무 많다. "케일럽이 저들에게 뭐라고 한 거지?"

"아마 진실을 말했겠지. 네가 엄마를 보고 싶어한다고. 네가 돈이 좀 필요하다고."

나는 웃는다. "케일럽이 그중 한 가지라도 말했다면 절대 안 왔을 사람들이야."

아버지에게 줄 커피를 따라 가져간다. 앤은 음료를 마시지 않는다. 물 한 모금도 마시지 않는다. 그녀는 하우스 샐러드를 주문하고 얇게 깎은 당근을 야금거릴 것이다. 아버지는 더블 등심 치즈버거를 주문하고 번에서 고기를 빼낸 뒤 패티와 여기서 직접 썰어 튀긴 감자를 케첩에 찍어 먹을 것이다. 나는 알고 있지만, 어쨌거나 그들이 주문하게 한다.

"안 받아적니?" 그가 말한다.

"다 외웠어요."

내가 다른 테이블을 살피러 가는 걸 그들이 지켜보는 게 느껴진다. 한 테이블에는 전에 내가 서빙을 한 적 있는 하버드 역사 교수가 앉았다. 그는 아내와 두 손녀를 데려왔고, 내가 엄청나게 큰 아이스크림선디를 내려놓을 때 자기 자리에서 몸을 움츠려 자기 스푼으로는 거기 닿지 않는 척한다. 나는 여자애들과 함께 웃는다. 아버지가 쏘아보는 눈빛이 느껴진다. 그는 다른 남자들에 대해 질투가 많았다. 프로 골퍼들, 타라의 아버지, 고등학생 때 내가 좋아한 영어 교사.

나는 몇 년 전 마드리드공항에서 그와 마주쳤다. 그 교사, 터크. 내가 9학년일 때 그는 내게 포크너를, 캐디와 벤지와 퀜틴을 소개

220

했다. 10학년 때 나는 그를 위해 첫 단편을 썼다. 우리는 공항 라운지바에서 한 시간 반을 함께 있었다. 그는 포르투갈에서 공부하는 아들을 만나러 그리로 가는 비행기를 탈 예정이었다. 나는 바르셀로나로 이동하고 있었다. 그에게 선생님 때문에 문예창작 전공으로 대학원에 들어갔고 지금 소설을 쓰고 있다고 말했다. 그는 소설을 읽는 건 그만두었다고 했다. 그게 더이상 조금도 좋지 않다고, 그가 말했다. 그는 내 아버지에 대해 물었다. 그가 어디까지 아는지 알 수 없었다. 아버지는 잘 지낸다고, 은퇴해서 플로리다에 살고 있고 여름에는 케이프에서 지낸다고 말했다. 그는 맥주를 세 잔째 비운 뒤 아버지를 고발한 사람이 자기가 아닌 걸 알아주면 좋겠다고 말했다. 그도 그 이야기를 들었다고. 염탐, 그는 그걸 그렇게 표현했다. 하지만 자기는 고발자가 아니었다고.

"우리하고 이야기할 시간이 좀 있니?" 내가 음식을 가져가자 앤이 묻는다.

"잠시는요." 나는 마커스가 있는지 돌아본다. 근신중이라는 말은 그들에게 하지 않을 것이다. "다른 테이블 네 개가 더 있어요. 잠시는 괜찮을 것 같아요."

나는 그들이 뭔가 말하고 싶은 게 있다면 말하기를 기다린다. 그들이 말하지 않아서, 나는 여름을 어떻게 보내고 있냐고 묻는다.

"잘 지낸다." 아버지가 레어로 익힌 버거의 한가운데를 쳐다보며 말한다. "아주 잘 지내고 있어."

"좀더 컬러풀한 유니폼을 입히면 좋을 텐데." 앤이 말한다.

"레스토랑 종업원으로 일하는 게 좋니?" 아버지가 말한다. "그 많은 학위를 이런 일에 쓴다는 거야?"

"분홍색은 좋네." 앤이 말하고, 맨 위 테이블보를 반듯하게 편다. "색조가 예뻐."

"네가 지금 패티 시행이나 안니카 소렌스탐보다 더 많이 번다고 생각해? 여자 프로 골퍼의 평균수입이 십만 달러가 넘는 건 아니?"

"로비."

"롤렉스 주니어 올 아메리칸에서 다섯 번, 미국 주니어 골프 협회 올해의 선수, 전미권 대회에서 열한 번 우승……"

"저는 결코 그럴 수 없었을 거예요……"

"아니야, 넌 할 수 있었어." 그가 말하고, 자리에서 일어서려다가 자기가 어디 있는지 깨닫는다. "포기했으니 아무것도 알 수 없지." 좁은 얼굴에 황록색 눈. 지난 모든 세월이 깎여나가, 그는 지금 그저 예전과 똑같은 모습이다.

"로비." 앤이 더 날카롭게 말한다.

"넌 지금 1타짜리 홀도 칠 수 없겠지."

"아마 그렇겠죠."

"넌 그게 재미있니? 네 재능을 낭비한 게 재미있어? 결국 이런 데서 일하는 게?"

벽에 금색 잎 모양의 돌출 촛대가 있고 프렌치 도어에 마호가니 사이드보드가 있는 아이리스는 정말로 그의 편은 아니었다.

"롭." 앤이 다시 말하고, 이제 뭔가 더 노골적인 표시를 한다. 하지만 아버지는 무거운 숨을 쉬고 버거를 입속으로 쑤셔넣는다.

그녀는 한숨을 쉬고 내 손을 잡는다. "예쁜 반지로구나."

나는 아래를 내려다본다. 엄마의 손. 엄마의 반지. 그녀는 내 손가락 위 사파이어를 어루만진다. 그들은 이것 때문에 온 것이다.

교수가 계산서를 갖다달라는 신호를 보낸다. 앤의 손에서 내 손을 뺀다.

"이 반지를 원하나봐." 교수의 카드를 긁으면서 해리에게 말한다.

"네 어머니 반지를? 뻔뻔하네." 그가 오리고기 콩피를 들고 있어서, 나는 포크를 집어 몇 입 먹는다. 부드러운 고기가 입안에서 녹는다.

나는 해리에게 아버지에 대해 말한다. 벽장, 그리고 내가 말했을 때 운동부 감독이 믿고 싶어하지 않았던 훔쳐보는 구멍에 대한 이야기를.

"오, 케이시." 그가 구석을 휙 돌아본다. "저기 저 구부정한 남자가?"

"앤은 아무것도 몰라. 쉬쉬하다 끝났어. 그들은 심지어 케이크까지 준비해서 그에게 작은 은퇴 파티를 열어줬어."

나는 아버지에게 계산서를 가져간다. 커피 리필은 없고, 디저트나 조각 초콜릿도 없다.

"앤에게 한번 껴보라고 하지." 아버지가 말한다.

나는 고개를 가로젓는다.

"새엄마께 엄마 반지 껴보게 해드려."

"엄마 돌아가신 뒤로 뺀 적 없어요." 그렇게 말할 때까지 내가 정말 그랬다는 걸 몰랐다. 나는 두 사람 누구도 와락 덤비지 못할 만큼 멀찍이 서 있다.

"그건 어떻게 갖게 됐어?"

"저한테 남기신 거예요."

"아마 그게 세상에서 네게 줄 수 있는 전부였겠지. 네 엄마가 어떻게 살았는지를 생각해보면. 케이시," 아버지가 더 부드러운 목소리를 내려고 애쓴다. "네 엄마는 우리를 버리고 떠났어."

"알아요, 아빠."

"앤이 와서 우리를 구해줬다. 앤이 우리를 받아줬어. 그리고 내가 직장을 잃었을 때⋯⋯" 아버지의 목소리가 갈라진다. "나는 앤에게 줄 게 많지 않았어."

앤이 무릎 위에 놓인 핸드백을 들어올린다. 그리고 자신의 두 손을 본다. 거의 모든 손가락에 전남편에게서 받은 큰 보석이 있다. 그녀가 수표책을 꺼낸다. "얼마니?" 앤의 첫 남편은 듀폰 집안이었다.

"됐어요."

"얼른," 아버지가 말한다. "얼만지만 말해."

나는 쟁반에 있는 계산서를 톡톡 친다. "29달러 75센트. 안녕히 가세요."

그들은 테이블에 현금을 놓는 대신 나가면서 파비아나에게 돈을 준다. 무슨 이야기를 했는지 모르지만 짧은 대화를 나눈 뒤 그들은 사라진다.

파비아나가 쟁반에 놓인 팁을 내게 가져온다. 10퍼센트도 되지 않는다.

그녀가 내 포크로 오리고기를 찌른다. "그런데 저 사람들 어떻게 아는 사이야?"

그 원고가 일단 내 손을 떠나면 벌들은 날아가고 내 마음은 편안해질 줄 알았다. 하지만 더 불편하다. 나는 밤새 어둠 속에서 푸톤에 누워 있고, 벌들은 피부 아래 꿈틀거린다. 내 원고를 읽는 에이전트들을 생각하며 나 자신을 달래려 하지만, 소설에 대한 내 감정이 들썩거리기 시작한다. 이내 소설에 대한 어떤 생각이 나의 수치심에 화상을 입힌다. 육 년의 고생 끝에 이것이 내가 보여주는 결과인가? 나는 머릿속에 그 전부를 다시 담아보려 하지만 그럴 수가 없다. 처음 몇 페이지를 생각하자 가슴에 공포감이 일어나 불처럼 팔다리로 번진다. 날이 밝을 때까지 시계를 보면서 숫자가 이동하는 것을 지켜본다.

낮에는 소설을 붙들고 있던 때가 그립다. 이제 나는 엄마가 꼬마이던 시절의 세상에 접근할 수 없다. 그 세상에서 엄마는 창가에서 책을 읽고 있거나 거리에서 등뒤로 땋은 머리를 높이 팔랑거리며 빠르게 빙빙 돌고 있다. 그 페이지 밖의 엄마는 죽은 존재다. 엄마를 더 죽은 것으로 느끼게 만드는 일의 행렬에는 끝이 없는 것 같다.

부인과의사가 유방조영상을 찍어보자고 한다. 가슴에 섬유질이 많아서 손으로 진찰하는 게 어렵단다. 시리얼이 된 기분이다.

촬영기사는 거칠다. 내 오른쪽 가슴을 떠밀고 당겨 유리판에 댄 뒤 버튼을 눌러 다른 유리판을 압착시키고, 견딜 수 있을 만큼 꾹 눌렀을 때 좀더 압착시킨다. 가끔 다시 들어올렸다가 내 살이 더 꽉 눌리게 한다. 그녀는 도예가나 주방장이 돼야 했을 것이다. 그녀의 손은 강하고 확실하다. 감자 속을 채우는 라인쿡이 연상된다.

그녀는 마지막 위치를 잡으며 내게 어깨를 뒤로 당기라고 하고, 그녀가 원하는 만큼에 미치지 못하자 직접 뒤로 당긴다. "좋아요" 라고 말하지만, 손가락을 내 겨드랑이 밑에 넣고 있다. 그녀가 손가락을 조금 꼼지락거린다. "허" 하고 말한다.

"네?"

조금 더 꼼지락거린다. "여기 검사받아봤어요?"

"네?"

그녀가 손가락을 빼내고, 내가 내 손가락으로 직접 만져본다. "아무것도 느껴지지 않아요." 그녀가 다른 사람들에게 그들이 아프다고 설득하는 유의 사람인지 궁금하다—뮌하우젠 신드롬 바이 프록시*. 그녀가 의료계 직업에 매료된 이유를 알 것 같다.

"여기." 그녀가 내 손가락을 움푹 들어간 곳에 놓고 거기 딱딱

---

* 남을 아프게 만듦으로써 자신의 보호본능을 만족시키는 것을 일컫는다.

한—대신해서 쓸 단어가 없다—혹 주위로 움직인다. 내 손가락은 거기서 튀어나가는데, 근육 수준에서의 거부다. 나는 반대쪽 겨드랑이를 만져본다. 만져보고 또 만져본다. 내가 원하는 건 그저 대칭이다. 혹이 두 개면 훨씬 나을 것 같다. 아무것도 만져지지 않는다. 그녀도 반대쪽을 만져본다.

"담당의에게 말하세요."

"지금 거기 영상 몇 개를 더 촬영해도 될까요? 시간을 절약하기 위해."

그녀는 그게 터무니없는 생각이라는 듯 웃는다. "아니에요."

나는 혹에 대해 1차 진료 병원에 전화하고, 그들은 내가 그날 오후 언제 올 수 있는지 묻는다.

나는 다른 의사에게 보내진다. 여자다. 펠트 소재의 회색 클로그를 신었고 머리 양쪽에 똑딱이 핀을 꽂았다. 그녀와 같이 있으니 우리가 6학년이고 그녀가 의사를, 내가 겨드랑이에 혹이 있는 환자를 맡아 병원놀이를 하는 기분이다. 의사가 당장 설명해줄 수 있는 것은 없다. 최근에 디오도런트나 비누, 향수를 바꾼 적이 있는지 묻는다. 그런 적 없다. 그녀는 혹시 모르니 모든 제품의 사용을 중단하라고 권한다. 그리고 일주일 뒤에 다시 오라고.

"그때쯤이면 몸에서 냄새가 아주 심하게 나겠네요." 내가 말한다. 의사는 머리는 감아도 좋지만 기존에 쓰던 샴푸만 쓰고, 샤워기에서 몸을 뒤로 빼 비누 거품이 겨드랑이에 닿지 않게 조심하라고 말한다. 그리고 컨디셔너는 쓰지 말라고. "냄새나고 머리카락이 곱슬곱슬해지겠네요."

일주일 뒤 혹의 크기는 변함이 없고 내가 자꾸 손으로 만져서 그런지 아프다. 의사는 내가 이 비위생적인 프로그램을 계속해야 한다고 말한다. 그리고 뒤늦게 생각이 난듯 종양 전문의를 찾아가보라고 덧붙인다. 그녀는 그걸 차트에 기록하고, 나는 계산하고 나갈 때 마흔네 시긴 안에 도나가 종양 전문의와 일정을 잡기 위해 전화를 걸어올 거라는 말을 듣는다. 그리고 연락이 온다. 종양 전문의와의 약속은 칠 주 뒤다. 나는 그의 병원에 전화를 걸어 날짜를 앞당겨달라고 부탁하지만, 접수원은 떽떽거리면서 젊은 아가씨가 날짜를 잡은 것만도 행운이라고 말한다. 누군가가 취소를 했기 때문이라면서. 지금은 늦봄 예약을 받고 있다는 것이다.

"암은 기다릴 수 있으니까요." 내가 말한다. "암은 자라지 않고 퍼지지도 않고 사람을 죽이지도 않으니까요."

그녀가 전화를 끊는다. 나는 그녀가 일정에서 나를 지우지 않기를 바란다.

나는 뭔가 새로운 것을 쓰려고 한다. 형편없어서 몇 문장 쓰다 만다. 당시에는 느끼지 못했지만, 저번 소설에서는 일정한 리듬이 있었다. 거기 등장하는 인물들을 알았고, 그들을 어떻게 그려넬지 알았다. 그들의 목소리를 들었고, 그들의 제스처를 보았다. 그 밖의 다른 것은 거짓되고 경직되게 느껴진다. 그들 때문에 마음이 아프다. 한때 나는 그들 또한 경직되고 거짓되다고 느꼈지만, 이제 그들은 내가 그려낼 수 있는 유일한 사람 같다.

"저기," 오스카가 말한다. "일요일 밤에 우리집에 와서 같이 저녁을 먹으면 좋겠어요."

"와우."

"알아요."

나는 주방에서 전화를 받고 있다. 토머스가 너바나의 음악을 틀어놔서, 반대쪽 귀는 막아야 한다.

"안 끊었죠?"

"충격을 받아서요."

"다음날 애들이 학교에 가니까 여섯시 정각에 먹을 거예요. 치킨 스틱이랑 오이 슬라이스 어때요?"

"정말 좋아하죠." 심장이 쿵쾅거린다. 치킨 스틱이랑 오이 슬라이스라니. 내가 줄곧 이 초대를 기다리고 있었다는 걸 미처 몰랐다.

나는 식사 공간으로 돌아가 토니와 데이나와 해리와 함께 포크와 나이프를 냅킨으로 싼다. 우리는 둥근 테이블 앞에 앉았고, 크레이그는 상그리아를 한 피처 만들었다. 주방에서 일하는 앵거스는 이미 평상복으로 갈아입은 채 우리에게 합세했다. 파비아나와 새로 온 종업원 제임스도 함께다. 그는 스코틀랜드 사람인데, 무덤처럼 어둡고 조용하다. 해리가 홀딱 반했다.

"네 애인들 중 하나?" 토니가 말한다. 나는 지난주 어느 밤 바쁘지 않은 시간에 그에게 내 딜레마를 말해주는 실수를 저질렀다.

"어느 쪽이야?" 해리가 말한다.

"오스카. 자기 애들하고 같이 식사하자고."

"애들? 안 돼." 크레이그가 말한다. "그놈은 차버려."

"두 연인 사이에서 갈팡질팡하네." 데이나가 노래한다.

"어떤 사람들인데?" 앵거스가 말한다. "지금 우리가 결정을 도와줄게."

"내가 결정을 내린다고 누가 그래?" 하지만 나는 선택해야 한다. 하나를 제거해야 하는 단계에 이르렀다. "그러니까 한 명은 내 또랜데 종잡을 수 없고 죽음에 대한 이야기를 많이 나누게 돼. 첫 데이트를 하기로 한 날 홀쩍 떠났다가 삼 주 뒤에 돌아왔는데, 키스한 뒤로 육체적으로 마구 끌려. 그가 전화를 걸어오면 늘 깜짝 놀라는데, 그가 급히 떠날 것 같아 그런가봐." 아무도 말이 없어서 내가 계속 말한다. "그리고 다른 한 명은 양치기 개 같아. 데이트가 없으면 내가 일하는 날 여기로 전화해서 재미있는 메시지를 남기고, 나에 대한 감정을 숨기지 않아. 나이가 많고 아이가 둘 있고, 꽤 사랑스러운 사람 같고."

그들도 나처럼 어쩌지 못하는 마음인 것 같다.

"두번째가 오스카 콜튼, 그 작가 맞지?" 크레이그가 말한다. "그날 그 사람이 너한테 작업 걸던 거 봤어."

"같이 자고 싶은 사람을 골라." 제임스가 말하는데, 그가 내게 무슨 말이든 한 건 이번이 처음이다.

"아직 아무하고도 안 잤어." 해리가 말하고, 그건 그가 할 말은 아니지만, 누구와 자는 문제에 대해 제임스에게 말하고 싶은 걸 참을 수 없다는 것을 알겠다.

"음, 네 문제가 그거구나." 제임스가 말한다.

"사랑과 섹스 사이에는 큰 차이가 있어." 크레이그가 말한다.

"그들이 무슨 말을 하는지에 주의를 기울여야 해, 어떤 행동을 하는지가 아니라." 야스민이 말한다.

앵거스가 웃는다. "우리가 무슨 말을 하는지에는 주의를 기울이지 마."

"자기에게 필요한 걸 늘 원하지는 않지." 데이나가 말한다.

"이건 언제나 불꽃놀이를 하는 것과 침대에서 커피를 마시는 것 사이의 선택이야." 파비아나가 말한다. "언제나 그래."

"너희 얘긴 다 쓸모없어." 해리가 말한다. "나는 제임스하고 생각이 같아." 그가 냅킨을 접다가 고개를 들지만, 제임스는 앵거스가 상그리아를 비우는 것을 지켜보고 있다.

크레이그가 피처 한 통을 더 만든다. "너한테 정말로 섹시하고 멋진 여자 룸메이트가 있다고 생각해봐." 그가 내게 말한다. "어느쪽 남자가 그 룸메이트하고 자려고 하지 않을까?"

"네게 열이 사십 도인 아이가 있다고 생각해봐." 파비아나가 말한다. "어느 쪽이 도망가지 않을까?"

"아니면 네게 아이가 있는데, 귀신이 들려서 벽 사방에다 피를 뿜어댄다고 상상해봐." 앵거스가 말한다.

"아니면 에베레스트산을 올라가는데 캉슝 페이스에서 네 아이가 눈사태에 파묻혔어." 제임스가 말한다. "어느 쪽이 자기 옷을 찢고 너랑 새 아기를 만들려고 할까?"

"잘 들어, 케이시 케이슨." 데이나가 말하고, 손으로 만 마지막 냅킨을 냅킨 무더기에 던진다. "경주 트랙에서 시간을 충분히 보내면 네 말을 알아볼 거야, 알겠지? 자기 말은 늘 알아보는 법이니까."

일요일 밤거리는 조용하다. 나는 평소처럼 기다리지 않고 쉽게 커먼웰스 애비뉴를 건너고, BU 브리지는 오롯이 내 것이다. 황혼 무렵, 강은 분홍색이고 고요를 깨뜨리는 배는 없다. 나는 자전거를 타고 루크와 내가 작별한 수노코 주유소를 지나간다. 메리골드는 이제 졌다. 내가 언제부터 그걸 보지 않게 되었는지 모르겠다. 페달을 밟으며 지나가는데 예기치 못한 성취감이 느껴진다. 기러기 옆을 지나가는데, 몇 마리만이 수영선수가 차가운 물에 들어가려고 준비하는 것처럼 물가에서 발을 콩콩거리고 있다. 그리고 사일러스가 내게 키스한 보행자 다리가 나온다. 내 몸안이 비행기가 바퀴를 올리고 날아가듯 날뛰는데, 그는 아마 지금쯤 게티즈버그에서 돌아왔을 테지만 아직 아무 연락이 없고, 나는 오스카와 그의 아들들과 함께 치킨 스틱과 오이 슬라이스를 먹을 것이다.

오스카의 집에 이르니 불이 다 켜져 있다. 자전거를 앞쪽 계단

근처 빳빳한 관목에 기대놓고, 초인종이나 문을 두드리는 고리를 찾는 동안 문이 빠끔 열린다. 개의 코가 나타난다.

"안녕, 밥."

밥이 한 번 짖는다. 그 소리에 놀랐는지, 개는 짖으면서 다시 집 안으로 들어간다.

문이 조금 더 활짝 열리고, 문손잡이 위로 재스퍼의 얼굴이 나타난다.

"들어오시게 해." 존이 재스퍼를 쿡 찔러 비키게 한다.

나는 안으로 들어간다. 내가 기대한 것과 다르다. 나는 뭔가가 없다는 걸 깨닫고서야 내가 뭐라도 기대한 게 있었다는 것을 깨닫는다. 입구 쪽 통로도 없고, 현관도 없고, 문이나 출입구도 없다. 겉에서 보면 식민지시대에 지어진 물막이 판자를 덧댄 평범한 집이지만, 안으로 들어가니 모든 방을 다 터놓았다. 아래층 전체가 하나의 큰 공간으로, 벽은 밝은 흰색으로 칠했고, 계단은 왼쪽으로 대각선을 긋는 철사에 걸려 있는 듯 보이고 이층의 개방된 공간이 드러나보인다. 부엌이 중앙에 있는데, 거기 아일랜드 식탁이 있고 밝은 빨간색 스툴이 식탁 바깥쪽 모서리를 따라 쭉 놓여 있다. 오스카는 내게 등을 돌린 채 허리를 숙이고 오븐 속 쟁반에 담긴 음식을 이리저리 뒤집고 있다.

"케이시는 들어오셨니?" 그가 말한다.

"케이시는 들어오셨어요." 존이 말한다.

"자전거를 타고 오셨어요." 재스퍼가 말한다.

"헬멧은 쓰고 오셨어?"

나는 아이들 보라고 헬멧을 든다.

"네!"

"제가 받아놓을게요." 존이 말한다.

두 아이 모두 버튼다운 셔츠와 카키 반바지를 입었다. 작은 허리에 벨트도 맸다. 재스퍼는 이미 흰 소매에 얼룩 몇 개를 묻혀놓았다. 세 사람 모두 머리칼이 축축하고 깔끔하게 가르마를 탔다.

오스카가 허리를 편다. "앞뒤 각각 십이 분씩." 그의 얼굴엔 얼룩이 묻어 있고, 흥분된 눈빛이다.

"안녕." 나는 그의 뺨에 키스한다. 그는 경직되고 멀게 느껴진다. 하지만 감청색 리넨 셔츠와 청바지를 입은 그의 모습은 멋지다.

나는 빨간 스툴 하나에 백팩을 놓고 내 토스터 오븐으로 한 번에 세 개씩 직접 만든 초콜릿 칩 쿠키 한 봉지를 꺼낸다. 그리고 봉지의 지퍼를 연다. 재스퍼가 고개를 숙여 냄새를 맡는다. 동생에게 저녁 먹기 전에는 안 된다고 말하면서 존 역시 봉지 위로 고개를 숙인다.

오스카는 냉장고 안을 살피느라 정신이 없다.

냉장고 문에는 그림이 여러 장 붙어 있는데, 크레용이나 색연필로 그린 것이다. 대부분 구불구불한 녹색 선을 긋고 한쪽 끝에 노란색을 조금 칠해놓은 형태다.

"그거 뱀이야?"

"아니에요!" 재스퍼가 말하며 자기 머리를 탁 친다. "용이에요!"

"불을 뿜는 용?"

"네! 불을 몇 톤씩 뿜어내는 맹렬한 용!"

"너 지금 괴성을 지르고 있어." 존이 말한다.

재스퍼가 폴짝폴짝 뛰더니 속삭인다. "불을 아주아주 많이요."

그림의 맨 아래에 ZAZ라고 서명되어 있다. "재즈?"

"농 드 크레용." 오스카가 개수대에서 아주 점잖은 억양으로 말한다.

"그게 뭐예요?" 존이 말한다.

오스카가 오이를 씻으려고 수돗물을 틀지만 대답은 하지 않는다.

"필명, 프랑스어로 '농'은 '이름', '드 플륌'은 '펜의'라는 뜻이야." 내가 말한다. "어떤 작가들은 자기 글을 진짜 이름으로 발표하는 걸 원치 않거든. 그래서 가짜 이름을 써. 그걸 필명이라고 해. 너희 아빠가 '농 드 크레용'이라고 한 건, 재스퍼가 펜이 아니라 크레용을 썼기 때문이고. 그건 '두블 앙탕드르'이기도 한데, 이건 '이중의미'라는 뜻의 프랑스어 단어야. '크레용'은 프랑스어로 연필이라는 뜻이기도 하거든. 그리고 네가 연필로 그린 그림도 여기 좀 있고." 설명하고 나니 약간 어지럽다.

"케이시가 아빠를 더 대단한 사람으로 보는데, 아들들. 단연코 기분좋은 성격이네." 그가 재빨리 고개를 들어 나를 쳐다보고 오이 껍질을 벗기기 시작한다. 껍질이 길고 두껍게 떨어진다.

"뭘 도와주면 되죠?"

"야만인들을 계속 교육해줘요."

"우리집에 새 주스 박스가 있어요." 재스퍼가 말한다.

"주스 박스가 뭐야?"

그 말에 모두 웃음을 터뜨린다. 내 말이 농담이라고 생각하는 것이다.

"키위-스트로베리, 피치-망고, 그레이프-어쩌고가 있어요." 존이 말한다.

나는 그레이프-어쩌고를 고르고, 아이들은 옷방으로 뛰어들어가더니 누가 그걸 가져올지를 놓고 티격태격한다. 존이 빨대를 꺼내 위쪽 작은 구멍에 꽂고, 재스퍼가 그걸 내게 건네기로 한다.

"마돈나가 찾아온 줄 알겠는데요." 오스카가 말한다.

"돈 크라이 포 미, 알젠티나*!" 존이 내 주스 박스를 준비할 때 재스퍼는 꽥꽥 노래를 부른다.

"너 때문에 고막 터지겠어. 여기."

재스퍼는 존에게서 주스 박스를 받아 내게 건넨다.

"다정하게, 고마워."

"다정하게, 천만에요." 재스퍼는 여전히 깡충거린다.

"쉬 할래?" 존이 묻는다.

"안 해!"

그들은 내가 작은 빨대로 주스를 마시는 것을 지켜본다. 달콤한 화학물질 맛이 난다. 오스카는 오이를 도마 위에 올리고 요란한 소리를 내며 썬다. 우리는 주스 박스를 비우고 마지막 한 방울까지 쪽쪽 시끄럽게 빨아먹는다. 그 순간 내 백팩 안에 카드 한 벌이 들어 있는 것이 기억난다.

내가 그것을 꺼낸다. 그걸 보니 놀랍다. 포터킷 정자에서 꺼낸 뒤 손도 대지 않았다.

"누나는 보드게임보다 카드를 더 좋아하네요." 존이 소곤거린다.

"크레이지 에이트!" 재스퍼가 말한다. "크레이지 에이트 할 줄

---

* Argentina, 올바른 표기법은 '아르헨티나'지만 원곡 〈Don't cry for me, Argentina〉의 발음을 존중해 표기했다.

알아요?"

"그럼, 알지." 유치원에 다닐 때 수두에 걸렸는데, 그때 엄마가 가르쳐주었다. 나는 엄마에게 그걸 하자고 며칠 동안 졸랐다.

우리는 거실 공간으로 자리를 옮긴다. 아이들은 카우치에 앉으려다 내가 러그 바닥에 앉자 거기로 온다. 우리는 모두 책상다리를 하고 앉고, 서로 무릎이 부딪힌다.

"저기요, 우린 의자가 있어요." 오스카가 말한다.

"카드게임은 바닥에서 해야 해요."

좋은 카드다. 옛날 것인데 탄력이 있다. 파코의 할머니가 쓰던 것이다. 우리는 사라고사로 그녀를 찾아갔다가 결국 카드게임을 하게 됐는데, 거기선 친촌 게임을 했다. 파코와 나는 침대에서 진 러미 게임을 했다. 잊고 있었던 일이다. 가끔 아침에 시트 사이에 낀 카드를 발견하곤 했었다. 카드 뒤쪽은 갈대를 엮은 무늬다. 내가 포터킷에서 가방에 든 카드를 꺼냈을 때 루크가 그걸 들고 "아, 고리버들" 하고 말해서 내가 아주 신나게 웃은 기억이 있다. 웃은 이유는 모르겠다.

나는 카드를 반으로 나눠 잡고 손쉽게 구부린다. 내가 엄지를 놓자 카드는 완벽하게 끼워맞춰진다. 빠르고 부드럽게. 나는 손가락을 포개진 카드 밑에 넣고 반대 방향으로 구부려 날카로운 활 모양 다리를 만들고, 이제 카드는 쉬쉬쉭 아름답게 떨어져내린다. 좋은 카드만큼 좋은 건 없다.

아이들이 빤히 보고 있다.

"왜?"

"어떻게 했어요?"

"이거?" 나는 카드를 반으로 나누고 그 과정을 반복한다.

"네."

"아이들한테 카드 섞는 법 안 가르쳐줬어요?" 내가 오스카를 돌아보며 말한다.

"우리도 섞을 줄 알아요."

"우리는 이렇게 해요." 존은 카드를 반으로 나누고, 한쪽 절반을 나머지 절반에 옆으로 끼워넣으려고 한다.

"그만." 나는 카드를 존에게서 부드럽게 가져온다. "다시는 그렇게 해선 안 돼. 그건 할아버지들이 하는 방식이야. 아흔세 살 아래인 사람은 절대 그러면 안 돼."

"연령 차별주의자." 오스카가 말하고, 치킨 스틱을 뒤집는다. "십이 분."

"알았어." 내가 아이들에게 말한다. "손에 익히는 데 각각 육 분씩 줄게."

나는 먼저 재스퍼에게 카드를 주고, 그러자 존은 조바심을 내고 재스퍼는 불안해한다. 재스퍼는 존이 길을 닦는 것에, 자기보다 먼저 미지의 세상으로 들어가는 것에 익숙하다. 처음 몇 번은 내가 아이의 손을 감싸 잡고 같이 해보고, 그런 다음 내 손을 뺀다. 아이의 손가락은 벌려도 카드 길이만큼 되지 않아 카드는 슥삭슥삭 옆으로 튀어나가고 다리는 무너진다.

"못하겠어요."

"다시 해봐."

아이가 다시 한다.

"못하겠어요."

"할 수 있어. 다시 해보자."

다섯번째 시도에서 성공한다. 타라락 쉬쉬쉭. "아빠, 이것 봐요. 보세요!"

오스카가 다가와 러그 가장자리에 서 있다.

몇 번의 시도 끝에 재스퍼는 또 성공한다. 그리고 또 한번.

"와우, 재즈. 정말 잘하네." 오스카가 말한다. "나도 다섯 살 때 누가 이런 걸 가르쳐줬으면 좋았을 텐데. 그랬다면 지금 내가 아흔 세 살은 아니었을 거야."

나는 빙그레 웃지만 고개는 들지 않는다. 존을 가르칠 시간이 몇 분밖에 남지 않았다.

존은 내가 같이 해주는 걸 마다하고 몇 번 해본 뒤 혼자 터득한다. 그들은 카드를 주고받으면서 연습하고, 몸에 새기고, 그들의 작은 손은 해볼 때마다 더욱 자신감이 붙는다. 존은 다리를 특히 길게 만들어 카드가 아름다운 슈슈슈슈 소리를 내며 떨어져내리게 한다.

그들은 서로를 쳐다본다.

"정말 멋지다." 재스퍼가 말한다.

"정말 정말 멋지지." 존이 말한다.

"좋아. 아 타볼라.* " 오스카가 말한다.

"저녁 먹고 크레이지 에이트 할까?" 내가 말한다.

"저녁 먹고 나면 책을 읽고 자야 해요." 오스카가 말한다. 그는 내가 앉아야 할 의자를 가리킨다. 그의 맞은편, 재스퍼 옆이다. "치킨

---

* '테이블에서'라는 뜻의 이탈리아어.

스틱 하나마다 오이 슬라이스 다섯 개." 그가 아이들에게 말한다.

우리는 음식이 담긴 쟁반을 돌린다. 치킨 스틱은 기름기가 자르르 도는 황금색이다. 오이를 찍어 먹을 디핑 소스는 랜치나 이탈리안, 두 개 중 하나를 고를 수 있다. 모두 맛이 아주 좋다. 나는 아이들에게 이야기를 해달라고 한다. 존이 어느 날 스쿨버스를 잘못 탄 이야기, 재스퍼가 낮잠을 자다 다음날까지 일어나지 않았다는 이야기, 아이들이 어느 밤에 베이비시터를 집밖에 두고 문을 잠가버린 이야기.

"간호사 엘런 이야기 해주세요, 아빠." 재스퍼가 말한다.

"그건 잠자기 전에 하는 거지 저녁 먹으면서 하는 이야기가 아니야."

"얘기해주세요." 존이 말한다.

"얘기해주세요." 재스퍼가 말한다.

재스퍼가 내 손목에 자기 손을 올린다. "정말 재미있어요."

오스카는 이 이야기를 하고 싶지 않은 것 같다. 자기 접시를 내려다보고 고개를 가로젓는다. 하지만 아이들이 조르고, 그가 존을 보고 말한다. "정말로 원하니?"

존이 고개를 끄덕인다.

"아이들 엄마이자 내 아내인 소냐가 병원에 입원했을 땐데, 거기엔 착한 간호사도 있지만 못된 간호사도 있었어요."

"행복한 간호사도 있고, 슬픈 간호사도 있었어요." 존이 말한다.

"뚱뚱한 간호사도 있고, 날씬한 간호사도 있었어요." 재스퍼가 말한다.

"그리고 간호사 엘런이 있었어요."

"간호사 엘런은 야비했어요."

"잔인했어요."

"모질었어요."

"모두를 미워했어요."

"하지만 그중에서도 아이들을 가장 미워했어요." 오스카가 말한다.

"아이들은 아침에 병실에 들어가면 안 돼요!"

"아이들은 오후에 병실에 들어가면 안 돼요!"

"나는 아이들을 몰래 데리고 들어가야 했지요. 카트에 태우거나, 세탁 바구니에 넣거나, 진공청소기 가방에 넣거나, 음식 쟁반 뚜껑 아래 숨기거나."

"아빠가 혼자 들어가면 엄마가 울어요. '아이들은 안 데려왔네!'"

"그러면 우리가 짠 하고 나타나는 거예요."

"간호사 엘런의 소리가 들리면 우리는 엄마의 이불 밑에 숨어요."

"우리는 아주아주 조용히 있어야 했어요."

"'애들 냄새가 나는데요!' 엘런이 천둥 같은 소리로 말해요."

"그러면 아빠가 이렇게 말해요. '아닌데, 오늘 애들은 안 데려왔어요.'"

"우리는 간호사를 우리 편으로 만들려고 해봤어요." 오스카가 말한다.

"엄마가 말했어요. '엘런은 자동차를 좋아해.'"

"그래서 아빠가 엘런에게 자동차경주에 관한 책을 갖다줬어요."

"엄마가 말했어요. '엘런은 우주를 좋아해.'"

"그래서 존이 엘런에게 자기 레고 중에서 우주 비행사 소녀를 갖다췄어요."

"엄마가 말했어요. '엘런은 동물을 좋아해.'"

"그래서 재스퍼가 자기가 핥아서 귀가 닳아 없어진 작은 개를 갖다췄어요."

"하지만 엘런은 뭘 갖다줘도 시큰둥했어요."

"시큰둥했어요."

"꽃도 실패했고."

"초콜릿도 실패했고."

"슬린키도 빈키도 트윈키도 실패했어요."

"하지만 바로 그때."

"하지만 바로 그때 하루는 아빠가 엄마에게 아이스크림을 가져 갔어요."

"페퍼민트 아이스크림."

"하지만 그날 엄마가 아주 많이 아팠어요."

"너무 아파서 먹을 수가 없었어요."

"엄마가 간호사 엘런을 가리켰어요."

"그래서 아빠가 엘런에게 아이스크림을 줬어요."

"그러자 간호사 엘런은 입이 귀에서 귀까지 걸리게 웃었어요."

"그런 모습은 그전에도 그뒤에도 본 적이 없어요."

그들 모두 갑자기 침묵에 빠지고 끔찍한 정적이 흐른다. 그걸 깨고 싶진 않지만, 나는 내가 그래야 한다는 걸 안다. 신성한 예배식이 끝난 뒤 뭔가 말하도록 강요받은 이교도.

"멋진 이야긴데요."

"진짜예요. 실제로 일어난 일이에요." 존이 말한다.

재스퍼의 손은 여전히 내 손목을 꽉 잡고 있다.

"접시는 설거지통에." 오스카가 말한다.

존이 일어서서 접시 두 개를 치운다. 재스퍼가 나머지 두 개를 치운다. 우리 사이에 물잔만 남았다. 오스카는 턱을 손바닥에 괸다. 그리고 눈썹을 치켜 나를 본다. "지금 들은 내용은 많이 압축시킨 거예요."

"마음이 아프네요."

그가 고개를 끄덕인다. 그의 눈은 초점이 없다.

존과 재스퍼가 개수대 앞에서 분무기를 놓고 싸우고 있다. 오스카가 그것을 보고 말한다. "올라가자. 이제 위로 올라가."

그들은 싸움을 그만두고 계단으로 향한다.

"케이시한테 굿나잇 인사해야지."

아이들이 굿나잇이라고 말하고, 나는 안아주고 싶지만 그냥 의자에 앉아 있다. "잘 자."

계단을 반쯤 올라가다가 존이 말한다. "카드 섞는 법 가르쳐줘서 감사해요."

"올라가렴." 오스카가 말하고, 아이들은 남은 계단을 올라간다. 그러고는 발코니에서 아래를 내려다보고, 내가 아이들에게 손을 흔들자 아이들도 손을 흔든다. 오스카가 말한다. "세수하고 양치하고." 그러자 그들은 사라지고 없다.

나는 유리잔을 개수대로 가져간다.

"대단한데요." 그가 말한다.

나는 잔 네 개를 한 손에 들고, 오이 그릇과 치킨 스틱 접시와 디핑 소스 그릇을 반대쪽 손에 든다.

"진짜 프로."

그가 식기세척기 문을 연다. 냄새가 빠져나온다. 고등학교 이후로 식기세척기가 있는 집에서 살아본 적이 없다. 나는 그 안에 접시를 넣고 미국 가정의 냄새를 들이마신다.

"애들이 여자 어른을 보면 이래요. 선생님, 친구 엄마. 음, 레스토랑에서 어떻게 하는지 봤죠. 여자 어른들에게 거의 몸을 던지는 것 같아요. 그 모습을 보면 마음이 찢어져요. 십 년 뒤 또래 여자애들에게 그게 어떻게 보일까 하는 생각이 들어서. 저렇게 결핍된 모습 말이에요."

"아이들이 이겨내야겠죠."

그가 고개를 젓는다. 그리고 접시를 헹궈서 식기세척기에 차곡차곡 넣는다. 나는 그가 설거지는 때려치우고 나를 카우치로 끌고 가면 좋겠다.

그는 샐러드 스피너를 헹구고 다시 조립해 내게 건넨다. 튼튼하고 비싼 제품이다. 내가 커다란 빨간색 버튼을 누르자 안쪽 플라스틱 바구니가 회전속도를 높이면서 잘 만들어진 엔진처럼 윙윙 돌아간다.

"미안해요." 그가 그걸 내게서 가져가며 말한다. "당신이 이걸 두는 자리를 모른다는 사실을 잊었네요."

위층 욕실에서 다투는 소리가 들린다.

"아들들!"

"준비됐어요." 존이 발코니에서 외친다. 재스퍼의 머리는 난간에 거의 닿지 않는다.

나는 아이들이 자기 전에 책을 읽어줘도 되는지 그에게 묻고 싶다. 아이들이 무슨 책을 좋아하는지 궁금하다.

"알았어." 오스카가 말한다. 그는 손을 행주에 닦는다. "와줘서 고마워요, 케이시."

"난 기다려도 되고, 아니면 책을 읽어줘도⋯⋯"

그가 고개를 흔든다. "재우는 시간은 여전히 좀 힘들어요."

"아빠." 재스퍼가 찡얼거린다.

"올라간다." 그가 계단을 올라가다 말고 뒤를 돌아본다. 다시 오스카가 서 있다, 식물원의 오스카. 그는 우리 사이에 함께한 과거가 있다는 듯, 이미 수백 개의 작은 농담이 존재한다는 듯, 내가 그의 멋진 아일랜드 식탁 앞에 서 있는 게 자신이 세상에서 원하는 전부라는 듯 싱긋 웃는다.

"내일 전화할게요." 그가 어쩔 수 없다는 사과의 뜻으로 잠시 두 손을 든다.

그는 나머지 계단을 올라가고, 아들들의 등에 한 손씩 얹는다. 그리고 아이들을 복도로 데려간 뒤 시야에서 사라진다. 식기세척기가 돌아가기 시작한다.

나는 러그 위 아이들과 앉았던 자리에서 카드를 모아 챙긴다. 머리 위에서 그들의 목소리가 토막토막 들린다. 나는 카드를 마지막으로 천천히 섞고 백팩에 넣는다. 코트를 입고 헬멧을 쓰고 문밖으로 나간다. 밥이 숨어 있다가 나타나 창가 근처 의자에서 나를 지켜본다. 나는 자전거를 밀며 진입로 끝까지 걸어간다. 그들의 모습은 보이지 않지만, 창문을 통해 흘러나오는 불빛을 보면 그들이 어느 방에 있는지 안다. 치약냄새를 풍기는 숨결이 코에 거의 맡아지는 것 같고, 내 어깨에 닿는 고단한 소년의 무게가 느껴진다.

사일러스가 전화를 걸어오고, 나는 MIT 근처 한국 식당에서 그를 만난다. 그는 내게 더 일찍 연락하지 않은 것에 대해 사과한다. 여행중 학생들 사이에 퍼진 장염에 걸려 돌아와 사흘 연속 토했다는 것이다. 그는 약간 창백해 보인다. 방금 면도한 얼굴에 파르스름하게 수염을 깎고 남은 자국이 보인다. 방과후 운동 지도 때문에 대체로 그의 피부는 불그레하다. 그는 흰 쌀밥과 익힌 채소를 주문한다.

그가 열여덟 시간씩 버스로 왕복하고 레드루프 여관에서 일흔여덟 살의 사서와 함께 서른일곱 명의 십대를 통솔하면서 여섯 밤을 보낸 이야기를 하는 동안에도 나는 오스카 이야기를 어떻게 꺼낼지 고민한다. 그 이야기가 사일러스에게 중요한지 알고 싶다. 나에 대한 그의 감정을 알아내는 유일한 방법 같다. 그가 방에 없을 때 이런 말을 하는 걸 상상하기는 쉽다. 테이블에 팔꿈치를 대고 몸을 앞으로 기울인 채 손으로 젓가락 포장지를 비틀고 있지 않을 때 말이다. 그 손가락이 의외로 익숙해 보인다.

그는 지난 수요일 밤 워크숍에 대해 말하기 시작한다. "뮤리얼이 자기 소설의 한 부분을 읽어줬어요. 맹세하는데 끝부분에 가서는 숨쉬는 사람조차 없었어요. 오스카조차." 그가 오스카의 이름을 말할 때마다 내 마음은 불편하게 깜짝깜짝 놀란다.

"괜찮아요?" 그가 말한다.

"네. 그냥 좀 피곤해요. 채소는 어때요?" 내가 묻는다.

"맛있어요." 그는 말은 이렇게 하면서도 많이 먹지는 않았다.

저녁을 먹고 우리는 지하철역으로 걸어간다. 우리 중 누구도 데이트를 더 이어가기 위해 뭔가를 제안하지 않는다. 나는 그를 따라 계단을 내려가 개찰구 문을 통과한다. 나는 시내행, 그는 시외행이다. 우리는 노선이 갈라지는 지점의 계단에 서 있다. 여기로 할까? 여기서 그에게 말하면 될까? 여기서 이야기할까? 십대 한 무리가 서로 소리를 지르면서 우리를 빠르게 스쳐지나간다. 기차가 덜컹거리며 터널을 통과한다. 그가 내게 키스해주면 좋겠다. 오스카 이야기를 하면 내게 키스하지 않을 것이다.

"이걸 타야겠어요." 그가 내 팔을 가볍게 톡톡 친다. "또 봐요." 그는 계단을 한 번에 두 개씩 내려가고 문이 닫히기 전에 간신히 열차에 탄다.

결국 무슨 말을 할 필요는 없었을 것이다.

내게 첫번째 거절 편지가 도착한다.

'우리와는 방향이 맞지 않는 것 같습니다.' 그렇게 써 있다.

"거기 에이전트가 안 읽은 거야." 뮤리얼이 말한다. "조수나 인턴이 읽었겠지. 그래서 '우리'라고 하는 거야. '나'가 아니라." 우리는 그녀의 아파트에 있다. 그녀가 내게 맛있는 샌드위치를 만들어주었지만, 나는 먹을 수가 없다. 잠도 줄어들고, 식욕도 줄어든다. "누가 정말로 읽으면 상황이 달라질걸."

나는 말을 할 수 없고, 그녀는 일어나 나를 끌어안는다. "팔 수 있을 거야, 제길. 내가 장담해."

팔아야 한다. 나는 돈이 더 필요하다. 에드펀드에서 일하는 데릭 스파이크라는 남자가 내 직장 전화번호를 알아내서 마커스에게 급료의 일부를 압류하겠다고 했다. 마커스는 전화를 끊어버렸다. "그 자식들. 내 여동생의 삶을 지옥으로 만든 놈들이야. 나는 대학에 가지 않을 만큼 영리했지."

나는 그의 생각이 맞았다는 생각이 들기 시작한다.

애덤이 집세를 올리고 싶어한다. 우리는 마당에서 자라는, 마지막 잎을 비처럼 떨구는 커다란 단풍나무 아래 서 있다. 나는 새해까지는 지금의 집세로 지내도 되는지 묻는다.

"그때쯤엔 감당할 수 있다고 생각하는 근거는 뭐고?"

"소설을 끝냈어."

"그래서?"

"에이전트에 보냈으니까 혹시……"

그가 고개를 뒤로 젖히며 껄껄 웃는다.

나는 케일럽에게 전화해서 화를 낸다. "오빠 친구는 그 대단한 저택에 살고 재수없는 벤츠를 모는데 갑자기 집세는 왜 올리겠대?"

"걔한테도 자기만의 고민이 있어, 케이스." 그와 필, 그리고 애덤은 다른 궤도에 산다. 그들의 집에서, 그들이 버는 돈으로. "이혼은 경제적 파멸이야. 필은 우리 결혼이 불법인 게 다행이라고 하더라. 결혼했으면 지금쯤 내가 자길 강탈하려 했을 거라고. 아마 사실일 거야. 애덤은 그 아파트에 대해 돈을 훨씬 더 많이 받을 수 있었을 거라고 해."

"거긴 방이야. 아파트가 아니라고. 곰팡내 나는 방." 나는 겨드랑이 쪽 혹을 만진다. 더 커지고 있는지는 잘 모르겠다. 그럴 수도 있다. 암이라면 나는 누구에게도 얼마가 됐든 돈을 낼 필요가 없을 것이다. 케일럽과 필이 사는 곳으로 가서 일이 년 그들의 생활을 망치다가 죽으면 된다.

"그래도 말이지. 거긴 보스턴에서 활성시장이야." 내가 반응하지 않자 그가 말한다. "안 끊었지?"

"그냥 혹을 만지고 있어."

"케이시. 필이 그러는데, 아무것도 아닐 가능성이 크대."

케일럽이 애덤에게 전화했을 것이다. 다음날 아침 내가 개를 데리러 들어가자 그가 문 앞에서 나를 맞았기 때문이다.

"이야기 좀 할까?" 그가 말하고, 부엌 식탁을 가리킨다. 우리는 앉는다. 오피가 우리 주변을 빙빙 돌면서 내가 자유로워지기를 기다린다. 나는 그가 집세를 올리는 문제를 다시 생각해봤는지 궁금하다. 하지만 그는 자신의 재산을 나누기로 했다고, 차고와 마당저 끝까지를 전부 팔기로 했다고 말한다. 나를 퇴거시킨다는 거다.

"언제?"

"삼 주 안에 매물로 내놓을 거야. 청소 같은 건 할 필요 없어. 누가 사든 허물 테니까. 그들이 보는 건 땅이야."

사일러스가 내게 메시지를 한 통 남기고, 또 한 통 남긴다. 나는 전화해주지 않는다. 마음을 정했다. 시소타기는 끝났다. 뜨거움과 차가움. 원하는 게 뭔지 모르거나 말하지 못하는 남자들. 뼈를 녹이는 키스를 하고 나서 열흘 동안 침묵하고, 그러고 나서 지하철역에서 젠장할 팔을 톡톡 치는 그런 건 이제 끝이다.

오스카의 아들들이 학교를 하루 쉬는 날, 그가 나를 점심식사에 초대한다. 맛있는 냄새가 난다. 그는 그릴드 치즈 샌드위치를 만들고 있다. 아이들은 테이블 앞에서 그림을 그리고 있다.

나는 지난 며칠을 오스카의 책을 읽으면서 보냈다. 그의 첫 장편소설, 단편집, 그리고 『선더 로드』. 50년대 후반에 암으로 엄마를 잃는 소년에 대한 닷새 동안의 이야기다. 그로부터 여러 해가 지난 시점에서 쓰였고, 소년은 어른이 되어 아들들을 낳았다. 문장은 정결하고 신중하다. 이야기의 아치형 구조가 분명하고 통제되어 있으며, 마지막에 이르면 주인공이 억누르고 있던 감정이 고양되는데, 독자가 줄곧 기다리고 있던 것이다. 거기엔 나를 놀라게 하는 슬픔이 있는데, 플롯에서, 당연히 상실에 관한 것인 플롯에서 느껴지는 게 아니라, 내용과 별개로 그의 모든 작품에서 보이는 문체 안에 담긴 슬픔이다―코믹하다고 여겨지는 그의 첫 장편소설에도 나타나고, 모든 단편에서 나타난다. 글쓰기 자체에 대한 절망감이다. 마치 내가 이걸 쓰지만, 정말로 하고 싶은 말은 말로 옮길 수 없는 것이라서, 이게 내가 정말로 하고 싶은 말은 아니라고 말하는 듯이 두 손을 들고 체념하는 것이다. 그게 내러티브에 질질 끄는 느낌을 준다. 나는 다른 사람도 이런 견해를 보였는지 확인하려고 마이크로피시*로 저장된 서평들을 살펴본다. 없다. 내가 읽은 초기의 서평은 죄다 긍정적이고, 장래성이 보이는 미래가 창창한 젊은 작가에 대한 내용뿐이다. 그리고 『선더 로드』에 대해 극찬하고 고마워한다. 마침내. 구 년 동안의 침묵 끝에. 우리가 기다리던 소설.

"『선더 로드』 읽었어요."

"그래요?" 그는 샌드위치를 뒤집고 주걱을 내려놓는다. "맙소사." 그가 자신의 손목을 만진다. "맥박이 질주하기 시작하는데요."

나는 그의 반응이 진지한 건지 잘 모르겠다. 내 의견에 관심이 있는 건가? 아니면 그냥 그런 척하는 건가?

"너무 좋았어요."

"솔직하게?" 그는 진지한 것 같다.

---

* 카드 형태의 마이크로필름.

"네, 그럼요." 나는 그에게 내가 감탄했던 모든 장면과 그 이유를, 작은 순간과 제스처를 말한다. 그가 이런 인정을 갈망하는 것 같아서 나는 최초의 반응을 더 부풀린다. 하지만 이 정도의 열광적인 반응을 오래 유지할 자신은 없어서 초기에 쓴 책도 읽었다는 말은 하지 않는다.

그가 아들들을 부르고, 아이들이 접시를 들고 레인지 쪽으로 온다. 그가 존의 접시에 샌드위치를 놓아주면서 말한다. "아빠 책이 좋았대." 그리고 재스퍼의 접시에 하나 놓아주면서 "아빠 책이 좋았대" 하고 말한다. 존이 식탁에서 카드게임을 해도 되는지 묻자 그는 "왜 안 되겠어" 하고 말하고, 우리는 다 먹고 나서 게임을 한다. 게임이 끝나고 아이들이 장작 난로 근처에서 플라스틱 비행기를 날리며 놀 때 그는 개수대에서 나를 끌어당기며 사랑한다고 말한다. 내가 그에게 키스한다. 우리 입술은 그릴드 치즈를 먹어서 미끈거리고 아이들의 비행기는 날기를 그친다.

나는 오스카에게 애덤이 차고를 팔기로 했다고 말한다. 우리는 이스트 케임브리지에서 하는 아이들의 수영 강습에 와서 실내 수영장 옆에 놓인 접이식의자에 앉아 아이들을 지켜본다. 공기는 습하고, 소독제와 축축한 체취로 찌들어 있다. 내 청바지가 다리에 들러붙었다.

"우리집에 와서 같이 살아요." 그가 말한다.

아들들은 물이 깊은 쪽을 향해 가느다란 팔을 열심히 젓는다. 자유영을 배우고 있다. 젖은 공기 속에서 숨을 쉬기가 힘들다. "그런 뜻은……"

"그런 뜻이 아니었던 거 알아요. 하지만 안 될 게 없잖아요?"

그는 내가 어떻게 사는지, 내가 얼마나 멀리까지 달려야 하는지, 빚을 얼마나 졌는지, 잠은 얼마나 적게 자는지 모르고, 내가 지금 에이전트 세 곳으로부터 거절 편지를 받았다는 사실도 모른다. 겨드랑이 혹에 대해서도 말하지 않았다. 그는 내가 자신의 웨이프*라고, 자신의 곤경에-처한-레스토랑-종업원이라고 말하지만, 그에게는 그 모든 게 가볍다. 사실 그는 내게 몇 가지 별명을 지어주었는데, 홀리 골라이틀리**도 그중 하나다. 우리가 같이 살면 나는 나 자신의 진짜 모습인, 진 리스***의 소설에 등장하는 엉망진창인 인물을 드러내야 할 것이다.

다음 토요일에 그와 아이들은 나를 태우고 사과를 따러 간다. 셔번에 그들이 아는 과수원이 있는데, 다 끝나면 애플 사이다 도넛을 먹을 수 있다. 나는 그 주 내내 설렜다. 우리 가족은 그런 걸 한 적이 없었다. 어디 놀러간 적이 없었다. 오스카와 아들들은 놀러가는 걸 좋아한다.

내가 그들에게 내가 사는 곳의 크기에 대해 미리 알려줬지만, 그래도 그들은 안으로 들어와 깜짝 놀란다.

"엄지공주의 집 같아." 재스퍼가 말한다.

"더 작아. 케이시는 보통 사람 크기인데." 존이 말한다.

아이들은 푸톤 위에서 쿵쿵 뛰지만, 안타깝게도 푸톤은 탄력이 없다. 그러고는 창턱에 올려놓은 펜촉과 잉크병을 살펴보고 욕실로 머리를 들이밀었다가 뺀다.

이번만은 오스카가 아무 말이 없다고 생각한다.

"사과 따러 가죠." 그가 마침내 말한다.

---

* waif. '방랑자'라는 뜻이지만 아내(wife)라는 단어를 연상시킨다.

** 오드리 헵번이 연기한 〈티파니에서 아침을〉의 주인공 이름.

*** 소설 『제인 에어』의 속편인 『광막한 사르가소 바다』의 저자.

우리는 차로 간다.

"다시 왕좌로." 오스카가 말하고, 아들들은 차의 뒤쪽 넓은 좌석에 앉아 벨트를 맨다.

"우리는 케이시가 우리집에 와서 같이 살아야 한다고 생각해요." 존이 말한다.

"우리 침대가 더 좋아요." 재스퍼가 말하고, 내 좌석의 등받이를 발로 찬다.

"와우." 내가 말한다. 오스카는 빙그레 웃지만 길을 보고 있다. "와우." 나는 뒤쪽에 앉은 아이들을 돌아본다. 내 대답을 기다리고 있다. "정말 친절한 제안이네."

"공짜로 살아도 돼요. 1페니도 달라고 하지 않을게요." 존이 말한다.

"그 제안을 아주 신중히 생각해봐야겠다. 고마워."

과수원에서 우리는 녹색 카트와 사과를 담을 봉지를 받는다. 아이들은 카트에 올라타고, 오스카는 줄지어 자란 사과나무 사이로 카트를 지그재그 밀며 내려간다. 카트가 바퀴 두 개만 바닥에 닿은 채 위로 들려 올라가자 아이들이 비명을 지른다. 우리는 아주 특이한 이름—크로 에그와 윈터 바나나—을 가진 사과의 표지를 따라간다. 그리고 더 높은 나뭇가지에 닿도록 아이들을 들어올려준다. 사과를 담은 봉지가 카트에 가득 채워진다. 우리는 〈This Old Man〉과 〈She'll Be Comin' Round the Mountain〉을 노래하는데, 노래마다 새로 지어 붙인 가사가 있다. 십오 분마다 존이나 재스퍼가 나보고 충분히 고민했는지 묻는다.

아이들은 그네를 타고 놀고, 우리는 도넛을 받는 곳으로 가서 줄을 선다.

"미안해요." 그가 말한다. "아이들한테 허락을 받아야 했어요."

"너무 일러요."

"파코하곤 스페인에도 갔었잖아요."

"파코는 이 년 반을 만나고 나서 같이 산 거고요. 우린 몇 주밖에 안 됐잖아요."

"몇 주? 나는 당신을 7월에 만났어요, 케이시."

"한동안은 진지하지 않았죠." 사일러스와의 마지막 데이트 날짜로 계산했나보다.

"나는 늘 진지했어요."

"파코와는 그냥 파코만 있었어요. 상처를 받을 수 있는 두 어린아이는 없었어요. 잘되지 않으면 어떡하죠? 나는 그애들이 다시 누군가에게 상처받는 일은 없었으면 해요."

"음, 그건 약간 비현실적인데요." 그가 턱을 내 목과 어깨 사이 둥글게 들어간 자리에 묻는다. "게다가 우리는 잘될 거고요."

그들은 저녁 근무에 맞춰 나를 아이리스에 내려준다.

"생각해봐요." 차가 출발할 때 재스퍼가 자기 머리를 톡톡 친다. "생각해요!"

그 제안이 나를 진정시켜주길 기다리지만, 그렇게 되지 않는다. 오스카가 나보고 자기 집에 와서 살라고 한 건 애덤이 차고를 파는 것에 대한 해결책은 아닌 것 같다. 그건 또다른 문제다. 그리고 문제는 더 많아진다. 토머스가 버크셔스에서 자기 레스토랑을 연다고 선언한다. 브런치 주방장인 클라크가 그를 대신해서 수석 주방장 자리를 맡을 예정이다.

"하지만 그는 정말로 꿈찍해." 해리가 토머스에게 말한다. "재능이라곤 없고. 왜소하고 비참한 동굴인 같잖아."

"고리가 내린 결정이야." 토머스가 말한다. "나는 다른 사람들을 추천했어."

그가 여기서 일하는 마지막 밤에 나는 냉장 보관실에서 그에게 나만의 작별인사를 할 수 있는 기회를 얻는다. 나는 라메킨 그릇에 꽃모양으로 담아낸 버터를 가지고 나오는 중이고, 그는 내가 평소

잘 앉는 궤짝에 앉아 있다.

"케이시 케이섬." 그가 말하는데, 다정한 목소리다. 우리는 늘 서로 통하는 느낌이 있었다. 뭐가 통하는 건지는 정확히 모른다. 애피타이저와 앙트레를 빼면 무엇에 대해서도 대화한 적이 없다. 하지만 느낌은 있었다. 적어도 내게는.

"떠나지 않으면 좋겠어요."

그가 고개를 끄덕인다. "고마워요. 여긴 계속 잘 운영됐잖아요."

"레스토랑이 잘되길 바라요."

"책이 잘되길 바라요." 그는 내 표정에 미소를 짓는다. "해리가 말해줬어요."

"고마워요."

근무가 끝날 때쯤 그의 아내가 와서 마지막 물건을 챙겨 나가는 것을 도와준다. 그녀는 임신해서 배가 많이 나왔다. 불룩하게 나온 배 위에 두꺼운 요리책을 떨어지지 않게 올린다. "봐, 토머스! 손 뗐어!" 그녀가 말하자, 토머스가 얼른 달려와 요리책을 붙잡는다.

"우리 딸 눌리겠어."

"여기 만져봐." 그녀가 자기 배를 탁탁 두들기며 말한다. "우리 딸은 강철 케이스 안에 있어."

나는 그들이 딸을 낳을 거란 사실은 몰랐다.

다음날 밤부터 클라크가 그 시간을 맡는다. 그는 브런치 사람들 일부를 데려오고, 앵거스와 다른 두 라인쿡에게는 점심시간에 오라고 말한다. 그리고 헬렌의 페이스트리 카운터에서 일하는 한 명을 빼내 샐러드를 만들게 한다. 데이나에게는 인상 좀 그만 쓰라고, 토니에게는 자기가 말할 때 눈을 보라고, 내게는 화장 같은 걸 좀 하라고 말한다. "뱀파이어처럼 보여요. 섹시한 쪽으로는 아니고." 그가 말한다.

서빙이 시작되고, 내가 첫 앙트레를 가져가려고 창구에 손을 넣는데 그가 찰싹 때린다.

"냅킨을 써요."

"뜨겁지 않아요."

"냅킨을 써요. 반드시. 손님들은 자기 접시에 더러운 손가락이 닿는 걸 원하지 않아요."

클라크가 밤시간을 맡자 내 직장생활에 더 많은 벌이 우글거린다. 내가 손님들을 혼란스럽게 만들고, 주문은 뒤섞인다. 나는 비상계단에서 오래 휴식을 취해야 한다. 온몸이 누군가가 친 큰 쇠종처럼 느껴지고, 종소리는 멈출 것 같지 않다. 호흡을 가누기가 힘든데, 사실상 몸의 어느 부분도 가눌 수 없을 것 같다. 뮤리얼은 그런 일이 생기면 길게 천천히 호흡하면서 머리부터 발끝까지 몸을 훑고 내려가라고 하지만, 나는 결국 숨을 헐떡이며 공기를 찾는다. 비상계단에 나가 힘주기를 한다. 도움이 되는 건 그것뿐이다. 주먹을 꽉 쥐고 양 무릎을 당겨 붙이고 복부 근육을 힘껏 누르는 것을 동시에 한다. 가끔은 얼굴에서 시작해 몸 전체로 내려간다. 각각의 근육을 견딜 수 있는 만큼 오래 조였다가 풀어주고, 다음 근육으로 옮겨간다. 그렇게 하고 나면 식사 공간으로 돌아갈 수 있게 된다. 며칠 밤을 그렇게 했을 때 마커스가 내가 어디로 가는지 알아내고, 한창 힘주기를 하고 있던 나를 찾아내 안으로 끌고 간다. 가끔 6인 테이블을 내려다보며 스페셜 요리를 암송할 때 나는 내가 작은 조각으로 부서지고 있다고 느끼지만, 그럼에도 '크랜베리 코냑 글레이즈' 같은 말이 어떻게 여전히 내 입에서 나오는지, 왜 나를 지켜보는 손님들이 누군가에게 내가 도움이 필요하다는 신호를 주지 않는지 모르겠다. 내 위에 모든 것을 덮는 얇은 덮개가 있다. 누군가가 그 안을 들여다보고 구급차를 부른다면 나는 기꺼이 타고 갈 것이다. 이런 끔찍한 순간에는 그것이 가장 큰 판타지다. 응급 구조 대원 두 명이 나를 눕혀서 데려가려고 입구에 들것을 들고 서 있는 장면.

그다음 토요일 밤은 특히 더 나쁘다. 일이 끝나자 나는 팁을 나눠주고 정리를 마친 뒤 가능한 한 빨리 나온다. 해리에게조차 간다고 인사하지 않는다. 내 몸이 윙윙 울린다. 손가락의 감각도 없다. 내가 아직 숨을 쉬고 있다는 것은, 오로지 내가 여전히 움직이고 있다는 사실로 안다. 바깥으로 나가니 몸에 닿는 추위가 기분좋다. 더 추우면 좋겠다. 얼음과 눈을, 고통을 마비시켜줄 뭔가를 원한다. 턱시도를 입은 하버드생 두 명이 길 건너 건물에서 나와 다른 건물로 들어간다. 주름이 자글자글하고 걸음이 느린 노인들이 내 자전거 근처에 있는 볼보에 탄다. 나는 노인이 싫다. 엄마보다 나이 많은 사람은 누구든 싫다. 엄마는 늙지 않아도 된다. 거리 위쪽에 양손을 주머니에 찔러넣고 긴 보폭으로 센트럴스퀘어를 향해 매사추세츠 애비뉴를 걸어가는 남자가 보인다. 그가 아니다. 사일러스가 아니다. 하지만 목에서 척추 맨 아래까지의 기울기가 비슷하다. 견디기 힘든 뭔가가 내 안에서 올라오고, 나는 나가야 한다. 나가야 한다. 이 몸에서 당장 나가야 한다.

나는 보도에 쭈그리고 앉고, 날것의 공포가 나를 덮친다. 혹시 내가 이상한 소리를 내고 있는 걸까. 2학년 때 교실 바닥에서 간질 발작을 일으켰던 남자애가 된 것 같고, 기계처럼 몸을 떨지만 머릿속에서만 그렇다. 내 정신의 모든 것이 유압식 드릴처럼 덜덜거리지만, 나는 멈출 수 없다. 거기서 살아남을 방법도, 그것을 끝낼 방법도 없는 것 같다.

얼마나 지속될지 모르겠다. 시간의 올이 닳는다. 최악의 순간은 지나갔고, 나는 여전히 이마를 무릎에 댄 채 바닥에 쭈그리고 앉아 있다. 고개를 들자 백팩, 집 열쇠, 팁으로 받은 현금뭉치가 주변 보도 여기저기에 흩어져 있는 게 보인다. 아이리스의 누군가가 밖으로 나왔다가 거기 허물어진 모습으로 있는 나를 발견할까봐 걱정하면서 일어선다. 자전거의 자물쇠를 푸는 데 시간이 좀 걸린다. 내 몸은 여전히 떨고 있다. 발작이 온 뒤의 토비 캐더몬테처럼.

지친 몸으로 천천히 페달을 밟아 집으로 돌아오지만, 따뜻한 물로 샤워하고 푸톤에 누워 근육 힘주기를 하고 나니 내 몸이 콘센트에 꽂혀 있는 기분이다. 느리게 숨을 좀더 쉰다. 힘주기를 좀더한다.

기도하려고 애쓴다. 엄마 반지에 키스하고, 엄마를 위해 기도한다. 엄마의 영혼을 위해, 엄마 영혼의 평화를 위해. 아버지와 앤과 케일럽과 필과 뮤리얼과 해리를 위해 기도한다. 지구와 지구에 사는 모두를 위해 기도한다. 우리가 모두 함께 모여 두려움 없이 살기를 기도한다. 그리고 마지막에 나는 잠을 자게 해달라고 기도한다. 잠들 수 있는 능력을 다시 달라고 간청한다. 한때는 아주 잘하던 것이었다. 나는 열심히 기도하지만, 내가 어떤 존재 혹은 누구에게 기도하는지에 대한 인식은 전혀 없다. 나는 엄마가 피닉스로 가기 전까지 교회에 다녔지만, 교회에서 듣는 이야기는 결코, 피노키오나 아기 돼지 삼형제 이야기를 믿는 수준 이상으로는 믿지 않았다.

머릿속에서 공포는 점점 시끄러워진다. 콘서트장 스피커 바로 옆에 있는 것 같다. 나는 다시 불을 켜고 읽으려고 한다. 단어는 단어일 뿐이다. 소리를 들을 수 없다. 그 안에 빠져들 수 없다. 한번은 대학 친구가 사람들이 어떻게 즐거움을 위해 책을 읽는지 이해되지 않는다고 말했다. 그녀는 뭐든 단어 너머의 것을 볼 수 없고 느낄 수 없다. 그녀에게 단어는 속으로 문장을 읽는 목소리가 아닌 다른 것으로는 결코 변환되지 않는다. 그녀는 자신에게 상상력이 없다고 결론지었다. 내가 상상력을 잃어가는 건지 궁금하다. 이 새로운 공포는 얼음처럼 차갑다. 다시는 읽거나 쓸 수 없을 것 같은 공포. 하지만 그런다고 해서 정말로 무슨 문제가 되는가? 이번주에 거절 편지가 두 통 더 도착했다.

그렇게 그날 밤을 보내면서 불안과 수치심과 절망의 층을 통과한다. 새벽 가까운 어느 시점에 나는 의식을 잃는다. 정확히 잠은 아니지만, 그게 내가 조금이라도 얻을 수 있는 전부이기에 잠으로 생각해야 한다.

해가 뜨고, 나는 햇빛에 투항하여 달리기를 하러 나간다. 오스카와 아이들이 나를 데리고 미니 골프를 치러 가기로 한 날이라 긴 하루가 될 것이다. 존은 내가 자기 아버지를 이길 수 있다고 뽐낸 걸 결코 잊지 않았고, 오늘은 내가 그 기대에 부응해야 하는 날이다.

춥다. 가장 추운 아침이다. 비컨의 교통은 이미 혼잡하고, 나는 신호등 앞에서 기다린다. 강은 평평한 강철 같고, 태양은 아직 절정에 이를 만큼 높이 뜨지 않았다. 긴 운동복이 없어서 여전히 반바지 차림으로 달리는데, 몇 마일 뛰고 나니 허벅지에 감각이 없다. 워터타운 브리지를 향해 달리다가 케임브리지 쪽에서 다시 돌아온다. 창문이 층마다 줄지어 있는 회색의 높은 병원 건물을 지나간다. 낮은 층 창턱에 꽃을 놓아둔 것이 보인다. 저들을 축복하소서, 내 심장이 말하는 것 같다. 저들 모두를 축복하소서. 저 병실안에서 죽어가는 사람들과 그 사람들을 사랑하는 사람들이 경험하게 될 상실감을 상상하면 나는 목이 멘다. 달리던 것을 멈추고 충분한 공기를 들이마셔야 한다.

돌아오자 남자와 여자가 내 창문 안을 들여다보고 있다.

"무슨 일이시죠?"

그들이 휙 돌아선다. 남자가 손을 내민다. "채드 벨라미예요. 벨라미 부동산 중개소에서 왔습니다. 작가 선생님이시겠군요."

작가라니. 애덤이 차고를 더 괜찮아 보이게 하려고 나를 이용한 모양이다.

"진 헌트예요." 여자는 내 또래인데 헤어스프레이로 머리 모양을 고정했고, 회색 슈트에 스타킹과 펌프스를 신었다. 일요일 아침에 그 모든 것을 한 것이다.

그녀는 이 동네가 어떤지 묻는다. 어조와 질문을 만드는 방식으로 보아 그녀는 내가 자기보다 어리다고 생각하는 것 같다. 나는 가족들과 빈 둥지에 사는 부모들이 섞여 있는 것 같다고 말해준다.

"여기 살면서 돈을 내나요?" 그녀가 말한다.

"위치가 아주 괜찮아요." 채드 벨라미가 말하고, 눈빛으로 내 동의를 구한다.

"겉에서 보는 것만큼 나쁘지 않아요. 들어와서 봐도 괜찮아요."

그녀와 채드는 같은 표정이 된다. "그럴 필요는 없고요." 그녀가 말한다. "땅에서 시작할 거니까." 그녀는 반대쪽 마당을 본다. "땅이 예상보다 더 작네요. 하지만 그게 내가 감당할 수 있는 전부겠죠."

애덤은 그 땅을 37만 5000달러에 내놓았다. 그리고 그녀는 그 땅에 집을 지을 것이다. 그게 그녀가 감당할 수 있는 전부다.

그녀는 내게 어떤 글을 쓰는지 묻지만, 나는 친구가 오기 전에 샤워를 해야 한다고 말하고 양해를 구한다.

달리기를 하면서 만들어진 보호막이 그 대화 때문에 갉아먹혀서 오스카의 차에 탈 때 내 기분은 아주 너덜너덜하다.

재스퍼가 울고 있다. 나는 뭐가 문제인지 묻고, 아이는 손을 보여준다. 작고 부드러운 손이 긁혀서 피가 맺혔다.

"오, 저런. 어쩌다 이랬어?"

오스카는 나보고 목소리를 낮춰야 한다는 표시로 운전대 근처에서 편 손을 살며시 튕긴다.

"오스카, 아이 손에 이렇게 깊은 상처가 났어요."

손을 튕기는 동작이 점점 단호해진다.

존은 소리를 지르기 시작한다.

"무슨 일이니?"

"얘가 나를 먼저 쳤어요. 내 눈을 쳤어요!" 존이 소리를 지른다.

아이의 얼굴이 너무 빨개서 티가 잘 나지 않지만, 왼쪽 눈 옆에 자주색 멍이 든 것 같다.

내가 재스퍼를 돌아본다. "네가 그랬어?"

재스퍼는 엉엉 울면서 길고 알아들을 수 없는 말을 한다.

"케이시, 앞을 좀 봐요." 오스카가 말한다. "지금 당신은 애들을 선동하고 있어요."

"선동이라고요? 아이들이 뒤쪽에서 싸우고 있잖아요. 차를 세워야 해요."

그가 웃는다. "애들이 싸울 때마다 차를 세우면 우린 아무데도 못 가요."

"오스카, 피가 나잖아요."

"진심인데," 그가 날카롭게 말한다. "애들은 괜찮을 거예요."

나는 그의 목소리 톤이 거슬리지만, 몇 마일 달리고 나니 둘 다 울기를 멈추었다. 아이들은 오스카가 분홍색 코트를 입고 부츠를 신은 강아지를 가리키자 그걸 보고 웃는다.

곧 뭔가 역겨운 냄새가 나기 시작한다.

"맙소사, 이건 뭐지?" 나는 차창을 내리려고 하지만 어린이 보호용 잠금장치가 켜져 있다.

뒷좌석에서 킥킥거리는 소리가 들린다. 오스카가 미소를 지으며 룸미러를 본다. 나는 뒤를 돌아본다.

"얘가 그랬대요." 존이 동생을 가리키며 말한다. "얘가 그랬대요."

재스퍼가 나를 보며 크게 미소를 짓는다. 냄새는 더욱 고약해진다.

"정말 고약해. 똥이랑 썩은 갈매기 냄새가 섞인 것 같아."

모두 웃는다. 나는 웃기려고 한 말이 아니다.

"창문 좀 내리게 해줘요." 나는 아이들 앞에서 욕설을 뱉지 않으려고 몹시 애쓴다.

"누가 오늘 유머 감각을 집에 두고 온 모양이네." 오스카가 말한다.

"누가 오늘 웃음 약을 챙겨오는 걸 깜박했나봐요." 존이 말한다.

오스카가 내 차창의 잠금장치를 풀어준다. 나는 차창을 내리고 가능한 만큼 머리를 밖으로 쭉 내민다.

소거스의 킹 퍼트에 있는 클럽하우스는 피라미드를 본떴고, 스낵바는 석관 모양이다. 나는 우리가 미니 골프라는 걸 하게 된다면 오스카가 이기게 해주겠다고 오래전에 결심했다. 아빠를 이길 사람은 아무도 없다는 존의 믿음을 조금 더 오래 지켜주겠다고 생각했다. 하지만 손에 골프채를 쥐자 내가 고귀한 길을 걷지 않으리라는 것을 알겠다. 나는 오늘 영광을 거머쥐어야겠다는 기분이 된다.

나는 일부러 서툰 척한다. 처음 두 홀은 일부러 익숙하지 않은 척한다. 완전히 그런 척하는 거라고 할 수는 없다. 평생 미니 골프를 세 번 쳤다. 하지만 나는 그를 간파한다. 나는 그가 자기 몸을 잘 다룬다는 걸 안다. 그가 축구공을 차는 것을 보았고, 그가 내 위플볼*을 치자 딱 소리와 함께 곡선을 그리며 이웃집 나무로 날아가는 걸 보았다. 그래서 나는 그를 속였다. 그에게 내가 골프를 치던 시절에 대해 말하지 않았다. 그가 호기심을 보일 걸 알았기 때문이다. 운동하는 사람들은 그 사실을 알면 늘 호기심을 보였다. 나를 이길 수 있다고 생각했고, 번번이 결말이 좋지 않았다. 반응은 둘

---

* 구멍이 난 플라스틱 공으로 하는 약식 야구 게임 또는 그 게임에서 쓰는 공.

268

중 하나로, 시무룩해지거나 나를 설득해서 다시 게임을 하자고 하는 것이다.

아이들이 먼저 공을 친다. 존은 공이 굴러가는 길을 계산하는 데 시간을 다 쓰고, 재스퍼는 생각 없이 쳤다가 공이 주차장으로 날아가자 깜짝 놀란다.

나는 처음에 그리 잘 치지 못한다. 불안이 끊임없이 윙윙 소리를 내고, 퍼터 헤드는 빨간 플라스틱이고, 카펫은 엉망으로 훼손되어 있다. 하지만 나는 곧 감을 잡는다. 세번째 홀에서 클레오파트라의 동굴을 통과시킨다.

세 사람 모두 환호하며 내 이름을 부른다. 번개가 치는 느낌. 나는 계속 이렇게 한다. 어쩔 수가 없다. 뭔가에 사로잡혔다. 풍뎅이 모양의 4번 홀에서는 공이 휘어서 들어가게 하고, 독사 입 모양의 5번 홀은 직선으로 입안에 넣는다. 어떤 종류의 골프채든 마지막으로 잡은 지 아주 오래되었다. 내가 뭔가에 재능을 타고났다고 느낀 게, 다른 사람의 의견에 기대지 않고도 경험적으로, 부인할 수 없이 뭔가를 잘한다고 느낀 게 아주 오랜만이다.

존이 득점표를 갖고 있다. "케이시가 아빠를 이기고 있어요."

"알고 있어." 오스카가 껄껄 웃는다.

7번 홀에서 두 아이가 친 공이 모두 나일강으로 들어가고, 아이들이 공을 찾아오려고 물가로 달려가자 그가 내게 묻는다. "어떻게 된 거예요?"

나는 어깨를 으쓱하고, 다음 공을 친다.

그는 고개를 내두른다. "대단해요. 동작도 그렇고. 공 위로 자세를 잡는 것도 그렇고."

벌이 사라졌다. 근육의 기억이 승리했고, 내 몸은 큰 스트레스를 받아도 패닉 상태에 빠지지 않던 시절로 되돌아갔다. 이 싸구려 골프채를 쥔 게 내 마음을 진정시킨 것이다. 나는 그에게 그날 처음으로 진짜 미소를 지어 보인다.

"어렸을 때 골프를 쳤는데, 잘했어요. 아빠가 「배트 잡은 케이시」라는 옛날 시에서 케이시라는 이름을 가져와 나를 그렇게 부르기 시작했어요. 그 시 알아요?"

그가 고개를 젓는다.

"아빠가 어린 시절에 좋아했다는 그저 그런 시인데, 야구선수에 관한 거예요. 케이시는 머드빌 팀에서 가장 뛰어난 타자예요. 점수는 사 대 이까지 갔고 지금은 마지막 이닝인데, 투아웃에 시시한 선수 둘이 출루한 상황, 그때 케이시가 배트를 잡으면서 사람들이 열광한다는 내용이에요. 원 스트라이크. 투 스트라이크. 그리고 또 한번 배트를 휘두르죠. '그리고 어딘가에서 남자들은 웃고 어린아이들은 소리를 지른다.'" 나는 아빠의 바리톤 음성으로 시를 암송한다. "'하지만 머드빌에 기쁨은 없으니, 마이티 케이시는 스트라이크아웃을 당했다.'"

오스카는 즐겁다. "마이티 케이시."

"그게 나예요. 가장 중요한 순간에 스트라이크아웃을 당하는 사람이 내 이름이 된 거죠."

"당신은 숨겨진 신동이었군요." 그는 내 어깨를 쿡 찌른다. "버몬트에 우드스톡 클럽 회원인 친구가 있어요."

"고맙지만 사양해요."

"뉴잉글랜드 최고의 코스예요."

"잘 알고 있어요. 고맙지만 사양할게요."

"왜요? 실력이 대단한데요." 그는 계속 그 말을 한다. 실력이 대단한데요. "그리고 좋아하잖아요."

나는 아이들을 따라잡기 위해 앞장서서 걷는다.

"당신에게 그런 재능이 있다면 가끔은 써줘야 한다고 말하는 거예요."

나는 더 빨리 걷는다.

시합이 끝나자 존이 우리 점수를 합산한다. 나는 오스카를 9타 차이로 이겼다. 우리가 점수표를 가져가자 관리자가 칠판에 내 이름을 쓴다. 그달의 1위다. "당분간은 누구도 그 자리를 넘보지 못하겠는데요." 나는 그가 믿을 수 없어한다는 걸 알겠다.

집으로 돌아가는 길에 아이들은 내가 아빠를 이겨서 속상해한다. 그걸 심각하게 받아들인다. 오스카는 우리 셋 모두의 기분을 좋게 만들려고 애쓰지만 잘되지 않는다. 나는 스퀘어에 내려달라고 한다. 차가 떠나자 그렌들 레스토랑 바깥 벤치에 앉는다. 머릿속에서 다시 종이 울린다. 생각을 이어갈 수가 없다. 울고 싶지만, 아무것도 터져나오지 않는다. 나는 앉아서 힘주기를 한다. 가능한 모든 근육에 힘을 주고 또 준다.

일하러 가기까지 한 시간이 남아서 워즈워스 서점 안을 서성인다. 『보이는 어둠』*이 할인 도서 매대에 있어서 집어든다. 읽지 않은 책이다. 스타이런은 그걸 '광기의 회고록'이라고 부른다. 케일

---

* 미국의 소설가 윌리엄 스타이런이 쓴 우울증에 관한 책.

럽은 늘 그 책을 우울감에 사로잡힌 친구들에게 나눠준다. 나는 첫 번째 장章을 읽기 시작한다. 스타이런은 상을 받으러 파리로 갔다. 그는 자신이 마음의 무질서를 극복하지 못할 거라고 확신한다. 잠을 자는 능력을 잃었고, 공포와 혼란으로 벌집처럼 구멍이 숭숭 뚫렸다. 그의 글에서 자기가 아는 가장 분명한 진실을 말해주려고 하는 누군가의 더없이 투명한 노력이 엿보인다. 판형은 작다. 한 페이지씩 넘겨본다. 내 안은 두려움을 일으키는 인식으로 활활 타오른다. 파리는 그저 첫 장, 내리막의 시작일 뿐이다. 나는 책을 덮고 얼굴을 닦은 뒤 서점에서 나온다.

귀하의 폭넓은 통찰에 감탄하고

귀하의 관점에 감사하고

귀하의 소설이 일으키는 감동은 없어서

우리와 잘 맞지는 않아서

안타깝게도 지금 우리는 계획이

우리에게 원고를 보내주셔서 감사하지만

우리를 생각해주신 것에 감사하지만

우리가 충분한 열정을 느낄 만큼

열한 통의 거절 편지 이후 내 전화기에 제니퍼 린이라는 사람의 메시지가 남아 있다. 그녀는 엘런 넬슨의 조수라면서 전화번호를 남긴다. 엘런 넬슨은 내가 좋아하는 두 작가의 에이전트다.

나는 다음날 아침 일하러 가기 전에 전화를 건다.

"주말에『사랑과 혁명』을 읽었어요. 아주 좋았어요."

"감사합니다."

"아니요, 정말로 좋았어요. 특별한 작품이라고 생각해요, 커밀라."

커밀라, 나는 원고에 내 진짜 이름을 적은 것을 잊고 있었다.

"정말 감사합니다." 하지만 엘런 넬슨은 어떻게 생각한다는 거지? 나는 이 대화가 어디로 흘러갈지 조바심이 난다. 게다가 일터에 지각할 수는 없다.

"엘리가 당장 새 작가를 맡지는 않을 거예요. 내가 직접 하고 싶은데요. 내가 당신의 에이전트가 되고 싶어요. 다른 데서도 관심을 많이 보였겠지만, 솔직하게 이 책이 내 첫 책이 될 거예요. 나는 넬슨 에이전시에서 삼 년을 일했고, 나를 드높여줄 작품을 기다리고 있었어요. 그게 당신 소설이에요."

나는 무엇을 물을지, 무엇을 말할지 전혀 모르겠다. 나는 왜 이 순간에 대비하지 않았을까?

"이미 결정을 내렸나요? 내가 너무 늦었나요?"

"아니요, 아직요. 아직 아니에요."

"후유." 그녀가 웃는다. "지금 손바닥에 땀이 났어요. 다른 사람들은 서로 어떤 식으로 제안하는지 궁금해지네요. 나는 기록에 남은 성과는 없어요." 제니퍼가 계속 말한다. "그리고 당신이 다른 사람들도 이미 익숙하게 걸어간 길로 가고 싶다고 해도, 전적으로 이해해요. 하지만 당신은 나의 유일한 클라이언트가 될 거예요." 그녀가 다시 웃는다. "나는 당신에게 모든 관심을 쏟고 집중할 테고, 내 가족 누구하고든 이야기해보면 알겠지만 그 경험은 아주 강렬할 거예요. 나는 아주 열심히 일해요. 엘리가 기꺼이 나에 대한 완전하고 긴 평가를 해주겠다고 했어요. 바꿔줄까요?"

딸깍 소리가 들리고, 또다른 목소리가 마치 내가 대화에 늦게 참여했다는 듯 말한다. "혹 거물 작가들과 화려한 주소지를 보유한 누군가를 염두에 뒀을지도 모르지만, 정말로, 당신도 제니퍼가 당신 배를 조종하기를 바랄 거예요. 다른 어떤 사람이 아니라." 그녀가 담배를 세 모금 빠르게 빨고 수화기에 훅 내뿜는 듯한 소리가 들린다. "우선 제니퍼는 뭐든 다 별로래요. 뭐든 다. 나는 작년에 세 명을 데뷔시켜 베스트셀러를 만들었는데, 제니퍼는 그 셋도 전부 별로라고 했어요. 나보고 그 책들에는 손도 대지 말라고 했죠. 당신 책에 대해―난 아직 읽진 않았지만―제니퍼가 당신 책에 대해선 모든 것에 합격점을 주었으니 분명 아주 탁월한 뭔가가 있을 거예요. 두번째로 그녀에겐 야망이 있어요. 당신을 위해 똥줄 빠지게 일할 거예요. 자신이 뭘 하는지, 왜 하는지 정확히 말해줄 거예요. 당신에겐 아마 다른 선택지도 있겠죠." 그녀는 내가 이 말을 확인해주기를 기다리지만 내가 아무 말이 없자 "수줍음이 많네요. 좋아요. 알겠어요. 하지만 나는 이 업계를 아니까 A급 조언을 해주는 거예요" 하고 말한다.

나는 감사하다고 말하고, 그녀가 다시 제니퍼를 바꿔주자 마음이 놓인다. 제니퍼는 원고에 대해 이야기하기 시작한다. 나는 잘 받아들일 수도 없다. 그녀의 열정, 그토록 면밀한 검토, 그리고 친절을. 제니퍼가 한 장면을 꺼낼 때마다 나는 그 부분을 쓸 때 내가 어디 있었는지를 떠올린다―앨버커키 집의 노란 부엌, 파코 어머니의 아파트 아래 술집. 그녀는 내러티브가 영리하게 분리된 것, 그러니까 클라라의 어린 시절이 갑자기 끝났다가 재개될 때 목소리가 미묘하지만 분명하게 달라진 것을 언급한다. 그렇게 된 건 엄마가 돌아가시고 몇 주 동안 벤드에 있는 케일럽과 필의 손님방에서 지내면서였는데, 글이 도무지 써지지 않았다. 다시 쓰기 시작하려면 다른 곳에서부터 시작해야 했다. 어린 클라라의 목소리가 사라졌다. 제니퍼가 말하지만, 내 눈에 보이는 모든 것은 그녀가 볼 수 없는 것이다. 종잇장 속에 짜여 들어간 그때의 내 삶.

"몇 가지 궁금한 게 있는데요." 그녀가 말하고는 책에서 주의를 기울일 필요가 있다고 느끼는 요소를 몇 가지 나열한다. 일리가 있다. 그녀는 내가 있는지도 몰랐던 것, 내가 놓치고 비껴간 것을 짚어준다. 그녀의 말이 길어지고, 나는 시계를 보면서 일을 마치고 전화해도 되겠냐고 물어볼까 생각하지만, 말을 끊고 싶지 않다. 나는 그녀가 이 모든 이야기와 함께 어디로 가려는 것인지 알고 싶다. 그녀는 내 에이전트가 돼줄 것인가, 그건 정확히 어떻게 가능해지는가?

그녀는 나에게 고쳐써서 다시 보내줄 수 있는지 묻는다. 한 달 안에 가능하겠느냐고. "명절 전에 편집자들에게 보내고 싶어요. 명절엔 뭐든 팔리지 않아요."

나는 고쳐쓰는 것에 동의하고, 우리는 전화를 끊는다. 열한시 삼십사분이다. 레스토랑은 점심시간에 맞춰 이미 문을 열었다. 나는 문밖으로 잽싸게 달려나간다.

마커스가 몹시 화를 내며 나를 거의 집으로 돌려보내려 하지만, 〈글로브〉의 기자 여덟 명이 예약 없이 와서 나 말고는 그들을 받을 여유가 없다. 그는 이제 내가 이중 근신 처분을 받았다고 말한다. 남은 건 가느다란 지푸라기 하나뿐이라고. 나는 신경쓰지 않는다. 내게도 잘난 에이전트가 생긴 것이다.

주방에서는 해리가 칠면조고기 클럽샌드위치를 챙겨 나가는 중이다. 내가 제니퍼에 대해 말하자 그는 샌드위치를 내려놓고 나를 힘껏 끌어안는다. 그는 요란하게 환호성을 지르고, 토니는 그에게 조용히 좀 하라고 한다. 그는 그러지 않는다. 계속 소리를 지른다. 나는 그에게 그녀가 뭐라고 했는지, 내가 어떻게 고쳐써야 하는지 말하고, 그녀가 얼마나 많은 아이디어를 가지고 있었는지 말한다.

"어떤 건데?"

내가 그를 본다. 5장에서 장면의 전환이 일어난 부분을 빼면 제니퍼가 말한 게 하나도 기억나지 않는다.

"5장에 대해 뭔가 말했는데." 내가 말한다.

"받아적었지, 응?"

"심장이 벌렁거렸고 지각이었던데다 그 대화가 어디로 흘러갈지 몰랐어."

해리가 내 등을 어루만져준다. "나중에 다시 전화하면 되지 뭐."

"그렇지." 내가 말한다. 하지만 내가 그러지 않으리란 걸 안다.

나는 집으로 돌아와 책상 앞에 앉는다. 전화기를 귀에 바짝 대면 제니퍼가 말해준 게 기억나리라 생각하지만 그런 일은 없다. 그 순간엔 모든 게 아주 의미 있게 다가왔는데. 어떤 감정이 들었는지, 얼마나 흥분했는지는 기억해도 어떤 말을 들었는지는 거의 기억나지 않는다. 우리는 이 책을 관통하는 주제인 빙의에 대해 이야기를 나눴지만, 그녀가 어떤 말을 했는지 모르겠다. 5장의 파티 장면 말고는 그녀가 다시 써보라고 한 부분이 어딘지도 기억나지 않는다. 그녀는 파티 장면으로 전환되기 전의 장면에서 몇 줄 더 보태는 게 좋겠다고 말했다. 몇 페이지 더 길어져도 괜찮다고 했던 것 같다.

나는 뮤리얼에게 전화한다. 그녀는 로마에서 열리는 컨퍼런스에 가려고 짐을 꾸리고 있다. 그 이야기를 제대로 꺼낼 수조차 없다. 그녀는 맥락이 끊긴다 해도 대화에서 생각나는 부분은 다 써보라고 한다. 나는 그렇게 한 뒤 다시 전화한다. 그녀는 듣고 나서 소설 속의 빙의라는 발상과 쿠바에서 있었던 일 전체가 클라라의 몸에 어떤 일을 일으켰는지에 대해 길게 말한다. 그리고 내 책을 읽은 뒤로 떠오른 몇 가지 생각을 덧붙인다. 제니퍼가 비슷한 말을 했었는지는 모르겠지만 뮤리얼의 통찰은 영리하고, 나는 전부를 받아 적는다.

나는 안전하게 여행하라고 말한다. 내가 그 말을 서너 번 한 뒤 우리는 전화를 끊는다.

오스카는 에이전트가 함부로 지껄인 거라며 내가 제니퍼의 말을 잊었다는 사실은 중요하지 않다고 말한다. "분명 기억할 만한 게 아니었던 거예요."

웰즐리에서 그의 낭독회가 있어서 우리는 차를 몰고 그리로 가는 중이다. 나는 스커트를 입었고 엄마의 긴 구슬 목걸이를 했다. "아니었어요. 영리하고 예리했어요. 그녀의 의견이 정말 좋았어요."

"하지만 기억할 만큼은 아니었던 거죠."

"일하러 가야 하는데 늦었고, 잠도 잘 못 잤고, 요즘 머릿속에 안개가 낀 것 같아요."

"왜 그래요. 갱년기인 늙은 사람처럼."

우리는 낭독회 반시간 전에 서점에 도착한다. 오스카가 계산대 여자에게 자기 이름을 밝히지만, 그녀는 모르는 것 같고 낭독회에 대해서도 모른다. 그녀가 뒤쪽에 있는 한 여자에게 우리를 가리켜

보이고, 오스카를 보자 여자는 얼굴이 달아오른다. 그러고는 그를 모시게 되어 영광이라고 말한 뒤 우리를 골방 같은 곳으로 데려간다. 거기 낭독회를 위해 준비한 의자가 몇 줄 놓여 있고, 그가 펴낸 세 권의 책이 테이블에 쌓여 있다. 두 사람이 이미 뒷줄에 앉아 뜨개질을 하고 있다. 서점 주인은 작가 베라 와일드가 낭독회에 참석할 것이고, 끝나고 저녁식사도 같이 할 거라고 말한다.

"괜찮으시면 좋겠어요." 그녀가 말한다.

"반가울 것 같은데요."

"아, 다행이에요. 휴우. 그분이 그러던데, 오랜 친구 사이시라고요. 그분은 지난주에 교회로 초빙했었어요." 그녀는 우리를 책 상자가 가득 쌓여 있고 책상에는 작업중인 서류가 잔뜩 흩어져 있는 안쪽 방으로 안내한다. 중앙에 플라스틱 의자가 두 개 있다. "이 안에 짐을 놓고 일곱시까지 푹 쉬고 계세요. 물 갖다드릴까요?"

"아니요. 좀 걷다 오는 게 좋겠어요." 오스카가 말하고, 문 쪽으로 향한다.

나는 여자에게 고맙다고 말한 뒤 거리로 나가 그를 따라잡는다.

그는 뒤쪽의 서점을 가리킨다. "문에 테이프로 붙여놓은 허름한 복사지 봤어요? 베라 와일드 때는 교회가 가득찼어요. 내게 주어진 건 의자 여섯 개에 고등학교 밴드 연습실에서 가져온 보면대로군요. 제길."

"의자가 적어도 스무 개는 됐던 것 같은데요. 어쩌면 서른 개."

"나는 마흔일곱 살이에요. 지금쯤 강당에서 낭독회를 해야 하는데 말이죠. 지난주 〈북 리뷰〉 표지 봤어요? 내 학생이었어요. 내 학생들이 내 옆에서 바람을 일으키고 있어요. 나 이거 안 해요. 늘 팬

찮을 거라고 생각하지만 괜찮지가 않네요."

"난 당신이 마흔다섯 살인 줄 알았는데."

"내 안에 더 좋은 작품이 있다는 거 알아요. 내 안에 큰 뭔가가 있어요. 나는 그저. 그뒤로 쭉. 제길." 그는 거의 우리 옆 선물가게의 벽돌을 주먹으로 칠 기세다. 대신에 그는 벽에 손바닥을 대고 거친 숨을 토한다.

내가 데이트했던 거의 모든 남자는 자신이 이미 유명해졌어야 하고 위대해지는 것이 그들의 운명이지만 예정보다 늦어진 거라고 믿었다. 친밀감이 형성되는 초기에는 종종 이런 유의 고백들이 이어진다. 어린 시절의 전망, 교사의 예언, 천재적인 아이큐. 처음에 그런 말을 한 사람은 대학생 때 남자친구였고, 나 또한 그 말을 믿었다. 나중에 나는 그냥 내가 망상이 있는 남자들을 고르는 거라고 생각했다. 이제는 남자들이 어떤 생각을 하도록 키워지고 어떤 미끼를 물고 어른이 되는지 이해한다. 나는 야망 있는 여자들, 성취욕이 있는 여자들을 만났지만, 어떤 여자도 위대해지는 게 자신의 운명이라고 말하지는 않았다.

아버지의 내면에도 이런 유의 드라마가 있어서, 자신의 삶, 이미 소진된 기회와 찾아오지 않은 행운에 대한 절망이 불쑥불쑥 일어나곤 했다. 아버지가 내 우승을 위해 아무리 노력을 기울였어도 골프에서 내가 우승한 것은 아버지의 기분을 더 나쁘게 만들 뿐이었음을 시간이 좀 지나서야 이해했다. 오스카처럼 실제로 성공한 남자라면 그런 형편없는 감정은 이겨냈을 줄 알았다.

그는 몸을 똑바로 펴고 나를 찾아 주변을 둘러본다. 나는 거리에서 몇 야드 더 이동해 있다.

"이따금 나는 소소하게 신세한탄을 해요." 그가 두 손으로 얼굴을 닦는다. "이제 끝났어요." 그는 내게 한쪽 팔을 두르고, 우리는 다시 서점으로 걸어간다.

그들이 준비한 의자는 결국 충분하지 않다. 서점 주인의 아들이 지하실로 내려가 의자를 더 가져오지만, 그래도 일부는 책장에 기대서 있어야 한다. 나는 네번째 줄 한가운데, 그의 말을 받아적는 학생 옆에 앉는다. 서점 주인은 그의 책을 처음으로 읽었을 때 자신이 어디 있었는지, 어떻게 압도되었는지에 대한 길고 감동적인 소개말을 준비했다. 서평에 나온 구절을 인용하고, 그가 받은 상과 펠로십 내역을 읊는다. 메이저 영화사가 『선더 로드』를 제작중이라고 하는데, 내가 몰랐던 사실이다.

오스카가 일어서서 그녀에게 고맙다고 말하고—애니, 그는 이제 그녀를 그렇게 부른다—그녀의 '저명한 컬렉션'을 높이 사고, 과하게 칭찬해준 것에 고맙다고 말한다. 모두에게 이런 아름다운 저녁시간에 여기 와주어서 감사하다고 말한다. 문장과 문장 사이에 긴 틈을 두면서, 자신은 지금 부끄러움을 느끼고, 공개적인 자리에 서는 건 그에게 벅찬 일이며, 이런 자리에 설 줄은 한 번도 예상하지 못했다는 인상을 청중에게 심어준다. 낭독하는 동안 책은 금속 보면대에 놓고 두 손은 호주머니 깊숙이 찔러넣었다. 어깨는 들고 고개는 살짝 숙여, 자신은 이 글이 낭독할 만큼 충분히 좋게 느껴지지는 않는다는 듯 보일 정도로 우리에게 겸연쩍은 시선을 보낸다. 그런 행동은 아주 사랑스럽다. 낭독회를 교회에서 하지 않는다고 불평하는 소리를 듣지 못했다면 말이다.

한창 낭독중에 내 심장이 너무 빠르게 뛰기 시작한다. 박동할 때

마다 공기가 주입되는 것처럼 손발이 붓는 느낌이다. 왼쪽으로 세 명, 오른쪽으로 네 명이 있고, 자리가 아주 비좁아서 무릎이 앞 의자 등받이에 붙는다. 밖으로 나가려고 하면 대소동이 일어날 것이다. 그리고 나는 오로지 나가고 싶은 생각뿐이다. 내가 피부라는 얇은 자루에 담긴 패닉 봉지처럼 느껴진다. 나는 지하실에서 가져온 철제 의자에 앉은 채로 남몰래 근육에 힘을 주었다가 푼다.

낭독이 끝나고, 사람들이 열심히 손뼉을 치는데, 몇백 명의 청중이 치는 소리 같다. 그는 보면대에서 물러나 사인을 위해 마련된 테이블에 앉는다. 재빨리 줄이 만들어지고, 사람들이 한 명씩 몰려들기 시작한다. 내가 그를 몰랐던 에이번힐에서 그랬듯 그는 사람들을 빠르게 이동시킨다.

나는 소설 서가로 부유하듯 옮겨간다. 애니의 컬렉션은 훌륭하다. 내가 좋아하는 책이 많다. 『명절의 저녁』『빌러비드』『독립적인 사람들』『트러블』『하우스키핑』『벌목꾼』. 대학생일 때, 서점에 대한 내 리트머스 검사는 함순의 『굶주림』이 꽂혀 있는지였다. 그것도 있었다. 그 책들, 책등에 쓰인 모든 제목이 내 마음을 진정시킨다. 그 책들을 떠올리면 마음이 부드러워진다. 울프의 소설이 꽂혀 있는 곳을 손가락으로 만져본다. 나는 이제 가진 책이 많이 없다. 내 책을 스페인으로 보냈었는데, 여기로 다시 보낼 돈이 없었다. 그 책들은 여전히 파코의 집에 있다. 다시 볼 기회가 있을 것 같지는 않다.

테이블에 떠나지 않고 남아 작은 미소를 띤 채 오스카를 바라보는 여자가 있다. 줄의 마지막 사람마저 가고 나자 그녀의 미소는 점점 커지고 그녀의 얼굴 전체가 바뀐다.

"베라!" 오스카가 일어서더니 테이블을 빙 돌아가 그녀를 꼭 끌어안는다. 그들은 웃고 있다. 그녀는 그의 책 표지에 있는 뭔가를 가리키고, 그들은 더욱 신나게 웃는다. 그녀는 그와 비슷한 나이로 보이고 검은 데님바지에 옅은 색깔 가죽 부츠를 신었는데, 자세가 무용 강사 같다.

우리는 길 아래 작은 식당으로 걸어간다. 오스카가 내 팔에 팔짱을 끼고, 우리는 애니와 베라보다 몇 걸음 뒤에서 천천히 걷는다.

"그래서." 그가 말한다.

"멋졌어요. 프로네요. 사람들 마음을 휘어잡던데요."

"나는 당신 마음을 휘어잡고 싶은데요."

"그랬어요."

"왜 그래요? 불안해요?"

아이들은 오스카의 부모님 집에서 자고 있다. 내가 그의 집에서 하룻밤 자고 가기로 했다.

"나는 정말로 잠을 안 자요."

"좋아요. 나도 잘 계획은 없어요."

"그게 아니라." 내가 말하지만, 베라가 우리를 위해 식당 문을 잡고 있어 더 설명할 수 없다.

우리는 작고 둥근 테이블로 안내된다. 오스카는 내 왼쪽에, 베라는 오른쪽에 앉는다. 애니는 내 맞은편에 앉지만, 나는 그녀에게 없는 존재와 같다. 그녀는 몸을 이쪽저쪽 돌리며 오스카를 봤다가 베라를 봤다가, 질문 공세를 퍼붓는다.

그렇게 몇 차례 한 뒤 베라가 나를 돌아본다. "당신이 관심 있는 건 뭐예요?"

내가 그녀를 멀뚱히 쳐다보자 그녀가 웃는다. "어디 사는지 무슨 일을 하는지, 그런 유의 질문을 전복시키려고 노력하는 중이거든요."

"음, 참신하네요. 나는……" 내가 정상이라고 느끼는 것, 암에 걸리지 않는 것, 빚에서 벗어나는 것에 관심이 있다. "책에 관심이 있는 것 같아요."

"뭘 읽나요?"

"셜리 해저드를 좋아하고 또……"

"나도 좋아해요." 베라가 나를 빤히 본다.

"개인적으로 내겐 신과 같아요."

"그녀의 책을 읽은 사람은 만나본 적이 없어요."

"여기 서점 안쪽에 『명절의 저녁』이 있던데요."

"좋아하는 책이에요."

"나도요. 장갑."

"장갑!" 그녀가 내 팔에 손을 얹는다.

우리는 좋아하는 다른 작가들도 이름을 교환하면서 비교하고, 일치하면 폴짝 뛰고 겹치지 않는 몇 명은 이름을 써놓는다.

베라는 내게 글을 쓰는 사람인지 묻고, 나는 송구스러운 표정으로 고개를 끄덕인다. 또 한 명의 작가 지망생. 그녀는 당연히 그런 사람들에게 둘러싸여 있을 것이다. 하지만 그녀는 기분이 좋은 것 같다. 내게 어떤 걸 쓰고 있는지 묻고, 나는 말한다. 그녀는 그것에 대해 이런저런 질문을 하고, 나는 결국 엄마에 대해, 쿠바에 대해, 엄마가 칠레에서 돌아오면 물어보려고 공책 뒤쪽에 적어둔 긴 질문 목록에 대해, 그리고 엄마가 어떻게 죽었는지에 대해 말한다.

그녀는 다시 내 팔에 손을 얹으며 미안하다고, 진심이라고 말한다. 그녀도 아는 것이다. 그녀가 자신의 어머니도 육 년 전에 갑자기, 마찬가지로 작별인사도 없이 죽었다고 말한다. "몇 년 동안 유일하게 뭐라도 내게 의미 있는 문장을 썼다면, '그녀는 얼음판에서 미끄러져 죽었다' 그것뿐이었어요. 당신이 어떻게 그 소설을 끝냈는지 모르겠네요. 당신은 읽어봤어, 오스키?"

"뭘 읽어?"

"케이시의 원고?"

"나는 근처에도 못 가게 해."

아마 사실일 것이다. 그가 보여달라고 한 적도 없지만.

우리 음식이 오고, 오스카는 베라에게 뉴욕에 대해, 그들이 함께 아는 친구들에 대해, 그들이 한때 공유했던 편집자에 대해 이야기한다. 그 편집자는 자기 책을 쓰려고 애쓰다 완전히 정신착란 상태가 되었다고 한다.

베라는 디저트를 먹기 전에 떠난다. 오스카의 낭독회에 오느라 한 시간 넘게 운전했고, 내일 다른 지역 북 투어를 위해 런던으로 날아가야 한다.

"그분 마음에 들어요." 집으로 가는 길에 내가 오스카에게 말한다. "두 사람 진짜 잘 맞던데요."

"그녀는 당신을 좋아해요."

"서로 안 지 오래됐어요."

"베라는 당신을 좋아한다는 의미 그대로 좋아해요."

그는 껄껄 웃고 부인하지 않는다.

"두 사람 혹시……"

"아니요." 그가 싱긋 웃는다. "정말로 아니에요." 그는 내가 자신을 쳐다보는 것을 느낀다. "키스 같은 건 했었어요. 오래전에. 우리가 이십대였을 때." 나는 70년대에 그가 카우치에서 그녀에게 쪽쪽거리는 귀여운 키스를 하는 것을 상상한다. "그녀가 내게 너무 진지했어요."

"진지하다니요? 무슨 이야기예요? 두 사람 서로 만나자마자 오분 동안 내리 웃던데요."

"아니, 그녀는 잘 웃어요. 재미있어요. 하지만 당신도 그녀가 말하는 걸 들었잖아요. 에드먼드 윌슨에 대한 기사 내용을 꺼냈을 때처럼요. 잘난 척하는 면이 좀 있죠."

"베라는 당신이 그것에 대해 어떻게 생각하는지 궁금해했어요."

"하지만 그녀가 쓰는 단어 말이에요."

"그녀가 사람들에게 강한 인상을 남기려고 그런다고 생각해요?"

"아니요, 내 생각에 그녀는 아마 그런 방식으로 생각할 거예요."

"그러니까, 그녀는 진정성이 있어요. 그녀의 진정성이 당신에겐 문제가 되나요?"

"저기, 그녀는 좋은 여자예요."

"좋은 여자?"

"엄격해요. 자기 방식이 확고하고. 고집 있는 늙은 독신남 같죠."

"내겐 여유롭고 활력 넘치는 행복한 사람으로 보이던데요. 당신은 왜 그런 걸 원하지 않아요?"

"내가 왜 다른 누군가와 함께하지 않는지를 놓고 정말로 싸우자는 건가요?"

"그녀는 당신하고 나이도 비슷하고, 아름답고, 당신에게 빠져 있어요."

"그냥 je ne sais quoi*인 거죠."

하지만 나는 그 무엇quoi을 안다. 그녀는 교회와 강당에서 낭독한다. 그리고 유럽 지방을 돌며 북 투어를 하러 내일 런던으로 간다.

집은 어둡다. 아무도 없을 때 여기 와본 적은 없다. 오스카가 불을 켜자 벽을 더 시원한 색깔로 칠해놓은 것처럼 느낌이 완전히 다르다. 밥도 어딘가 보내서 없다.

오스카는 선반에서 잔을 꺼내들고 물을 채운다. "마실래요?"

"아니요, 괜찮아요."

"저기," 그가 말한다. "당신이 냉장고에 진출했어요."

나는 그가 있는 쪽으로 간다. ZAZ의 새 그림이다. 몇 개의 검은 선, 구불구불한 녹색 선, 갈색의 작은 회오리. 오스카가 회오리를 가리킨다. "이건 당신 머리카락. 그리고 여기 이건 몸. 그리고 이건 골프채 아니면 작은 독사 같아요. 확실하진 않지만."

"우와. 이거 정말 영광인데요."

그는 물잔을 내려놓고 내게 키스한다. "오늘밤 와줘서 고마워요." 그리고 다시 키스한다. "당신 덕분에 훨씬 더 좋았어요." 키스. "그런 걸 하고 나면 정말 진이 빠지거든요." 그가 내 어깨에 머리를 무겁게 내려놓는다. "난 녹초가 됐어요. 올라갑시다." 그가 잔을 들고 계단으로 이동한다.

나는 그림을 좀더 오래 보는 척하면서 움직이지 않는다.

---

* '콕 집어 말할 수 없는 무엇'이라는 뜻의 프랑스어.

"그만 보고 올라갈까요?" 그가 반쯤 올라가다 말한다.

그의 침실은 킹사이즈 침대가 있는 큰 방이다. 채색이 된 예쁜 거울과 흰 책상이 있어 그의 아내가 처음에 그 방을 어떻게 꾸몄는지 보이지만, 시간이 어떻게 잠식했는지도 역시 보인다. 구석에는 코팅한 싸구려 책상에 종이가 쌓여 있고, 더러워진 세탁물을 넣는 판지 박스도 보인다.

그가 욕실에서 티셔츠와 사각팬티 차림으로 나온다. "이리 와요." 그의 입에서 민트 냄새가 난다.

나는 젊은 남자들에게 익숙하다. 그들의 수망아지 같은 에너지에 익숙하다. 소파에서 사랑을 나누는 것이나, 옷을 하나씩 벗는 것에 익숙하다. 같이 뒹굴기 전에 이를 닦는 남자에게는 익숙하지 않다. 나는 생각에 빠졌고, 머릿속은 질주한다. 스커트와 스웨터를 벗고 그와 함께 침대에 눕는다. 그는 한 팔을 내 밑에 넣어 나를 자기 쪽으로 끌어당긴다. 다른 누군가의 침대에서 자는 게 더 좋을 거라고 생각했지만, 더 나쁘다. 공포심이 서서히 커진다.

그의 팔이 내 등을 타고 내려와 내 엉덩이를 만지고는 다시 올라오는 것이 느껴진다. "음." 그가 말한다. 우리 몸은 처음으로 나란히 눕고, 우리가 옷을 더 입고 서 있을 때보다 기분이 별로다.

내가 뭘 원하는지 모르겠다. 루크 옆에 눕는 것이나 사일러스의 차 안에서 키스하는 것과 다르다. 불꽃놀이를 하는 것과 침대에서 커피를 마시는 것, 파비아나가 그렇게 말하는 소리가 들리는 것 같다.

"불안해요?" 그가 싱긋 웃으며 내게 키스한다. "천천히 하면 돼요. 이건 꼭 이것만큼 좋네요. 내가 원하는 게 이거예요. 그리고 내가 뭐라도 원해본 건 너무 오랜만이에요."

그의 혀는 차갑다. 그리고 내 한쪽 가슴으로 옮겨간다. 내 머릿속은 서점에서 의자에 앉은 사람들과 레스토랑에서 테이블에 몸을 기댄 베라 와일드로 가득하다. 그는 손가락을 내 속옷 밑으로 밀어넣기는 하지만 가야 할 곳으로 가지 못하고, 손톱 두 개는 날카롭다. 나는 그가 베라 와일드를 집으로 데려와 거실 러그에서 그녀의 몸을 타고 내려가는 장면을 상상한다. 그게 도움이 된다. 몸을 움직여 그의 손가락을 피하고 내 엉덩이를 그의 몸에 밀착한다. 우리는 리듬을 타기 시작하고, 그는 내 목에 대고 거친 숨을 뿜어낸다. 우리는 더 빨리 움직이고 그는 긴장하여 숨을 멈춘다. 나는 속옷을 통해 내 몸에 닿은 그의 맥박을 느끼고, 다 끝나자 그는 자신이 십대가 된 것 같다며 내 귓가에 대고 크게 웃는다.

그는 새 사각팬티를 입고 나를 바짝 끌어당긴다. "'하지만 오 내가 다시 젊어질 수 있다면/ 그리고 그녀를 내 품에 안을 수 있다면.'"* 그가 내 귓가에 속삭인다. 삼 분 뒤 그는 잠이 들었다. 나도 그를 따라 잠들려고, 그의 긴 수면 호흡을 모방하여 내 몸도 그 흐름에 실어보려고 하지만 잠이 오지 않는다. 거기에 오랫동안 누워 있다. 한 시간이 좀더 지나, 나는 일어나 아래층으로 내려간다.

커피 테이블 주변에는 전날 밤 워크숍을 하느라 끌어놓은 의자가 몇 개 더 있다. 오스카가 어디에 앉는지는 분명해 보이는데, 호두나무 목재로 만들고 시트가 가죽인 의자로, 다른 의자들에 비해

---

* 윌리엄 버틀러 예이츠의 시 「정치」의 마지막 부분.

뒤로 더 옮겨져 있고 조금 더 높다. 나는 내가 워크숍에 참가했다면 앉았을 자리에 앉는다. 카우치 한복판, 양쪽에 앉은 사람들에 의해 보호받는 자리.

나는 그와 자는 게 아니라, 그와 같은 사람이 되고 싶어했어야 했다. 하지만 그것도 바라지는 않는 것 같다.

내 몸이 계속 앉아 있지 않으려고 해서 나는 돌아다닌다. 앞문을 지나고, 벽장을 지나고, 욕실을, TV를 둔 곳을, 냉장고를, 아일랜드 식탁을 지나 거실 공간으로 되돌아간다. 잡동사니는 거의 없다. 사진도 없다. 책장은 작가별로 깔끔하게 정리되어 있다. 그가 쓴 책은 각각 한 권씩 있다. 나는 벽장을 열어본다. 파카, 부츠, 테니스 라켓, 위플볼 배트. 그리고 부엌에 가니 빗자루, 막대 걸레, 들통, 길쭉한 진공청소기, 재활용 쓰레기통이 들어 있는 벽장이 하나 더 있다. 거기 종이뭉치 위에 '애슈터뷸라의 스타'라는 제목의 글이 있다. 수동 타자기로 타자한 것인데 색이 바래 균일해 보이지 않는다. 사일러스의 이름과 주소가 왼쪽 위에 적혀 있다. 나는 문을 닫는다. 창문 근처 의자로 가서 앉는다. TV 근처에 놓인 카드를 섞는다. 그리고 재활용 쓰레기통이 있는 벽장으로 돌아간다.

원고는 깨끗하다. 오스카가 남긴 표시가 전혀 없다. 나는 그걸 카우치로 가져간다. 스타는 베일 위기에 처한 타운 중심에 있는 오래된 나무를 구하려고 애쓰는 여자다. 그녀는 괴짜 이웃들을 집집마다 찾아다니고, 남자들이 굴착기를 몰고 나타나자 자신이 모은 사람들과 함께 나무를 중심으로 빙 둘러서서 어설프게 손을 잡고 시위를 벌인다. 알고 보니 스타의 전남편이 즉흥적으로, 별말 없이, 반지도 없이 청혼한 게 그 나무 아래였다. 당시 그녀는 그 청혼에 실망해서 그가 일주일 뒤 호숫가에서 다이아몬드 반지와 장미꽃 열두 송이를 들고 다시 정식으로 청혼하게 했지만, 그들이 이혼하고 한참의 세월이 지난 뒤 하루하루를 보내다 예상치 못한 순간에 불쑥불쑥 떠오르면서 그녀를 감동시킨 것은 튼튼한 나뭇가지가 있는 그 나무 아래서 받은 첫번째 청혼이었다.

나는 그 이야기에 대해 어떤 논의가 이루어졌는지 궁금하다. 하지만 뮤리얼이 이탈리아에 있으니 알려줄 스파이가 없다. 사일러스가 어디 앉았는지 궁금하다. 사람들이 그것에 대해 어떤 이야기를 했을지 상상이 된다. 내러티브의 긴장감이 부족하다, '그녀는 애원하듯 말했다' 똑같이 반복되는 문장에 불필요한 수식어가 들어갔다, 그녀가 나무를 구해내는지를 알 수 없다 등의 의견일 것이다. 이 글은 문체가 거칠어지더라도 감정을 따르기로 결심한 듯, 감정이 북받칠 때 쓴 것 같다. 여기에는 사람들이 고치고 싶어할 날것 같고 다듬어지지 않은 느낌이 있다.

나는 일어서서 그것을 원고더미 위에 다시 놓는다. 그리고 카우치에 앉아 잡지에 실린 사진을 본다. 한 시간 뒤 나는 재활용 쓰레기통으로 돌아가 그 글을 내 가방 깊숙이 넣는다. 몇 주 만에 유일하게 읽을 수 있었던 것이다. 그 이유만으로도 그걸 살려야 한다.

몇 시간이 더 지나 나는 위층으로 올라가고, 다시 침대에 누워 아침을 기다린다.

이제 개를 산책시킬 때, 공원 멀리로 보이는 오크나무 세 그루의 크기를 나는 의식한다. 나무의 팔 크기는 어마어마하고, 근육과 혈관이 있고 우리만큼 살아 있는 것 같다.

아이리스에서 한 여자가 BLT 샌드위치를 한 입 먹고 물린다. 양념이 들어간 마요네즈는 싫단다. 주방에서 하나를 더 만든다. 더 순한 아이올리소스를 써서. 내가 그것을 갖다주고 몇 분 뒤, 여자가 양념 마요네즈로 만든 것을 다시 갖다달라고 한다.

"안 좋아하는 줄 알았는데, 좋아하나봐요." 그녀가 말한다.

뮤리얼이 로마에서 돌아와 일하러 가기 전에 나를 만나 커피를 마신다. 내가 그녀를 힘껏 끌어안자 그녀는 웃는다. 그리고 컨퍼런스 둘째 날에 호텔 밖으로 나오니 크리스천이 길 건너 재커랜더 나무 아래 있었다고 말한다. 내가 이탈리아에 간다면 오로지 로맨스를 위해서일 거라고 했잖아. 그렇게 말하고 그는 자신과 결혼해줄 거냐고 물었다.

스타라면 그 청혼을 좋아했을 것이다.

아파트를 구하려고 〈글로브〉 광고란을 뚫어지게 쳐다본다. 전화를 걸어 가장 작고 가장 싼 아파트에 대해 물어보지만 이미 나갔다고 한다. 마침내 직접 가서 볼 수 있는 아파트를 발견한다. 케임브리지에 있다. 인먼스퀘어. 노란 빅토리아양식 건물의 지하층 원룸아파트다. 주인은 내가 그 아파트에 매료되는 것을 보고 놀란다. 나는 레인지 앞에 한참 서 있다. 진짜 가스레인지다. 버너를 하나씩 켜고 꺼본다. 그리고 냉장고도 아주 크다. 그는 내가 감탄하는 것을 보고 웃더니 그게 표준 크기라고 말한다. 바닥에 깔린 카펫은 약간 냄새가 나지만, 내가 사는 정원 헛간과는 완전히 다르다. 뒤쪽으로 미닫이 유리문을 통과하면 화단과 야생능금나무로 둘러싸인 전용 파티오가 있다. 내가 감당할 수 있는 정도 이상이다.

내가 그의 가장 형편없는 아파트를 보고 반했기 때문인지, 그는 보수공사를 하고 있는 위층의 방 두 개짜리 아파트를 구경하고 싶은지 묻는다. 나는 그를 따라 세 개 층을 올라간다. 그는 잠긴 문을 열면서 아파트 네 채를 전부 수리할 계획이라고 말한다. 지하층이 마지막이 되겠지만 하긴 할 거라고. 그는 문을 활짝 연다. 밝은 색상의 반짝거리는 나무 바닥이다. 새 제품을 들여놓은 부엌이 빛난다. 동네를 내려다보는 내닫이창 앞에는 널찍하게 앉는 자리가 만들어져 있다. 단풍나무가 그 집을 보호하려는 듯 큰 팔을 눈높이로 뻗고 있다. 그 너머로 다른 모든 나무의 꼭대기와 회색 지붕을 지나, 더 먼 풍경까지 보인다. 내 가슴속 뭔가가 편안해지는 동시에 아프다.

"아직은 욕실 공사중이에요." 그가 손목시계를 본다. "물론 아직 일꾼들은 안 왔지만."

그는 내게 아래층처럼 바닥에 니스칠이 된 큰 침실과 여전히 합판 바닥이고 수납장이 박스 안에 넣어진 채 놓여 있는 방에 딸린 욕실을 보여준다. 구석에는 천창 아래 현대식 욕조가 있다. 우리는 두번째 침실로 들어간다. 한쪽 벽에는 책장이 있고 긴 두 개의 창문 사이에 책상이 놓일 공간이 있다.

나는 거실 창가 자리로 돌아간다. 그가 곧 나보고 그만 가보라고 할 것이다.

"무슨 일을 해요?" 그가 묻는다.

나는 고개를 젓는다. "지하층을 빌릴 만큼도 못 벌어요."

"그걸 묻는 게 아니에요. 그냥 궁금해서요."

그는 내가 얼마나 딱한 신세인지 알 필요가 있다. "작가예요."

"작가. 멋지네요. 하지만 예술로 먹고살기는 힘들죠." 그가 열쇠를 잘랑거리며 문 쪽으로 돌아선다. "그래도 해볼 만한 가치는 있죠, 안 그래요?"

마침내 나는 아이리스에서 해고된다. 하버드 대 예일의 경기가 열리기 전날 밤이다. 예약 손님이 백아흔두 명이고, 아래층에는 예약 없이 그냥 온 사람들이 줄을 서 있다. 우리는 반시간 일찍 문을 연다. 해리, 데이나, 제임스, 그리고 나는 위층에 있다. 토니와 빅터는 아래층에 있다. 한 시간쯤 됐을 때 파비아나는 토니가 일이 많아 허덕이고 있으니 나보고 클럽 바에 있는 네 명을 맡아달라고 한다. 그녀가 이미 내 번호로 음료 주문을 받아놓아서, 준비가 되면 내가 음료를 아래로 가져가고 주문을 받으면 된다. 위층에 있는 컴퓨터로 가는 길에 내 6인 테이블 두 개에 손님이 앉은 것이 보인다.

더 가까운 쪽 테이블로 가니 테이블 상석에 앉은 사람이 내 손목을 잡는다. "이봐요, 아가씨." 그가 힘을 꽉 준다. "남자가 일정한 나이가 되면 일정한 시간 안에 일정한 농도의 칵테일이 필요하단 말이오."

세 남자는 의사가 수술 전에 중요한 지시를 내리듯 아주 구체적으로 음료를 주문한다. 여자들은 화이트 하우스 와인을 잔으로 주문한다. 남자가 내 손목을 놓는다.

그들 옆으로 6인 테이블에는 주문할 준비를 모두 마친 가족이 딸의 공연에 가야 해서 급하다고 재촉한다. 딸은 플루트 연주자다. 하버드에 다니는. 아직 대학에 갈 나이가 아닌 어린 두 딸이 눈알을 굴린다. 어머니가 그들을 본다. "이 지역에는 학교가 많잖아. 그냥 분명히 해두려는 거야." 그녀가 말한다.

컴퓨터 앞에 가기도 전에 손님들이 나를 세 번 찾는다. 콜라 한 잔 더 달라고, 더 깨끗한 포크를 달라고, 우스터소스가 필요하다고. 나는 음료와 급한 주문을 입력하고, 주방에서 2인 테이블에 내갈 앙트레가 준비되었다고 나를 부르는 소리를 듣는다. 그 테이블에 앉은 래드클리프 출신의 여자 둘은 오늘이 자신들의 보스턴 결혼*오십 주년을 축하하는 자리라고 내게 말해준다.

주방에서는 클라크가 맥주를 마시는 중이고, 황새치 스테이크는 너무 익혔다고, 치킨 요리는 벌겋다고 되돌아온다. 그는 문을 밀고 들어오는 모든 종업원을 몰아세운다. 여덟시가 되자 비난은 경영자들에게까지 돌아가, 마커스에게는 계집년, 고리에게는 불감증 암소라고 쏘아붙인다. 클라크는 그릴 안에 손을 넣어 팬 손잡이를 잡다가 오른손에 화상을 입는다. 그는 싸움이 끝난 뒤의 황소 같다. 모든 것이 붉게 번들거린다. 나는 멀리 떨어져 있다.

---

* 19세기 후반과 20세기 초반에 주로 사용된 용어로 장기간에 걸친 여성간의 로맨틱한 관계를 말한다.

그리고 더 크룩스가 어딘지 이상하다. 그들은 일찍 왔고, 평소의 턱시도를 입지 않았다. 그들은 모든 걸 반대로 해서 방 한복판에 모였다가 주변으로 부챗살처럼 퍼지고, 내가 한 번도 들어보지 못한 노래를 몇 곡 부른다. 그들의 목소리는 크고 엉성하다. 하지만 식사하는 사람들은 그 차이를 모른다. 그들이 식사를 끝낸다. 마지막 곡이 끝나자 노래를 부른 사람들이 주머니에서 푸른색 예일 모자를 꺼내 머리에 눌러쓴다. "고맙습니다." 그들이 소리친다. "우리는 더 위픈퓹스*예요." 사람들은 장난을 좋아한다. 야유하는 동시에 손뼉을 친다. 더 위픈퓹스가 키스를 보낸다. 입구에는 턱시도를 입은 더 크룩스가 화가 나고 멍찐 표정으로 서 있다.

내가 첫번째 6인 테이블에 디저트를 놓을 때—두번째 테이블은 이미 연주회를 보러 떠났다—클라크가 식사 공간으로 허겁지겁 들어온다. 손에 헝겊과 덕트 테이프로 붕대를 감은 채 얼음팩을 하고 있다. 그가 내 팔을 움켜잡자 헤이즐넛 무스가 담긴 작은 실린더가 카펫으로 날아간다.

"마커스가 그러던데, 클럽 바 5인 테이블 손님들이 여기 온 지 두 시간이나 됐다고. 여기 게으름뱅이는 필요 없어."

처음에 내 테이블 손님들은 그걸 예일대생이 또 한번 장난치는 거라고 생각해서 흥미롭게 지켜본다. 하지만 그의 피 끓는 분노가 진짜라는 것을 깨닫자 접시 위로 고개를 숙인다. 테이블 상석에 앉은 남자가 내 골반 쪽으로 다시 손을 뻗는다. "이 사랑스러운 젊은 아가씨에게 그렇게 말하면 안 되죠."

---

* 1909년에 생긴 예일대학교의 아카펠라 그룹.

나는 그의 손을 피해 비켜서고, 나를 잡은 클라크의 팔을 떼어낸다. 그것이 덕트 테이프를 감은 그의 반대쪽 손에 부딪힌다. 그가 비명을 지른다.

"더러운 손 치워요." 내 목소리는 아주 크다. 내가 예상한 것보다 훨씬 더 크고, 크룩스나 위픈푸스의 어느 멤버보다 더 크다. 나는 조용한 식사 공간을 잽싸게 가로질러 비상계단으로 나간다.

목안이 죄어오고, 나는 공기를 조금씩 마신다. 내 안에 많은 울음이 있으나 눈물은 한 방울도 나오지 않는다. 나는 그저 숨을 쉬려고 한다. 울음이 다시 터지려 하고, 울음은 어떻게든 내 몸에서 나올 필요가 있다. 내 심장이 너무 빠르게 벌렁거려서 폭발하기 직전의 긴 한 박자처럼 느껴진다. 죽음, 혹은 그보다 더 크고 훨씬 덜 평화롭고 더 가깝게 느껴지는 뭔가가 내 어깨 위에서 서성인다.

"케이시."

마커스다.

"알아요. 그만둘게요." 겨우 그 말을 한다.

"좋아요." 그가 말하고 다시 안으로 들어간다.

나는 화장실에서 옷을 갈아입고 지저분한 내 유니폼은 화장실 칸의 바닥에 그냥 둔다. 다른 칸엔 어린 여자애 둘이 있다. 아이들의 하얀 타이츠와 검은 에나멜가죽 구두가 보인다. 나는 손을 씻으면서 거울은 보지 않는다. 거울에 비친 모습을 보고 싶지 않다. 아이들이 소곤거리면서 자신들이 나오기 전에 내가 나가기를 기다린다. 나는 나가면서 문을 요란하게 닫아 이제 아무도 없다는 것을 알린다.

좁은 계단을 내려가고, 이어 더 넓고 화려한 계단을 내려간다.

대통령들이 내가 가는 것을 지켜본다. 내 가슴이 물컹하게 썩어터지기 직전인 농익고 부푼 과일조각처럼 느껴진다. 어린 소녀들의 작은 목소리가 들린다. 나도 어린 딸이 있으면 좋겠다. 부인과의사가 제안한 다음 약속에 아직 가지 않았다. 이제 건강보험도 없어질 것이다. 임신이 안 되는 건 원하지 않는다. 그렇다고 임신을 원하지도 않는다. 피츠제럴드는 두 개의 모순된 생각을 동시에 머릿속에 담을 수 있는 것이 천재의 표시라고 했다. 하지만 두 개의 모순되는 공포가 있다면? 그래도 역시 천재인가?

나는 집에 돌아와 오스카가 전화할 수 없도록, 해리가 전화할 수 없도록, 해리가 뮤리얼에게 알려 뮤리얼이 전화할 수 없도록 전화선을 뽑는다. 집에 있을 수가 없다. 가만히 있을 수가 없다. 하지만 나가려니 무섭다. 진입로를 걸어 거리로 나서고 싶지는 않다. 돌아오지 못할까봐 두렵다. 내가 폭발할까봐, 녹아 없어질까봐, 방향을 틀어 곧장 차도로 뛰어들까봐 두렵다. 밤의 이 시간에 자전거를 타지 않고 그냥 걸을 때 남자들이 무섭다. 차 안에 있는 남자들, 입구에 있는 남자들, 무리를 지은 남자들, 혼자 있는 남자들이 무섭다. 그들은 위협적menacing이다. Men-acing. Men-dacious. Men-tal.* 이제 바깥에 나왔다. 큰 나무 주위를 돌고 있다. 너는 남자를 미워해, 한번은 파코가 그렇게 말했다. 내가 그런가? 나는 남자를 위해 일하는 게 싫다. 마커스와 고리. 살바토레 서점의 가브리엘은 예외였다. 내가 8학년이었을 때 프랑스어 교사는 보충 시험을 보

---

* 각각 '위협적인' '거짓의' '정신의'라는 뜻의 단어를 'men(남자)'과 'acing' 'da-cious' 'tal'로 나누었다.

는 동안 내 목을 문지르며 내 플라스틱 의자 등받이에 몸을 붙이고 몸을 좌우로 열심히 흔들었다. 나는 그에게 이가 있는 게 아닌가 생각했다. 그리고 마드리드의 공항에서 터크 선생을 만났을 때 내가 아버지 이야기를 다른 사람에게 하지 않은 이유를 묻자, 그는 자신은 내 아버지를 좋아했다고, 그런 말을 옮기는 사람에게 어떤 일이 생기는지 알지 않느냐고 말했다. 나는 남자의 비겁함을, 늘 서로 뒤를 봐주는 그들의 방식을 싫어한다. 그들은 통제하지 않는다. 자신들의 성기가 시키는 모든 것을 정당화한다. 그리고 그것에 대한 비난을 모면한다. 거의 모든 순간에. 아버지는 구멍을 통해 우리의 로커룸을, 거기 있는 여학생들을 훔쳐보았다. 아마 나도 훔쳐보았을 것이다. 그리고 그가 들켰을 때 그들은 그에게 케이크를 준비해 파티를 열어주었다.

나는 마당을 돈다. 시끄럽다. 땅에는 마른 잎이 가득하다. 나무는 거의 옷을 벗었다. 애덤은 마당을 쓸지 않는다. 그는 식물을 돌보지 않는다. 땅보다 조금 높이 만들어진 화단에는 죽어가는 잡초가 가득하다. 엄마는 주말마다 마당에 나가 있었다. 그때가 청바지를 입은 엄마의 모습을 본 유일한 시간이었다. 허리선이 높은 청바지여서 엉덩이가 도드라져 보였다. 엄마의 엉덩이는 예뻤다. 오십대에도 탱탱하고 앙증맞았다. 내 엉덩이는 그렇지 않았다. 이웃들은 모두 엄마에게 반해 있었지만, 엄마는 이제 남자는 끝이었다. 남자들은 봄에는 꺾은 가지와 퇴비를 들고 왔고, 가을에는 구근을 들고 왔다. 그들은 가지 않고 서성거리며 엄마의 골리앗* 토

---

* 크기가 큰 것을 일컬을 때 자주 쓰이는 표현.

마토나 능소화의 안부를 물었다. "내 남편이 네 엄마와 반쯤 사랑에 빠졌던 것 같아." 엄마의 장례식 때 그 말을 해준 여자들이 꽤 있었다. 하지만 아내들은 위협감을 느끼지 않았다. 그들 역시 그녀를 사랑했다. 그들이 고관절 대치술을 받았을 때, 차 사고가 났을 때, 아들이 자살했을 때 엄마가 어떻게 자신들을 돌봐주었는지 말해주었다. 엄마는 그들의 카우치에서 자면서 식사를 준비하고 심부름을 해주었다. 학교 부지에 살충제를 뿌리는 문제를 놓고 타운과 싸웠고, 전문 기자에게 동성애자 권리와 인종 정의에 대한 편지를 써 보냈다. 나는 발로 잎을 찬다. 최근에 어떤 인물 때문에 엄마가 떠올랐다. 마치 기억에 향미가 있는 것처럼, 그 기억은 달콤하게 느껴지지만 손에 잡히지 않는다. 엄마 또래의 여인. 기억이 나지 않는다. 엄마는 진짜 좋은 사람이었다. 나는 진짜 좋은 사람이 아니다. 엄마는 확신이 있었고, 행동하는 사람이었다. 목적이 있었고, 믿음이 있었다. 다른 사람을 도왔다. 나는 아무도 돕지 않는다. 엄마는 기부 단체 설립을 도왔다. 나는 냉장고를 기부해준 것에 대한 감사 편지 한 통도 쓸 수 없었다. 내가 원한 것은 오로지 소설을 쓰는 것뿐이다. 나는 빚과 꿈을 끌고 다니며 시스템을 고갈시킨다. 그게 지금껏 내가 원한 전부다. 그런데 이제 나는 그것조차 할 수가 없다. 제니퍼 린과 통화한 뒤로 내 책 근처에도 갈 수 없었다.

잎이 사각거리는 소리에 개가 깨어나 머드룸* 창가에서 컹컹 짖는다. 나무 몸통 옆에 쭈그리고 앉아 움직이지 않지만, 내 안의 모든 것은 휘돌고 있다. 잎사귀 밑의 땅은 따뜻하지만 공기는 차갑다.

---

* 흙 묻은 장화나 레인코트를 벗는 곳.

뭔가가 내 앞에서 번쩍거린다. 내 숨이다. 내 숨이 보인다. 내 숨을 볼 수 있는 곳에서 살았던 시절 이후 오랜 시간이 지났다. 나는 엄마가 운전하는 차를 타고 학교나 교회나 식료품점에 가면서, 모직 코트의 단추를 목까지 채우고 흰색 손모아장갑을 낀 채로 발가락은 얼음조각 같고, 조수석의 푸른색 가죽 시트에 올라앉아 차 안이 따뜻해지기를 기다리는 어린아이다. 오피는 짖기를 멈추고 침묵에 귀를 기울인다. 개는 창턱에서 멀어져 다시 잠을 자러 간다.

진정될 때까지 안으로 들어갈 수 없다. 심장과 머리가 죽음을 향해 경주를 하는 것 같다. 나는 내 숨을 지켜본다. 근육 하나하나에 힘을 꽉 준다. 엄마를 연상시킨 인물은 애슈터뷸라의 스타였다.

나는 안으로 들어가 푸톤에 누워 폭발의 순간을 기다린다.

"튕기기엔 우리가 좀 오래 만난 것 같지 않아요?" 오스카가 말한다.

"해고됐어요."

"멋지네요!"

"내게 해당되는 말은 아닌데요."

"당신은 그보다 더 나은 일을 할 수 있어요."

"어떤 일요?"

"뭐든요. 사무실에서 일하거나, 일반적인 시간을 따르는 일."

"하지만 일반적인 시간에는 글을 써야 해요."

"내게 당신이 해줬으면 하는 작은 일이 있어요."

"뭔데요?"

"이건 당신 탓이에요. 애들이 당신을 너무 많이 좋아하거든요."

"무슨 소리예요?"

"그러니까 다음 주말에 내가 프로보에 가야 해요. 어머니가 달력에 표시해둔 줄 알았는데, 안 해놨더라고요. 레녹스에 가서 여자애들만의 주말을 보낼 거래요. 취소하지 않을 거고요. 어머니는 아무리 너그러운 기준으로 봐도 여자애는 아니고, 어머니 친구들은 대부분 너무 남자 같아서 남자들의 주말이라고 불러야 한다고 말해봤지만, 어머니는 재미없다며 전화를 끊어버렸어요. 길 아래 사는 브렌다에게 연락하려고 했는데, 애들이 아줌마가 만드는 요리는 셰퍼드 파이뿐이고, 화장실 휴지를 콧속에 쩔러넣는데, 그걸 빼면 피가 묻어 있다고 불평하면서 당신을 찾았어요. 당신이 주말에 와서 같이 있어줄 수 있는지 물어봐달라고요. 일해야 해서 안 된다고 했지만, 이제 그렇지 않을 수도 있겠네요."

"브렌다에겐 얼마를 줬어요?"

그는 웃다가 내가 진지하다는 걸 깨닫는다. "하루에 200달러."

"좋아요. 할게요."

오스카는 냉장고에 내게 줄 수표와 편지를 붙여놓는다.

그냥 말해두는 건데요.

자두는 다 먹어도 좋아요.

포도도 다 먹어도 좋고

바나나도 다 먹어도 좋고

하지만 키위는 다 먹지 말아요.

그러면 재스퍼가 울 거예요.

그리고 일요일에 그냥 가지 마요

아니면 영원히.

나는 버스 정류장을 향해 걸어간다. 길에 보이는 여자는 죄다 유
모다. 존이 재빨리 버스에서 내리고, 재스퍼는 천천히 움직인다.
뒤에 있는 여자아이가 언제라도 재스퍼를 떠밀 기세다. 집으로 돌
아오는 길에 아이들은 수줍다. 나는 학교는 어땠는지 묻고, 돌아오
는 것은 단답이다. 재스퍼는 아빠가 언제 집에 오는지 세 번이나
묻는다.

"일요일 밤 일곱시 몇시요?" 재스퍼가 눈을 끔벅이며 말한다.

존이 웃는다. "곧 눈물 터지겠다."

모두 푸짐한 간식이 필요하다. 나는 과일을 모조리 꺼내고 키위
두 개를 반으로 잘라 스푼과 함께 재스퍼 앞에 놓는다. 오스카가
이 간식시간을 위해 플라스틱 용기에 치즈와 셀러리와 당근을 담
아놓았지만, 나는 냉장고 서랍에 있는 베이컨을 보고 내가 방과후
에 종종 만들었던 음식을 떠올린다. 베이컨을 굽고 짭조름한 크래
커에 마요네즈를 발라 각각에 양파 썬 것과 베이컨과 체더치즈를
올린 뒤 그릴에 넣는다. 결과물은 완벽하다. 우리는 그것을 게걸스
럽게 먹어치운다. 먹으면서 나는 다시 6학년으로 돌아간다. 더 만
든다. 우리는 그것까지 맛있게 먹어치운다.

"아빠가 마요네즈를 먹으면 동맥이 막힌다고 했어요." 재스퍼가
말한다.

"베이컨도요." 존이 말한다. "그리고 치즈도."

"우리는 어리잖아. 아직 그런 걱정은 하지 않아도 돼." 요즘 부
모는 정말로 아이들에게 동맥을 걱정하게 하는가?

"아빠는 너무 늙었어!" 존이 말한다.

"음, 늙진 않았어. 우리만큼 완벽한 기계가 아닌 거지." 나는 입안에서 또하나의 콜레스테롤 폭탄을 터뜨린다.

"하지만 아빠가 돌아가시진 않을 거야." 재스퍼가 말한다. "약속했어."

"아빠는 약속할 수 없어. 자기가 언제 죽을지 아는 사람은 아무도 없어." 존이 말한다.

"아빠가 약속했어. 그리고 약속은 약속이야."

"하지만……"

"스핏이라는 게임 가르쳐줄까?" 내가 말한다.

오스카는 매일 밤 아이들을 목욕시켜야 한다고 했다. 하지만 나는 어떻게 해야 할지 잘 모르겠다. 다섯 살과 일곱 살인 아이들끼리만 욕조에 둘 수는 없지만, 내가 욕실에 같이 있는 걸 아이들이 편안해할지 잘 모르겠다. 나는 그게 두려워서 잠자는 시간을 가능한 한 피하려고 저녁식사 시간을 늘리고 카드게임과 〈쏘리!〉 게임을 한다. 하지만 존이 시계를 보더니 씻을 시간이라고 말한다. 그러자 재스퍼가 "나는 서핑보드 찜!" 하고 말하고는 계단을 향해 뛰어간다. 존이 뒤쫓고, 내가 올라갔을 때쯤 아이들은 물을 틀어놓고 둘 다 벌거벗은 채 변기 앞에서 오줌줄기로 칼싸움을 하고 있다. 내가 고개를 숙이고 나가려 하자 존이 나를 다시 부르더니 남은 한 손으로 높은 선반을 가리키며 목욕용 장난감을 내려달라고 한다.

나는 욕조 옆 바닥에 앉아 잠수함을 맡는다. 재스퍼는 스파이를 서핑보드에 태우고, 존은 특수작전 낙하산부대원을 가졌다. 우리는 손가락 끝이 파랗고 쪼글쪼글해질 때까지 그걸 가지고 논다.

내가 그만 나갈 때가 되었다고 하자 재스퍼는 샴푸를 해야 한다고 말한다.

"아빠가 어젯밤에 감겨주셨잖아."

"다시 더러워졌어요."

존이 고개를 젓는다. "앤 항상 샴푸를 하고 싶어해요."

재스퍼가 내게 베이비 샴푸를 건넨다. 샴푸는 전혀 바뀐 게 없다. 황금색. '더이상 눈물은 없어요' 하고 말하는 빨간색 눈물방울. 향. 다른 많은 것과는 다르게, 이건 엄마가 내 머리를 감겨줄 때와 정확히 똑같다. 아이들은 머리를 물에 담가 적시고, 나는 샴푸를 해준다. 그리고 재스퍼의 거품이 난 머리칼을 개의 귀 모양으로 납작하게 만들어 앞으로 꺾어주고, 존의 좀더 긴 머리칼은 똑바로 세워 안테나 모양으로 만든다. 아이들은 서로를 쳐다보며 키득거리고, 나는 조심조심 아이들을 한 명씩 일으켜 세면대 위 거울을 보게 해준다. 엄마가 내 허리를 잡아주었듯 아이들의 허리를 잡아준다. 아이들은 다시 천천히 앉고, 나는 새로운 모양을 만들어준다. 그리고 향을 들이마신다.

아이들을 데리고 나와 수건으로 닦아주자 아이들은 파자마를 입는다. 존의 것은 감청색 바탕에 소맷동이 흰색이고, 손목과 발목에 미치지 않는 길이다. 재스퍼의 것은 빨간색과 녹색의 격자무늬이고, 색이 바랬고 존의 것을 물려 입었다. 아이들이 내게 자기 방을 보여준다.

"형 방이 더 크지만, 내 방이 더 아늑해요." 재스퍼가 나를 안내하며 말한다.

"동생이 불평하면 우리가 그렇게 말해주거든요."

"내 방은 개엽적으로 커. 알아?"

"개념이야." 존이 말한다.

"우주 전체예요." 아이가 두 팔을 크게 벌린다. 한쪽 구석에는 우리 태양계의 행성들이 있고 다른 쪽 구석에는 태양이 있는 단연코 우주가 테마인 방이다. 아폴로 17호 포스터가 붙어 있고, 천장에는 야광 밤하늘이 있다. 구석에 1인용 침대가 하나 있고, 나머지 바닥은 레고로 만든 거대한 우주정거장이 차지했다.

"문에서 침대까지는 어떻게 가?"

"발끝으로 걸어서요, 이렇게." 그리고 아이는 길을 골라서, 거의 발끝으로 물건 하나 흩트리지 않고 방을 건너간다.

존의 방은 깨끗하고 가구가 별로 없다.

"벽에 뭐가 있는 게 싫어요. 불이 붙을지도 모르니까요."

불은 무엇에든 붙을 수 있다. 아이들이 주변에 있으면 말할 수 없는 것이 너무 많다.

존은 내 시선이 선반에 놓인 사진에 가닿는 것을 본다. 우리는 같이 그쪽으로 이동한다.

거기 그녀가 있다. 소냐. 픽시 커트*, 동그란 갈색 눈, 재스퍼의 악동 미소. 나는 내가 그녀를 버들가지처럼 호리호리한 보헤미안, 그리고 꿈꾸는 듯한 모습으로 상상해왔다는 걸 깨닫는다. 하지만 그녀는 탄탄하고 강단 있어 보인다. 엄마라면 말도 안 되는 소리 하지 말라고 할 것이다. 그녀 옆에—산 정상에, 가죽 소파에, 결혼

---

* 머리 옆과 뒤를 짧게 자르는 헤어스타일.

식장에—있는 오스카는 키가 커 보인다. 소녀는 활동적이고 생동감이 넘친다. 젊어서 죽는 사람들이 늘 그렇듯, 마치 그들에게 생의 에너지와 열정이 더 많이 주어진 것처럼, 그것을 쓸 시간이 많지 않다는 것을 아는 것처럼. 아니면 우리가 그들에게서 발견할 수 있는 어떤 삶의 모습도 과장되게 느껴질 때, 그것이 우리가 그들의 사진을 보는 방식일 것이다.

"우리 엄마예요."

"정말로 다정해 보이시네."

"그랬어요."

나는 이 작은 몸들이 어떻게 엄마의 상실을 견뎌냈는지 모르겠다. 하루하루를 어떻게 끝까지 버텨나갔는지 모르겠다.

"나도 엄마가 돌아가셨어. 지난겨울에."

"나이가 많았어요?"

"아니. 쉰여덟이었어. 그래도 너희 엄마만큼 젊지는 않았지."

"엄마는 서른일곱이었어요."

"엄마를 봤어요. 돌아가셨을 때." 재스퍼가 말한다. "떠내려온 나무토막 같아 보였어요."

"아빠가 그런 말 하지 말라고 했잖아."

"근데 진짜 그랬어요." 재스퍼가 말한다. "형한테 일기장이 있어요!" 재스퍼가 방을 가로질러 달려가고, 침대 밑을 손으로 더듬더니 두꺼운 공책을 꺼내온다.

"안 돼." 존이 재스퍼에게서 그것을 잡아채려고 한다.

"그냥 재미있는 것만." 재스퍼가 검은 매직마커로 큼직하게 나는 아빠가 싫다를 반복해서 써놓은 앞쪽 페이지를 찾는다. 그리고 맨 밑에는 재스퍼는 폼시 푸다라고 써놓았다.

우리 모두 웃는다.

"그게 무슨 뜻이야?"

"몰라요. 기억 안 나요." 존은 여전히 깔깔거리고 있다. 그러고는 재스퍼에게서 일기장을 받아 페이지를 넘겨보기 시작한다.

"일기를 오랫동안 써왔니?"

"네 살 때부터요."

아마 백 페이지는 쓴 것 같다. 처음에는 주로 두꺼운 펜으로 쓴 크고 엉망인 글씨고, 나중에는 점점 작고 가늘어진다. 가장 최근에 쓴 건 정확하고 작다.

"너도 아빠처럼 작가구나."

아이가 고개를 젓는다. "그냥 기록하는 걸 좋아해요. 그러면 안 잊어버리잖아요."

나는 우리 옆에 있는 사진을 느낀다. 동작중에 동결된 한 가족.

사진 아래 책이 있다. 우리는 책을 살펴보고, 재스퍼는 자기가 좋아하는 책을 꺼낸다. 우리는 책이 무더기로 쌓여 있는 쪽에서 조금 쌓인 쪽으로 범위를 좁힌다. 존은 『로빈슨 크루소』를 읽고 싶어하는데, 아빠하고 거의 절반은 읽은 모양이다.

"아빠 침대에서 읽어도 돼요? 거기가 더 넓어요."

하지만 침대에 자리를 잡자 아이들이 내 양옆에 바짝 붙어서 더 많은 공간이 필요하진 않다. 아이들의 머리칼과 페이지를 넘기는 내 손가락에서 베이비 샴푸 향이 난다.

책을 읽은 뒤 아이들은 고단한 몸으로 잠자리에 든다. 내가 노래를 불러주면 좋겠냐고 묻자 아이들은 괜찮다고 답한다. 하지만 내가 재스퍼의 방에서 나오려는데, 아이가 마음이 바뀌었다고 한다. 나는 〈Edelweiss〉와 〈Blowin' in the wind〉를 부른다. 그러자 존도 복도 맞은편에서 마음이 바뀌었다고 한다. 나는 아이에게 더 크룩스에 대해 말해주고, 〈Blue Angel〉과 〈Loch Lomond〉를 불러준다.

나는 오스카의 침대로 돌아간다. 그가 시트를 바꾸지 않아서 베개에서 그의 냄새가 난다. 그의 살, 면도 크림. 그의 아내와 그녀의 밝은 얼굴을 생각한다. 내 혹이 치명적인 암으로 판명된다 해도 나중에 내 사진을 보며 나에게 뭐든 뭔가가 더 많이 주어졌다고 생각하는 사람은 아무도 없을 것이다. 나는 네시쯤 잠이 들고, 다섯시가 되기 전에 재스퍼가 내 방으로 들어온다. 아이는 내가 깨어날 때까지 침대에 몸을 부딪치고, 내가 이불을 끌어올려줄 때까지 서 있다가 침대로 기어든다. 아이는 완전히 깨어 있다. 내게 자기 반에 있는 에드윈이라는 이름의 아이에 대해 말해준다.

"걔는 때리고 주먹질을 해요." 아이가 말한다.

"그러면 넌 어떻게 하고?"

"나는 가라테로 공격하죠. 상상으로요. 실제로는 교실 반대쪽으로 피해요."

"좋은 전략 같은데."

우리는 아이스크림과 우리가 좋아하는 맛, 재스퍼가 지금까지 수영해본 모든 곳, 포치 밑에서 새끼 고양이들을 발견한 m으로 시작하는 어딘가의 바위에서 존이 뛰어내린 일에 대해 말한다. 아이가 내 한 손을 잡아 지도처럼 들고 자기 얼굴 앞에서 두 손으로 내 손가락을 벌렸다가 붙인다.

"나는 엄마가 기억 안 나요." 아이가 말한다.

"넌 겨우 두 살이었지, 응?" 나는 차마 그녀가 언제 죽었는지 물어볼 수 없다.

"네. 엄마가 케이시하고 비슷했는지 완전히 달랐는지 몰라요. 엄마가 수 이모와 비슷했는지 완전히 달랐는지도요. 엄마는 누구하고 비슷했어요?"

"아마 너하고 비슷했을걸."

"저하고요?"

"엄마는 아마 호기심이 많거나 영리하거나 아주 좋은 의미로 바보 같았을 거야."

아이는 내 손가락을 자기 입술에 갖다대고 무심히 튕긴다.

"엄마가 돌아가셨을 때 나는 엄마가 가끔 내 안에서 느껴지는 것 같았어." 내가 말한다. "내가 엄마를 삼킨 것처럼 말이야."

아이가 웃는다. "엄마를 삼켰다."

"그렇게 느껴지는 순간이 아직 있어. 엄마가 내 안에 있다고 느껴지는 순간. 그런 순간에 우리는 서로 다른 점이 전혀 없고, 있다고 해도 중요하지 않아."

아이는 여전히 내 손가락을 튕기면서 듣고 있다. 말은 없다.

"내 생각에 그건 그 모든 사랑 때문인 것 같아. 모든 사랑은 다 어디론가 가야 하거든."

아이가 내 새끼손가락을 조금 씹는다. 그리고 천천히 고개를 끄덕인다. "엄마는 나를 사랑한 것 같아요." 아이는 내 손가락 마디에 대고 속삭인다.

"사랑했지." 내가 말한다. "그리고 아직 사랑해. 아주아주 많이.

그리고 그 사랑은 영원히 영원히 네 안에 있을 거야."

아이들과 함께 있으면 시간은 변덕스럽다. 아침시간은 팬케이크 만들기와 얼음 땡 놀이로 순식간에 지나간다. 한편 재스퍼가 신발 끈을 묶거나 자전거를 타고 우리를 따라잡을 때까지 기다리는 시간은 끝없이 길다. 아이들은 자신들이 좋아하는 놀이터로 나를 데려간다. 터널형 미끄럼틀이 있는 놀이터도 있고, 높은 그네가 있는 놀이터도 있고, 암벽을 타는 놀이터도 있다. 우리는 보 스트리트에 있는 멕시코 식당에서 퀘사디아를 먹고, 그 옆 카페에서 바나나 컵케이크를 먹는다. 집으로 돌아가는 길에 블록버스터에서 〈미세스 다웃파이어〉를 고르고, 나는 마카로니 앤드 치즈를 만들고 채소는 곁들이지 않는다. 우리는 그걸 카우치에서 먹는데, 오스카라면 그렇게 하도록 허락했을 리 없다. 재스퍼가 그날 새벽 세시에 내 침대로 기어들어 이번에는 금세 잠이 들고, 아이의 호흡과 내 정강이에 닿은 작고 뜨거운 발에 나는 긴장이 풀리는데, 그건 나도 예상치 못한 일이다. 일요일에는 수족관과 식료품점에 가고, 쿠키를 굽고 카드게임을 한다. 저녁식사로는 아이들의 도움을 받으면서 오스카가 돌아오는 시간에 맞춰 라자냐를 만든다. 그가 탄 비행기는 여섯시 십사분에 도착한다. 우리는 여섯시 십오분에 라자냐를 꺼내고 물끄러미 바라본다. 치즈가 여전히 가장자리에서 보글거린다. 우리는 배가 고프다. 딴 데로 생각을 돌리려고 차고에서 탁구를 하지만, 누가 내 편에서 할지를 놓고 싸워서 나는 빨리 끝내고 『로빈슨 크루소』를 한 장 더 읽어주겠다고 제안한다. 아이들은 다시 내 양옆에 자리를 잡는다. 어쩌면 너무 이른 건 아닐 것이다. 여기가 내가 있어야 할 곳인지도 모르겠다. 여기가 내가 있어야 하는 곳 같다.

크루소가 섬에서 인간의 발자국을 발견하는 부분을 읽으려는 찰나 오스카가 문을 연다. 나는 마음이 놓인다. 아이들에게 식인주의를 설명할 필요가 없어졌다. 아이들이 카우치에서 벌떡 일어나 그에게로 달려간다.

"진입로에 안 나왔네!" 그가 아이들을 번쩍 들어 양 옆구리에 하나씩 낀다.

"헤드라이트를 못 봤어요." 존이 말한다.

"내가 번쩍번쩍했는데."

언제인가 오스카는 이런 여정을 마치고 돌아올 때 유일하게 좋은 것이 자신이 진입로로 들어올 때 헤드라이트를 번쩍이면 아이들이 창문을 지나 문밖으로 나와 진입로로 달려오는 것이라고, 아스팔트를 배경으로 아이들의 작은 몸이 환하게 빛나는 것을 지켜보는 것이라고 말한 적이 있다. 그런데 내가 그걸 잊은 것이다. 그는 내 손에 『로빈슨 크루소』가 들려 있는 것을 본다. "나 없이 그걸 읽고 있었어?"

"다시 읽으면 돼요." 존이 말한다. "다 이해하지 못했어요. 목요일에 멈춘 자리에서 시작하면 돼요."

오스카가 아이들을 내려놓고 코트를 벗은 뒤 옷장에 건다. 그가 아이들의 머리 각각에 손바닥을 올린다. "또 내가 놓친 게 뭐지?"

아이들은 우리가 어떤 걸 했는지 말하면서 꽥꽥 소리를 지르고, 그는 허리를 숙여 아이들을 내려다보면서 고개를 끄덕인다. 그는 아직 나를 쳐다보지도 않았다.

"어떻게 됐어요?" 더이상 참을 수 없어졌을 때 내가 말한다.

그는 고개를 들지 않는다. "좋았어요."

"우리가 라자냐를 만들었어요, 아빠! 진짜 라자냐요."

아이들은 그걸 보라고 그를 조리대로 끌고 간다.

우리는 존이 높은 선반에서 고른 접시를 식탁에 놓는다. 재스퍼가 종이냅킨에 그림을 그렸다. 꽃이 없어서 우리는 레고 하나를 중앙에 놓아 중앙장식으로 썼다.

"지금 먹어도 돼요?" 존이 내게 묻는다.

"그럼." 오스카가 말한다.

나는 그들과 함께 앉는다. 내 몸이 걷잡을 수 없어진다. 나는 의자 모서리에 걸터앉는다. 속으로 단어들을 골라 내가 가야 하는 이유를 설명하는 연습을 하지만, 소리 내어 말하지는 않는다.

아마 그는 프로보에서 누군가를 만났을 것이다. 아마 분명히 깨달았을 것이다. 주말 내내, 내가 그의 아이들과 사랑에 빠져 있는 동안, 이 삶 전체와 사랑에 빠져 있는 동안, 그의 마음은 변하고 있었을 것이다.

아이들은 우리가 함께한 이틀을 조잘조잘 이야기한다. 그는 라자냐 위로 몸을 숙인 채 고개를 끄덕이며 듣는다. 그중 어느 것도 그의 기분을 풀어주지 않는다. 그건 틀림없다. 그리고 아이들은 그를 기분좋게 해주려고, 재미있고 즐거운 시간을 만들려고, 그가 좋아할 만한 뭔가를 말하려고 무척 애쓴다. 뮤리얼은 가끔 워크숍에 갔을 때 그가 그 자리에 없는 것 같을 때가 있었다고 말했다. 하지만 이건 없는 것 이상이다. 의도적이고 전략적인 철회다. 아이들에게 이러는 건 잔인한 것 같다.

나는 식사를 끝까지 마친다. 접시를 치운다. 테이블 쪽으로 등을 돌린 채 개수대 앞에 선다. 여기 머물러야 한다는 것을, 설거지를 도와야 한다는 것을, 아이들이 잠자리에 들기를 기다린 뒤에 그와 이야기해봐야 한다는 것을 안다. 하지만 그럴 수가 없다. 나는 떠나야 한다. 위층으로 올라가 옷과 세면도구를 다시 가방에 넣고 아래층으로 내려온다.

"갈 거예요?" 재스퍼가 말한다.

나는 쭈그리고 앉아 아이를 안아준다. 존의 팔을 잡고 끌어당긴다. "이번 주말 동안 너희 둘하고 너무 재미있게 지냈어."

"안녕, 포핏." 재스퍼가 말한다. 〈미세스 다웃파이어〉에 나오는 인물이다.

나는 오스카에게 살짝 손을 흔들고 돌아선다.

내 자전거는 차고에 있고, 자전거를 밀어 밖으로 나가니 그가 나를 기다리고 있다.

"어디 가요?" 그가 내 자전거 핸들을 잡고 두 다리 사이에 앞바퀴가 오게 한 뒤 나를 아주 가까이에서 바라본다. "화난 상태로 가지 마요. 미안해요. 내가 뭘 했건 미안해요."

"당신이 뭘 했건?"

"거리를 뒀건 차갑게 굴었건 뭐건." 그게 오래된 지긋지긋한 비난인 것처럼, 우리가 전에 여러 번 이랬던 것처럼, 전에도 이런 진부한 논쟁을 해왔던 것처럼 그가 말한다. "질투가 난 거예요. 늘 그랬어요. 소냐가 죽어갈 때, 다들 죽는 게 나이길 바랐다는 걸 알아요."

"그랬을 리 없어요."

"당연히 그랬어요. 엄마였잖아요. 나는 없어도 되는 사람, 늘 일 한답시고 혼자 더 많은 시간을 가지려 했던 멍청이였고요. 하지만 끝이 다가왔을 때 이런 순간이 있었어요. 내가 아내의 병실에 그 끔찍한 의자에 앉아 아이들을 끌어안고 있는데 아이들이 나만을 보고 있다고 느껴졌어요. 이제 끝이고 우리 셋밖에 없다는 걸 아는 것처럼요. 그 일은 끔찍하고 무섭고 너무나 가슴 아팠지만 아주 흥 분되는 일이기도 했어요. 내가 마침내 아이들의 관심을 전적으로 독차지했으니까요." 그가 손을 뻗어 내 손을 잡는다. 나는 그에게 손을 주고, 그가 나를 끌어당긴다. 그리고 내 셔츠 안에 손을 넣어 손가락을 내 배꼽에 갖다댄다. "나는 사람들의 전적인 관심을 받는 걸 좋아해요." 그가 내게 키스한다. 그가 두 손으로 내 맨허리를 감 싼다. "음, 프로보에서 자유시간이 좀 주어졌을 때 도서관에 갔다 가 〈케니언 리뷰〉에서 우연히 훌륭한 단편소설 하나를 읽었어요."

"설마."

"맞아요."

"오래전에 쓴 거예요." 그 글은 엄마가 살아 계실 때 쓴 것이었다.

"당신이 그렇게 잘 쓰는 줄 몰랐어요." 그가 나를 흔든다.

"80년대에 쓴 거예요."

집안에서는 아이들이 다시 영화를 틀어놓았다.

"아이들하고 〈미세스 다웃파이어〉를 봤어요."

"십삼세 이하 관람 불가인 〈미세스 다웃파이어〉요?"

"애들이 질문을 좀 할 수도 있어요."

키스가 끝나고, 그는 내 머리에 헬멧을 씌워준 뒤 턱 아래로 끈 을 조여주는데 피부와 플라스틱 사이에 손가락을 넣어 내 살이 꼬

집히지 않게 한다.

"나 대신 아이들을 안아줘요."

"아까 안아줬잖아요."

"한번 더 안아줘요."

그는 내 설명을 기다리지만, 나는 하지 않는다. 내가 무슨 뜻으로 말했는지 나도 잘 모르겠다.

뮤리얼이 자기 언니 친구 중에 교사가 있는데, 그 학교에서 방금 영어 교사를 해고했다며 내 전화번호를 언니에게 주었다고 말한다.

"고등학교라면 소름 끼쳐."

"괜찮은 학교야. 학생 80퍼센트가 장학금을 받는 학교. 네가 다닌 전형적인 사립학교가 아니야. 여름엔 내내 글을 쓸 수 있고."

나는 그들이 내게 결코 연락하지 않으리라 생각하지만, 다음날 영어 교과부 부장인 마놀로 파커가 전화를 걸어온다. 사흘 뒤인 11월 9일에 면접을 보러 올 수 있느냐고 묻는다. 종양 전문의와의 예약 전날이다.

뮤리얼이 면접을 위해 옷과 화장품과 차를 빌려준다. 그날 아침 나는 침대에 누운 채 혹을 만져본다. 혹이 커졌는지는 잘 모르겠다. 면접은 종양 전문의를 만나는 일만큼 두려움을 일으킨다. 부은 눈 아래 짙은 회청색은 컨실러로 감추고, 뺨은 블러셔를 발라 통통하고 발그스름하게 만들고, 눈은 아이펜슬로 더 크고 생동감 있게 만들며 삼십 분 동안 얼굴을 매만진다. 하지만 손이 흔들려서 선이 삐뚤삐뚤 그어지고, 그 공포를 다 숨길 방법은 없다.

나는 교통 혼잡시간을 감안하는데, 그건 내게 필요한 시간이기도 하다. 차들이 자꾸 신호에 걸리면서 도시를 느릿느릿 빠져나간다. 운전은 내가 잊어버렸던 사치다. 우선 난방이 되고, 라디오도 나온다. 한 남자가 여자친구를 데려가 임신중절수술을 받게 하는 내용의 노래를 부른다. 그는 그녀가 자신을 서서히 익사시키는 벽돌이라고 한다. 그 말을 하고 또 한다. 나는 긴 신호에 걸린 틈에 잠깐 졸고, 다시 화들짝 깨어 잠시 임신한 게 나라고 생각하다가, 내가 아니라 노래 속의 여자라는 사실을 깨닫는다. 마음이 놓인다. 그리고 저런 머저리 같은 전 남자친구가 그녀를 벽돌이라고 부르는 노래를 쓰고 지금은 그 가사로 돈을 벌고 있다고 생각하니 그 여자에 대한 걷잡을 수 없는 슬픔을 느낀다. 나는 늘어선 석주를 통과하고 나무가 줄지어 자라는 긴 진입로를 지나 교직원 주차장에 차를 댄다.

주차장에서 이어지는 길을 따라 가파른 언덕을 올라 학교로 간다. 저 아래에 흰색 선으로 표시된 축구장이 있고, 양쪽 끝에는 골문이, 측면에는 벤치가 있다. 여기가 내 고등학교일 수도 있었다. 트랙터를 몰며 잔디를 깎는 남자가 보인다. 그가 내 아버지일 수도 있었다. 난 여기서 일할 수 없다. 모든 냄새가 똑같다.

새로 수리를 해서, 입구가 온통 유리다. 마놀로가 나를 문 앞에서 맞는다.

그의 악수는 여자에게 맞게 힘 조절이 되지 않아 강하다. 그가 나를 데리고 어둑한 복도를 지나간다.

"우리가 하루를 어떻게 시작하는지 보는 게 좋을 것 같아서요." 그가 어마어마하게 큰 백팩을 메고 몰려들어오는 학생들을 위해 강당 문을 잡아준다. 그는 아이들 전부의 이름을 부르면서 맞는다. "차오, 스테펀. 오늘은 『술라』를 조금 더 좋아하게 됐니, 마리카? 베카, 젭, 최고로 좋은 아침 보내라." 아이들은 그를 좋아하고 그의 관심을 좋아한다. 베카가 나를 가리킨다. "오늘 면접 보세요?" 내가 고개를 끄덕이자 아이는 엄지를 들어올린 뒤 계속 이동한다. 마놀로가 나를 몇 줄 더 앞으로 데려가고, 우리는 다른 교사들과 함께 플러시 천으로 된 접이식 좌석을 내려서 앉는다. 그는 나를 근처 교사들에게 소개하고, 다른 교사 몇 명도 돌아보며 손을 흔든다. 그들 모두 내가 여기 온 이유를 아는 것 같다.

실내는 시끄럽다. 모든 학생이 여기 모였다. 7학년부터 12학년까지라고 마놀로가 말해준다. 그가 내게 학교의 간략한 역사를 설명해준다. 지역의 여성참정권 운동가 세 명이 설립하여 72년까지 여학교로 운영되다가 76년에서 78년까지 문을 닫았고, 익명의 기부자의 도움으로 잿더미 상태에서 다시 일어섰는데, 기부자가 제시한 유일한 조건은 입학 허가시 지원자의 재정 사항은 고려하지 않는다는 것이었다.

실내가 조용해진다. 곧은 회색 머리칼을 어깨까지 기른 야윈 여자가 무대로 올라가고, 닫힌 커튼 앞에 놓인 연단에 선다.

"교장 선생님이세요." 마놀로가 내게 속삭인다. "아이샤 제인."

"내 안에 존재하는 사랑이라고 생각한 천 가지의 것이……" 그녀가 말한다. "두려움이라는 것을 알았다." 그녀가 고개를 들어 주변을 둘러보고 다시 아래를 본다. "의자 주변을 감는 나무 그림자, 꽁꽁 언 몸으로 지저귀는 새들의 먼 음악소리……"

아이들 사이에서 손 하나가 쑥 올라오자 그녀가 말을 멈추고 그쪽을 가리킨다. "데이비드."

"아미리 바라카, 혹은 리로이 존스라고 알려진 시인입니다. 제목은 기억이 안 나요."

"제목 아는 사람, 없나요?"

앞에서 다른 손 하나가 쑥 올라온다. 그녀가 고개를 끄덕인다. "클레어."

"거짓말쟁이."

"두 사람 다 잘했어요. 본 아페티.*"

"답을 맞힌 아이들은 스낵바에서 공짜 간식을 먹을 수 있어요." 마놀로가 내게 말해준다.

"오늘 여러분이 받는 교육을 즐기세요." 그녀가 말하고, 무대를 벗어나 옆쪽에 마련된 자리에 앉는다.

학생들이 계단에 줄을 서서 한 명씩 무대로 올라와 뭔가를 발표한다. 사진 현장학습, 지붕에서 발견한 녹색 운동화(뒤에서 덩치 큰 남학생이 느릿느릿 통로를 걸어와 무대 아래에서 그걸 받아 가자 환호가 쏟아진다), 방과후 강당에서 하는 POC 모임, 202호에서 하는 토론 클럽, 도서관에서 하는 동성애자-이성애자 연합. 발표가 끝나고 조명이 무대 아래를 향하자, 우리가 펜웨이 구장에 있고 레드삭스가 방금 홈런을 친 것처럼 모두가 소리를 지르며 발을 구르

---

* '맛있게 먹으라'는 뜻의 프랑스어.

기 시작한다. 커튼이 열리자 기타를 든 남자 둘과 드럼을 치는 여자 하나, 그리고 색소폰을 부는 여자 하나가 마이크 앞에 서 있다.

"마마." 여자가 청중석에서 퍼지는 소음 위로 낮고 느리게 노래하기 시작한다. 카우보이 정키스의 〈Misguided Angel〉이다. 파코와 나는 센트럴스퀘어에 있는 그의 집 부엌에서 이 곡을 들으며 춤을 추었었다.

마놀로가 몸을 앞으로 숙인다. "수학부 밴드예요." 드럼 세트 앞쪽에 '더 코사인'이라고 대충 써서 만든 판지가 붙어 있다.

다음 곡은 〈Ain't That Peculiar〉이고, 마지막으로 〈Try a Little Tenderness〉를 연주한다. 실력이 좋다. 그들은 그 시간을 아주 즐기고 있다. 학생이 전부 일어서서 박수를 보내고, 우리는 강당을 빠져나온다.

마놀로의 얼굴에 큰 미소가 번져 있다. 나를 포함해 모두가 그렇다.

"와우." 내가 말한다. "하루를 시작하는 멋진 방법이네요."

우리는 다른 사람들보다 좀더 천천히 걷고, 그들은 우리를 스쳐 빠르게 교실로 간다.

"아이샤는 교사를 고용할 때 지원자에게서 보는 가장 중요한 자질이 행복이라고 했어요. 처음 그 말을 들었을 때는 가식적이라고 생각했지만, 보면 알겠죠. 여긴 아름답고 행복한 곳이에요."

우리는 다시 유리문 입구를 통과해 넓은 복도를 걸어가고, 복도에는 일렬로 높이 낸 창문을 통해 햇빛이 쏟아져들어온다. 나는 내가 다닌 고등학교의 창문이 기억나지 않는다. 모든 기억은 길고 어두운 형광등 아래에 있다. 누군가는 거기서 행복했을까?

마놀로는 문이 열린 사무실 안쪽을 가리키며 저기가 아이샤의 교장실이고 잠시 후에 같이 들어갈 거라고 말한다. 그를 따라 그가 동료와 함께 쓰는 교무실로 가는데, 동료 교사는 지금 수업에 들어가고 없다. 복도 맞은편으로 면접을 보러 가기 전에 우리는 그 방한가운데서 똑같이 생긴 회전의자에 앉아 이야기를 나눈다. 그는 내게 고등학생 때는 뭘 읽었는지 묻고, 나는 과제로『호밀밭의 파수꾼』과『분리된 평화』, 업다이크와 치버의 단편들, 인간애로 인해 망상에서 벗어나는 소년들의 이야기를 읽었지만, 한편으론 어머니가 워튼과 디디온과 모리슨의 책을 공급해주었다고 말한다. 책상 위에『맥베스』가 놓여 있는 것을 보고, 나는 최근에 레이디 맥베스가 비극적인 영웅의 모든 자질을 가졌지만 아무도 그렇게 가르치지 않는다고 쓴 글을 읽었다고 말한다. 그는 내게 코맥 매카시의『모두 다 예쁜 말들』을 읽었는지 묻고, 지금 그가 가르치는 졸업반 아이들이 읽고 있다고 말한다. 내가 읽었다고 하자 그는 어땠느냐고 묻고, 나는 이야기를 즐기는 것 이상의 감흥은 없었다고, 매카시는 헤밍웨이에 대한 모방과 포크너에 대한 모방 사이를 오가는 것 같다고 말한다. 마놀로는 실망한 듯 보이고, 이어 시작종이 울리자 자신은 수업하러 가야 한다고 말한다. 그리고 책을 넣은 가방을 들고 만나서 반가웠다며 내 손을 잡고 다시 악수하는데, 이번에도 힘이 세다. 그는 나를 아이샤의 교장실로 안내하고, 나는 그게 그의 면접이었다는 것을 깨닫는다. 나는 아이샤의 교장실에서 있을 진짜 면접을 기다리며 그저 담소를 나눈 건 줄 알았다.

작은 대기 공간에 책상이 있고 거기 안내 직원이 앉아 있다. 그녀가 일어나서 나를 안으로 안내한다. 가까이서 보니 아이샤는 그리 엄격해 보이지 않는다. 그녀는 편안한 미소를 짓고, 다시 의자에 앉자마자 곧바로 신발을 벗는다. 그리고 무릎을 굽혀서 한쪽 다리를 엉덩이 밑에 집어넣는다. 우리는 창가 근처의 날개가 달린 녹색 의자에 앉아 있다.

"뭐가 그렇게 재미있어요?"

"오." 진실 말고는 다른 걸 생각해낼 수 없다. "날개의자가 나오는 책이 있는데, 그걸 생각하고 있었어요." 나는 내 머리 옆의 단단한 녹색 날개를 만진다.

"어떤 책인가요?"

"『벌목꾼』이요. 토마스 베른하르트가 쓴 거예요."

"독일 작가?"

"오스트리아 작가예요. 빈이 배경인데, 대부분의 이야기가 이 날개의자에서 벌어져요."

"의자에서 벌어지는 이야기라고요?"

"화자가 옛친구들의 집에서 열리는 이른바 예술적인 저녁식사 자리에 갔다 와요. 그가 더 어렸을 때 그에게 환멸을 일으킨 친구들이죠. 그와는 삼십 년 동안 만나지 않은 친구들이에요. 그가 문 옆에 있는 날개의자에 앉아 그들에 대해, 그리고 그날의 예술적인 저녁식사에 대해 반추해요. 장도, 문단도 없어요. 그저 그의 생각으로만 서술되는데, '나는 내 날개의자에 앉아'라는 표현이 마침표를 찍듯 나와요. 후렴구 같은 거죠. '나는 내 날개의자에 앉아'. 한 페이지에 여러 번 나와요. 그가 그 자리에 간 건 그들과 함께 아는 친구가 자살했고 방금 그녀의 장례식에 다녀왔기 때문인데, 사실은 예술과 예술가가 되는 것, 그것이 실제로 사람들을 어떻게 파멸시키는지에 관한 책이에요."

"예술이 어떻게 그 여자를, 자살한 그 친구를 파괴했는가?"

나는 그게 중요하다는 듯, 내 교육 이력을 따지기 전에 그런 이야기를 할 시간이 충분히 있다는 듯 이 허구의 세계에 진심으로 관심을 가지는 그녀의 모습이 좋다. "화자에 의하면 그 여자는 배우와 무용수로 출발했고, 태피스트리 예술가를 만나 결혼한 뒤 예술적 위대함을 이루고 국제적인 명성을 얻겠다는 자신의 모든 꿈을 그에게 쏟아부었어요. 그녀가 그를 밀어붙이지 않았다면 그 남자는 결코 그것을 추구하지 못했을 테죠. 그리고 그녀는 성공했어요. 그가 유명해질수록 그녀는 비참해졌어요. 하지만 그는 사실상 그녀의 작품인 셈이고, 그러니 그녀는 계속 노력해야 하고, 그렇게 결국 자기 파멸의 길을 걷게 된다는 내용이에요. 적어도 그게 제가 날개의자에 앉아서 생각하는 그 책의 주제예요."

그녀는 내내 웃고 있고, 그래서 나는 이야기를 멈추기가 힘들다. 그리고 책에 나오는 등장인물 이야기를 하다보니 마음이 흥분되는 동시에 진정된다.

"언제나 그렇게 책을 열심히 읽었어요?"

"그렇지는 않아요. 책 읽는 건 좋아했지만, 책을 고르는 데 까다로웠어요. 열심히 읽게 된 건 글을 쓰기 시작했을 때였던 것 같아요. 그리고 머리로 보고 느낀 것을 단어로 재창조하기가 얼마나 힘든지 알게 됐고요. 제가 베른하르트 책을 좋아하는 이유가 그거예요. 그는 의식을 자극하는데, 그건 전염성이 강해요. 읽는 동안 그 의식이 옳으면 우리의 정신은 한동안 그런 식으로 움직이니까요. 저는 그게 정말 좋아요. 제겐 그런 반향이 문학에서 가장 중요한 거예요. 고등학교에서 가르치는 주제나 상징이나 그런 허접한 것 말고요."

그녀가 신나게 웃는다.

솔직히, 나는 우리가 왜 이런 대화를 나누고 있는지 잠시 잊었다.

"당신의 영어 수업은 어떻게 다를까요?"

나는 생각해본다. "아이들이 책에서 무엇을 느꼈는지, 어떤 것이 연상됐는지, 생각이 달라진 부분이 있는지 말하고 쓰게 하고 싶어요. 각각의 과제를 읽고 나서 기록장을 만들어 자유롭게 글을 써보게 할 거예요. 이걸 읽고 무엇을 생각했는지? 제가 알고 싶은 건 그거예요. 그렇게 하면 정말로 독창적인 아이디어를 얻을 수 있을 것 같아요. 인간 대 자연 같은 낡고 반복되는 아이디어가 아니라요. 제가 인간 대 자연이라는 주제로 글을 쓰게 한다면 제게 총을 쏘세요. 그런 질문은 독자를 이야기 밖으로 완전히 끌어내기 위해 설계된 거예요. 아이들을 이야기 밖으로 끌어낼 이유가 어디 있어요? 안으로 더 밀어넣어야 작가가 그토록 열심히 창작해서 독자에게 주려고 했던 것을 느끼게 할 수 있죠."

"하지만 작가가 탐구하려고 하는 더 큰 주제가 있다고 생각하지 않아요?"

"그렇겠죠, 하지만 그걸 더 우위에 놓거나 이야기 자체의 경험과 분리해서는 안 돼요. 작가는 우리에게 몰입의 모험을 하게 하려는 거니까요." 나는 두 손을 내미는데 그 바람에 그녀가 놀란 것 같다.

그녀가 내게서 몸을 피한다. "당신 교육철학의 유일한 문제점은 우리 학생들이 SAT와 AP 시험을 봐야 한다는 거네요. 따라서 그런 문학적 장치에도 얼마간 익숙해져야 한다는 거고."

내가 고개를 끄덕인다. "물론이죠."

망했어, 나는 내 날개의자에 앉아 생각한다.

나오는 길에 점심 냄새가 난다. 일이 잘 풀렸다면, 그들은 내게 점심을 먹고 가라고 했을 것이다. 냄새가 좋다. 가지와 파르메산 치즈와 치즈케이크. 카페테리아 밖 칠판에 그렇게 쓰여 있다. 나는 공짜 점심을 마다하지 않았을 것이다.

바깥에는 세 여자아이가 모직 스웨터를 입고 약한 11월의 태양을 향한 채 건물에 기대서 있다. 그중 한 아이 옆에 『무기여 잘 있거라』가 뒤집힌 채 판석에 놓여 있다. 여자아이들에게 거짓되고 아부를 잘하는 자기희생적인 성향의 캐서린 바클리를 억지로 읽힌다고 생각하면. "나란 존재는 없어요. 나는 곧 당신이에요. 분리된 나를 만들지 말아줘요." 내가 헤밍웨이를 읽힌다면 그 유일한 작품은 『태양은 다시 떠오른다』가 될 것이고, 그 이유는 오로지 그가 교회로 들어가 모두와 자기 자신을 위해 두 번 기도하고 경건함을 느꼈기를 바라며 여전히 손가락이 젖은 채로 계단에 나오지만, 뜨거운 햇볕 속으로 들어서자 손가락이 햇볕 속에서 말라버리는 것을 느끼는 그 부분 때문이다. 나는 그 부분을 아주 많이 좋아한다.

언덕을 내려가 뮤리얼의 차로 간다. 하지만 더는 기분이 좋지 않다. 내 자전거가 그립다. 차를 운전할 수 있을지도 잘 모르겠다. 어딘가에 갇힌 기분이다. 차창을 죄다 내린다. 진입로는 내가 기억하는 것보다 더 짧다. 나는 큰 도로로 나온다. 너무 편안해서 면접을 망쳐버릴 수 있으리란 생각은 하지 못했다. 그게 위험한 건지도 몰랐다. 내가 스페인에서 개발한 커리큘럼이나 대학원과 앨버커키에서 맡았던 학부 강의 등 뮤리얼이 코치해준 건 하나도 말하지 못했다. 그 대신 베른하르트의 그 후렴구 이야기만 늘어놓았고, 고속도로에 접어들자 '내 날개의자에'가 아니라 '그 날개의자에'였다는 게 떠오른다. 『벌목꾼』에 나오는 후렴구는 '나는 그 날개의자에 앉아'이고, 그걸 잘못 말했다는 사실 때문에 수치심이 밀려온다. 게다가 그녀는 행복한 사람만 고용한다고 했으니 나는 그 명단에서 지워질 것이다. 『모두 다 예쁜 말들』에 대해 마놀로와 나눈 대화를 떠올리자, 그건 그가 좋아하는 책인데 내가 모욕했다는 게 분명해진다. 진입로를 달리면서 나는 아침이 잘못 흘러간 방식을 하나씩 되새긴다. 당신 교육철학. 그녀가 나를 놀린 것이다. 그리고 종양 전문의와의 내일 약속이 떠오르는데, 내가 이 일을 하게 되더라도 나는 암에 걸려 죽는 교사가 될 테니 어떻게 돼도 상관없을 것이다.

나는 뮤리얼의 집에 차를 두고 열쇠는 우편함 구멍으로 밀어넣는다. 걸어서 스퀘어를 통과하고 다시 강을 건너야 하지만 괜찮다. 이제 내가 가진 건 시간밖에 없으니까. 스퀘어에서 오봉뺑 앞에 이르러 걸음을 멈춘다. 배가 고프다. 거기서는 내가 좋아하는데다 포만감을 주는 치킨 페스토 샌드위치를 2.95달러에 판다. 나는 줄을 서고, 약간 혼미하다. 주문할 샌드위치 이름이 떠올랐다가 사라졌다가 한다. 가끔 토니와 데이나가 여기서 음식을 사가는데, 혹시 마주칠까봐 걱정이 되지만 그러기엔 시간이 너무 이르다. 오늘 점심 근무를 한다면 한창 서두르고 있을 시간이다.

"저기." 누가 내 재킷 소매를 잡아당긴다. 익숙한 두근거림. "케이시."

모터사이클 재킷을 입은 사일러스다.

내 안의 모든 것이 대번에 미쳐 날뛴다. 얼굴이 활활 타오르고 입술은 떨린다. 그래서 나는 입술을 늘여 크게 미소를 짓는다.

"뭐예요." 내가 불쑥 뒤늦은 포옹을 한다. 재킷이 쩍쩍거리고, 다리 위에서의 키스가 다시 떠오르면서 내 가슴이 요동친다. 그에게서는 그의 자동차 냄새가 난다. 나는 그를 좀 오래 안고 있는다.

"주문할 건가요?" 그의 손에 이미 오봉뺑 커피 컵이 들려 있지만, 나는 그렇게 묻는다.

"아니요. 음, 뭘 좀 먹는 게 좋겠네요."

우리는 함께 줄을 서고, 나는 내가 주문하려고 했던 게 무엇인지 떠오른다. 그가 터키 멜트를 추가하더니 내가 뮤리얼에게서 빌린 핸드백에서 돈을 꺼내기도 전에 잽싸게 값을 치른다.

우리는 음식을 창가 근처 테이블로 가져간다. 나는 먹을 수 없다. 두 입 베어 물지만 삼킬 수 없다. 그가 겨자소스를 가져오려고 자리를 비웠을 때 전부 냅킨에 뱉는다.

"맛이 없나요?"

내가 고개를 가로젓는다.

"무슨 일이에요? 좀…… 기운 없어 보이네요."

좋게 봐서 그렇다는 것이다.

나는 직장에서 해고됐다고 말하고, 그가 너무 안타까워하길래 혹과 벌과 불면과 고쳐써지지 않는 원고에 대해 말한다. 면접과 수학부 밴드와 너무 편안하게 느껴져서 기회를 날려버린 것과 거기 더 있으면서 점심을 먹고 싶었는데 그건 또 얼마나 이상한 감정인지에 대해 말한다. 그의 글을 읽은 건 말하지 않는데, 오스카의 집에 있었다고 말하는 것과 같기 때문이다. 하지만 말하고 싶다. 그는 고개를 끄덕이고 커피 컵 뚜껑을 만지작거리며 아주 주의깊게 듣는다. 그 역시 샌드위치는 많이 먹지 않았다. 그가 우리 쓰레기를 다 모아 버린 뒤 자리로 돌아왔을 때, 나는 그가 이제 가봐야 할 것 같다고 말하리라 생각한다. 하지만 그는 두 손을 테이블에 놓고 내 가까이에 다시 앉는다.

"내가 만나자고 해놓고 타운을 떠났던 거 기억나죠? 모든 게 무너져내릴 것 같아서 그랬어요. 그래서 새벽 두시에 일어나 도시를 걸어다녔어요. 걸음을 멈출 수 없었어요. 멈추면 죽을 것 같았거든요. 여름 내내 짐을 꾸렸지만 떠나지 않았어요. 그러다 당신을 만났고, 더 정상적인 기분이 될 때까지 당신과 만날 수 없다는 걸 깨달았어요. 그래서 마침내 떠난 거였어요."

"내겐 크레스티드뷰트 같은 게 없어요."

"당신에게도 뭔가가 있어요."

"그건 심연에 가까워요."

"다다라야 할 필요가 있는 무언가죠."

"맞아요. 내 남은 인생. 길이 막혀 있는 느낌이에요."

그는 미소를 짓고 숨을 들이쉰다. "Nel mezzo del cammin di nostra vita……"* 그가 말을 멈추고 내 표정을 보며 웃는다. "억양이 완전 엉망이죠."

"끔찍한데요. 하지만 계속해봐요."

"Mi ritrovai per una selva oscura che la diritta via era smarrita.** 대학 때 단테 수업을 들었는데, 영어로 다섯 페이지를

---

* '인생길을 한창 걷다보면'이라는 뜻.

암송하거나, 서툰 이탈리아어로 한 페이지를 암송하거나 둘 중 하나를 선택해야 했어요."

"첫 행이 아름다워요."

"그 부분이 생각했던 것보다 더 자주 떠올라요."

"나는 정말로 내 cammin***을 잃었어요."

"우리 모두 길을 잃어요."

"그건 아주 육체적인 거예요. 내 몸이 나를 거부하고 있는 느낌이죠."

그는 정말로 내가 무슨 말을 하는 건지 아는 것처럼 고개를 끄덕인다. "혹시, 그거 있잖아요, 머리 꼭대기에서 시작해 이마로 내려가고 계속 그런 식으로 집중하는 거 해봤어요? 그러면……"

"그렇게 하니 더 안 좋아졌어요. 유일하게 도움이 되는 건 힘주기예요."

"힘을 준다고요?"

나는 팔을 들고 주먹을 꽉 쥔다. 열까지 세고 힘을 푼다. 이어 왼쪽 주먹을 들어 꽉 쥐고, 그가 나를 따라서 한다. 내가 힘을 풀자 그도 푼다. 우리는 많은 근육을 이렇게 한다. 팔, 복부, 다리, 발. 내가 마지막으로 보여주는 건 얼굴근육이다. 모든 근육을 힘껏 조이고, 이어 눈을 크게 뜨고 입을 크게 벌린다. 우리는 사원을 수호하는 광적인 악마처럼 보인다.

다 끝나니 모든 게 좀더 부드럽게 느껴진다.

** '어느 순간 곧게 뻗은 길이 사라지고 어두운 숲속에 있는 나를 발견한다'라는 뜻.
*** '길'이라는 뜻.

"그거 괜찮은데요." 그가 말한다. "떠다니는 것 같은 기분이에요."

우리는 밖으로 나간다. 체스 테이블에서 몇 게임이 진행중이다.

"저기," 사일러스가 내 재킷을 만지면서 말한다. "우리도 해요."

마지막 테이블에 있는 남자는 혼자 앉아 같이 체스를 둘 사람을 기다린다. 사일러스가 우리가 여기서 해도 되겠느냐고 묻고 10달러를 건네자 남자는 돈을 챙겨서 자리를 뜬다. 사일러스는 내게 남자가 앉았던 자리에 앉으라 하고, 여전히 체온이 남은 그 자리에 앉으니 마당의 나머지 부분과 그 아래 매사추세츠 애비뉴부터 센트럴스퀘어까지가 보인다. 그는 맞은편 의자에 앉는다. 체스를 해본 지 오래다. 아버지는 바닥이 자석으로 된 작은 여행용 보드로 내게 체스를 가르쳐주었다. 우리는 비행기에서 체스를 했다. 이 체스판은 검은색과 황갈색인데, 석판에 상감세공을 한 것이다. 말은 검은색과 상아색의 대리석으로 만들었다.

"좋아요, 당신은 아돌프 안데르센이고 나는 라이오넬 키세리츠키예요.* " 그가 자신의 나이트들을 일직선으로 놓으며 말한다. "장소는 런던, 1851년이에요. 비숍스 갬빗.** 백□이 먼저 시작합니다." 그가 킹 위의 내 폰을 가리키고, 내가 폰을 두 칸 옮기자 고개를 끄덕인다. 그는 맞은편 폰을 옮겨 내 폰과 정면으로 마주보게 한다. "나한테 유명한 체스 시합에 관한 책이 있는데, 가끔 그대로 따라서 해봐요." 그가 고개를 들어 나를 본다. "내 방식의 힘주기죠. 다른 누군가의 마음속으로 잠시 도망가는 것." 그가 내 킹의 비

---

* 두 사람 다 유명한 프로 체스 선수.
** 체스 오프닝의 한 방법.

숍 위 폰을 톡 치길래 내가 그것을 한 칸 위로 옮기자 그는 고개를 젓는다. 나는 한 칸 더 옮겨, 그가 옮긴 유일한 폰이 만든 위험을 직접적으로, 불필요하게 맞닥뜨린다.

"왜 이렇게 해야 하죠?"

"위험한 일이에요." 그가 내 폰을 잡는다. "하지만 이렇게 하면 체스판 중앙에 대한 통제력이 좀더 생겨요."

자진해서 체스 말을 잃었는데 내게 왜 통제력이 더 생기는지 모르겠다. 그는 내게 비숍을 옮기게 하고, 이어 자신의 퀸을 체스판을 가로질러 이동시키고 말한다. "체크."

"쳇." 나는 내 킹을 오른쪽으로 옮기고, 그는 고개를 끄덕인다. "이제 나는 캐슬을 움직일 수 없어요."

"맞아요."

나는 그의 폰 두 개를 잡고, 그는 내 비숍과 폰 하나를 더 잡는다. 우리는 무모하다. 안데르센과 나. 궁지에 몰린 우리는 불필요한 희생을 하면서 계속 공격한다.

"이게—불멸의 게임이라고 부르는 건데—재미있는 건, 아주 치열한 칠 주 동안의 세계 토너먼트 대회에서, 휴식시간에 소파에서 한 게임이라는 사실이에요. 이건 그냥 편안한 게임이었어요. 시합 사이에 긴장을 풀려고 한 게임."

"당신에겐 아마 휴식이 되겠죠. 하지만 나는 머리가 쪼개질 것 같아요."

그가 내 루크를 잡고, 그의 퀸은 내 다른 루크와 킹을 이어서 잡을 수 있는 위치로 옮겨간다. 그는 내가 그것들을 방어하는 대신, 어느 것도 위협하지 않으며 체스판 한복판에 있는 보잘것없는 폰을 한 칸 더 움직이게 한다.

"훌륭해요." 사일러스가 말한다. 그리고 내 다른 루크를 자기 퀸으로 잡는다. "체크."

나는 내 킹을 한 칸 옮긴다. 다 끝났다. 그가 비숍과 퀸으로 나를 쫓고, 나는 아무것도 없다. 하지만 내 킹을 쫓는 대신 그는 뒷줄에 있던 나이트를 앞으로 보낸다.

나는 체스판을 열심히 들여다본다. 그가 위협당한다고 느끼는 이유를 알겠다. 내가 나이트를 옮겨 그의 폰을 잡는다. "체크."

"그거예요! 그가 그렇게 했어요." 그는 다른 것 위로 킹을 넘겨 옮긴다.

그 순간 보인다. 아주 분명히 보인다. 내가 퀸을 앞으로 세 칸 옮긴다. "체크."

그는 내 퀸을 자신의 나이트로 잡는다. 나는 내 비숍을 대각선으로 한 칸 옮긴다. 그의 킹은 꼼짝할 수 없다. 어느 쪽으로 가건 내 나이트 중 하나가 그를 잡을 것이다.

"체크메이트." 내가 그에게 소리친다. "체크메이트!"

사일러스가 휙 소리를 내며 두 손을 위로 올리고, 나는 내 손으로 마주친다.

"어떻게 이게 가능했던 거죠?" 나는 테이블 양옆에 내가 잃은 모든 말을 본다. 폰 두 개, 루크 두 개, 비숍 한 개, 그리고 퀸 한 개. "그는 이걸 어떻게 한 거죠?"

"그는 그게 필요하지 않았어요. 그저 배짱 있게 계속 싸운 거죠."

"나도 이제 좀 불멸이 된 기분이네요."

그가 웃는다. 그는 행복해 보이고, 그걸 숨기려 하지 않는다.

나는 그가 차를 세워둔 곳까지 옥스퍼드 스트리트를 함께 걷는다. 그의 학교는 수요일에 일찍 끝나지만, 두시에 과외지도를 해야 하는 학생이 하나 있었고, 이미 늦었다. 우리는 가까이 붙어 걷고, 그날 밤 강에서 그랬던 것처럼 내 어깨가 그의 위팔에 닿는다.

"내가 아까 폰을 옮기고 당신이 훌륭하다고 했을 때, 무슨 말인지 몰랐어요. 하지만 당신 퀸이 돌아와 당신을 구하는 것을 그 폰이 막았죠."

"넵." 그가 말하지만, 그는 뭔가 다른 생각도 하고 있는 것 같다.

그의 르카에 다 왔다. 나는 조수석 문의 구멍을 만진다. "지난번 데이트 땐 어떻게 된 거예요? 왜 나한테 키스하지 않았어요?" 내게서 액상 질소가 쏟아져나오는 기분이다.

그는 내 대담한 질문에 깜짝 놀라지만 반박하지 않는다. 그의 몸 어딘가가 이완되어 있다. 그는 차에 기대고 연석에 발꿈치를 대서 몸을 받친다. "그날 밤은 뭔가가 어긋난 것 같았어요. 우리 사이에 이런 편안함이 있었는데, 적어도 있다고 생각했는데, 없었어요. 당신이 손닿지 않는 곳에 있는 것 같았어요. 내 몸 상태가 여전히 좋지 않아서, 어쩌면 나 때문일 거라고 생각했죠." 그는 구두가 화강암 모서리에 긁히는 걸 바라보고 있다. "다음에 만나면 그 말을 꺼내려고 했는데, 오스카의 집에 갔다가 아이가 냉장고에 붙인 그림 이야기를 하는 걸 들었어요. 아이는 그림 중 하나가 케이시고 아빠의 여자친구라고 했어요. 그게 사실인지 확인하려고 몇 번 전화했는데, 당신이 다시 전화해주지 않아서 답을 들었다고 생각했어요." 그가 고개를 드는데, 우리 몸이 닿는 느낌이다.

자기 말은 늘 알아보니까, 데이나가 말하는 소리가 들린다.

내 몸이 나도 모르게 힘주기를 시작하고, 그에게 이걸 들키고 싶지 않다.

"알아요." 그가 말한다. "그는 풀 패키지예요. 세 권의 책을 썼고, 큰 집에, 귀여운 아이들이 있죠." 그가 연석을 발로 찬다. "하지만 무릎이 안 좋아요."

"정말요?" 내가 말하지만, 나는 다른 말을 하고 싶다.

"한동안 앉아 있으면 그렇더라고요." 그는 차를 짚고 몸을 일으키면서 무릎을 조금 굽혔다 똑바로 선다. "내 무릎은 아주 튼튼해요." 그가 주머니에서 열쇠를 빼고 운전석 쪽으로 이동한 뒤 차 지붕 너머로 나를 본다. "그냥 알아두라고요." 그가 시동을 걸고 차창을 내린다. "내일 행운을 빌어요."

무슨 말을 하는지 모르겠다.

"병원에 간다면서요." 그가 말한다.

그가 기어를 1단으로 놓는다. 나는 루 리드가 노래하던 그날 밤 기어를 바꾸던 그 손이 나를 얼마나 달아오르게 했는지 떠올린다.

"언제 같이 뭔가 해도 돼요?" 엔진의 회전속도가 빨라지자 나는 절박해진다.

"아뇨." 그가 클러치를 뗀다. "당신 밧줄에 얽혀들 수는 없죠."

그건 뭔가 애슈터뷸라의 스타가 할 법한 소리다.

그의 차가 꿀렁하며 다른 차들 속으로 들어가고, 다리 아래로 사라지고, 나는 시간이 한참 지나서야 옥스퍼드 스트리트의 그 자리를 떠난다.

다음날 아침 나는 예약 시간에 맞춰 롱우드로 걸어간다. 멀지 않다. 나는 천천히 걷고, 사람들은 커피 컵을 들고 의학적인 생각에 빠진 채 내 뒤에서 나타나 나를 스쳐지나간다. 또 어떤 사람들은 구겨진 수술복을 입고 몹시 지친 얼굴을 한 채 병원 건물에서 내 쪽으로 걸어온다.

나는 자는 동안 내가 스스로를 죽일까봐 두려워했던 고등학교 때를 생각하고, 지금도 내 안에 죽기를 원하는 내가, 백기를 들고 패배를 인정하고 싶어하는 내가 남았는지 궁금하다. 내 몸이 뭔가를 이뤄보려고 하다가 기능을 다하면 어떡하는가? 내 몸이 내가 원하는 것을 원하지 않으면 어떡하는가? 나는 걸음을 멈추고 보도와 차도 사이에 좁게 풀이 자란 곳을 빤히 본다. 몸이 야윈 작고 헐벗은 나무. 이것이 내가 받은 삶의 전부라면 어떡하는가?

대기실에 뮤리얼과 해리가 와 있다. 그들이 어떻게 알았는지 모르겠다. 누구에게도 의사 이름을 말한 기억이 없다. 인조가죽으로 된 2인용 소파 위에 앉은 두 명이 나를 사이에 비좁게 끼워 앉게 한다. 우리 주변에 있는 사람들은 환자다. 머리카락이 빠져 민둥한 머리, 산소 탱크, 동굴같이 쑥 들어간 입. 뮤리얼이 〈피플〉 잡지를 집어든다. 조니 미첼에 관한 기사가 있는데, 1965년에 캐나다에서 입양 보낸 딸을 다시 만난 내용이다. 뮤리얼과 나는 그 이야기를 추적해왔지만, 해리는 그녀가 누군지도 잘 모른다. 그는 〈Little Green〉이라는 노래를 들어본 적도 없어서 우리는 그에게 설명해주고 몇 소절을 불러주기까지 한다. 고드름과 생일 옷과 해피엔딩에 대한 부분을. 뮤리얼과 나는 그 이야기에 눈물을 흘리지만, 해리는 우리를 보고 웃는다.

"커밀라." 간호사가 입구에서 부른다.

내가 일어나자 해리와 뮤리얼이 놀란다.

나는 푸른 사각 무늬가 있는 하얀 검사복을 입고, 양말을 신은 발목은 꼬고 손은 포개 올린 채 진찰대 모서리에 앉아 목숨을 구걸한다. 내가 구제불능의 상황은 아니라는 사실을 알고 있다. 대기실에는 눈썹이 없는 여자가 걸음마 시기의 아이를 무릎 위에 앉히고 작은 아기를 그 아이 뒤로 끌어안은 채 젖을 먹이고 있다. 이 지구에서 내가 사라져도 잔물결 하나 일지 않을 것이다. 하지만 어쨌거나 나는 구걸한다.

두 번 빠르게 문을 두드리는 소리가 들리고 의사가 들어온다. 키가 아주 크고 아주 말랐는데 칼날 같은 강렬함이 느껴진다. 그는 동작이 빠르고, 우리가 말하는 동안 손을 씻고 닦는다. 손목 마디가 박차처럼 뾰족하게 올라가 있다. 혹이 어디에 있습니까? 얼마나 오래됐죠? 아픈가요? 그가 내 오른쪽 팔을 들고 주변을 만져본다. 그가 뾰족한 코로 들이마신 숨이 내 어깨로 떨어진다.

"어디 있어요?" 그는 바쁘다. 사람들이 기다리고 있다. 사람들이 죽어가고 있다.

나는 손가락으로 빠르게 찾는다. "여기."

그가 발견하는 게 느껴진다. 그 자리는 아픈데, 그건 내가 걸핏하면 눌러봤기 때문이다. 그가 손가락으로 그 주위에 빠르게 원을 그렸다가 뗀다.

"그건 림프절이에요." 그가 다시 세면대로 가서 휙휙 급히 손을 씻는다. "일반적인 크기예요. 지방이 많지 않아서 쉽게 찾아지네요."

"하지만 반대쪽에는 없는데요."

그가 어깨를 으쓱한다. 통에서 페이퍼타월 두 장을 잡아당긴다. 손바닥에서 그걸 굴린 뒤 휙 던진다. "나가시는 길은 왼쪽입니다." 그가 문을 휙 열고 미끄러지듯 나간다.

뮤리얼과 해리는 내가 그렇게 빨리 나오자 깜짝 놀란다. 나는 대기실 저만치 있는 그들에게 신호를 보낸 뒤 문을 밀고 나간다. 그리고 또하나의 문을 밀고 나간다. 더 많은 문을 통과하며 복도를 걸어간다. 나는 밖으로 나가 햇볕 속에서 그들을 기다린다. 이렇게 화창한 줄 몰랐다. 안경을 썼을 때처럼 모든 것이 훨씬 더 투명하게 느껴진다. 우리 머리 위로 대리석에서 잘라낸 것 같은 두꺼운 사각 구름 하나가 걸려 있다. 차들이 빠르게 지나간다.

"아무것도 아니래." 내가 말한다. "정상이래."

"진짜?" 뮤리얼이 웃는다. 나는 찡얼거린다. 해리는 우리 둘을 안고 좌우로 몸을 흔든다. "이 골칫덩어리 친구야." 그가 말한다. "너 때문에 겁나 죽을 뻔했잖아."

집에 오자 오스카와 사일러스의 메시지가 자동응답기에 남아 있다.

"이제 애들 샴푸를 해줄 때 머리칼로 온갖 모양을 다 만들어줘야 해요." 오스카가 말한다. "그러려면 목욕시간이 사십오 분 더 걸려요. 전에도 충분히 길었는데. 언제 만날 수 있어요?"

"괜찮았을 거라고 믿지만 결과를 알려줘요, 알겠죠?" 사일러스가 말한다.

내가 사일러스에게 전화하자 자동응답기가 전화를 받는다. "아무것도 아니었어요." 그가 지금 직장에 있다는 것을 알면서도 내심 그가 받기를 바라며 나는 잠시 말을 멈춘다. "괜찮대요." 그리고 전화를 끊고 케일럽에게 전화한다.

"오. 오. 하느님 감사합니다. 하느님 감사합니다." 그는 TV 전도사를 모방한다. "오 청교도 필그림 플리머스록의 기적입니다!"

"칭송할지어다!" 나는 웃으면서 말하지만, 그 말의 진심을 느낀다. 칭송할지어다.

"내가 그리로 갈게. 결과가 어떻게 나오든 엄마 차를 몰고 그리로 가려고 했어."

"애슐리가 그 차를 쓸 거라고 생각했는데." 애슐리는 필의 딸이다.

"그 계집애는 혼자 빌어먹게 잘살든가 말든가. 이건 필의 말을 그대로 옮긴 거고. 나랑 그애는 잘 지내."

"혼자 차를 몰고 나라를 가로지른다고?"

"머리를 식힐 시간이 좀 필요해."

케일럽이 할 만한 말이 아니다.

"애덤이 손님방에서 지내도 좋다고 했어."

이미 애덤과 이 이야기를 했다고? "정말로 올 거야?"

"간다니까."

나흘 뒤 케일럽이 내 문 앞에 나타난다.

나는 장례식 이후로 그를 보지 못했다. 달라 보이고, 긴장했다. 잔뜩 흥분했구나, 엄마라면 그렇게 말했을 것이다. 치토스 냄새가 난다. 퍼니언즈를 좀 먹었을 것이다.

그 역시 내가 아주 좋아 보인다고는 생각하지 않는다. "광견병에 걸린 사막쥐처럼 보여."

"오랫동안 잠을 못 잤어."

"오, 동생." 그가 나를 힘껏 끌어안는다. "괜찮아. 괜찮을 거야."

안아주는 팔이 있으면 훨씬 울기 편하다.

"삼십 년 전이었다면 신경쇠약이라고 생각해서 너를 맥클레인

병원에 보냈을 거야. 휠록 아줌마 기억해?"

나는 휠록 아줌마를 기억하고 싶지 않다. 내게 일어나는 일을 신경쇠약이라고 부르는 것도 싫다. 그게 무슨 뜻인지 알기도 전에 겁부터 났던 내 어린 시절의 꼬리표.

그는 내 건강보험에 대해 묻는다. 내가 해고된 것을 일깨워주자 그는 아마 코브라의 적용을 받을 수 있을 거라고 말한다. 그게 무슨 말인지 모르겠다.* 그는 이번달 말까지는 전적으로 보험의 적용을 받지만, 이후에는 유지하려면 돈을 내야 할 거라고 말한다. 나는 의사 진료를 충분히, 십 년치 정도는 받았다고 말하지만, 그가 말하는 건 정신과의사다.

"일 년에 몇 번은 가야 할 것 같은데. 어쩌면 이번달이 끝나기 전에 기꺼이 일정을 잡아줄 정신과의사를 찾을 수 있을 거야."

"규정을 깨는 멋진 정신과의사."

그에게 샤워를 하라고 하자, 그는 내 욕실을 들여다보고 자기는 큰 집에서 개인적 위생을 해결하겠다고 말한다.

"뭘 좀 가져왔어." 그가 말한다.

"알고 있어."

창밖에 엄마의 차가 있다. 내가 어린 시절에 타던 푸른 머스탱도 아니고, 십대 때 타던 하얀 래빗도 아니다. 이 검은 포드를 나는 몇 번밖에 타보지 않았다. 그 안에 엄마에 대한 기억이 얼마 없다는 데 안심이 된다.

---

* 케이시는 해고된 근로자가 특정 조건하에서 단체 의료보험 혜택을 계속 받을 수 있도록 허용하는 제도인 COBRA를 코브라(Cobra)로 알아들었다.

하지만 그는 가방 안에 손을 넣어 둥근 쿠키 통을 꺼내 내게 건
넨다.

"와, 닷새 지난 쿠키네." 내가 말한다. "먹으면 안 돼."

"쿠키가 아니야."

나는 쿠키 통을 열지 않는다. 그냥 흔들어본다. 안에서 뭔가가
쏴쏴 이동한다. "이미 했잖아. 길하고." 우리는 케일럽의 친구인
그와 함께 캐멀백산에 올라가, 십육 년 전에 엄마가 하비에르의 유
골분을 뿌린 그 장소에 가서 엄마의 몸이었던 회색 모래를 한 움큼
씩 바람 속으로 던져넣었었다. 나는 거기 길이 있다는 것에 화가
났었다. 케일럽이 그에게 한 움큼을 집게 했다.

"길이 아니고. 길레스. 그때 절반만 뿌렸어, 기억나? 나머지는 대
서양에 가서 뿌리는 데 동의했잖아."

나는 기억나지 않는다. 엄마가 죽은 뒤의 나날에 대한 많은 것이
기억나지 않는다.

"내일 같이 호스슈에 가면 좋겠어." 호스슈비치는 엄마가 늘 우
리를 데려간 곳이다. "애덤이 하루 휴가를 내고 같이 갈 거야."

나는 그를 쳐다본다.

"이번엔 달라." 그가 말한다. "그는 엄마를 아주 잘 알았어. 엄
마도 애덤을 좋아했고."

"우리끼리만 하면 안 될까?"

"나는 애덤이 같이 가주면 좋을 것 같아."

"조심해, 케일럽."

"그게 언제나 내 강점은 아니지."

나는 케일럽에게 오스카의 아이들과 보낸 주말과 프로보에서 돌아왔을 때 그의 기분, 그리고 그가 그때부터 하루에 적어도 한 번씩은 내게 전화하는 것에 대해 말한다.

"그를 식사에 초대하면 내가 파악할 수 있을 거야." 그가 말한다. "내가 직감이 좋거든."

"오빠 직감 형편없어. 오스카의 매력이 오빠 바지를 그냥 벗겨버릴걸."

"오, 그러면 좋지!"

나는 그를 찰싹 때리고, 전화기를 든다.

우리는 애덤의 집에서 식사한다. 우리가 도착하자 애덤이 와인을 따라주고, 그가 레인지에 올려놓은 빽빽한 리소토를 젓는 동안 우리는 스툴에 앉아 있다. 애덤은 오스카가 오스카 콜튼이라는 사실을 단박에 알아낸다.

그는 젓던 손을 멈춘다. "맙소사. 선생님 작품의 굉장한 팬입니다." 그가 고백적으로, 그냥 평범한 팬이 아니라 더 비중 있는 팬이라는 어투로 말한다.

오스카가 고마움을 표하며 겸손하게 고개를 까딱한다.

케일럽이 잔을 든다. "우리 모두를 여기 함께 있게 한 케이시의 겨드랑이를 위해."

오스카는 영문을 모른다.

"종양이 생겼다고 생각했어요. 그런데 아무것도 아니었어요." 내가 그에게 말한다.

케일럽이 나를 쳐다보는 것이 느껴진다.

"이 작은 리에종*을 왜 비밀로 했어?" 애덤이 손가락으로 나와 오스카 사이에 원을 그리면서 묻는다.

"비밀이 아니었어. 케일럽은 알았어."

"케일럽은 편지 안 읽어."

"네 편지 읽었어." 케일럽이 말한다. "이 친구는 편지를 길고 멋지게 쓰지."

"한 번도 답장 안 하던데."

"전화하잖아. 난 전화가 더 익숙해." 그가 작게 미소를 짓자 애덤이 고개를 돌린다.

애덤은 큰 냄비를 몇 번 더 저은 뒤 리소토를 접시에 담는다. 우리는 받은 접시를 식탁으로 옮긴다. 내가 오스카 옆에 앉자 그가

---

* '내연관계'라는 뜻의 프랑스어.

식탁 맞은편 애덤의 옆을 가리킨다.

"커플은 따로 앉죠." 오스카는 다른 세기에서 온 노부인처럼 말한다.

케일럽이 내 자리에 앉고 나는 식탁을 돌아가 애덤 옆에 앉는다. 오스카와 케일럽이 이야기를 하기 시작한다. 애덤이 내 쪽으로 몸을 기울여 자기 땅을 헐값에 사겠다는 제의가 들어왔다고 말한다. 나는 아직 걱정할 일이 전혀 없다고.

"케이스." 케일럽이 포크로 내 접시를 톡톡 친다. "우리 아버지가 피핑 톰*이었다는 이야기는 해드렸니?" 케일럽은 우리 아버지를 파티에서 농담거리로 이용한다. 걸핏하면 꺼내는 일화들이 정해져 있다.

내가 표정으로 그러지 말라고 막자, 그는 오스카에게 『선더 로드』에 대해 캐묻기 시작한다. 배경은 언제 어디인지, 주인공은 누구인지, 어떤 시점으로 서술되었는지? 그는 내 소설에 대해서는 어떤 질문도 한 적이 없다. 나는 그가 주인공이나 시점 같은 것에 대해 아는지도 몰랐다. 애덤은 오스카에게 그 모든 이야기가 떠올랐을 때 그가 어디 있었는지 묻는다. 여러 해 동안 꾸준히 집중해서 쓰는 게 아니라, 엄청난 번개가 한 번 들이치듯 소설이 통째로 찾아오는 것처럼.

"치과에 갔다가 차를 몰고 집에 돌아가는 길이었어요." 오스카가 말한다. "그때 그 모든 게 다 보였죠."

---

* 11세기 영국의 고다이바 부인의 전설에서 유래한, 관음증과 엿보기를 일컫는 관용어.

맙소사.

"굉장한데요." 애덤이 말한다. "다른 일도 아니고 치과에서 나온 뒤라니."

오스카는 어깨를 으쓱한다. 신기하기도 해라. 천재는 어디서든 천재란 건가. 그는 새로 쓰는 소설에 대해, 계약서에 있는 마감일을 결코 맞추지 못할 테고 예상보다 훨씬 오래 걸릴 거라고 말한다.

"음," 내가 말한다. "스스로 할말이 있다고 생각한 것 자체가 신기한 일이야."

그들은 좀 놀라며 나를 본다. 그 말을 그렇게 많은 분노를 담아 하려고 했던 건 아니었다. 나는 애덤을 쿡 찌른다. "기억나? 나한테 그 말 했던 거? 진입로에서?"

그가 고개를 젓는다. "내가 왜 그런 말을 하겠어?"

디저트를 먹는 동안 오스카는 일어서서 화장실로 간다. 그는 방을 가로지르느라 처음 몇 걸음을 뗄 때 조금씩 주저앉는다. 무릎 때문이다. 전에는 그걸 알아차리지 못했었다.

"내일 저희하고 같이 가실래요?" 케일럽이 돌아와 그에게 묻는다.

"어디를 가나요?"

"엄마의 유골분을 뿌리러요." 내가 말한다. 내 입이 그 단어들을 발음하고 싶지 않다는 듯 말이 천천히 나온다. "해변에."

오스카는 나를 보지도 않고 고개를 젓는다. "재스퍼가 티볼 시합을 하고, 존은 생일파티를 가야 해서 힘들겠네요." 그가 와인잔을 든다. "맛이 좋은 상세르네요, 애덤. 어디서 구했어요?"

우리가 떠날 때 케일럽은 오스카를 포옹하고, 애덤은 손을 내밀며 언제 같이 스쿼시를 하자고 한다. 밖으로 나가자 오스카는 내 팔을 잡고 웃기 시작한다. 그는 기분이 좋다. 그들의 마음을 사로 잡은 것이다. 그는 사람들의 마음을 사로잡아야 하는 사람이다. 앞으로도 계속 그래야 할 것이다.

거실 창문에 반사된 빛이 만든 환한 자리에서 그는 내게 키스한다. "당신이 가족들의 재스퍼인 줄 몰랐어요." 키스. "매력적인 막둥이." 키스. 키스. "가장 어린 도발자." 이 모든 작은 입맞춤이 말의 방해를 받는다. 말 때문에 불꽃은 낮게 일렁일 뿐이다.

"이제 하지 말아야겠어요."

"뭘요?"

"데이트요."

그가 웃고 나를 더 바짝 끌어당긴다. "무슨 소리예요?"

보통 나는 누구와도 헤어지자고 할 필요가 없다. 대체로 그들이 그렇게 해주거나, 내가 주나 나라를 떠나버린다. 구체적으로 말해야 하는 경우는 많지 않다.

"들어봐요, 케이스." 그는 나를 한 번도 그렇게 부르지 않다가 오늘밤 식사 자리 도중부터 케일럽을 따라 하기 시작했다. 그는 더이상 안에서 밖이 보이지 않도록 나를 창가의 햇살이 비치지 않는 자리로 데려간다. "당신이 겁을 먹은 거 알아요. 겁이 나죠. 하지만 나는 당신을 사랑하고, 우리는 같이 있을 때 좋았어요. 당신과 같이 있을 때 나는 기분이 너무 좋아요. 오, 나는 당신과 같이 있을 때의 내 모습이 좋아요."

"그게 나를 사랑하는 건지는 모르겠네요, 오스카. 그건 자신을 사랑하는 거예요."

"다른 사람이 있어요?" 그가 말한다. 나는 그가 그 가능성을 염두에 두지 않은 것을 알겠다.

"그런 것 같아요."

"그 남자인가요?" 그가 창문 쪽을 가리킨다.

"애덤?" 그 순간 나는 그게 농담인 것을 깨닫는다.

"누구예요?"

"누구인지는 중요하지 않아요."

"중요해요. 내가 아는 남자예요?"

"아니요." 하지만 나는 거짓말엔 젬병이다. 그래서 말한다.

"내 워크숍에 오는 그 꼬맹이? 몇 살이지, 열다섯?"

"나하고 같아요."

"당신하고 같다고요? 그가 당신하고 같은 나이인지는 몰라도 같은 태양계에 속해 있진 않아요, 케이시. 그 남자는 목성에 산다고요."

나는 목성이 사실상 우리 태양계에 속한다는 말은 하지 않는다.

그는 사일러스와 사일러스의 글에 대해 몇 가지 더 모욕적인 말을 하고, 왜 우리가 함께여야 하는지 다시 말하려 하지만 전보다 자신이 없다. 상황을 파악하기 시작한 것이다.

"음," 그가 주머니에서 열쇠를 빼내며 말한다. "어쨌거나 마감일은 지킬 수 있을 것 같네요." 그는 내게 마지막으로 짧게 키스한다. "앞으로 이렇게 젊은 입술에는 다시 키스하지 못하겠죠."

나는 누군가와 이별한 직후 무엇이 밝혀지는지 잊고 있었다.

"그렇지는 않을 것 같은데요." 내가 말한다.

그가 그러길 바란다는 듯 껄껄 웃고 진입로에 있는 자신의 차로 걸어간다.

우리는 애덤의 차를 타고 호스슈로 간다. 궂은 날씨다. 살을 에
는 바람, 총의 금속 같은 회색 빛깔에 치장 벽토처럼 딱딱해 보이
는 강물. 어딘가에 이 해변에서 엄마와 아기 케일럽이 찍은 사진이
있다. 엄마는 비키니를 입었는데, 하의는 사각형에 큼직하고 배꼽
위까지 올라온다. 하지만 엄마는 수영을 잘하지 못했으니 지금 이
차가운 물에서 뭘 어떻게 하고 싶지는 않을 것이다.

우리는 해안선으로 가는 단단한 모래밭 위를 바람을 안고 걷는
다. 케일럽이 쿠키 통을 열고 안에 든 거친 입자의 은색 유골분을
한주먹 집는다. 던져넣기가 힘들 만큼 바다 쪽에서 거세게 바람이
불어와, 그가 굵은 가루를 작은 파도 안에 떨어뜨려도 파도는 자꾸
우리 신발 위로 기어오른다. 나는 그게 엄마라는 걸 믿지 못하겠
다. 엄마의 몸―머리칼, 미소, 목소리를 만드는 성대, 심장, 예쁜
엉덩이, 촉촉한 다리, 걸을 때 낭랑한 소리를 내는 발가락―이 불

에 타 내 손에 잡힌 이 입자가 큰 가루가 되었다는 걸 믿지 않으려 한다.

여전히 나는 할 수가 없다. 이 회색 가루를 이 우울한 날 이 차가운 물속에 던져넣을 수가 없다.

"오빠가 절반 해." 내가 케일럽에게 말한다. "나머지는 내가 다른 데 가서 할게."

그가 그걸 하는 동안 나는 그의 가까이 서 있다. 애덤은 우리 뒤에서 서성인다. 외로운 갈매기 한 마리, 하늘에 보이는 단 한 마리의 갈매기가 우리 머리 가까이에서 해변을 따라 나지막이 날고, 이어 비행기가 묘기를 부리듯 물을 향해 한쪽 날개를 왼쪽으로 깊이 기울여 다시 바다로 나아간다. 갈매기는 날아올랐다가 수평이 되고, 뚝 떨어져 물속에 발을 끌면서 수면을 스치고, 곧 다시 솟구친다. 날개가 만드는 큰 파동으로 몸을 높이, 높이, 높이, 끌어올리고, 이어 길게 활공했다가 날개를 몇 번 퍼덕인 뒤 다시 길게 활공한다—어느 순간 더는 보이지 않게 될 때까지 솟구치고 날갯짓하고 활공한다.

나는 주위를 둘러본다. 나도 모르게 갈매기를 쫓아 해변을 걷고 있었다. 케일럽은 그 일을 다 끝낸 뒤 하얗고 마른 모래밭에서 애덤에게 기대 있다.

여기로 오는 차 안에서 쿠키 통은 케일럽의 무릎 위에 있었고 우리는 침울했다. 하지만 다시 차에 타자 그는 남은 유골분을 앞에서 뒷좌석의 내 옆 빈자리로 툭 던지고, 라디오를 켠 다음 애덤의 운전에 대해 잔소리를 시작한다.

우리는 길가의 조개 요리 식당에 차를 세우고, 피크닉 테이블 근

처 항구가 내다보이는 창가 자리에서 음식을 먹는다. 엄마가 애리
조나에서 돌아와 자신이 떠나 있었던 일 년 반에 대해 해명하려고
한 그날, 나는 여기서 엄마와 함께 앉아 있었다. 나는 그저 고개만
끄덕였다. 그날 엄마에게 못되게 굴 걸 그랬다. 음식을 던지고 악
을 쓰며 독한 말을 퍼부을 걸 그랬다. 엄마가 내 안의 모든 감정을
긁어 밖으로 내보내줬으면 좋았을 것이다. 어쩌면 지금은 그런 말
을 더 잘할 수 있을 것이다.

하지만 케일럽의 기억은 다르다. "거스의 결혼식이 끝나고 우리
가 여기까지 왔던 거 기억나?"

"응." 애덤이 말한다. "염소수염을 기른 그놈이 내가 바로 뒷좌
석에 앉아 있는데도 너하고 어떻게 해보려고 했었어."

케일럽이 웃는다. "네가 잠들었을 때 그보다 더한 짓도 했어."

그들은 서로 몸을 맞댄 채 디저트 메뉴 위로 몸을 숙이고 있다.

"이제 돌아갈까?" 내가 말한다.

케일럽은 닷새 동안 머문다. 애덤은 일하러 가지 않는다. 나는
그들을 내버려둔다. 나의 새 차를 운전한다. 해리의 집과 뮤리얼의
집으로 차를 몰고 간다. 세 블록 떨어진 식료품점에 차를 몰고 간
다. 〈글로브〉에 실린 광고를 보고 연락해 뉴햄프셔에 있는 학교의
면접을 잡는다. 나는 거기로 차를 몰고 가서 고딕양식의 음울한 학
교 건물을 발견하고, 반달 모양의 진입로로 들어가 잔디밭과 깃대
를 곡선으로 돈 다음 주차장을 지나 집으로 돌아온다. 울면서 힘주
기를 하면서.

필이 내 자동응답기에 케일럽이 전화를 받지 않는다고 메시지를

남겨놓았다.

케일럽은 목요일에 비행기를 타기로 되어 있지만, 타지 않는다. 애덤이 연극 표가 있다면서 더 지내다 가라고 했다고 말한다.

그날 밤 침대에서 책을 읽다가, 그들이 진입로로 들어와 애덤의 집으로 들어가는 소리를 듣는다. 나는 지금 일어나고 있는 일이 마음에 들지 않는다. 엄마에게 전화하고 싶다. 엄마도 좋아하지 않을 것이다.

다시 책을 집어들고 그들을 생각하지 않으려고 한다.

문 두드리는 소리가 들려 눈을 뜬다. 내 방 불이 아직 켜져 있고, 책 안에 여전히 엄지를 끼우고 있었지만, 나는 잠들어 있었다. 나는 잠들어 있었다. 누가 나를 깨웠다는 사실은 아예 신경쓰지 않는데, 오랜 습관대로 엄지를 책 안에 끼운 채 잠이 들었기 때문이다.

나는 문을 연다. 케일럽은 여전히 극장에서 돌아온 그대로 슈트를 입고 있지만, 그런 차림을 한 그의 모습은 더 작아 보인다. 전에는 그렇게 작아 보인 적이 없었다. 얼굴 또한 전혀 평소 같지 않다.

"오늘밤에 여기서 자도 돼, 케이스?"

그는 내 침대 위로 쓰러지고, 나는 그의 옆에 앉는다.

"무슨 일 있었어?"

그가 고개를 젓는다. 그리고 깊은숨을 내쉰다. "우리 장난이 갈 데까지 갔어." 그러고는 몸을 웅크리고 두 손으로 얼굴을 덮는다. 그의 손을 통해 끔찍한 울음소리가 흘러나온다. 나는 케일럽이 어떻게 우는지 몰랐다. 전에는 본 적이 없었다. 육체가 고통스러워하는 소리 같다. 나는 그의 팔을 어루만진다. 그의 머리칼을 쓰다듬는다. 내 아래 푸톤이 흔들린다.

"괜찮아. 괜찮을 거야. 필은 이해해줄 거야." 필이 이해해줄지 나는 모른다. 하지만 그가 케일럽이 생각하는 것만큼 놀라지는 않을 것 같다.

"그를 사랑해, 케이스. 나는 늘, 늘 그를 사랑했던 것 같아."

"애덤을? 구역질 나."

그는 흐느낀다. "끝나고 나서 애덤이 나를 밀어냈어." 그는 이 말을 간신히 꺼내고 거친 신음을 내뱉는다. 오피가 애덤의 머드룸에서 컹컹 짖기 시작한다.

길고 격한 울음의 시간이 끝나자 나는 그의 얼굴에서 손을 떼어낸다. "내 말 들어. 애덤은 그걸 원했어. 오빠를 원했다고. 이번주 내내 오로지 섹스 이야기, 자기하고 오빠하고 같이 어울려 놀던 사람 이야기만 했어. 한 주 내내 오빠한테 작업을 걸었다고. 내가 봤어. 그는 오빠를 원했고, 그다음엔 오빠를 밀어내는 데서 오는 만족감을 원했어."

"너무 끔찍했어. 그의 얼굴에 떠오른 표정 말이야."

"그는 오빠도 다른 어떤 남자도 자신의 선택지에 놓지 않을 거야. 그는 그렇게 용감하지 않아. 그리고 오빠가 그를 사랑하는 것 같지는 않아. 그저 옛날에 반했던 남자와 끝까지 가보는 게 필요했던 거지."

그는 눈을 감고 누워 있지만, 듣고 있다.

"집으로 가. 필에게 모든 걸 말해. 거기서부터 어디로 가는지 보자고. 여전히 그를 떠나고 싶을지도 모르지. 어쩌면 식사실에 필이 만들어놓은 화려한 식탁을 보고, '7피트 길이의 식탁을 만들어줄 수 있는 안과의사보다 더 섹시한 게 세상에 있을까?' 하는 생각이 들지도 모르고."

아침에 나는 그를 공항까지 태워준다. 그는 바이저를 아래로 내려 눈 밑으로 쑥 들어간 붉은 자리를 본다. "맙소사, 이제 내 상태가 너보다 더 안 좋은 것 같네." 그가 말한다. 그는 차창 밖으로 난국이 된 고속도로 공사 현장을 본다. "난 보스턴이 싫어. 보스턴엔 고통뿐이야."

터미널에 도착하자, 그는 차 뒤쪽에서 가방을 꺼내고, 우리는 보도 위로 올라가 서로 가까이 선다.

"너 괜찮겠지?" 그가 말한다.

"응, 오빠도 그럴 거고. 집에 도착하면 전화해줘."

그가 고개를 끄덕인다. 우리는 서로를 꼭 끌어안는다.

내가 엄마가 된 것 같고, 엄마가 나를 안아주는 것 같기도 하다.

그가 회전문으로 걸어간다. 그리고 손을 흔든다. 문은 돌아가고, 그는 사라진다.

케일럽은 월말에 보험이 종료되기 전까지 나를 세 번 만나는 데 동의한 의사의 이름을 남겼다. 그의 이름은 맬컴 시츠이고, 병원은 알링턴에 있는 벽돌 듀플렉스 건물 삼층에 있다. 그는 오후 다섯시 반에만 시간을 낼 수 있다. 서머타임제가 막 끝나서, 내가 도착하자 이미 날은 어둡다.

그는 매끈한 피부에 은색 단발머리를 한 호리호리한 남자다. 콧수염을 길렀고 그걸 만지는 걸 좋아한다. 나는 그의 인체공학적 리클라이너를 마주보는 보풀이 생긴 모직 팔걸이의자에 앉는데, 그 자리에서 창문을 통해 그의 작은 마당 뒤로 집안이 내려다보인다. 벽이 유리로 되어 있어 햇살이 밝게 비치는 부엌이 다 들여다보이는 현대식 집이다. 아홉 살이나 열 살쯤 된 여자아이가 식탁 앞에 앉아 숙제를 하고 있다.

그는 왜 여기 왔는지 묻고, 나는 그에게 내 피부 아래 윙윙거리는 소리에 대해, 종이 울리는 소리에 대해 말한다.

"귀에서 종소리가 들린다고요?"

"진짜 종소리는 아니고요. 온몸이 종이 된 느낌이에요. 탑에 있는 큰 종 말이에요. 누가 그걸 치고……"

그가 한 손을 들어올린다. "수사학적인 설명은 건너뜁시다. 불안하군요. 이유는요? 언제 시작됐어요?"

나는 그에게 레드반과 루크에 대해, 내가 처음으로 그것을 느꼈던 밤에 대해 말한다. 어머니가 죽은 것과 내가 바르셀로나를 떠나 미국 동부로 온 것과 아이리스와 정원 헛간과 원고를 수정한 것과 원고를 거절당한 것과 에드펀드와 빚 수금업자들이 나를 쫓아다니는 것에 대해 전부 말한다. 그는 귀기울여 들으면서, 쥐는 부분이 젤리 타입인 굵은 펜을 노란색 유선 노트 위로 들고 있지만 아무것도 쓰지 않는다.

"다른 건요?"

나는 그에게 오스카에 대해 말한다. 사일러스에 대해 말한다.

"건초 더미 두 개 사이에서 굶어죽은 당나귀 이야기 들어봤어요?" 그가 말한다.

빌어먹을, 빌어먹을 필그림.

저 아래 빛이 환한 부엌에서는 한 남자가 채소를 썰고 있고, 여자는 냄비에 넣을 쌀과 물의 양을 측정하고 있다. 여자아이는 여전히 숙제를 하고 있다. 여자아이의 다리가 의자 밑에서 앞뒤로 왔다 갔다한다.

나는 울기 시작한다.

시츠 박사는 자신이 앉은 자리에서 볼 수는 없지만 내가 무엇을 보고 있는지 정확히 아는 것 같다. 거의 무대에 올려진 공연 같다. 안정적인 가족에게 보내는 큐 신호.

두번째 상담이 시작되자마자 나는 부모님 이야기를 시작하고, 잠시 뒤 그는 나를 향해 손을 내젓는다.

"그런 케케묵은 이야기는 듣고 싶지 않아요. 여기로 오는 길에 무슨 생각을 했는지 말해주세요."

나는 내가 '신조를 버리'거나 '정착했다'는 이유로 불쌍하게 여기고 조롱했던 모든 사람에 대해, 그리고 그들 중 누구도 혼자 있거나 헤어지거나 알링턴에 있는 정신과를 찾아가지 않는다는 사실에 대해 생각했다고 말한다.

"당신은 도박꾼이로군요. 도박을 했어요. 가진 걸 다 걸었군요."

"이 소설에요? 그건 나쁜 베팅이었어요. 심지어 끝낼 수도 없어요."

"소설에 말고요. 성공이냐 실패냐는 그 종이뭉치에 따르는 게 아니에요. 당신 자신이 근거가 되죠. 당신의 판타지가 근거가 되고. 서른한 살인데, 지금 뭘 하고 싶은가요?"

"책을 끝내고 싶어요."

그가 고개를 끄덕인다.

"그리고 다른 책을 시작하고."

그가 웃는다. "당신은 거액을 거는 사람이로군요."

"그러면 당신은 무엇을 두려워하나요?" 우리가 마지막으로 만났을 때 그가 내게 묻는다. "정말로 두려워하는 것 말이에요."

나는 그게 뭔지 생각하려 한다. "지금 당장 이 일조차 감당할 수 없다면 미래에 어떻게 더 큰 걸 감당할지, 그게 두려워요."

그가 고개를 끄덕인다. 그리고 엄지로 콧수염을 쓸어내린다. "앞으로 일어날 더 큰 일이라. 이보다 더 큰 일은 뭐죠? 어머니가 갑자기 돌아가셨어요. 어머니의 죽음은 어머니가 당신을 전에도 이렇게 유기했다는 걸 상기시켰고, 그래서 당신에게 두 배로 큰 타격을 줬어요. 아버지는 결국 아버지로서의 역량이 부족했어요. 당신은 몇 개의 큰 업체에 빚을 졌고, 그들은 당신을 끝까지 쥐어짤 거예요. 육 년 동안 소설을 썼지만, 출판될 수도 있고 되지 않을 수도 있어요. 직장에선 해고됐고. 자신의 가족을 만들고 싶다고 하지만, 당신 삶에 남자가 있는 것 같지는 않아요. 그리고 임신에 관한 문제도 있고요. 나는 모르겠어요. 이건 아무것도 아닌 게 아니에요."

그가 보여준 모든 낯선 반응 중에서 그 말이 내게 가장 도움이 된다. 이건 아무것도 아닌 게 아니다.

마놀로가 전화해서 내게 일자리를 제안한다. 9학년생 두 반, 11학년생 두 반, 그리고 다음 학기에 시작하는 선택과목인 창작 글쓰기다. 월급은 풀타임, 블루 크로스 블루 쉴드 건강보험에 가입된다. 더이상 필그림이 아니다.

"잘 모르겠어요."

"뭘 잘 모르겠어요?"

"아이샤와의 면접이 잘 안 됐거든요."

그가 웃는다. "날 믿어요. 아주 잘됐어요. 아이샤는 당신이 다녀간 뒤로는 다른 누구에 대해서도 들으려 하지 않아요."

그는 내게 그날 오후에 와서 서류를 작성하고 내가 가르치게 될 책과 학교 핸드북, 영어 교과부 커리큘럼을 가져가라고 한다. 그는 다음주 월요일부터 시작할 수 있는지 묻는다.

"그리고 포스터를 봤는지 모르겠지만, 우리 학교에서 이 주 뒤에 글짓기 대회가 열려요. 개회사 같은 걸 좀 맡아줄 수 있어요? 글 쓰는 삶에 전념한다는 게 어떤 건지 말할 수 있는 사람은 우리 부서에 당신뿐이에요. 당신이 그것에 대해 어떤 이야기를 했는지 몰라도 아이샤가 아주 좋아했어요."

내가 그것에 대해 어떤 이야기를 했더라?

"할게요." 내가 말한다. "뭔가 말할 게 있을 거예요."

오랜 시간 일이 잘못 흘러가다가 제대로 풀려가기 시작할 때 몸에서 느껴지는 특별한 감각이 있다. 따뜻하고 달콤하고 긴장이 풀린 감각. 나는 수화기를 들고 마놀로가 W-4 양식과 자습시간 일정, 우편함 비밀번호, 교직원 주차장에 대해 하는 말을 들으면서 그 모든 감각을 경험한다. 잠시 내 모든 벌이 꿀로 변한다.

제니퍼가 말한 부분에 대한 수정을 마치고 수업 준비를 하기까지 일주일이 남았다.

나는 원고를 꺼내 읽기 시작한다. 그리고 메모한다. 그녀가 말한 것 몇 가지가 기억난다. 하지만 기억을 밀어붙여도 더 떠오르지는 않는다. 어쨌거나 다시 쓰기 시작한다. 고개를 드니 날이 저물었다. 다시 고개를 드니 자정이 지났다.

나는 닷새 밤낮을 그렇게 일한다. 스파게티를 레드소스와 함께, 사과를 땅콩버터와 함께 먹는다. 심지어 달리기를 하러 나가지도 않는다. 사람들이 부동산 중개인과 함께 나타나 창문 근처를 서성이면 커튼을 친다. 시간의 호사를 즐긴다. 끝없는 시간. 이중 근무도 없고, 시간제 근무 자체가 없다. 아이리스의 냄새는 내 머리칼에서 영원히 사라졌다. 몸에서는 여전히 윙윙 소리가 난다. 하지만 윙윙 소리가 나쁘기만 한 건 아니다. 한편으론 좋은 에너지다. 또

한편으론 이상한 흥분이다.

금요일 오후에 나는 우체국에 가서 줄을 선다.

"여전히 도전하는 중이로군요." 직원이 숫자를 입력하면서 말한다.

"넵."

"음, 도전하는 자에겐 총을 쏠 수가 없죠."

주말 동안 나는 『싯다르타』와 『그들의 눈은 신을 보고 있었다』를 다시 읽고 수업안을 작성한다. 뮤리얼과 함께 데이비스스퀘어에 있는 중고 옷가게에 간다. 혼자 갔다면 아무것도 발견하지 못했겠지만, 뮤리얼은 나를 드레스룸에 들어가게 하고 자신이 발견한 보물들을 가져온다. 뒤쪽에서 단추를 잠가 입는 회색 캐시미어 스웨터, 무릎길이의 스웨이드 스커트, 선홍색 지퍼가 달린 검은 부츠.

월요일 아침에는 다섯시에 일어난다. 처음부터 규칙적인 습관을 들일 필요가 있다. 출근하기 전에 매일 한 시간 반씩 글을 쓴다. 책상 앞에 앉아 뭔가 새로운 것에 대해 떠오른 생각을 메모해둔—아이리스 주문 기록지, 책 몇 권의 뒤쪽, 백팩에 넣어다니는 작은 수첩—것들을 모은다. 새 공책 뒤쪽에 내가 지금까지 해놓은 것의 대략적인 시간 순서를 만든다. 그리고 공책의 맨 앞으로 돌아간다. 첫 줄은 이미 알고 있다.

첫 수업은 11학년생이다. 학생들이 들어와 무거운 백팩을 벗고 쿵 소리와 함께 내려놓는다. 아이들이 들어올 때, 마치 고등학교 학생을 가르치는 것이 내 일상인 것처럼 나는 한 명 한 명에게 안녕 하고 인사한다. 내가 이 나이였던 때 이후로 내 주변에 이 또래 아이들이 있었던 적은 없다. 그저 아이들의 얼굴—여드름이 송송난 얼굴, 반짝거리는 얼굴, 걱정 많은 얼굴, 잔뜩 열받은 얼굴—을 보는 것만으로 내가 지금 저 뒤쪽에 앉아 있지 않다는 데 감사한 마음이 든다. 아이들이 오기 전에는 불안했는데, 지금 아이들을 보니 그저 아이들이 하루를 잘 보낼 수 있게 도와주고 싶다. 나는 아이들 이름을 단박에 외우고—6인 테이블의 애피타이저와 앙트레를 외우는 것보다 훨씬 쉽다—아이들에게 이번 학기에 지금까지 뭘 했는지, 어떤 것을 좋아했고 좋아하지 않았는지 알려달라고 한다. 나는 터크 선생님이 그랬던 대로 책상 왼쪽 모서리에 앉았는데, 여전히 그에게 화가 나 있지만, 당장은 그를 모방한다.

아이들은 『그들의 눈은 신을 보고 있었다』를 절반까지 읽었지만, 나는 거의 처음으로 돌아가 몇 페이지를 소리 내어 읽어주고 내니가 판잣집에서 무릎을 꿇고 자신의 실수에 대해 기도하는 장면에서 멈춘다. 그러고 나서 아이들에게 그렇게 느낀 순간에 대해 써보라고 한다. 아이들은 천천히 공책을 편다. 다람쥐에게 먹이를 주려 할 때처럼 경계한다.

나는 수업이 없는 시간에 교무실에서 뮤리얼에게 전화한다. 회전의자에 앉아 한 바퀴 돈 다음 에벌린이라는 이름의 학생이 여동생이 태어난 것에 대해 쓴 아름다운 문단 이야기를, 내가 부츠에 대한 칭찬을 많이 받았다는 이야기를 한다. 교사 두 명이 뉴딜에 대한 이야기를 하면서 걸어간다. 점심 메뉴는 라자냐, 냄새가 복도 전체로 퍼진다.

전화를 끊은 뒤 나는 사일러스의 근무지인 트레버 힐스 학교로 전화하는 것을 상상할 만큼 기분이 충분히 좋지만—그 역시 교무실에서 휴식중일 거라고 상상한다—심장박동이 빨라지고, 나는 다음 수업을 위해 마음을 진정시켜야 한다.

고등학교 수업은 짧고 금세 끝난다. 수업안의 절반도 마치지 못했다. 양의 정강이 살과 레몬 껍질 추출물에 대해 말하면서 몇 달을 보내다가 책 이야기를 하니 위로가 된다.

그 주 동안 하루가 끝날 때마다 나는 내 소설에 대해 생각하는데, 궁금증은 커지고 두려움은 줄어든다. 제니퍼가 그걸 읽고 있는지 궁금하다. 다음달까지는 그녀가 소식을 주지 않아도 걱정하지 않으려고 한다.

하지만 목요일 오후 학교에서 돌아오자 제니퍼의 목소리가 자동응답기에 남아 있다. 짧은 메시지인데, 말이 아주 빠르다. 몇 번을 돌려 들어야 한다. 고쳐쓴 게 잘되었다고 한다. 그걸로 해보겠다고.

나는 뮤리얼에게 전화해서 제니퍼의 말이 내가 파악한 것과 같은지 확인하려고 메시지를 틀어준다.

뮤리얼이 꺅 소리를 지른다.

토요일 밤, 나는 스퀘어에 있는 타이 레스토랑에서 뮤리얼과 크리스천, 해리, 제임스를 만난다. 뮤리얼이 냅킨에 하드커버로 나올 내 책의 그림을 그려주고, 우리 손을 그 위로 포개게 한다.

"셋 세면 모두 손을 높이 들고 미개인처럼 고함을 지르는 거야."

미개인처럼 고함을 지르는 방식은 사람마다 다르겠지만, 단체로 고함을 지르자 소리가 너무 커서 매니저가 온다. 뮤리얼이 그에게 냅킨에 그린 그림을 보여주고 나를 가리키면서 상황을 설명하자 그가 노란색 테이블보를 들고 돌아온다.

"타이에서 노란색은 행운의 색깔입니다." 그가 말한다.

우리가 접시를 들자 그가 테이블보를 펼친다. 아이리스에서 내가 손님에게 그토록 친절한 일을 해준 적은 없었던 것 같다.

해리가 건배사를 하고 우리의 잔이 부딪치자, 순간적으로 책이 나와 분리되어 자기 길을 가는 듯 느껴진다.

학교에서의 다음주는 더 짧다―나흘을 가르치면 금요일에 글짓기 대회가 있다.

월요일, 교직원 화장실에서 손을 씻으면서 나는 빙그레 웃는다. 심지어 이유도 모른다. 눈 밑에 멍든 것처럼 거무죽죽하던 부분은 차츰 희미해진다. 얼굴에 살이 붙고 있다. 학교 음식은 냄새만큼 맛도 좋아서 많이 먹는다. 점심때 내가 쟁반에 얼마나 음식을 많이 담는지는 9학년생 사이에 이미 농담거리가 되었다.

수요일 늦은 오후에 제니퍼가 전화를 걸어온다. 학교에서 집으로 돌아와 글짓기 대회에서 하기로 한 개회사 때문에 몇 가지 메모를 하던 중이다. 그녀가 내 책을 보낸 출판사 이름을 말해준다. 나는 전부 받아적는다. 평생 읽은 책의 등에서 본 이름을. 내 소설이 실제로 이 출판사의 편집자들에게(제니퍼에 의하면 배달원을 시켜서) 전달되었다는 사실이 실감이 되지 않는다. 내 맥박이 쿵쾅거리고, 느려지지 않으면 어쩌나 걱정하지만, 곧 느려져 정상적인 심장이 된다.

"소식이 있으면 다시 알려줄게요."

나는 그녀에게 학교 전화번호를 주고, 우리는 전화를 끊는다. 오피가 아까부터 밖에서 내 문을 긁고 있다. 나는 오피를 들어오게 한다.

"내 에이전트 전화였어." 내가 개에게 말한다. 개는 책상 밑에서 킁킁거리고 푸톤 위로 올라와 이불 위에서 몇 번 뒹군 다음 앉는다. 나는 머리를 쓰다듬어준다. 개는 분홍색 글자가 찍혀 있는 새파란색 목줄을 했다. 오필리아, 그렇게 되어 있다.

"오필리아?" 내가 그렇게 부르자 개는 머리를 든다. 암컷이었다. 오피. "그동안 쭉 넌 여자였던 거니?" 개는 제 큰 머리를 내 허벅지에 다시 내려놓는다.

금요일에 학교로 갔더니, 마놀로가 입구 쪽에서 세 명의 초대 작
가를 기다리고 있다. 나도 함께 기다린다.

그는 내가 손에 들고 있는 접힌 종이를 내려다본다. "긴장돼
요?" 그가 말한다.

"이 개회사를 하지 않으려고 저를 고용하신 것 같은데요."

작가들은 고물 폭스바겐을 타고 함께 도착한다. 나는 이쪽으로
걸어오는 크고 검은 망토를 알아본다.

"빅터 실바?"

"케이시 피보디?"

그가 나를 포옹하며 망토에 나를 감싼다. 아이리스 냄새—마늘
과 페르노*—가 난다. 나는 그를 마놀로에게 소개하고, 빅터는 우

---

* 아니스 향미를 들인 프랑스제 술.

리를 나머지 둘에게 소개한다. 민머리에 팔근육이 딴딴한 젊은 남자와 아일랜드인 억양을 쓰는 오십대 여자다. 우리는 그들을 안쪽으로 안내해 아이샤에게 데려가고, 그러고 나서 다 같이 도서관에 간다. 그곳에 커피와 페이스트리가 준비되어 있고 코트를 벗어놓을 수 있지만, 근육이 많은 극작가는 검은 티셔츠 차림이고 빅터 실바는 망토를 벗을 생각이 아예 없다.

학생들이 속속 도착하는데, 우리 학교 학생들뿐 아니라 다른 학교 학생들도 버스를 타고 온다. 다섯 개의 다른 학교 학생들도 초대되었다는 것은 내가 몰랐던 또 한 가지 사실이다. 아이들이 떼로 몰려와 체육관으로 안내된다. 내가 다른 작가들과 체육관에 도착하자 관람석은 꽉 차 있고, 거기 앉지 못한 아이들은 농구장 한복판에 만들어진 연단을 중심으로 넓은 원을 그리며 책상다리를 하고 앉았다. 우리는 아이들을 뚫으며 연단으로 가야 한다. 작가들은 연단 옆에 마련된 의자에 앉고, 마놀로는 계단을 올라가 마이크 앞으로 가서 모두를 환영한다. 그는 작가들 한 명 한 명을 간단한 약력과 함께 소개한다. 알고 보니 빅터 실바는 네 권의 시집과 한 권의 에세이를 발표했다. 내가 어떻게 그걸 몰랐지?

"이제 우리 영어 교과부에 새로 오신 선생님께 마이크를 넘기겠습니다." 그가 말하고 내 소개도 한다. 내 이력서에 포함된 정보를 용케도 그럴싸하게 만들었다. 보잘것없는 출판 이력과 대학원 수상 이력까지.

박수 소리가 조금 들리고, 나는 연단으로 올라간다. 내가 가르치는 학생들이 군데군데 무리 지어 앉았고, 내가 모르는 학생이 많다. 아이들이 얼굴을 들고 나를 본다. 나는 절벽에 선 아이들이 떨어지기 전에 붙잡고 싶어한 홀든 콜필드[*]를 떠올리고, 이제 그 심정을 알겠다. 긴 숨을 들이마신다. 11학년생 아이가 조그맣게 함성을 지른다.

"고마워, 브래드." 내가 마이크에 대고 말한다. "네 성적이 아주 많이 좋아졌어."

내가 상상한 것보다 사람이 훨씬 더 많다. 하지만 아이리스의 참을성 없는 10인 테이블에서 스페셜 요리에 대해 읊는 것보다 훨씬 더 어렵지는 않을 것이다. 게다가 나는 진심으로 이 아이들에게 내가 써온 것을 말해주고 싶다. 입술이 떨리고 목소리가 약간 불안하지만 나는 말을 꺼낸다.

나는 진실을 말한다. 서른한 살인데 7만 3000달러의 빚이 있다고. 대학생 때부터 열한 번 이사했고, 열일곱 번 직장을 옮겼고, 남자 몇 명과 사귀었지만 잘되지 않았다고. 12학년 때부터 아버지와 사이가 소원해졌고, 올해 초에 어머니가 돌아가셨다고. 내 유일한 형제는 3000마일 떨어진 곳에 산다고. 지난 육 년 동안 내가 간직해온 것, 내 삶에서 꾸준하고 안정적이었던 것은 내가 써온 소설뿐이었다고. 그것이 내 집, 내가 언제라도 돌아갈 수 있는 곳이었다고. 그곳에서 나는 심지어 가끔 내가 힘을 가진 사람이라고 느꼈다는 이야기도 한다. 내가 가장 나 자신일 수 있는 곳. 여러분 중에서도 누구는 이미 그런 곳을 발견했을 거라고, 나는 말한다. 누구는 지금으로부터 몇 년 뒤 그런 곳을 발견할 거라고. 내가 바라는 것은 누군가 오늘 글을 쓰면서 처음으로 그런 곳을 발견하는 거라고.

---

[*] 샐린저의 『호밀밭의 파수꾼』에 나오는 주인공.

다시 내 자리로 돌아가는데 어리둥절하다. 실내는 박수 소리로 요란하다. 사람들이 나를 보고 있다. 내가 자리에 앉자, 내 옆에 앉은 여자가 멋있었다고 말해준다. 마놀로는 연단에서 나를 보며 아직 박수를 보내고 있다. 그가 워크숍 주제와 해당 워크숍이 열리는 교실을 다시 안내한다. 그는 여분의 프로그램 일정표가 놓인 테이블을 가리키고, 모두 영감 넘치는 하루가 되길 바란다고 말한다.

나는 빅터 실바의 워크숍에 간다. 그곳엔 빳빳하게 다듬은 콧수염과 검은 망토에 거부감이 없는 아이들로 가득하다. 그는 아이들에게 본인이 가장 먼저 살았던 것으로 기억하는 집의 층 도면을 그리라고 한다. "방과 벽장과 복도." 그는 칠판에 자신의 도면을 직접 그리면서 말한다. 그리고 우리를 돌아본다. "이제 의미 있는 디테일을 추가하세요. 카우치, 버번 병, 벽과 냉장고 사이 틈." 그가 웃는다. "보이나요? 나는 이미 세 가지 디테일로 내 어린 시절 전체를 말했어요." 그가 왼쪽으로 느긋이 옮겨가 블록체로 이렇게 쓴다.

관념이 아니라 사물 그대로.

"윌리엄 카를로스 윌리엄스가 한 말입니다. 당부하는데, 그 말을 명심해요."

우리는 디테일—그가 말하기로 아주 뜨거운 경험의 장소—을 찾으면 하나를 골라 그것에 대해 써야 한다. "문장으로 쓰는 게 아니라 감정의 분출로 쓰는 겁니다—구나 단어 같은 것들이 어떤 관계를 맺는지 걱정하지 말고 그냥 밖으로 꺼내세요. 여기 토해내는 겁니다."

나는 엄마의 욕실 안을 돌면서 그것에 대해 쓰기 시작한다—유분이 많은 얼굴용 로션, 드라이 샴푸 스프레이, 무거운 면도기, 호박색 샤넬 No. 5 병. 그리고 엄마가 떠난 날 모든 게 내 것이 되었다.

"케이시." 학교 안내원인 루실이 내 의자 옆에 쭈그리고 앉는다. "미안해요. 급한 일이라고 해서." 그리고 푸른색 포스트잇을 건넨다. '제니퍼.' 그렇게 적혀 있다. "2번 전화." 나는 그녀를 따라 교실에서 나와 사무실로 간다.

그녀가 나를 학교 개발실로 안내하는데, 아이샤의 교장실처럼 벽이 유리로 되어 있고, 안내 책자가 흩어져 있다. 나는 수화기를 든다.

"에이미 드러먼드가 북아메리카 판권에 삼만을 제시했어요." 다른 데선 이만, 또다른 데선 세계 판권에 그 사이인 이만 오천을 제시했단다. 그녀는 다른 편집자들과 부수적인 권리에 대해 계속 이야기하지만, 나는 여전히 그녀의 첫 문장에 붙잡혀 있다. 그리고 '제시'라는 단어에.

"다른 출판사들에 우리에게 제안이 들어오고 있다는 사실을 알렸어요. 아예 쳐다보지도 않던 일부 출판사들이 지금 빠른 속도로 읽고 있어요." 그녀가 큰 소리로 웃는다. 그녀도 자기만의 이유로 들떴다. "여보세요? 당신의 책이 만들어지고 팔릴 거예요, 커밀라. 우리가 입찰 시장에 들어간 거예요. 사인 연습을 시작해야겠는데요."

"괜찮은 거죠?" 내가 밖으로 나가자 루실이 말한다.

"네. 고마워요. 정말 고마워요." 나는 그녀가 좋고, 그 사무실이 좋고, 그 전화기가 좋다.

나는 풍선처럼 붕 떠서 교실로 돌아간다. 모두 글을 쓰고 있다. 나는 빅터 실바에게 입을 벙긋거려 미안하다고 말하고, 그는 앞쪽 자신의 책상에서 내 쪽으로 가운뎃손가락을 아주 살짝 들어올린다. 나는 엄마의 욕실로 돌아간다. 팬틴 샴푸, 엄마가 두고 갔고 아버지가 입지 말라고 할 때까지 내가 입었던 녹색 벨루어 욕실 가운.

빅터는 우리가 쓴 글을 보면서 마음이 뜨거워졌던 순간을 찾아 동그라미를 치고 그 부분을 따로 꺼내서 시를 써보라고 한다. 우리는 시를 소리 내어 읽는다. 재떨이, 스팽글 원피스, 부엌 바닥에 쏟아진 밀가루에 관한 시. 빅터는 각각에 대해 뭔가 말해준다. 교실 안의 분위기는 아름답고, 아주 개방적이다.

다음 세션으로 옮길 때 복도는 사람들로 북적인다. 내 앞에 있는 남학생은 녹색과 흰색의 운동복 재킷을 입었다. 트레버 힐스 등에 그렇게 쓰여 있다.

아일랜드인 에세이스트와 함께하는 워크숍에서 나는 우리 학교의 사서 옆에 앉는다.

"트레버 힐스? 거기서도 왔어요?"

그녀가 고개를 끄덕인다.

"선생님들도요?"

"대체로 각 학교에서 한두 명이 같이 와요."

내 심장이 사일러스, 사일러스, 사일러스, 하며 쿵쾅거린다.

아일랜드인 에세이스트는 우리에게 눈을 감고 자기가 말해주는 단어들을 듣되 생각을 통제하려고 애쓰지 말라고 한다.

나는 눈을 조금 뜨고 빼곡한 교실 안을 훑어본다. 그는 여기 없다.

"비 오는 날." 그녀가 말한다.

머스탱에서 내려 집으로 달려가는 엄마와 나.

"악기 소리."

기타 치는 케일럽.

"사랑의 행위."

부엌 개수대에서 내 골프채를 씻고 있는 아빠.

그녀는 자연스럽게 그냥 떠오른 이런 순간을 하나 써보라고 한다. 내가 골프채에 대해 쓰고 있는데 루실이 내 어깨를 톡톡 친다.

'1번 전화.' 그녀의 파란 포스트잇에 그렇게 써 있다.

다시 사무실로 가는 길에 나는 그녀가 여기서 십사 년 일했고 아들이 이 학교 9학년이라는 사실을 알아낸다.

제니퍼가 내게 새로운 제시가 들어왔다고 말해준다. "물어보고 싶은 게 있어요." 그녀가 말한다. "넘고 싶은 선이 있나요? 받아내야 하는 금액이라든지? 학자금 대출로 어마어마한 빚을 졌다고 했잖아요." 내가 그랬던가? "터무니없는 꿈의 숫자를 말해봐요."

책상 위에 계산기가 있다. 창가 자리와 책장이 있는 꼭대기 층 아파트의 일 년치 집세와 내 빚을 합산한다. 그 숫자를 말해준다. 지금은 그 근처에도 가지 않는다.

나는 다시 교실로 돌아가지만, 복도가 복작거리고 워크숍은 이미 끝났다. 다음으로 가고 싶은 교실은 이층에 있다. 계단통에 사람이 바글바글하고, 나는 천천히 올라간다.

"결국 면접을 날려버리진 않은 것 같군요."

나는 고개를 든다. 사일러스가 타이를 맨 채 층계참에 서 있다. 사람들이 우리를 밀며 지나간다. 나는 더 가까이 몇 계단 올라간다.

"그들도 곧 알게 되겠죠." 내가 말한다.

"오늘 아침에 한 이야기 좋았어요." 그가 말한다. "글쓰기에 관해 말한 것 말이에요. 아이들이 그런 이야기를 듣는다는 게 좋아요."

그의 손가락이 내 손가락 몇 인치 위 난간을 잡고 있다. 내 다리가 흔들리기 시작한다. "같이 점심 먹을래요?" 내가 말한다.

그가 싫다고 말할 것 같다.

"아직 친구가 많지 않아요."

"나는……"

"부탁이에요."

그가 얼굴을 찡그린다. "그렇게 하죠."

"큰 문 앞에서 기다릴게요."

그가 고개를 끄덕이고 나를 스쳐내려간다.

점심은 체육관에서 먹는데, 둥근 테이블에 도시락이 준비되어 있다. 실내는 이야기 소리로 천둥이 치는 것 같다. 나는 아이들이 물결처럼 지나갈 때 사일러스를 기다리며 입구에 서 있다. 하지만 루실이 먼저 들어온다.

"점심식사중이실 거라고 말했는데, 급하다고 해서요."

그녀는 짜증이 난 것 같고, 그럴 만하다. 그래서 사무실로 가는 길에 나는 내 책과 에이전트에 대해 말해주고, 그러자 그녀는 나를 포옹하고 서둘러 전화기로 데려간다.

편집자 세 명이 입찰중이란다. 제니퍼는 내가 그들과 이야기를 나눠봐야 한다고 한다. 나는 한 시간 뒤에나 시간이 날 거라고 하지만, 그녀는 지금 그들이 사무실에 와 있다고 한다. 나와 이야기를 나누려고 점심 약속도 취소했다는 것이다.

나는 전화를 끊고, 루실은 유리벽 너머에서 팔을 움직여 내게 어떻게 됐는지 묻는다. "편집자들과 이야기를 나눠봐야 해요!"

그녀는 사무실 의자에 앉은 채 춤을 추고, 나는 내 의자에 앉아 춤을 춘다.

나는 그들과 각각 통화한다. 마지막 사람과는 오래 이야기한다. 그녀는 아주 꼼꼼히 읽었고 1부와 2부 사이에 작은 다리를 놓으면 좋을 것 같다는 아이디어를 낸다. 『등대로』에서 '시간이 흐른다'와 같은 부분 말이로군요, 내가 말하자 그녀는 자기도 그걸 생각하고 있었다고 말한다. 나는 아주 들뜬다. 하지만 점심을 놓쳤다. 사일러스를 놓쳤다.

그날의 마지막 세션이 이미 시작되었다. 나는 교실 몇 개를 기웃거리지만 그를 찾을 수 없다. 근육질의 극작가가 맡은 교실에서 학생들은 이미 글을 쓰고 있다. 그가 나를 보더니 앞쪽 의자를 가리켜서 나는 어쩔 수 없이 거기 앉는다.

"자신의 가장 큰 두려움을 쓰세요." 그가 조용히 말하고, 내게 종이 한 장을 건넨다. 교실 저쪽에서 이미 한 학생이 모직 모자 안에 접은 종이를 모으고 있다.

여기는 높은 창문이 있는 더 큰 교실이다. 창턱에 책 몇 권이 있다. 『술라』 『제인 에어』 『망고 스트리트』. 내 책이 출판되리라고는 한 번도 상상해본 적이 없다. 어렸을 때는 토너먼트에서 우승하리라고 기대했고 종종 우승했지만, 뭔가를 이루는 것에 대한 기대는 오래전에 접었다.

모직 모자가 더 가까이 온다. 나는 빈 종이 위로 연필을 들고 있다. 모직 모자가 내 앞으로 온다. "나는 오늘 아무 두려움이 없다."
그렇게 휘갈긴 뒤 접어서 넣는다. 나는 그 문장의 진실성에 깜짝
놀란다.

학생이 극작가에게 모자를 건네고, 그는 모자의 위쪽을 단단히
모아쥐고 위아래로 흔든다. 나는 어떻게 그 방에서 빠져나가 사일
러스를 찾을지 궁리한다. 하지만 내 자리는 맨 앞줄이고, 극작가는
몇 피트 거리에서 내가 나가는 길을 막고 있다.

"글쓰기와 공연에 관련된 모든 문제는 두려움에서 비롯합니다.
노출에 대한 두려움, 약함에 대한 두려움, 재능의 부족에 대한 두
려움, 시도하는 것이, 무엇보다 자신이 글을 쓸 수 있다고 생각하
는 것이 바보 같아 보일 거라는 데 대한 두려움. 다 두려움 때문이
에요. 우리에게 두려움이 없을 때 이 세상에서 창의성이 어떤 모습
일지 상상해보세요. 두려움은 우리가 가는 길의 모든 걸음에서 우
리를 붙잡고 있습니다. 이 나라에서 경험하는 모든 두려움—죽음,
전쟁, 총, 질병—에도 불구하고 연구 결과에 의하면 우리의 가장
큰 두려움은 공개적인 자리에서 말하는 것이라고 합니다. 지금 내
가 하고 있는 거죠. 그리고 공개적인 자리에서 말하기 중에서도 가
장 두려운 게 뭔지 말해보라고 하면 즉흥 칸에 표시합니다. 그러니
까 즉흥이 미국에서 일등으로 두려운 것인 셈이죠. 핵겨울이나 진
도 8.9의 지진이나 또다른 히틀러는 잊으세요. 즉흥입니다. 재미있
죠. 우리는 종일 즉흥적으로 뭔가를 하고 있잖아요? 우리의 삶 전
체가 그저 하나의 긴 즉흥 아니겠어요? 뭘 그렇게 두려워하는 건가
요?"

아니. 나는 어떤 즉흥 행위도 하지 않을 것이다. 나는 연필을 가

방 안에 다시 넣고 의자 모서리로 몸을 옮긴다. 그가 비켜서면 나는 곧바로 달아날 것이다.

"거기." 그는 내 두 줄 뒤 여학생을 가리킨다. "거기." 그는 내 줄 끝에 앉은 남학생을 가리킨다. "그리고 거기 선생님." 그가 나를 가리킨다. "일어서세요."

우리는 일어선다.

그가 소년에게 모자를 내민다. "두려움을 하나 골라요. 어떤 두려움이든."

소년이 고른다.

"그걸 다른 두 사람에게 보여주세요. 소리 내어 읽지는 말고."

그가 종이를 내밀어 우리는 읽는다. 나는 푸른색 기린이 두렵다.

맙소사.

"좋아요." 그가 남학생에게 말한다. "학생이 이 두려움을 가진 사람이에요. 그 두려움은 위압적이고 무자비해요. 그리고 학생은," 그가 여학생에게 말한다. "이 학생을 말로 설득해서 그 두려움에서 꺼내줘야 해요. 가능한 어떤 방법을 쓰든." 그가 나를 돌아본다. "그리고 선생님은……" 예감이 안 좋다. "바로 그 두려움이에요. 이제 시작하세요."

두 학생 다 나를 본다. 푸른색 기린을. 나는 몸을 더 똑바로 세우고 어깨를 끌어내린 뒤 이를 갈기 시작하고, 고개를 이쪽저쪽 홱홱 돌리며 나뭇잎을 오물오물 뜯어먹는다. 이렇게 하면서 소년에게 더 가까이 다가간다.

"이 학생에게 말하세요." 극작가가 여학생에게 말한다.

"너도 이게 진짜가 아니란 걸 알잖아." 여학생이 남학생에게 말한다. "이건 오래전에, 네가 어린아이였고 네 부모님이 싸움을 한 밤에 네가 두려워서 만들어낸 뭔가야. 이 기린은 존재하지 않고 너를 다치게 하지도 않을 거야." 여학생은 잘하고 있다. 하지만 여학생이 내가 존재하지 않는다고 말하면 말할수록 나는 더 진짜가 되는 기분이다. 남학생은 나를 피해 점점 멀어지고, 나는 그를 쫓아 칠판으로 가고 책상을 돌고 다시 우리 자리 가까이 돌아온다. 나는 의자 위로 올라가 남학생을 굽어보며 시끄럽고 끔찍한 소리를 내기 시작한다. 내 아버지가 코를 골던 소리와 클라크가 헤비메탈 곡을 부르는 끔찍한 목소리를 섞은 것이다. 여학생은 계속 말하고, 나는 남학생에게 여학생의 말이 들리지 않게 하려고 더 크게 울부짖기 시작한다. 긴 목을 뒤로 젖혀 더 시끄러운 소리를 내고 머리를 도리깨질하듯 흔든다. 사람들은 웃지만 한편 겁을 조금 먹었고, 나는 두려운 게 아무것도 없다.

종이 울리고 복도로 나가자, 한 시간 반 동안 즉흥 행위를 한 사람이 누구인지 모두가 알 수 있다. 우리 몸은 더 이완되었고, 모든 것이 재미있다. 우리는 모두 한 방향으로 이동한다. 정문 쪽에서 버스가 느긋이 원을 그리며 돌고 있다. 루실이 내 옆에 포스트잇을 들고 나타난다.

'선을 넘었어요.'

나는 그녀를 꼭 끌어안고 그녀가 웃는 걸 느낀다. "고마워요, 고마워요, 고마워요."

그리고 나는 사일러스를 찾아 사람들을 헤치며 나아간다.

바깥에서 나는 트레버 힐스 점퍼를 입은 아이 셋이 버스에 올라타는 것을 본다. 선팅이 된 차창으로 클립보드를 들고 학생 수를 세고 있는 형체가 보인다. 사일러스는 아니다.

"케이시!"

빅터 실바가 망토를 펄럭이며 다가온다. "줄 게 있어." 그가 표두 장을 내민다. 데이비드 번의 공연 표인데, 로드아일랜드주 프로비던스의 스트랜드극장에서 한다. "메리 핸드가 표를 많이 줬어."

"오늘 아주 멋지던데." 내가 말한다.

"욕조에 있는 당신 어머니의 윤곽을 그린 그 행 좋았어."

"고마워."

"로드아일랜드에서 보자."

버스가 떠난다. 원이 비워진다. 하지만 교직원 주차장 저만치 뭔가 밝은 것이 반짝거린다. 작은 녹색이다. 작은 녹색의 르카.

나는 언덕을 달려내려간다. 그는 나를 등지고 있다. 나는 양팔을 마구 흔든다. 그의 이름을 외쳐 부른다. 나는 두려움 없는 푸른색 기린이다.

그가 돌아보고, 나는 그의 옆에 있다. 새로 생긴 나의 긴 목에도 불구하고, 그는 여전히 나보다 키가 더 크다. 그리고 흰색 셔츠와 느슨하게 맨 타이가 매력적이다.

하지만 그의 깨진 치아는 입술에 가려져 있다.

"점심 약속 못 지켜서 미안해요, 사일러스."

그가 한 손을 든다. "괜찮아요. 당신이 그런 식인 거 알고 있으니까."

"아니에요. 아니에요!" 내가 외친다. "내가 그런 식인 게 아니에요! 나는 당신하고 점심을 먹고 싶었어요. 정말로요. 아주 많이. 당신에게 할말이 있었어요." 내 목소리가 갈라진다. 나는 침을 꼴깍 삼킨다. 그 말을 꺼내야 한다. "가장 먼저, 당신이 스타와 나무에 대해 쓴 이야기가 너무 아름다워요. 오스카의 집에서 그 원고를 훔쳤어요. 거의 매일 밤 잠들기 전에 그걸 읽어요. 나는 지난봄에 누군가와 헤어졌고, 다시 그런 일이 일어날까봐 두려웠어요. 나는 당신을 아주 많이 좋아했지만, 당신은 위험한 존재였어요. 오스카가 갖고 있는 큰 구멍은 어쩌면 내가 채워줄 수 있을 것 같았고요. 하지만 나는 계속 당신과 키스하는 생각만 했어요. 내 온몸이 그걸 생각할 때마다 댕-댕-댕—경련이 일어난 것처럼 내 두 손을 옆구리에서 위아래로 움직인다—울리는 것 같았어요. 그와는 헤어졌고, 점심을 먹으면서 당신에게 그 이야기를 하고 싶었지만, 편집자들과 이야기를 나눠야 했어요. 우리는 입찰에 들어갔고, 방금 선을 넘었어요." 나는 포스트잇을 들고 울기 시작한다. 두려움 없는 푸른색 기린처럼 엉엉 울기 시작한다.

그가 포스트잇을 가져간다. "당신 책 말인가요?"

내가 고개를 끄덕인다.

"케이시." 나는 그의 손이 내 머리칼에 닿는 것을 느낀다. 나는 그에게 더 가까이 다가간다. 그의 팔이 천천히 나를 끌어안는다. "정말 잘됐네요." 그의 품에서 나는 더욱 심하게 흐느낀다. 그는 나를 놓지 않는다.

"나랑 같이 데이비드 번 공연 보러 갈래요?"

그가 웃는다. "데이비드 번?" 그가 몸을 떼어내고 나를 바라본다. 아름다운 깨진 치아.

　나는 손에 쥔 구겨진 표를 보여준다.

　"가요." 그는 아주 가까이 있고 멀어지지 않는다. 그는 내 뺨에서 머리칼을 조금 떼어내고 허리를 굽혀 속삭인다. "당신 대장이 언덕을 내려오고 있는 것 같은데요."

　"괜찮아요." 그의 얼굴은 여전히 가까이 있다. "주차장에서 사랑을 나누는 신입 교사가 될 거거든요."

　그리고 나는 그에게 키스한다. 길고 방해받지 않는 키스가 내 몸을 통과하여 쭉 내려가고, 내 몸안에서 가장 멋진 방식으로 종이 울린다.

우리가 스트랜드의 우리 구역에 도착했을 때, 거기엔 아이리스 종업원들이 바다를 이루고 있다. 고리와 마커스는 파비아나를 사이에 두고 줄의 시작점에 있고, 그 옆에 데이나와 토니와 야스민이 있다. 데이나는 전날 밤의 데이트 이야기를 하면서 남자가 키스하기 전에 자신의 입안에 정향 하나를 넣어주었다고 말한다. "내가 뭐, 햄이야?" 우리가 옆을 스쳐지나갈 때 그녀가 말한다. 앵거스와 야스민은 'mischievous'를 어떻게 발음할지를 두고 옥신각신한다. 사일러스와 나는 해리와 제임스 옆자리에 앉는데, 그들은 입술이 빨갛고 뺨이 쓸린 게 방금 사랑을 나누고 온 것 같다. 메리 핸드는 우리 앞줄에 창단 멤버인 크레이그, 헬렌, 빅터 실바와 함께 있다. 토머스와 그의 아내도 곤히 잠든 여자아이를 데리고 왔다.

우리는 오프닝 공연 중에는 앉아 있지만 데이비드 번이 밝은 분홍색 모헤어 슈트를 입고 무대에 나타나 마이크에 대고 나지막이

"나는 사실을 마주할 수 없을 것 같아요" 하고 말하자 메리가 벌떡 일어선다. 우리는 그녀를 따라 무대 앞쪽의 춤추는 작은 장소로 이동한다.

사람들은 꽥꽥거리며 노래를 전부 따라 부른다. 다음으로 그는 자신의 새 앨범에서 〈Making Flippy Floppy〉와 〈The Gates of Paradise〉를 부르고, 〈Take Me to the River〉를 부른다. 사람들은 다시 미친듯이 열광한다. 의상을 재빨리 갈아입고 무대에 다시 나타날 때 그는 매번 새로운 에너지로 가득하다. 관객을 향해 침묵을 지키다가 마침내 기타를 집어들고 기타끈을 머리 위로 내려맨 뒤 고정된 중앙 마이크 앞에 가서 선다. 그는 방금 〈Miss America〉를 연주했고, 여전히 킬트 차림에 무릎양말과 검은 전투화를 신고 있다. 그는 내가 모르는 느린 곡을 부르기 시작한다. "헬로, 프로-비-던스." 관객은 그의 목소리가 들리자 환호한다. "나는 사랑 노래로 알려져 있진 않아요." 그는 더 많은 환호가 잦아들기를 기다려야 한다. "하지만 이 곡은 오래전에 쓴 거예요. 가슴 아픈 이별 노래입니다. 모두가 가슴 아픈 이별의 노래를 적어도 한 곡씩은 썼죠, 안 그런가요? 메리, 이 곡은 당신을 위한 거야."

모두 비명을 지르지만, 아이리스에서 온 우리가 가장 크게 고함을 지른다. 메리는 내 앞에 있다. 나보단 약간 오른쪽에, 빅터와 크레이그 사이에 끼여서. 두 사람이 그녀를 양쪽에서 한 팔로 감싼다. 내 쪽에선 그녀의 얼굴이 절반만큼 보인다. 나는 후회나 갈망의 표정을 찾지만, 그녀는 그에게 그저 평소의 미소를 지어 보이며 싱글거릴 뿐이다. 자주색과 빨간색 무대조명이 그녀의 피부를 번쩍번쩍 비추며 지나간다.

우리는 그의 기타 소리에 맞추어 몸을 흔든다. 층층의 계단, 갈색 상자에 든 햄버거, 단어들이 수수께끼 같다. 노래는 중반으로 갈수록 빨라지고, 우리는 흩어져 무대 앞에서 춤춘다. 그가 우리모두를 위해, 우리의 아픈 이별과 회복과 어쩌면 쭉 이어질 우리의 우정에 대해 그 곡을 쓴 것처럼.

공연이 끝나고 사일러스의 차에 탄 뒤에도 우리의 귓속은 쩌렁쩌렁 울린다. 내가 우리집 진입로에서 그에게 들어오라고 하지만그는 듣지 못하고, 나는 다시 말해야 한다. 그는 안으로 들어와 이곳이 줄곧 자신의 장소였던 것처럼 푸톤 위에 풀썩 드러눕는다.

기러기는 모두 잠들어 있다. 우리가 다가가자 몇 마리가 날개에 묻은 머리를 꺼내 조금 쳐든다. 내가 쿠키 통을 열자 몇 마리가 더 우리 쪽으로 천천히 고개를 돌린다. 날은 춥고, 사일러스가 녹색 담요로 나를 감싸주어 나에게도 날개가 달린 것 같다. 나는 통을 흔들고 기러기 주위로 뒷걸음질을 치며 원을 그린다. 땅이 공기보다 더 따뜻하고, 기러기가 잠들어 있던 곳은 더욱 따뜻하다. 유골 분이 풀밭에 고르게 떨어진다.

기러기들이 은색 가루를 쪼는데, 마치 기계처럼 빨라서 눈으로 쫓을 수가 없다. 더 많은 기러기가 몰려든다. 싸우지 않는다. 돌아갈 몫은 충분하다.

나는 담요를 펼쳐 사일러스가 들어오게 하고, 그는 내 옆으로 슬며시 들어와 담요를 단단히 여민다.

"이러는 거 이상해?"

"응." 그가 말한다. 그는 내 머리칼에 자신의 입술을 묻는다. "나는 이상한 게 좋아."

기러기들은 한참 동안 그것을 쪼고 씹는다. 다 먹고 나니 남은 것은 많지 않다. 그들은 한동안 고무 같은 넓은 발로 빈들빈들 돌아다닌다. 그들의 목은 깃털이 아니라 모피로 된 것 같다. 몇 마리가 돌아와, 땅에 절을 하듯 등 위로 접은 날개 사이에 머리를 묻고 잠든다.

기러기가 날아가면 그리울 것이다. 나는 그 자리에 없을 것이다. 기러기들이 빠르고 흥분된 대화를 할 테고, 그러고 나면 마침내 날개가 드넓게 펼쳐지고 발이 뒤로 올려붙을 것이다. 바퀴가 올라갈 것이다. 나는 그 장면을 보지 못할 것이다. 기러기가 하늘을 가로지를 때 수업을 하고 있거나 책상 앞에 앉아 있거나 침대에 누워 있을 것이다.

"기러기가 지금 날아가면 좋겠어."

"그러게." 사일러스가 말한다. "준비되면 떠나겠지."

도서관에 있는 책에서 읽기로, 어떤 캐나다 기러기는 멕시코 할리스코까지 날아간다고 한다. 엄마는 그걸 좋아할 것이다. 길고 신나는 여행, 이국의 땅.

하지만 그 책에는 겨울 동안 원래 있던 곳에 그대로 머무르는 기러기에 대한 이야기도 있다. 그 기러기는 이미 집을 찾은 것이다.

삶이 제대로 풀리지 않는 모든 이들에게

젊은 작가의 데뷔작일 것 같은 이 책『작가와 연인들』(2020)은 미국 작가 릴리 킹의 다섯번째 소설이다. 첫 소설『즐거운 시간The Pleasing Hour』이 1999년에 출간되었으니 꽤 오래된 작가다. 그럼에도 이 책을 처음 읽었을 때의 첫맛도, 그리고 끝까지 다 읽은 뒤에 남는 뒷맛도 하루만 더 익으면 수확해도 될 것 같은 과일, 만개하기 직전 절정으로 부푼 봉오리, 기대와 절망과 혼란과 고통이 뒤섞인 생생한 젊은 날의 달콤쌉싸름한 맛이었다. 처음 예상과는 달리, 릴리 킹은 1963년생, 60세의 노련한 작가였다. 반스 앤드 노블 디스커버 상, 메인 픽션 상, 커커스상 등을 수상했고, 〈뉴욕 타임스〉 주목할 만한 책, 〈시카고 트리뷴〉 올해의 책, 〈뉴욕 타임스〉 에디터스 초이스, 〈퍼블리셔스 위클리〉 올해의 책으로 선정되는 등 미국 독자와 평단에 널리 알려진 작가다. 우리나라에는 처음 소개되고, 나 또한 이 책을 번역하면서 처음 접했다. 소설에서 느껴지는 이 풋풋

한 느낌은 작품의 소재와 주제에서 비롯한 것이지, 결코 작가의 문학적 혹은 사색적 깊이가 부족하다거나 어느 부분이 설익었다거나 그런 이유는 절대 아니란 걸 밝혀두지만, 읽어보면 안다. 오히려 놀란다. 이 나이의 작가가, 이렇게 젊은 소설을 쓸 수 있어?

　주인공 케이시는 작가다. 단편을 발표하긴 했지만, 딱히 명함을 내밀 만큼은 아니고, '나는 작가다'라는 정체성으로 자신의 존재를 지탱하는 작가다. 많은 이들에게 작가 혹은 작가 지망생의 삶이 그렇게 궁금한 것일지는 잘 모르겠지만, 적어도 문학에 관심이 있는 사람, 소설을 사서 읽는 사람, 열렬한 문학 독자라면 케이시의 삶은 분명 호기심을 자극할 것이다. 작품은 어떻게 구상되고, 어떤 인고의 과정을 거치며, 완성하고 나면 또 어떤 번뇌의 시간이 뒤따르고, 그뒤에는 또 얼마나 피 말리는 순간이 찾아오는지 등 집필과 출판에 관한 문제. 글로만 생계를 유지하는 것이 가능한지, 그게 가능하지 않다면 어떻게 생계를 유지해야 하는지, 그럼에도 끝까지 작가가 되겠다고 버티는 사람은 얼마나 되는지 같은 현실적인 문제. 케이시가 잠깐 만나 연애하는 나름 유명한 작가 오스카를 통해서는 유명한 작가와 덜 유명한 작가 사이의 묘한 질투의 감정은 어떤 것인지 등 우리가 대충 알거나 짐작하는 소설가의 사는 이야기와 속내를 이 책은 충분하고 세밀하게 보여준다. 모든 작가가 이 소설 속 인물들 같지는 않겠지만 말이다. 어쨌거나 작가로서의 삶을 다면적으로 보여준 이 작품이 새롭고 뜻밖이기보다는 이미 익숙한 이야기로 다가오기도 하니, 우리는 이미 간접경험과 문학적 상상력으로 소설가의 삶과 고뇌를 어느 정도 이해하고 있는 건 아닐까 생각해본다. 아니면 우리 삶의 모습이란 게 어느 분야에 속해 있건 다 비슷하거나.

"나는 진실을 말한다. 서른한 살인데 7만 3000달러의 빚이 있다고. 대학생 때부터 열한 번 이사했고, 열일곱 번 직장을 옮겼고, 남자 몇 명과 사귀었지만 잘되지 않았다고. 12학년 때부터 아버지와 사이가 소원해졌고, 올해 초에 어머니가 돌아가셨다고. 내 유일한 형제는 3000마일 떨어진 곳에 산다고. 지난 육 년 동안 내가 간직해온 것, 내 삶에서 꾸준하고 안정적이었던 것은 내가 써온 소설뿐이었다고."

그런데 진실이란 게 왜 이렇게 슬프고 아프고 막막하지? 하지만 이것이 오로지 주인공 케이시의 진실만은 아닐 거라는 것. 이 진실은 어딘지 모르게 아주 익숙하다. 우리 마음속에는 이미 이와 비슷한, 하지만 조금씩 다른 자기만의 진실이 무겁게 자리하고 있다. 그 진실을 끌어안고 살아가야 하는 길고 막막한 인생이라는 시간 속에는 하루하루라는 더 작은 단위의 시간이 있고, 그 단위를 더 쪼개거나 확장하지 않고도 우리는 이 3차원 세상에서 시간이 우리에게 주는 의미가 무엇인지 안다. 좀더 견딜 만하다가, 도무지 견딜 법하지 않다가, 당장이라도 끝내버리고 싶다가, 이렇게 평생 이어질 것 같아 펑펑 울고 싶다가, 그러다 어느 날 기적처럼 햇볕이 찾아든다. 누군가에게는 확실히 그런 일이 생긴다. 하지만 그 누군가가 나는 아니다. 나는 더 기다려야 하는 것 같다. 내 하루하루는 여전히 울고 싶다. 아이러니하게도, 살아내기 위한 모든 행위에 힘이 잔뜩 들어가 있지만, 살아가기 위해 버틸 힘은 없다. 미래란 모르는 거니까, 기다리면 해는 뜬다고 하니까, 내 운명의 시계와 당신의 운명의 시계는 다르니까. 그렇게 자신을 위로한다. 그런 절박한 위로가, 위로가 되는 날도 있고, 안 되는 날도 있다.

무엇이 그렇게 안 풀리고, 그렇게 막혀 있고, 자꾸 걸리적거릴까. 우리의 삶이 풀리지 않는 것처럼 보이게 만드는 것, 그것은 어느 한 시절에는 특히 사랑과 일로 집약되는 것 같다. 사랑은 뒤죽박죽, 일은 갈팡질팡, 무엇 하나 정돈되어 보이지 않는다. 하긴 생각해보면 어느 시절엔들 그렇지 않을까 싶지만, 그 두 가지가 구체적인 형태를 갖추어야만 할 것 같은 시점은 존재하고, 그 시기에 그게 갖춰지지 않으면 쫓기는 기분이 들기 시작한다. 주인공 케이시가 처한 나이가 대충 그때쯤이다. 서른한 살. 많은 것 같지만 한없이 어린 나이. 어린 것 같지만 못 견디게 많은 나이. 나는 이미 거쳐 지나간 나이, 누군가는 두려움과 설렘 속에서 지나가게 될 나이.
서른한 살의 케이시는 사랑에 있어서는 절망과 희망 사이의 어디쯤에 있고, 일에서는 정말로 하고 싶은 일인 글쓰기와 생계를 위한 레스토랑 근무 사이에서 아슬아슬한 버티기를 하고 있다. 연애도, 아내만 없는 기성품 같은 가정을 가진 남자와 아무것도 없어 보이지만 마냥 끌리기만 하는 남자 사이에서 갈등중이다. 어디에도 단단히 발 딛지 않은 삶, 발 디딜 곳조차 보이지 않는 동굴 속 같은 삶. 누구에게든 어느 시기에든 완전한 정착이 가능할까마는 케이시의 삶은 그야말로 이쪽도 저쪽도 아닌 것 같다. 이럴 때 관찰자는 늘 한쪽으로 방향을 정해주고 싶다. 사랑은 필연적인 절망이야, 매일 아침 울며 일어나는 거라고, 사랑 따윈 하지 마. 아니, 사랑은 영원한 희망이야, 힘든 세상에 유일하게 위로가 되는 일이라고. 작가가 되겠다니, 때려치워, 그걸로 돈 벌긴 글렀어, 그럴듯한 직장을 찾아봐. 아니, 레스토랑 근무를 집어치워, 자기가 진정으로 하고 싶은 일, 가슴 뛰게 하는 그런 일이 진짜야. 그 남자는 아니야, 나이도 많고, 애도 있고, 어쩐지 자기중심적인 것 같아. 아니, 그 변변찮은 남자는 아니야, 집도 없고 그럴싸하게 이룬 것도 없잖아, 말 좀 통한다고, 몸 좀 끌린다고 그쪽에 마음을 줬다간 신세 망칠걸.

그리고 우리 삶에는 이런 선택의 불안 속에, 선택할 수 없는 상실이 항상 도사리고 있다. 이 작품의 주인공들을 엮어주는 하나의 무거운 키워드는 가까운 이의 죽음인데, 케이시에게는 어머니의 죽음이, 케이시의 마음을 설레게 하는 남자 사일러스에게는 여동생의 죽음이, 케이시에게 안정감을 상징하는 남자 오스카에게는 아내의 죽음이 각각 그들의 삶 한 귀퉁이, 혹은 전체를 흔들어놓았다. 우리에게 느닷없이 닥치는 상실에는 죽음 말고도 헤어짐이 있고, 케이시에게는 레드반에서 만난 남자 루크가 가장 최근의 헤어짐이었다. 죽음과 헤어짐, 누구도 비껴가지 않고, 모두의 삶에 일어나는 두 가지 상실. 우리에겐 서로 교집합이 하나도 없어 보여도 필멸의 인간이기에 어쩔 수 없이 공유하는 몇 가지 공통점이 있는데, 상실에 대한 경험도 그중 하나일 것이다. 상실의 경험을 조금이라도 깊게 나눌 수 있는 누군가를 만나게 되면 곪아터질 것 같던 외로움이 크게 덜어지고, 그것을 나눈 두 사람의 관계는 한층 가까워진다. 서로 속마음을 꺼내놓게 되고, 가끔은 오싹할 만큼 깊은 교감이 가능해지고, '내겐 당신이 필요하다'라는 절실한 메시지를 건넬 수 있게 된다. 내가 여리고 무너질 것 같은 순간에 위로받고, 죽을 만큼 힘든 시간을 견뎌나갈 힘도 생긴다. 케이시와 사일러스가 만났을 때처럼.

"글쓰기와 공연에 관련된 모든 문제는 두려움에서 비롯합니다. 노출에 대한 두려움, 약함에 대한 두려움, 재능의 부족에 대한 두려움, 시도하는 것이, 무엇보다 자신이 글을 쓸 수 있다고 생각하는 것이 바보 같아 보일 거라는 데 대한 두려움. 다 두려움 때문이에요. 우리에게 두려움이 없을 때 이 세상에서 창의성이 어떤 모습일지 상상해보세요. 두려움은 우리가 가는 길의 모든 걸음에서 우리를 붙잡고 있습니다."

어중간한 나이, 방향을 잡지 못하는 나이, 방향은 잡았으나 너무도 막막한 나이, 위험하고 어떻게 될지 모르는 불안한 시간 앞에 흔들리는 촛불처럼 서 있는 나이, 글을 쓰려면 차라리 "생각하지 않아야 할 게 너무 많"은 나이. 발 디딜 곳을 찾으려는 모든 노력이 쑥쑥 발이 빠지는 모래밭이 되는 나이. 불안, 두려움.

우리 삶의 모든 부분은 사실 창조 행위다. 손놀림으로 허공에 선이 하나 그어지는 것, 존재하지 않았던 글자 하나가 종이 혹은 화면에 나타나는 것, 그 모든 것이 창조 행위라는 사실을 받아들인다면, 우리 삶은 창의성이 발휘되는 순간들의 연속이 된다. 그 창의성을 가로막는 것을, 우리 삶의 확장을 가로막는 것을, 우리의 창조 행위를 가로막는 것을 작가는 두려움이라고 본다. 두려움 때문에 주춤거리고, 두려움 때문에 나아가지 못한다. 책의 마지막 부분에 등장하는 '푸른색 기린'의 이야기는 그래서 우리 모두의 이야기가 된다. 푸른색 기린을 극복하는 것은 두려움을 극복한다는 의미이고, 그것은 곧 우리 삶이 더 창의적이 된다는 의미다. 두려움은 어떻게 극복하는가. 작가는 주인공이 직접 푸른색 기린이 되어보게 했다. 두려움 자체가 되어보게 했다. 그러면 되는 것일까. 내가 두려움 자체가 되어보면 두려움은 극복되는 것일까? 또 어떻게 하면 극복될까? 독자들에게 질문 드린다.

"지난 육 년 동안 내가 간직해온 것, 내 삶에서 꾸준하고 안정적이었던 것은 내가 써온 소설뿐이었다고. 그것이 내 집, 내가 언제라도 돌아갈 수 있는 곳이었다고. 그곳에서 나는 심지어 가끔 내가 힘을 가진 사람이라고 느꼈다는 이야기도 한다."

이 책이 던지는 또하나의 큰 메시지는 자신만의 집을 찾으라는 것이다. 주인공이 살고 있는 집은 '집' 같지 않은 임시 집이다. 언제 쫓겨날지 모르고, 아무런 구색이 갖춰지지 않았다. 그런 그녀에게 완벽한 집에 대한 기회가 주어진다. 오스카의 집이다. 그의 집은 사별한 아내가 빠진 채로 만들어질 수 있는 최상의 모습을 한 가정이다. 케이시가 들어가기만 하면 그 집은 완성품이 된다. 한편 사일러스가 살고 있는 집은 어떤가. 그곳 역시 '집'이라고 부르기엔 영 엉성하고 가정이라는 이름은 아예 붙이지 못하는 뜨내기들의 공간이다. 제대로 된 물리적인 집을 갖지 못한 주인공에게 진정한 집은 무엇일까, 혹은 어떤 것이 될 수 있을까. 제대로 된 물리적인 집을 가졌다고 해도 우리 마음에는 늘 또다른 집에 대한 갈망이 있다. 그럴 때의 집은 오히려 추상적이고 관념적인 개념이다. '엄마'라는 단어가 그렇듯 말이다. 내 근원이 비롯한 곳, 내 근원이 머무르는 곳, 내 근원이 헤매다가 돌아가는 곳, 집.

주인공은 자신의 집은 자신이 써온 소설이었다고 말한다. 그리고 모두에게 그런 집을 찾아보라고 한다. 소설은 다음과 같이 끝난다. "하지만 그 책에는 겨울 동안 원래 있던 곳에 그대로 머무르는 기러기에 대한 이야기도 있다. 그 기러기는 이미 집을 찾은 것이다." 그렇다면 집은 어떻게 찾을까. 우리가 외부에 돌리는 시선을 내 안으로 돌려, 내가 무엇을 할 때 힘이 생기고 위로를 받는지 찾아보면 되지 않을까? 내가 무엇으로 자꾸 되돌아가는지 스스로를 잘 관찰해보면 되지 않을까? 이 소설은 우리의 젊은 날―젊다는 것은 절대적인 것이 아니고, 상대적인 것도 아니며, 오로지 내 마음이 그러한가 아닌가에 달린 것이다―에 전혀 몽상적이지 않은, 너무도 실제적인 빛을 비춰준다. 그리고 그 빛은 타인이 비춰주는 것이 아니라, 내 안에 있는 것이다. 그러니 그 빛은 내가 밝히면 된다.

정연희

옮긴이 **정연희**

서울대학교 영어교육과를 졸업하고 미국 펜실베이니아대학교에서 석사학위를 받았다. 전문 번역가로 활동하고 있으며, 옮긴 책으로 『오, 윌리엄!』 『다시, 올리브』 『내 이름은 루시 바턴』 『무엇이든 가능하다』 『버지스 형제』 『에이미와 이저벨』 『사라진 반쪽』 『디어 라이프』 『착한 여자의 사랑』 『소녀와 여자들의 삶』 『매트릭스』 『운명과 분노』 『플로리다』 『엘리너 올리펀트는 완전 괜찮아』 『그 겨울의 일주일』 『비와 별이 내리는 밤』 『더치 하우스』 『헬프』 『정육점 주인들의 노래클럽』 등이 있다.

문학동네 세계문학

작가와 연인들

초판 인쇄 2023년 8월 28일 | 초판 발행 2023년 9월 4일

지은이 릴리 킹 | 옮긴이 정연희
기획 이현자 | 책임편집 박효정 | 편집 홍유진 이현자 이희연
디자인 백주영 이원경 | 저작권 박지영 형소진 최은진 서연주 오서영
마케팅 정민호 서지화 한민아 이민경 안남영 왕지경 황승현 김혜원 김하연
브랜딩 함유지 함근아 고보미 박민재 김희숙 정승민 배진성
제작 강신은 김동욱 이순호 | 제작처 영신사

펴낸곳 (주)문학동네 | 펴낸이 김소영
출판등록 1993년 10월 22일 제2003-000045호
주소 10881 경기도 파주시 회동길 210
전자우편 editor@munhak.com | 대표전화 031) 955-8888 | 팩스 031) 955-8855
문의전화 031) 955-1927(마케팅) 031) 955-2685(편집)
문학동네카페 http://cafe.naver.com/mhdn
인스타그램 @munhakdongne | 트위터 @munhakdongne
북클럽문학동네 http://bookclubmunhak.com

ISBN 978-89-546-9499-5 03840

www.munhak.com